Glüxkeks

Von Til Jørgson

Zweiter Band der Reihe Glüxmomente

Glüxkeks

VERSCHLUNGENER PFAD DER LIEBE

von Til Jørgson

L'édition libertine
Frankfurt am Main
Deutschland

til.jorgson@gmail.com
https://jorgson.de

Impressum:

FSC
www.fsc.org
FSC® C020637

The mark of responsible forestry

Deutsche Erstausgabe
1. Auflage, 2022
1. – 1. Tausend

Bibliografische Information der Deutschen Nationalbibliothek: Die Deutsche Nationalbibliothek verzeichnet diese Publikation in der Deutschen Nationalbibliografie; detaillierte bibliografische Daten sind im Internet über dnb.d-nb.de abrufbar.

Grafiken: Lizzy (Scarlet Heath Art), Nikolay Legenda, Tina Bits
Satz: Affinity Publisher®
Cover: Photoshop®
Schriften im Buchblock und Cover: Adobe Garamond, Santorini, Peace Sans, Hanij Senty Floral Calligraphy, Kaiya Land Alt

Bestellung und Vertrieb:
Nova MD GmbH, Vachendorf
Gedruckt in der EU
ISBN 978-3-96966-981-5

www.novamd.de

Mailin .... (6M) Mailins Milch mästet maßloses Michelinmännchen.

Hendrik .... hat eine Mission, einen Sohn, einen Fetisch und viel Glück.

Shenmi .... tut alles für und wartet auf einen dicken Bauch.

Biyu .... liebt den Koch und verliert den Job ihres Lebens.

Apotheke .... macht eine äußerst offenbarende Entdeckung.

Xin Liu .... ist ein verlorener Posten auf verlorenem Terrain.

Constanze .... hat immer mehr Geld und wird gleichzeitig ärmer.

Bao .... ist loyal bis zur Selbstaufgabe und bestraft gerne.

Ju'gen .... der Mohr hat seine Schuldigkeit getan, der Mohr kann gehen.

Yanzhou .... kann zwar Französisch, aber mit der Sprache hapert's.

Hans (007) .... Wollschmidt ist nicht James Bond, bleibt aber cool.

Drachenmeister ...... seine Zeit läuft wie die Zeit eines jeden irgendwann ab.

Jahzen .... für ihn wurde das Wort ›Wonneproppen‹ erfunden.

Mia .... hat sich verrechnet, kommt voll auf ihre Kosten.

Alle Personen des Romans sind frei erfunden. Ähnlichkeiten mit lebenden oder verstorbenen Personen wären rein zufällig und sind keinesfalls beabsichtigt. Die meisten der erotischen Begebenheiten sind hingegen tatsächlich passiert. Gott sei Dank. Mit den Masken ist es so, wie mit den Kondomen. Man weiß, dass sie in bestimmten Situationen schützen. Das heißt aber nicht, dass ich sie ständig erwähnen muss. Wem der Roman zu maskenarm oder kondomlos ist, kann sich ja beim Lesen welche aufsetzen oder drüberrollen.

Die Baden-Württemberger mögen mir verzeihen, dass manche Leute im Buch den Unterschied zwischen Badisch und Schwäbisch nicht hören, ihn nicht einmal verstehen würden. Denn was für Badener und Schwaben elementar ist und existenziell scheint, hat schon ein paar Dutzend Kilometer außerhalb nur noch anekdotischen Charakter. Global betrachtet seid ihr sowieso alle Bayern. Süddeutschland halt.

Am Ende des Buchs (Seite 320) existiert ein Glossar, also falls du etwas nicht kennst, ist das Glossar im Zweifelsfall näher als eine Suchmaschine. Amüsanter ist es auf jeden Fall, denn eine Suchmaschine hat nur den Humor, den jemand programmiert hat.

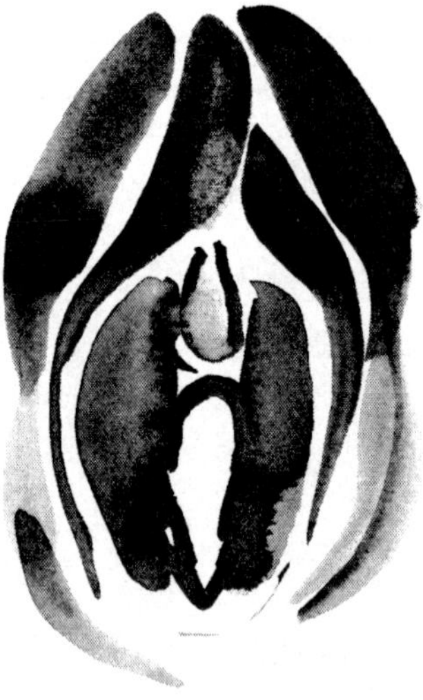

Im Schwarzen Wald

Gernsbach, Deutschland, Dienstag, 1. Mai 2021

Mailin ist fast am Ziel. Jetzt muss sie Hendrik nur noch finden. Und dann? Sie steht am Mietwagenschalter im Frankfurter Flughafen in der Schlange. Sie hat weder einen Plan noch einen Plan B. Wenn sie ihn kennen würde, könnte sie Bertold Brechts Gedicht zitieren:

Ja, mach nur einen Plan!
Sei nur ein großes Licht!
Und mach dann noch 'nen zweiten Plan,
Gehn tun sie beide nicht.

Das hat Ju'gen vergessen ihr zu sagen. Dass ausgerechnet jemand, der dem Kommunismus nahestand, einen flammenden Appell gegen den Plan verfasst hat, also auch gegen die Planwirtschaft, ist ein Treppenwitz der Geschichte. Mailin ist Chinesin und planlos optimistisch. Im Geiste Brechts Schwester. Die erste Bewährungsprobe ist die Frau am Schalter, die sie selbstverständlich auf Englisch anspricht. Dabei sieht sie entschuldigend auf den leeren Platz neben sich. Auf dem Schalter dort steht eine chinesische Flagge. Lernten die Deutschen jetzt schon Mandarin? Mailin sagt der Frau auf Deutsch, dass sie für zwei Wochen einen Mietwagen braucht. Mit Automatikgetriebe. Auch ein Tipp von Ju'gen, der sagte, schon eine Sache weniger, um die sie sich kümmern müsste.

Die Frau am Schalter ist ausgesprochen freundlich und lobt Mailin, wie gut sie Deutsch spricht. Es sei ihr eine Ehre, dass sie bei ihnen Kundin sein möchte. Mailin fragt sich, warum jemand in Frankfurt Chinesisch sprechen will. Allerdings wirkt die Frau am

Schalter arglos. Aus China kennt sie derlei Floskeln, sie prägen dort jedes Gespräch. In Deutschland ist es anders. Sagt man. In Deutschland war sie ein Jahr zuvor schon einmal, allerdings ohne ein Wort zu verstehen. Damals hat sie eine andere Sprache gelernt und immer wenn sie an die Lektionen denkt, wird sie wehmütig.

Hendrik war ihr Lehrer. Kaum denkt sie an ihn, spürt sie sehnsuchtsvolles Ziehen im Unterleib. Ob es gerade passend ist oder, wie jetzt, unpassend. Natürlich darf man am Mietwagenschalter erregt werden. Das geht jeden Tag Tausenden von Männern so. Da reicht ein kurzer Reiz und schwupp, wird ein Mann erregt. Und die Frau gegenüber kann nichts dagegen machen, denn man kann sich nicht so weit abschirmen, dass einen niemand mehr anziehend findet. Man mag die graueste Maus auf dem Planeten sein, für irgendjemanden ist man das nicht. Und wenn der gerade vor einem steht, steht vor ihm auch etwas. Wenigstens hat die Chinesin keine Erektion, so muss sie sich nicht umständlich in die Hose fassen, wie sie es manchmal bei Männern sieht. Dafür spürt sie, dass ihre Brüste auslaufen. Kurz vor der Landung hat sie zuletzt abgepumpt. Da sie in den Wochen vor dem Flug für Jahzen, ihren kleinen Sohn, einen Vorrat anlegen musste, läuft ihre Milchproduktion auf Hochtouren. Zwillinge könnte Mailin ohne weiteres satt bekommen. Und jetzt fließt die Produktion ins Leere.

Shenmi, ihre Schwester, hat ihr eingeschärft, unbedingt weiter abzupumpen, damit ihr Sohn auch ja die volle Stillzeit über nur Muttermilch erhält. Ob sie es ihr schicken soll, hatte Mailin zwei Monate vor ihrer Abreise aus Tsingtao gefragt. Aber Shenmi meinte, ein Vorrat wäre besser. Man könnte sie zwar auch mit Behältern verschicken, die mit Trockeneis gekühlt werden, aber das wäre umständlich und teuer. Also schüttet sie ihre Milch weg. Morgen früh wird sie sich Milch in den Tee gießen, falls es mittlerweile Frühstück gibt. Die Seuche ist in Deutschland präsenter als in China. Sie hätte erwartet, dass man hier weiter wäre. Alle geimpft und es ein normales Leben gäbe. Aber stattdessen sieht man Masken und keine Menschen mehr. In ihrem Institut wurde vor einem Jahr Chinas erster Impfstoff entwickelt und angekündigt. In Deutschland hingegen fühlt sie sich in den chinesischen Herbst zurückversetzt. Mailin wurde im Dezember geimpft, gleich nach Jahzens Geburt. Was sie nicht weiß, dieser stammte von einer Charge, die von einem Laster und den Triaden in die Hände gefallen war. Familienbusiness.

Mailin weiß so manches nicht. Was ihr am meisten zu schaffen macht, dass sie nicht weiß, wo ihr deutscher Liebhaber ist. Endlich bringt sie jemand zu ihrem Mietwagen, ihre Stilleinlagen haben sich schon vollgesogen. Sie bedankt sich, verstaut ihr Gepäck und setzt sich auf den Beifahrersitz, um Muttermilch abzupumpen. Der Gehilfe, der ihr den Wagen gezeigt hat, beobachtet Mailin aus der Entfernung und reibt sich die Augen. Was macht die Chinesin denn da? Tatsächlich, sie sitzt in ihrem nagelneuen Auto mit einer kleinen Maschine auf dem Schoß, schließt ihre Brüste daran und …

Er wendet sich ab. Das ist ihm peinlich. Es erinnert ihn an sein Zuhause. Allerdings stöpselt man dort Kühe an und keine Frauen. Er läuft knallrot an und rennt zurück, um dem nächsten Kunden seinen neuen Wagen auszuhändigen. Hoffentlich ist die Chinesin dann weg, denkt er. Wie so oft, bekommt Mailin es nicht mit, wenn sie auffällt. Und egal wäre es ihr obendrein. Sie hat Probleme damit, ihre Emotionen adäquat auszudrücken und noch größere Probleme, die Gefühle von anderen zu lesen. Abzulesen von Körper und Gesicht. Das ist ihr nicht gegeben. Wenn jemand keine Brüste sehen will, kann er ja weggucken, wäre ihr Gedanke gewesen, wenn sie den jungen Mann beachtet hätte. Was ihr Sohn jetzt macht? Vielleicht schlafen gehen? Wie spät war es dort? Unwichtig. Sie muss zusehen, dass sie hier in Deutschland ein Zimmer findet, sie hat keine Lust, in dem engen Auto zu schlafen.

Mit einiger Mühe findet sie einen Weg aus den Katakomben des Parkhauses und sieht sich dann in ein unübersichtliches Autobahnkreuz gespült. Ihre Überlebenschance ist, geradeaus zu fahren, bis das Kreuz vorbei ist. Sie hält an einem Parkplatz. Die Laster stehen Stoßstange an Stoßstange und erst im letzten Winkel findet sie einen Platz zum Halten. In ihrem Handy ist ein Navigationssystem eingebaut. Da sie zwar gut Deutsch spricht, aber in der Kürze der Zeit nicht schreiben lernen konnte, muss sie alle Hilfen, die sie benutzt, auf Chinesisch zur Verfügung haben. Die deutsche Beschilderung nützt ihr rein gar nichts. Sie hat sich die Namen der wichtigsten Orte aufgemalt, sodass sie diese ins Navi eingeben kann.

GERNSBACH im Schwarzen Wald. Dort will sie hin. Das ist der einzige Anknüpfungspunkt, den sie hat. Ihre einzige Verbindung zu ihrem deutschen Geliebten. Hendrik aus? Sie weiß nicht einmal, wo er wohnt oder gewohnt hat. Sie hat nur das Hotel in Gernsbach, das sie wiederfinden wird. Wiederfinden muss. Dort wird man ihr helfen, wenn sie ihnen klarmacht, wie wichtig es ist. Dort wird man wissen, wo er wohnt. Und dann kann sie endlich zu ihm fahren. Jetzt muss sie weiterfahren zum nächsten Kleeblatt und dort wenden. Dank elektronischer Unterstützung schafft sie es von einer auf die andere Autobahn. Sie merkt ihre mangelnde Fahrpraxis und wischt sich über die Stirn.

Wenigstens hat sie im Stress ihren Busen vergessen und ebenso ihre leichte Geilheit, weil sie an Hendrik dachte. Zwei Stunden würde es dauern. Zu der Zeit braucht sie ohnehin ein Hotel. Doch Mailin, die Mathematikerin, hat sich verrechnet, denn sie muss auf die Toilette. Und sie hat Hunger. Und Durst, weil sie andauernd Milch abpumpt. Zu viele Variablen. Sie hält an einer Raststätte, die Hendrik letztes Jahr erst umgerüstet hat. Kunststück, denn das hat er mit allen Raststätten im Südwesten gemacht. Das weiß sie nicht. Sie weiß nicht, ob er arbeitet, was er arbeitet. Er ist Handwerker, denkt Mailin, weil er ein Handwerkerauto hatte, in dem sie mitgefahren war. Auf der Suche nach ihrer Reisegruppe, die sie absichtlich verloren hatte.

Sie wollte in Deutschland ein Abenteuer erleben und nicht inmitten lauter Chinesen dieselben sinnlosen Gespräche führen wie daheim. Es wurde das Abenteuer ihres Lebens. Mailin war eine tickende Zeitbombe gewesen und Hendrik hat sie entschärft. Fünf Sekunden bevor sie explodiert wäre. Er hat sie spüren lassen, was sie fünfzehn Jahre nicht gefühlt hat. Dafür liebt sie ihn auf ewig, ohne zu wissen, was Liebe ist. Hendrik hat sie so nass werden lassen, dass die Zündschnur der Bombe verlöscht ist. Sang- und klanglos.

Dass sie jetzt bedürftig ist – Künstlerpech. Das eine gibt es nicht ohne das andere. In ihrer früheren Welt hätte sie leicht fünfzig Jahre weiterleben können, ohne dass Sex, Leidenschaft und Orgasmen ihr gefehlt hätten. Warum sie sich überhaupt auf die Suche nach Sex und Liebe gemacht hat, war ihre Wahrnehmung, dass es alles überschattende Themen sind. Es dreht sich gefühlt alles um Liebe und Sex, in Büchern, Filmen und Musik. Mailin dachte, es müsse mehr dran sein, als das, was sie kannte. Was dieses mehr war, wusste sie in der Sekunde, in der sie es zum ersten Mal erfuhr. Vor einem Jahr im Schwarzen Wald. Dorthin ist sie jetzt unterwegs. Getrieben von ihrem Trieb. Im letzten Jahr hat sie oft daran gedacht, ob es ihr lieber wäre, der blonde Deutsche hätte diese Tür nicht aufgestoßen. Das kann sie sich ein paar Minuten lang einreden, bis sie unweigerlich an den Punkt kommt, wo sie an etwas denkt, was sie erregt. An seine Finger auf ihr, in ihr, an seine Zunge oder seinen Penis. Am häufigsten ist es der Gedanke an ihn, der ihr ein warmes Gefühl beschert. Ein dringendes Gefühl und Bedürfnis.

Das könnte gerne öfter sein, wenn es verdammt nochmal öfter befriedigt würde. Während sie im Autobahnrestaurant sitzt, isst und trinkt, wird Mailin müde. Die Anspannung der Reise, all die neuen Eindrücke, die Zeitverschiebung. Sie nimmt die Pumpe aus ihrer Tasche und weil kaum Tische besetzt sind, sieht keiner, wie sie ihre Milch abpumpt. Die Vibration an ihren Nippeln ist beruhigend gewohnt und Mailin schläft ein. Es sind nur eine Handvoll Leute, die eine bronzefarbene Chinesin am Tisch sitzen und schlafen sehen. Der Pullover ist so weit heruntergerutscht, dass Mailin sich nicht entblößt. Doch das wäre ihr egal, es sind nur Brüste. Die Hälfte der Menschheit hat welche. Ob es zehn Leute sind, die ihren Busen sehen oder zehntausend ist ihr egal. Das eine merkt sie so wenig wie das andere.

Die Milchpumpe geht nach zehn Minuten automatisch aus. Beim Hersteller arbeiten offenbar Frauen in der Entwicklung, die so etwas vorhergesehen haben. Eine müde Mutter, die beim Abpumpen der Milch einschläft. Zum Glück, denkt Mailin, denn sonst wäre von ihrem Busen vielleicht nichts mehr übrig gewesen außer einer leeren Hülle. Wie ein Luftballon denkt sie und muss kichern. Nachts an deutschen Autobahnen muss schon einiges zusammenkommen, wenn man auffallen will. Mailin gelingt das mühelos. Eine verwirrt aussehende Chinesin, die kichert, während sie Plastikhütchen von ihren Brustwarzen entfernt, die Nippel sorgfältig trocknet und ebenso sorgfältig verstaut, ist selbst für diesen Platz, an dem Gott und die halbe Welt vorbeikommen, skurril. Vor allem, wenn man mitbekommt, dass sie die Milch anschließend wegschüttet.

Die wenigen Minuten Schlaf reichen nicht, Mailin hat Angst, am Steuer einzuschlafen. Sie fährt von der Autobahn ab und sieht ein Hotel. Sie kennt das Schriftzeichen für Hotel von ihrem Aufenthalt vor einem Jahr. Eine halbe Stunde später schnarcht sie schon und schläft glücklich, weil sie in Hendriks Nähe ist. Frühstück gibt es aus einer Papiertüte. Eingepacktes Zeug, zwei Brötchen, dazu ein Müsliriegel, ein Apfel und ein Fläschchen mit Orangensaft.

Bevor sie weiterfährt, geht sie in einen Supermarkt und kauft sich literweise Wasser. So viel sie tragen kann. Sie hat ständig Durst wegen der Milch, die sie gibt. Im Supermarkt ist es ganz schlimm. Obwohl sie gerade eine halbe Stunde zuvor die Pumpe angeworfen hat, schießt ihr die Milch mit Macht ein. Denn an der Kasse schreit ein Säugling, weil er so einen großen Hunger hat. Die Mutter wird hektisch und Mailin fragt sich, wieso sie das Kind nicht stillt. Wenn das Baby noch länger schreit, wird ihr selbst die Milch am Bauch herunterlaufen.

Aber die Mutter ist schnell wie der Wind und verlässt den Supermarkt mit wehenden Fahnen. Im Auto ist es brütend heiß, doch es ziehen dunkle Wolken auf, die es erträglich machen. Mailin ist wieder auf der Autobahn und hat nur noch eine halbe Stunde zu fahren. Auf einmal geht die Welt unter. In der Blechkiste prasselt es so laut, dass ihr die Ohren weh tun. Wenige Minuten später liegen die Hagelkörner knöchelhoch auf der Straße. Alle fahren nur noch fünfzehn. Sie kommt sich vor wie eine Heldin, der haufenweise Steine in den Weg gelegt werden, bis sie ihr Glück endlich findet. Als sie die Autobahn verlässt, scheint die Sonne wieder.

Sie fährt durch das Murgtal und aus den Wäldern auf den Bergen steigt Nebel auf. Der Schwarzwald zeigt sich typisch. Die Welt ist hochglänzend, vor allem die Straße und Mailin muss ihre Sehschlitze fast komplett zukneifen, weil sie gegen die Sonne fährt und so sehr geblendet wird. Sie hat den leisen Verdacht, dass jemand versucht, ihr Wiedersehen mit Hendrik zu sabotieren. Jedoch glaubt sie nicht an

Schicksal oder Bestimmung. Es liegt in ihrer Macht. Sie tut, was in ihrer Macht steht und vielleicht etwas mehr, um Hendrik wiederzusehen. Da sie es nicht eilig hat, hält sie auf einem Parkplatz. Sie will warten, bis entweder die Sonne wieder weg, oder die Straße trocken ist.

Es ist nicht mehr weit, Mailin wird zu ungeduldig. Obwohl weder das eine noch das andere eintrifft, setzt sie sich wieder ans Steuer. Fünf Minuten später erkennt sie das Schriftzeichen für Gernsbach. Endlich! Ein Jahr und zwei Monate hat es gedauert, bis sie es geschafft hat, zurückzukehren. Vierzehn Monate, in denen sie nicht nur ein Kind gebar, sondern in denen sie mehr als sonst über die Welt und die Leute nachdachte. Mailin fährt am Hotel Kuckucksnest vorbei, ohne es wiederzuerkennen, dann an der Bäckerei, die sie sofort wiedererkennt. Sie hält an und sieht durch das Schaufenster. Erinnerungen kommen hoch. Was sie empfindet, ist ein Schock. So klar hat sie sich im gesamten Jahr nicht erinnert. So präsent war Hendrik kaum je. Jetzt, da sie einen Ort wiedersieht, den sie mit ihm besucht hat.

Sie findet den Bäckermeister nicht, der damals mit Hendrik sprach. Da sind nur zwei Frauen im Verkaufsraum. Hinter ihr hupt jemand freundlich. Mailin fährt weiter und weiß, dass sie umdrehen muss, sie hat das Hotel übersehen. Weil sie mit dem Auto zu schnell ist und nicht richtig Ausschau halten kann, sucht sie sich einen Parkplatz. Zu Fuß geht sie zurück, an der Bäckerei vorbei, sucht nach dem grünen Schild, auf dem das Schriftzeichen für Hotel steht. Dann entdeckt sie das Gebäude. Das Schriftzeichen ist abmontiert. Der Parkplatz leer, die Jalousien geschlossen.

Neben dem Eingang sind zwei Klingeln, an einer steht ›Hotel‹ an der anderen nichts. Mailin drückt beide Klingeln. Lange. Sie kann nicht hören, ob sie wirklich geklingelt haben. Wie klingeln die Deutschen? Ist es ein Ding-Dong? Ein Schnarren oder eine Telefonklingel? Egal, sie hört nichts und es geht kein Licht an. Das Gebäude ist leer, verlassen. Sie ist sich sicher, dass es das Hotel Kuckucksnest ist, diesen Eingang haben sie mehr als zwei dutzendmal benutzt. Sie würde ihn weder vergessen noch verwechseln. Sie schirmt die Helligkeit ab und sieht hinein. Ja, sie ist sich hundertprozentig sicher. Hier war sie vor über einem Jahr. Selbst wenn das Hotel geschlossen ist, in dem Gebäude wohnt sicher jemand. Sie wird in einer Stunde wiederkommen.

Mailin ist nicht verzagt, sie ist weder pessimistisch noch optimistisch. Sie hat zwei Wochen Zeit. Sie dreht eine kleine Runde durch die Stadt. Es hat sich nichts verändert, außer dass mehr Leute unterwegs sind als letzten März. Damals schien die Stadt ausgestorben. Sie kommt an einer Apotheke vorbei und sie erinnert sich an die Apothekerin. Mit der hat Hendrik länger gesprochen. Worüber, weiß sie natürlich nicht. Sie verstand damals kein Wort Deutsch. Das Hotel ist dunkel und abweisend. Sie geht einmal um das Gebäude herum, ohne jemanden zu sehen. Aber sie hat Glück im Unglück. Das, was Deutschland so unsympathisch macht, hilft ihr jetzt. Ein wachsamer Nachbar. Was im Südwesten so viel heißt wie ein misstrauischer Nachbar. Er hat sie vorher schon beobachtet.

Jetzt kommt er aus seinem Haus und spricht sie in gebrochenem Englisch an. »Kenn ei help juh?«

Mailin erinnert sich an Ju'gen. Der meinte, dass sie manchmal Probleme heben wird, jemanden zu verstehen, weil er Dialekt spricht. Gerade im Süden wäre das weit verbreitet. Das hier ist so jemand, vermutet sie.

Sie fragt einfach, vielleicht merkt er dann, dass er keinen Dialekt sprechen darf, sodass sie ihn verstehen kann.

»Wissen Sie, was mit dem Hotel passiert ist?«

Der Nachbar, sichtlich erleichtert, dass er nicht länger Englisch reden muss, sagt: »Ja, leider. Letztes Jahr war Gernsbach abgeriegelt, weil die Stadt unter Quarantäne stand. Das Hotel lief vorher schon nicht gut. Danach musste es schließen. Der Aufschwung vom Sommer kam zu spät.«

»Wem gehört es jetzt?«

»Es gehört schon immer einem Geschäftsmann hier aus Gernsbach. Er verpachtet es nur. Hat kein Interesse am Hotel. Jetzt wird es umgebaut.«

»Ich war letzten März hier und suche einen Mann, der auch hier war.«

Der misstrauische Nachbar sieht Mailin durchdringend an. Er mag Asiaten nicht besonders, warum, weiß er selbst nicht. Er will keinesfalls einen Mann ans Messer liefern, weil eine Chinesin ihre Pille vergessen hat. Er sucht nach Anzeichen von einem Baby. Da ist nichts. Kein Kinderwagen, keine Trage, sie ist nicht vollgekotzt und hat nicht die Aura einer frisch gebackenen Mutter.

Trotzdem überwiegt bei ihm das Vorurteil. Chinesen sind geldgierig und wollen sowieso nur hier wohnen und arbeiten, damit sie ihr Geld nach Hause schicken können. Das ist ihm zu blöd. Von ihm erfährt sie nichts.

»Ich weiß nichts. Was soll man machen? Keine Ahnung, wo die Pächter sind, die sind nicht von hier.«

Er lügt. Doch er will, dass das Schlitzauge endlich geht. Was kann ein normaler Mann von der hässlichen Schnalle überhaupt wollen? Außer einer schnellen Nummer, weil die Quarantäne so langweilig ist? Von ihm hört die Asiatin kein Sterbenswort mehr.

»Kennen sie die Dame Constanze? Die hat hier gearbeitet.«

Der Schwarzwälder, dem der Schreck in die Knochen fährt, weil er Constanze besser kennt, als irgendjemand wissen darf, kneift den Mund zusammen. Er wird kein weiteres Wort mehr verlieren. Er schüttelt den Kopf und lässt Mailin stehen.

Falsche Zeit, falscher Ort

Köln, Deutschland, Dienstag, 1 Mai 2021

Warum muss ich ausgerechnet hier die Nachricht bekommen? Und warum ausgerechnet jetzt? Einen schlechteren Zeitpunkt für ihren Deutschlandbesuch hätte sich die Chinesin nicht aussuchen können. Warum stehe ich überhaupt auf der beknackten Hohenzollernbrücke? Einfach nur so. Ohne beschissenen Grund. Die Nachricht des Trackers, dass Mailin keine zweihundert Kilometer entfernt ist und dann fällt mir das dreimal verfluchte Handy herunter. Weil ich es mit dem Fuß abfangen will, gebe ich ihm einen Tritt und es fliegt in hohem Bogen in den Rhein. Scheiße.

Mailin ist jetzt in Frankfurt, aber wo wird sie heute Abend sein? Wo werde ich dann sein? Wo will sie hin? Wo muss sie hin? Will sie zu mir? Oder nur nach Deutschland? Über ein Jahr lang sehe ich den Punkt in China blinken, am beknackten Scheißarsch der Welt und jetzt das. Das absolut allerschlimmste ist die Tatsache, dass ich völlig hilflos bin. Machtlos. Wäre Mailin vor sechs Wochen gekommen, alles paletti! Da war ich frank und frei. Hatte keinen Job, kein Häuschen, keine Schulden, keine Verpflichtung.

Wir wären durch Deutschland gedüst, ich hätte sie zweimal am Tag in Grund und Boden genagelt und abseits davon hätten wir auf beknacktes Touristenpärchen gemacht. Denn es ist klar, warum sie in Deutschland ist. In China hat es ihr keiner so besorgt wie ich. Hat man sie dort herumgehen lassen, wie eine Patientin im Wachkoma? Bequem zum Druckablassen und billiger als jede Prostituierte. Ein Gefäß ohne weitere Funktion und ohne Emotion. Selbstreinigend, praktisch. Das kann nicht mal eine Gummipuppe. Und Mailin guckt nicht so dämlich wie diese Puppen. Ich grinse schief, dabei ist mir nicht nach Lachen zumute, denn ich kann nicht weg. Ich bin seit zwei Tagen hier zur Schulung. Noch zwei Tage und dann ist Wochenende. Vorher kann ich unmöglich weg.

Ich habe mir gerade erst ein Häuschen gekauft. Mit dem allerletzten Notgroschen, ich bin völlig blank, ich kann vier Wochen essen mit dem Geld. Wenn ich ihr jetzt hinterherfahre, ist der Job weg, das Häuschen ist weg und ich bin völlig am Arsch. Ich hab schon echt bescheuerte Sachen gemacht für einen Fick. Richtig bescheuerte Sachen. Aber das hier bringe nicht einmal ich. Nennt mich spießig, nennt mich kleingeistig, ist mir egal. Ich will endlich mal wieder einen Fuß auf den Boden bekommen. Wohin will sie überhaupt? Ich kann mir nur vorstellen, dass sie nach Gernsbach fährt. Wohin sonst? Falls sie nicht eine riesige Familie in Frankfurt, München, Hannover oder sonst wo hat, die drei Chinarestaurants besitzt, bleibt nur Gernsbach. Der einzige Anhaltspunkt, um mich zu finden. Aber wie stellt sie das an?

Holt sie sich einen Dolmetscher? Sie ist sicher nicht arm, wenn sie zwei Jahre hintereinander nach Deutschland fliegen kann. Aber einen Dolmetscher zu buchen? Kann ich mir nicht vorstellen. Wenn doch, habe ich mehr Eindruck hinterlassen, als gedacht. Ist das nur eine Zwischenlandung? Frankfurt ist schließlich ein Drehkreuz. Ich bin unterdessen an meinem neuen Firmenwagen angelangt. Fahre aus der Stadt raus. Nach Westen. Nicht nach Süden. Am Kreuz Köln-West biege ich im letzten Moment doch nach Süden ab. Ich kann morgen früh wieder hier sein. Wenn ich um vier Uhr morgens in Gernsbach losfahre. Scheißegal, ich hab schon verrücktere Sachen gemacht. Hoffentlich verschlafe ich nicht.

Es dämmert, als ich in Gernsbach ankomme. Das Hotel Kuckucksnest ist dicht. Sehe ich schon von weitem, Constanze, Mailin und ich haben ihm den Rest gegeben. Nicht einmal der Schriftzug »Hotel« ist noch dran. Was daraus wird? Aber es ist weiß Gott nicht das einzige Gasthaus in Gernsbach.

***

»Hallo und guten Abend. Ich bin auf der Suche nach einer Chinesin, Mailin heißt sie …«

»Und der Nachname?«

Woher soll ich den wissen du Idiot? Ich bin froh, dass ich den Vornamen verstanden habe. Du kennst sie nicht, sonst würdest du so eine beknackte Frage niemals stellen.

»Den weiß ich nicht, aber verstehen Sie, es …«

»Tut mir leid, da kann ich nichts machen, ich darf keine Auskunft geben. Wegen Datenschutz, Sie verstehen sicher.«

Das einzige, was ich verstehe, ist, dass ein Arschloch vor mir steht, der sich hinter seiner Bürokratie verschanzt, um mir meinen Abend zu versauen. Beim zweiten Hotel dasselbe. Datenschutzgrundverordnung. Leck mich am Arsch, das ist alles nicht wahr, oder? Hier herzukommen war eine Schnapsidee. Einen Versuch mache ich noch. Nein, sie haben leider keine Chinesin zu Gast. Wenigstens verschanzt er sich nicht. Aber weiter bringt er mich auch nicht. Wie viele Hotels hat Gernsbach? Ein Dutzend? Zwei Dutzend? Es ist eine Touristengegend. Wieso musste ausgerechnet unser Hotel dichtmachen? Scheiße. Ich gehe durch die Stadt. Es ist mehr los als letzten März, aber nicht viel. In der Tannwaldapotheke brennt Licht. Soll ich? Soll ich ihr wenigstens vorher eine Nachricht schicken? Ich habe seit einem Jahr nichts von Apotheke gehört. Kunststück, meine neue Nummer habe ich ihr nie gegeben.

Ich klingele. Nichts. Ich weiß, was Frau Doktor macht. Sie sitzt in ihrem Hinterzimmer und entweder sie mixt oder sie wichst. Weil sie keinen Notdienst hat, macht sie nicht auf. Mal sehen, wie sehr sie widerstehen kann. Ich klingele wieder. Nichts. Wenn sie wüsste, wer hier steht und klingelt, würde es ihr warm am Bein runterlaufen. Komm, mach auf, Süße. Ich klingele ein drittes und letztes Mal. Es dauert ein paar Sekunden, bis sie mich erkennt, dann geht ein Strahlen über ihr Gesicht. Die Sonne geht auf und wärmt mein kaltes

Herz. Sie kommt an das Fenster, das mit einer Sprechanlage ausgestattet ist.

»Guten Abend junger Mann. Wir haben schon geschlossen. Die nächste geöffnete ist die Schwanen-Apotheke in Gaggenau.«

»Frau Doktor, es ist wirklich äußerst dringend!«

»Also gut, junger Mann. Sie wissen, wo sie mich finden.«

Ich weiß, wo ich sie finde. Frau Doktor hat eine Ferienwohnung. Zur Zeit nicht vermietet. Es herrscht schon wieder Ausnahmezustand. Nach drei lächerlich kurzen Wochen im März geht es wieder bergab. Alle Lockerungen sind aufgehoben. Wahrscheinlich bis in alle Ewigkeit. Amen.

Ich kenne den Weg und ich weiß, wo der Notschlüssel deponiert ist. Ich drehe die Heizung auf, trotz Mai ist es innen kühl. Apotheke scheint ihr Ferienappartement selten zu nutzen. Weder für Gäste noch zum Vögeln. Das werden wir gleich ändern. Ich freue mich. Es war eine Schnapsidee, zu glauben, dass Mailin nach Gernsbach fährt. Meinetwegen. Aber wenn ich nun schon mal hier bin. Soll ich mich ausziehen und das Bett vorwärmen? Oder hat sie heute mehr Zeit für mich? Ich stehe nicht auf Quickies. Bei Apotheke habe ich mehr als nur eine Ausnahme gemacht. Kein Wunder bei den Titten.

Sie hat mit Abstand die schönsten Brüste, die ich kenne. Zwar groß, aber eben so, dass es noch natürlich ist. Natürlich schön. Trotzdem Frau Doktor Mitte fünfzig ist, lässt nichts nach. Die Lust nicht, die Spannkraft nicht und von mangelnder Feuchtigkeit kann erst Recht keine Rede sein. Sie ist eine wandelnde Sexbombe und wir werden es gleich krachen lassen. Ich muss keine zehn Minuten warten und wir liegen uns in den Armen. Freuen uns. Grinsen wie blöd, weil ihr uns so über unser Wiedersehen freuen. So unverhofft. Wir drücken uns lang und länger, so sehr freuen wir uns. Sie drückt mich an ihren dicken Busen und ich ergebe mich in mein wunderbares Schicksal. Ich greife um ihren Leib herum und ruckzuck habe ich den BH geöffnet. Statt sich den Pulli auszuziehen, fummelt sie sich den BH so heraus. Die Träger durch die Ärmel, über die Hände und wieder zurück. Dabei könnte ich einer Frau immer wieder zusehen. Sehr anmutig und vielversprechend.

Dermaßen befreit grinst Frau Doktor wieder und zieht eine Flasche Wein aus ihrem Korb. Es ist sie wieder, die *Hex vom Grafenstein*. Kenne ich schon von ihr. Klingt so, als hätte sie nicht nur eine dabei. Wir trinken Wein. Und grinsen. Das ist die Vorfreude. Für mich ist es ein veritables Faszinosum, was Freude, Sexlust und Orgasmen bei den Leuten auslösen können. Bei Frauen. Dass eine Frau untervögelt ist, darf man zwar nicht mehr denken oder sagen, aber man weiß es. Merkt es. Ich weiß es und ich merke es. Und ich mache etwas dagegen. Ist sie überhaupt noch verheiratet? Und das letzte Mal Sex? Weihnachten? Wenn sie trotzdem bei ihm bleibt, trotzdem, muss er etwas anderes können. Wegen Sex kann es nicht sein.

Als wir uns erneut in den Armen liegen, bin ich unter dem Pullover. Ich habe vergessen, wie schön ihre Brüste sind. Apotheke zieht hörbar die Luft ein, als sie mit ihrer Hand über meinen Schritt fährt. Kein Wunder, ich stehe in Flammen und bin nicht nur heiß, sondern schon längst hart. Wie ein heißer Stein, Frau Doktor. Ab einem gewissen Punkt ist es dann gut. Dann kann es ihr nicht mehr schnell genug gehen. Frauen sind so verschieden und ich vergöttere sie alle. Vor allem, wenn sie mir nichts mehr vorspielen. Weil sie vertrauen. Weil sie wissen, dass ich weiß. Alles weiß, was nötig ist. Sie zieht sich aus. Die Hosen. Nur den Pullover hat sie an, der Rest ist offen. Offensichtlich. Offenbar bereit.

Sie sieht mich an, während ich ihr auf die Muschi gucke. Sie grinst, ich grinse, wir wissen, was in einer Minute sein wird. Jetzt ist pure Vorfreude. Gleich explodieren wir, gleich. Jetzt freuen wir uns und zögern den Moment hinaus. Ein Moment für die Ewigkeit. Den wir nur deswegen so rauszögern können, weil sie Zeit hat. Das war nicht immer so. Es gab Zeiten, da war sie schon halb nackt, wenn die Tür ins Schloss fiel. Trotzdem war ich nie beleidigt, eher geschmeichelt, weil sie es so sehr brauchte, so sehr wollte. Rührend zu erleben, dass es jemanden gibt, dem Sex genauso wichtig ist, wie einem selbst, der es genau so nötig hat wie man selbst. Sie lässt mich nicht aus den Augen, denn Frau Doktor wartet auf die Krone der Schöpfung, wartet darauf, dass ich mich ausziehe. Der Oberkörper ist längst frei und ich knöpfe die Hose auf. Sie ist gespannt, obschon sie weiß, was kommt. Sie wartet auf das Wunder der Natur. Wenn ich meine Hose herunterziehe und die Erektion herausschnellt wie ein Pfeil von der Sehne eines Bogens. Das ist ihr ureigenster Moment.

Der ist für dich. Zehn Sekunden später dringe ich ein, weil es so dringend ist. Sie stöhnt innig, als wäre es vorbei, dabei fängt es erst an. Sie kennt mich, sie weiß, was sie erwartet und sie weiß, dass sie alles geben kann und ich dagegenhalte. Dass sie niemals zu kurz kommt. Dass sie sich auf eins verlassen kann, auf meine Lanze, die ihr heiß in den Unterleib fährt, die sie spaltet, ihr den Atem raubt und die Sinne schwinden lässt. Wenn sie durchhält. Doch das kann sie nicht, weil sie es so nötig hat. Ich kenne diese Frau inwendig und inwandig. Ich weiß genau, wann sie was braucht. Sie ist außer Übung und wir sind beide erstaunt, dass sie für ihren ersten Höhepunkt gut und gerne fünf Minuten braucht.

Vielleicht ist sie nicht erstaunt, sondern genießt die Vorfreude. Auch wenn er länger braucht, ihr Orgasmus ist heftiger denn je. Weil sie so lange darauf gewartet hat. Eine halbe Ewigkeit und damit sind nicht die fünf Minuten gemeint. Weil sie es kennt, weil sie mich kennt, lasse ich ihr keine Ruhe, lasse sie nicht verschnaufen, sondern ich ignoriere ihren Höhepunkt. Ich komme in Fahrt und berausche mich an der Kraft meiner Stöße. Himmel, dass sie das aushält, ist beachtlich. Traumhaft, ich liebe ihre Nehmerqualitäten. Von Rechts wegen sollten ihr die Tränen kommen, aber sie ist zu beschäftigt damit, ihren Höhepunkten nachzufühlen, sodass sie das Heulen vergisst. Aber nicht zu stöhnen. Mein Glück, mein Rausch, sie hält mich krampfhaft umklammert und gibt sich mir hin wie ein Weib.

Ihr Telefon klingelt. Unmöglich, ich kann jetzt nicht aufhören, ich dringe bis ans Ende vor, ans Ende der Welt, ans Ende ihrer Scheide. Frau Doktor hört das Telefon nicht einmal, weil sie zu beschäftigt ist. Ich habe längst aufgehört zu stoßen, ich drücke mich nur weiter in sie, in ihr aufgeweichtes Fleisch. Verdränge alles, was sich mir in den Weg stellt. Dringe in ihr Innerstes und werde begeistert empfangen, festgehalten, sie hat mich so vermisst. Apotheke selbst und ihre Vagina erst recht. Wir klingen sanft aus und zwei Glückstränen kullern ihr herunter. Nichts, was sich nicht wegküssen ließe.

»Na, wars schön, Frau Doktor? Hat gar nicht wehgetan, oder?«

Sie schüttelt den Kopf. Den Kopf mit knallroten Wangen und einem Lächeln, welches nicht mehr verschwinden wird. Sehr lange nicht. Tagelang wird sie strahlen und in passenden und unpassenden Momenten an ihren Liebhaber denken. Ihn, der noch nicht alles gegeben hat.

»Wie lange hast du Zeit, Hendrik?«

»Wäre das nicht eigentlich meine Frage? Du bist die mit dem engen Zeitplan.«

»Nicht mehr. Nicht länger. Sieh dich doch um.«

Tatsächlich ist die karge Ferienwohnung nicht mehr die von vor einem Jahr, sondern bedeutend wohnlicher. Habe ich vorhin nicht bemerkt, weil ich nur an sie dachte. Und wie sie sich vor mir auszieht. Ich merke nicht viel, wenn Sex in der Luft liegt. Eine Enttäuschung zu kompensieren, darin bin ich gut. Darin bin ich spitze. Na toll, ich muss um vier Uhr fahren und Frau Doktor hat ausnahmsweise Zeit. Was für ein Timing. Das sind nur sechs Stunden. Sie räkelt sich nackt vor mir, mit obszön dickem Busen und weichgevögelter Muschi. Feuchtglänzend und einladend streckt sie sie mir hin. Weil sie weiß, dass ich noch nicht gekommen bin. Und weil ich sie nötig habe. Warum weiß sie nicht. Das wäre ihr egal? Nutznießer zu sein ist besser. Warum ist die Banane krumm? Warum ist mein Schwanz gerade? Man muss Prioritäten setzen. So auch bei den Wünschen.

»Frau Doktor, du hast einen Wunsch frei.«

»Einen? Du warst schon mal freigiebiger.« Sie guckt fast ein wenig entrüstet. Dabei muss sie nichts sagen. Mehrere Male haben wir unsere Nummern auf eine Viertelstunde und weniger eindampfen müssen. Weil sie zum Mann nach Hause musste.

»Was ist eigentlich mit deinem Mann?«

»Er hat vorhin angerufen, ich werde ihm gleich schreiben, dass ich hier übernachte, weil es in der Apotheke so spät geworden ist. Mache ich öfter in letzter Zeit. Durch sein Homeoffice haben wir kaum Zeit, die wir nicht zusammen verbringen. Das ist mein Refugium, er ist nie hier.«

»Hätte dir ja letztes Jahr auch mal einfallen können. Frau Besorgs-mir-zwischen-Tür-und-Angel.«

Sie zuckt mit den Schultern. Recht hat sie, über verpasste Chancen zu grübeln, bringt einen nicht weiter. Sie fängt an zu feilschen: »Komm Hendrik, einen Wunsch und deine Telefonnummer, ja?«

Kannste knicken Doc, denke ich mir. Ich habe deine Telefonnummer. Ich weiß nicht, wozu du meine brauchst. Ich habe gar keine. Meine Nummer mitsamt Telefon liegt im Rhein. Ich melde mich. Oder auch nicht. Aber das sage ich ihr nicht. Jemanden so vorzuführen, ist gemein, ich halte sie nur etwas hin. Ob sie die Nummer jetzt oder in ein paar Tagen bekommt, wenn ich Lust auf einen Chat mit ihr habe, spielt keine Rolle.

Ich spiele den harten Mann und schüttele den Kopf. »Ein Wunsch.«

Sie tut so, als würde sie schmollen, dann setzt sie sich auf. Kommt näher und winkt mir. Hält mir die Hand ans Ohr und flüstert mir ihren Wunsch zu. Ich bin nicht überrascht. Mitten in der zweiten Flasche Wein sind wir gelöst genug. Wir haben uns an den Rand gebracht und Frau Doktor ein paarmal darüber. Ich bin kurz davor, ich kann kaum länger warten. Aber bei dem Endspurt, den sie will, brauche ich kein Durchhaltevermögen mehr, nur eine letzte, vollkommene Erektion. Das ist für mich das kleinste Problem.

***

Die Frau liegt schon bereit, jede Faser ihres Köpers ist gespannt, voller Freude und Ahnung des Kommenden. Vor mir liegt sie. Auf dem Rücken. Und ihre Schenkel gespreizt, wie könnte es anders sein? Doch ihre Muschi ist jetzt nur mehr ein optischer Reiz. Sie hat mir ein Fläschchen in die Hand gedrückt und ich präpariere den Hintern von Frau Doktor. Genauer gesagt, den Eingang. Den Anus. Bei der ersten Berührung ist er hart und die Frau zuckt leicht.

Aber mein Daumen und das Gel machen ihn geschmeidig, seidig glänzend und weich. Apotheke entspannt, obwohl sie gespannt ist. Sieht meinen steil aufragenden Schaft und kann es nicht fassen, dass ich es gleich tun werde. Noch massiere ich ihren Arsch, von Abwehr keine Spur, das Gel und der Daumen setzen dem Anus zu, dass er sich nicht mehr wehren will. Frau Doktor windet sich unter und vor mir.

Ist kaum zu halten, Sie kann es nicht fassen, dass ich bei ihr bin und dass es jeden Moment geschieht. Der Daumen reicht nicht mehr. Längst bietet ihm nichts mehr Widerstand. Da muss etwas Dickeres her.

Meine Eichel pocht vor Erregung, ich kann den Höhepunkt kaum aufhalten. Ich platziere sie am weichmassierten After und drücke dagegen. Ich sehe auf Frau Doktors Vulva, die umsonst zarten Schleim produziert. Noch bietet mir der Hintern Widerstand, doch ich spüre ihn langsam nachgeben. Er ist zu glitschig, um sich zu wehren. Die Eichel dringt in Apothekes Hintern. Ich sehe zu und sehe ihre Muschi vergeblich pumpen. Das dicke Ding in ihrem Arsch gefällt ihr, nun, da es endlich drinnen ist. Ich spüre die Muskeln, wie sie mich massieren und vergeblich versuchen, den großen, ungewohnten Fremdkörper wieder rauszudrücken. Keine Chance, ich halte dagegen und die Muskeln, die mich rausdrücken, bewirken genau das Gegenteil. Ich rutsche unaufhörlich tiefer. Ich sehe genau zu. Und sehe zu, was sie fühlt, während der dicke Stab in ihren Hintern fährt. Sie lässt ihre Muskeln spielen und verdreht die Augen. Ich lote die ganze Tiefe aus und beherrsche nichts mehr.

Frau Doktor ist halb weggetreten. Ich muss nichts weiter machen, als ihn dreimal halb rausziehen und wieder bis zum Anschlag in den heißen Arsch zu schieben. Dann spritzt sie mich voll. Aus ihrer offenen Vulva spritzt klare Flüssigkeit und besudelt mich. Ich bin längst dabei, mich in ihr Innerstes zu entleeren, ich zucke und stöhne laut, derweil ich eine warme Dusche abbekomme. Ich spüre jeden Strahl, den ich ihrem Körper übergebe, den ich ihr schenke und den sie dankbar und großmütig empfängt.

Altpapier

Gernsbach, Deutschland, Mittwoch, 2 Mai 2021

In China hätte Mailin jetzt weitere fünf oder zehn lange Minuten gebraucht, um herauszufinden, dass jemand im Grunde nichts weiß. Dort ist es verpönt, nein zu sagen. Dass man etwas nicht weiß, dass etwas nicht geht. Das bekommt man oft genug erst nach quälenden Minuten heraus, wenn überhaupt. Mailin geht nachdenklich zum Auto zurück. Der unsympathische Nachbar sieht sich bestätigt und kehrt befriedigt in sein Haus zurück. Wieder einmal den Angriff der gelben Gefahr abgewendet.

Mailin braucht ein Hotel. Sie hat nahezu freie Auswahl, der Schwarzwaldtourismus hat sein Vorkrisenniveau nicht wieder erreicht und obwohl das Hotel »Kuckucksnest« pleite ist, sind die anderen deswegen nicht überfüllt. Wenn man für seinen Säugling Vorsorge trifft oder gerade nichts Besseres zu tun hat, ist Milchabpumpen in Ordnung. Wenn man aber etwas zu tun hat, beschäftigt ist, keine Zeit hat und die Milch ohnehin wegschüttet, sitzt man auf glühenden Kohlen, wenn der kleine Motor der Pumpe brummt. Die Minuten verrinnen, Mailin ist unwirsch. Jedoch ist sie nicht diejenige, die Shenmi unter die Augen treten wird, um ihr zu sagen, dass ihre Milch versiegt ist. Was Jahzen und dessen Aufzucht angeht, versteht ihre Schwester weder Spaß, noch macht sie Kompromisse. Er würde voll gestillt, bis der kleine Mann von sich aus etwas anderes möchte. Wie lange das dauern würde, fragt Mailin. Mindestens sechs Monate, möglicherweise ein Jahr. Jetzt hat sie wieder drei Stunden Ruhe.

Sie geht an die Rezeption und fragt. Was bleibt ihr sonst übrig? Ja, sie kenne das Hotel, sagt die Frau. Sie ist im Gegensatz zum ersten Schwarzwälder freundlich. Ja, der Pächter sei stadtbekannt. Sie gibt Mailin seine Telefonnummer. Mailin geht wieder auf ihr Zimmer und ruft den Pächter an. Bei ihm hat sie endlich Glück. Er ist zwar nicht in der Stadt, aber er hat eine Mitarbeiterin, die sich um das Objekt kümmert. Die sei heute dort. Mailin könne am frühen Nachmittag dort hinkommen. Die Chinesin bedankt sich hundertmal und freut sich, weil jemand sie versteht, es endlich weitergeht. Sie hat zwei Stunden und sieht sich die Sehenswürdigkeiten der Altstadt an. Dazu die gepflasterten Straßen und die Steinhäuser mit Holzbalken. Doch fehlt ihr die Muße, alles angemessen zu würdigen. Sie würde lieber in das Hotel gehen. Noch eine halbe Stunde. Sie überlegt, ob sie vorher Milch abpumpen soll, aber das ist ihr zu knapp. Sie will die Frau nicht verfehlen.

Zehn Minuten vor der Zeit macht Constanze ihr die Tür vom Hotel auf. Beide sind gebührend überrascht, einander wiederzubegegnen. Constanze weitaus mehr. Doch auch Mailin hätte mit der käuflichen Rezeptionistin von damals kaum gerechnet. Es gibt einen Moment, wo sie sich umarmen könnten, jedoch Mailin bemerkt ihn nicht. »Ich suche Hend'ik.«

»Sieh einer an, und da kommst du extra aus China hierher? Kaum zu glauben. Komm rein.«

Constanze, die sich wundert, dass Mailin Deutsch spricht, hält ihr die Tür auf. »Vor einem Jahr konntest du kein Wort sprechen und jetzt? Was ist passiert?«

»Ich habe es zu Hause gelernt.«, wobei unklar bleibt, ob sie damit China meint oder ihre Wohnung. So genau muss Constanze es gar nicht erfahren.

»Jetzt willst du wissen, wo Hendrik wohnt, nehme ich an?«

Constanze kratzt sich nachdenklich am Kopf und fragt: »War er denn so gut? Er muss mächtig Eindruck hinterlassen haben, wenn du seinetwegen um die halbe Welt reist.«

Dann denkt sie, dass Mailin womöglich einen Balg von ihm hat. Jedenfalls hat sie kein Kind dabei. Constanze kennt die europäische Datenschutzgrundverordnung und wenn sie könnte, würde sie sich damit den Hintern abwischen. Die Pächter haben nach der Quarantäne alles stehen- und liegengelassen. Seitdem hat Constanze einen neuen Job. Sie ist die Assistenz der Geschäftsleitung, die Assistentin des Pächters. Das ist ebenso weit gefasst, wie euphemistisch. Aber sie ist zufrieden, denn arbeiten muss sie kaum. Constanze ist leicht glücklich zu machen. Mit Geld. Leicht verdientem Geld. Im Büro des ehemaligen Hotels sind noch die alten Ordner mit allen Unterlagen zu finden. Und das Feldbett, auf dem sie viele, und Mailin eine Nacht geschlafen hat. Sie grinst bei der Erinnerung an die Quarantäne. Und als Erstes holt sie die Meldezettel.

»Kannst du lesen?«

Mailin schüttelt nur den Kopf. Wäre ein bisschen viel verlangt. Constanze hätte in zehn Jahren nicht so gut Chinesisch gelernt, wie Mailin in einem Jahr Deutsch. Dafür hat sie andere Qualitäten. Aber da die Meldezettel chronologisch abgeheftet sind, findet Constanze schnell, was sie sucht. »Hendrik. Hier isser. Komischer Nachname.« Constanze zieht die Stirn in Falten. »Sandmann? Gibt's den Namen überhaupt?«

Ihr fällt nur das Sandmännchen ein.

»Hendrik wohnt in der Glockengasse in Eierhausen. Wer's glaubt.«

Trotzdem muss sie lachen und als Mailin fragt weswegen, erklärt Constanze ihr die Bedeutung von Glocken und Eiern. Dass immer die Hoden gemeint sind. Und ganz kurz muss Mailin auch lachen. Bis sie merkt, dass der Meldezettel eine Sackgasse ist. Sie so nicht weiterkommt. Sie guckt einen Augenblick so traurig, wie sie sich fühlt, und Constanze bekommt Mitleid mit dem armen Ding. Nimmt Mailin in den Arm, die nicht so recht weiß, wie ihr geschieht. Doch sie lässt es geschehen. Als jemand an der Tür pocht, lässt Constanze die Chinesin los. Dass es klopft, ist keine Überraschung.

»Warte hier, ich bin gleich zurück.«

Mailin hat das Gefühl, dass es hier dauern wird. So lange sie auf Constanze wartet, kann sie Milch abpumpen, es ist wieder Zeit. Sie kramt in ihrer Tasche nach dem Gerät und will es anschließen, als Constanze zurückkommt.

»Also doch. Mailin!«

Die Angesprochene ist etwas verwirrt und sieht zu Constanze, die wiederum auf Mailins Brüste guckt.

»Du hast ein Kind! Wie toll, ich beneide dich so sehr. Warte hier, ja? Das mit der Milch dauert sicher. Ich brauche nur eine halbe Stunde, dann komme ich wieder, okay?«

Die Chinesin nickt und kümmert sich wieder um Milch und Pumpe. Meine Güte, ist das alles umständlich auf Reisen. Aber Shenmis Wut will niemand erleben. Niemand. Niemals. Was kann sie jetzt tun? Constanze hat vielleicht noch eine Idee. Sonst wäre ihre Reise hier schon vorbei, oder? Nein. Mailin kann zu der Apothekerin gehen. Weiß die etwas über Hendrik? Irgendwer muss wissen, was und wo der Vater ihres Sohnes arbeitet, da ist sie sich sicher. An Geld hat Mailin niemals gedacht, wie absurd. So etwas Modernes gibt es in China nicht, wer ein Kind hat, muss dafür sorgen. Alimente und dies gesetzlich geregelt kennt man nicht. Das ist nicht das, was sie von Hendrik will. Würde man sie fragen, käme sie nicht weiter als bis zum ersten Sex. Das will sie, da ist sie sich sicher. Danach sieht man weiter. Aber als nächstliegendes Ziel ist Sex wunderbar, ein leicht erreichbares Ziel. Obwohl sie Mathematikerin ist, denkt sie im Privaten oft nur einen Schritt weit. Dann kommt der nächste Schritt.

Zu ihrem Kind, Jahzen, kam sie fast jungfräulich. Sie hatte vor Hendrik schon mehrfach Sex. Aber anders. Kühl, fast geschäftsmäßig. Da war es eine Abfolge bestimmter Handlungen gewesen. Erst das, dann kommt das, danach das. Dann zieht man den Gummi über. Danach das und so weiter und fertig. Bei Hendrik hingegen hat sie nicht gemerkt, dass es um Sex ging! Es war wunderbar anders. Weil er sie berührt hat. Wohlwollend und zärtlich, so wie sie nie zuvor angefasst wurde. Alles, was er machte, war so neu, dass es Mailin nicht im Traum eingefallen wäre, es zu unterbrechen. Erst recht nicht für etwas dermaßen Profanes wie ein Kondom! Unterbrechen? Diese tiefgreifend neue Erfahrung? Alleine der Gedanke ist ein Frevel.

Als er das erste Mal in sie eindrang, war es womöglich noch dramatischer. Die neue Erfahrung. Auch körperlich, denn Hendriks Speer war der größte, den sie kannte. Und doch glitt er mit einer Leichtigkeit in ihren Körper, die ihr Rätsel aufgab. Der feuchte Schleim in ihr, der aus ihr kam, den hat er verursacht. Mit seinem

Streicheln. Ihre Nässe war das, aus ihrer Scheide. Ihre Vulva, der Venushügel geschwollen und ganz weich. Das war sein Werk allein. Fassungslos und staunend fühlte sie nach ihrem Körper, nach den neuen Reaktionen, Gegebenheiten, Wahrnehmungen und Reaktionen. Und mitten in ihrem Staunen dringt Hendrik in sie ein. Mit dem schönsten Penis, den sie je gefühlt hat. Und später gesehen.

Sie hatte das Gefühl, er schiebt ihn ihr durch den halben Bauch, so sehr hat er sie ausgefüllt. Und danach kannte sie sich nicht mehr. Hat sich ergeben. Den neuen Gefühlen, sie hat ihren Körper gewähren lassen. Für den war es zwar neu, aber der konnte auf Instinkte zurückgreifen. Instinkt ließ sie klammern, ihn umarmen, Instinkt machte ihr die Beine breit und den Schoß bereit. Instinkt wollte die Umarmung und Instinkt war es auch, der von den Stößen wusste, die vom Mann kamen. Und das Wichtigste, der Instinkt verlangte den warmen Schwall des Mannes Samen in ihrem wollüstigen Körper.

Ihr Körper war da, um neue Menschen zu schaffen. Das wollte er. Und weil er das dringend wollte, hat er Mailin abgeschaltet. Ihren Willen mit Lust übertüncht, ihre Vernunft weggewischt und ihr Höhepunkte beschert, die sie heute noch unerklärlich findet. Denn wo war die Lust vorher, wo ist die Lust all die Jahre gewesen? In ihr! Warum ist sie nie herausgekommen? Und jetzt, da sie die Lust kennt, von ihr weiß, muss sie ständig daran denken. Vorher nicht. Erst jetzt. Ein unlösbares Rätsel hat ihr Hendrik mit auf den Heimweg gegeben.

Ihre Brüste sind leer. Die Milch lässt sie in den Ausguss und spült die Maschine gleich. Sie stellt sie zum Trocknen hin, weil sie kein Handtuch findet. Constanze ist noch nicht zurück. Was sie wohl macht? Seit ihrer Erweckung durch den Deutschen hat Mailin eine andere Sicht auf Sex und alles, was damit zusammenhängt. Sie ist nun eingeweiht. Ihr Gynäkologe und Shenmi haben ihr weitere Dinge gezeigt und erklärt und seitdem stellt sie sich nicht mehr so blöd an und ist nicht mehr so naiv wie früher. Sie hat Constanze schon Geld nehmen sehen. Geld für Sex. Ob sie das jetzt wieder macht? Sie kennt sich aus im Hotel und macht sich leise auf die Suche. Sie muss nicht lange suchen, denn schon an der zweiten Zimmertür hört sie etwas. Vorsichtig legt sie ein Ohr ans Türblatt und lauscht. Sie hört die Frau stöhnen. Vom Mann hört sie nichts. Das

Bett ächzt, vielleicht ist der Mann dick. Da es nicht Hendrik ist, weiß sie, dass es jeden Moment vorbei sein muss. Mailin geht schnell zurück ins Büro und wartet auf Constanze. Hendrik war nie leise. Bei ihm hat sie genau gewusst, was gerade mit ihm passierte. Er hat nie ein Geheimnis aus seinen Empfindungen gemacht.

Und laut war er! Wenn er wieder einmal seinen Samen in ihren Körper gepumpt hat. Sie vermisst ihn so, ihn, seinen Körper, seinen Penis und seinen Samen. Seine herzzerreißenden Orgasmen. Hendrik liebt sie bis zum Äußersten. Kein Mann ist jemals so gekommen wie er, so leidenschaftlich, so laut, so vehement. Fast vermeint sie, das Zucken seines Körpers zu spüren, während er in sie ejakuliert. Es tut so weh, ihn zu vermissen. Sie will, sie muss ihn bald finden, ihr Köper kann kaum noch warten. Er muss schon viel zu lange warten.

Jetzt hört sie Stimmen im Foyer, bleibt aber sitzen. Constanze kommt zurück, äußerlich unverändert. Mailin fragt sich, ob man auch Spaß am Sex hat, wenn man es für Geld macht. Das wäre ja sehr praktisch! Dann könnten Frauen, die Sex mögen, Geld verdienen, ohne zu arbeiten. Aber sie führt den Gedanken nicht weiter, denn Constanze kommt nun ganz nah, nimmt sie wieder in den Arm und drückt ganz fest! Zum Glück sind die Brüste jetzt leer, sonst hätte sie wieder die Milch im BH. Die Stilleinlagen hat sie im Hotel vergessen, nicht zum ersten Mal.

»Mailin, du hast ein Baby! Wie wunderbar. Zeigst du mir ein Bild?«

Sie versteht den Wunsch zwar nicht, aber sie hat Bilder. Sie kramt nach ihrem Handy und öffnet die Bilder von Jahzen.

»O mein Gott, ist der süüüüß! Mailin! Das ist das süßeste Baby, das ich je gesehen habe! Wie heißt es denn?«

Mailin kennt so etwas wie Mutterstolz nur schwach. Es ist ein Junge, den hat sie unter Mühe aus sich herausgepresst und nun wächst er. Wird groß. Lacht. Trinkt ihre Brüste leer. Macht die Windeln voll. Sachen, die Babys so machen. Schreit nicht viel. Ist glücklich.

»Das ist Jahzen, ein Junge. Hend'ik ist der Vater.«

»Ach ja, das hätte ich mir jetzt fast gedacht!« Constanze nimmt die Chinesin wieder in den Arm, sie freut sich sichtlich. Sie lacht und ist glücklicher, als es Mailin je schien.

»Zeig nochmal!« Sie nimmt das Handy wieder. Sieht die Bilder. Und findet das Kind wirklich bildschön. Hendriks Sohn. Etwas dunkel, ein Hauch. Ebenso ein Hauch asiatisch. Dem würde in zwanzig Jahren die Welt zu Füßen liegen, jedenfalls hier.

»Darauf müssen wir anstoßen!« Ohne Mailins Antwort abzuwarten, macht Constanze eine Flasche Sekt auf und gießt zwei Gläser voll.

»Prost! Was sagt man in China?«

»Ganbei!«

»Ganbei!«

Fast richtig, darauf kommt es nicht an. Sie trinken. Mailin steigt der erste Schluck gleich zu Kopf. Und sie erinnert sich. Sie hat schon früher mit Constanze und Hendrik hier getrunken. Hendrik! Was nun? Sie drängt nicht, denn man hat ihr beigebracht, wie unhöflich es in China ist. Sie muss heute nicht mehr Autofahren. Sie stößt mit Constanze an.

»Mailin! Du musst beim Anstoßen dem anderen in die Augen gucken.«

Constanze im Brustton der Überzeugung. »Das ist hier Tradition. Sonst hat man sieben Jahre schlechten Sex!«

Die Angesprochene ist verwirrt, denn Aberglauben kennt man in China auch, aber eher auf dem Land. Und von dieser Sitte hat sie noch nie gehört. Sie rechnet nach. Könnte hinkommen, wenn sie mit sechzehn und dreiundzwanzig vergessen hat, beim Anstoßen in die Augen zu gucken. Hendrik kannte die Sitte bestimmt nicht. Der hat sicher niemals schlechten Sex.

»Und was machst du, wenn du Hendrik gefunden hast? Willst du hierbleiben? Oder soll er mit nach China fliegen?«

»Erst mal Sex. Und dann mal sehen.«

»Was für ein toller Plan!«

Hat Mailin noch alle Latten am Zaun? Sie ist ihr vor einem Jahr schon komisch erschienen. Sie schob es damals auf die Sprachbarriere. Aber das ist es nicht. Wenn sie spricht, ist es schlimmer. Schon alleine der »Unfall« beim Sex kommt ihr merkwürdig vor. Mailin ist keine sechzehn mehr. Aber dass man ganz naiv nach Deutschland fliegt, um den Vater zu treffen, und als Plan nichts hat als Sex und *mal sehen?* Constanze stellt ihr leeres Glas auf den Tisch und sagt: »Dann wollen wir mal wieder.«

Mailin fällt ein Stein vom Herzen, endlich geht es weiter. Die Ordner mit den Rechnungen stehen noch dort, wo sie standen, als die Pächter verschwanden. Es dauert zwei Minuten, bis Constanze die gewünschte Information hat.

»Hendrik arbeitet bei einer IT-Firma aus Koblenz. Ich ruf da mal an.«

Eigentlich hat Mailin das selbst regeln wollen, aber Constanze wählt schon.

»Niemand da. Vielleicht schon zu spät, es ist fünf. Ich schreibe dir die Nummer auf, dann kannst du morgen früh anrufen. Und meine Nummer schreibe ich auch auf, falls wir uns noch mehr einfallen lassen müssen.«

»Gut, ich rufe gleich morgen früh an.«

»Vielleicht solltest du besser hinfahren, Mädchen.«

»Aber du hast eben auch angerufen!?«

»Das ist trotzdem keine tolle Idee. Wenn jemand anruft, kann man den leicht loswerden. Abwimmeln. Man legt den Hörer auf. Geht ganz leicht. Wenn derjenige vor einem steht, geht das nicht mehr so leicht.«

Mailin leuchtet das ein. Sie wundert sich, dass sie ausgerechnet mit Constanze einer Meinung ist.

»Wo soll ich hinfahren?« Mailin gibt ihr das Handy, sodass Constanze nur die Adresse eintippen muss. Und auf einen Zettel schreibt sie groß den Namen der Firma. Mit dem Logo. Sollte sie finden. Es klingelt. Obwohl das Hotel »Kuckucksnest« nicht mehr existiert, ist viel los. Mailin weiß, warum es klingelt und Constanze ist es egal, was die Chinesin von ihr denkt. Sie hat selbst in Gernsbach keinen guten Ruf mehr zu verlieren. Eine Hälfte ihrer Bekannten weiß es, die andere ahnt es.

Ihr Freund, den sie vor der Quarantäne hatte, ist inzwischen Papa geworden. Ein Coronabalg mehr auf der Welt. Notgeiler Arsch, der steckt sein Ding überall rein. Wird die Mama schon früh genug herausbekommen. Falls sie im Krankenhaus entbunden hat und ein paar Tage dortblieb, hat er es schon längst getan. Mailin packt ihre Sachen zusammen und als Constanze von der Tür zurückkommt, verabschieden sie sich voneinander.

»Ich drücke dir die Daumen, dass du Hendrik findest. Und dass es so schön wird, wie du es dir vorstellst! Ich wünsche es dir.«

Langsam gewöhnt sich die Chinesin daran, gedrückt zu werden.

»Danke, dass du mir geholfen hast. Lass deinen Gast nicht warten.«

Constanze lacht und macht eine wegwerfende Handbewegung. Dann geht sie nach oben und Mailin kehrt in ihr Hotel zurück.

Falsche Freunde

Köln, Deutschland, Mittwoch, 3. – Freitag, 5. Mai 2021

Es fällt mir schwer, wach zu bleiben. Ständig fallen mir die Augen zu. Zum Glück kann ich die Dinge schon, die man uns beibringen will. Jedenfalls die Sachen, die heute anstehen. Abends will ich todmüde ins Bett fallen. Das Problem, viel mehr als ein Bett habe ich nicht. Ich muss in meinem Häuschen am besten jeden Tag werkeln. Der Winter ist fern, aber gemütlich ist es noch lange nicht. Alles steht voller Holz, es ist staubig, Säcke voller Gips und anderer Baumaterialien, zwischendrin überall unsortiertes Werkzeug.

Eigentlich muss ich froh sein, dass Mailin nicht meinetwegen in Deutschland ist. Selbst wenn sie es wäre, meinetwegen. Es ist nach fünf. Wenn ich jetzt erneut nach Gernsbach fahre, um sie zu suchen, wäre ich frühestens um neun dort. Und wüsste nicht, wo ich suchen soll, müsste wieder um vier Uhr morgens zurück. Ich würde nicht einmal dort ankommen, weil ich auf der Autobahn einschliefe. Entweder ist sie am Wochenende noch da, oder Schicksal. Mia, meine Nachbarin winkt mir zu, ich winke ab. Ich will heute nix mehr hören, nix mehr sehen, nix mehr machen. Nur schlafen. Mia ist pervers. Gegen sie bin ich ein Waisenknabe. Ich dachte zu Beginn, ich könnte es ihr nicht zumuten, neben mir zu wohnen. Weil ich ab und an eine Frau zu Besuch habe. Selten so gelacht. Es ist taghell, als ich einschlafe. Elf Stunden. Kaum wache ich auf, muss ich schon wieder los, der vorletzte Tag der Schulung. Vor unserem Doppelhaus stehen zwei Motorräder. Deswegen hat sie mir gewinkt. Sie wird so oder so ihren Spaß gehabt haben. Ich darf heute nicht vergessen, mir ein neues Telefon zu kaufen. Keine Ahnung, wer welche Befugnisse hat, mein

Firmentelefon auszulesen. Ein falsches Wort und man steht auf der Straße. Wo doch alle heute so furchtbar empfindlich sind.

Abends darf ich nicht fehlen und nicht nach Hause. Zum Abschluss des Tages sind wir zum Essen eingeladen. Und danach auf einen Einstand. So hätte man es früher bezeichnet. Get-Together oder so auf Neudeutsch. Mir hat man eine Frau an die Seite gestellt, zum Warmwerden. Ich mutmaße, der Personaler, der das entschied, hat einen krassen Humor. Mir eine Frau als Aufpasser zu geben, ist sinnbefreit. Im Krüger-Nationalpark werden demnächst Antilopen Führer im Löwenareal. Allerdings bin ich nicht in Stimmung. Meine Güte, was für ein Brummer! Sie klärt als Erstes ein paar Fronten, wenn auch nicht alle. »Du fährst nich mehr!«, sagt sie. Mit Ausrufezeichen.

Gut, das ist aus der Welt. Ich schlafe in Köln, ist mir recht. Das Bier fließt in Strömen. Ich bin neu, halte mich also zurück. Auf zwei Beinen aus der Kneipe, keiner Frau an den Arsch oder die Titten gefasst, geradezu mustergültig. Im Gegensatz zu der, die mich unter ihre Fittiche nehmen soll. Zu viele Jägermeister. Bei mir ist jeder zweite nicht im Magen gelandet. Bei dem Brummer schon. Sie schafft es, ihre Wohnung aufzuschließen. Ab dann muss ich übernehmen. Achtzig Kilo bestimmt. Sie ist nicht so schwer wie Solveig, aber schwerer als mir guttut. Ich bin heilfroh, dass ich sie auf ihr Bett verfrachten kann. Da das Sofa voller Wäsche ist, lege ich mich neben sie ins Bett. Nach dem Wecken sieht sie grauenhaft aus. Ich beneide sie nicht, aber ihr scheint es nichts auszumachen. Kein Wort, wie schlecht es ihr geht, ich bin beeindruckt.

»Hab ich gestern irgendwas versucht?« Sie lächelt dabei. Ich schüttle meinen Kopf und lächle zurück.

»Hast du?« Sie lächelt immer noch. Alter, was ein Filmriss.

»Nein, habe ich nicht. Enttäuscht?«

»Ach nee, ich bin eigentlich ne Lesbe, aber wenn ich zu viel getrunken habe, dann vergess ich das manchmal.«

»Nix verloren, wir können ja nach meiner Probezeit einen neuen Versuch starten.«

Dabei zwinkere ich, was alles mögliche bedeuten kann. Sie ist nicht mein Typ. Aber das hat mich nie abgehalten. Außerdem ist es unhöflich, solch einen Satz nicht zu sagen. Auch wenn man sich das vielleicht nicht vorstellen will. Kaum eine Frau hört es gerne, wenn man nicht wenigstens so tut, als fände man sie scharf. Auch dieser Tag geht irgendwann vorbei. Freitagnachmittag, ich stehe wieder vor der Entscheidung. Gernsbach oder Baustelle? Da ich im Hinterkopf Frau Doktor habe, fahre ich in den Schwarzwald. Falls ich Mailin nicht finde, kann ich trotzdem einen schönen Abend verbringen. Oder ein schönes Wochenende.

Ich finde es beunruhigend, dass ich anfange, mich in Gernsbach auszukennen. Ich übe schon mal für das Alter, so wie es scheint. Wie von selbst lande ich vor dem Hotel »Kuckucksnest«. Trotzdem alles dunkel ist, klingle ich Sturm. Nichts. Ich drehe eine Runde durch die Stadt. Die Tannwaldapotheke ist nicht nur geschlossen, sondern stockdunkel. Nix mit Wichs im Hinterzimmer. Frau Doktor ist bei ihrem Mann. Sie muss vielleicht was wiedergutmachen von vorletzter Nacht. Frage mich, ob es reicht, ihm etwas zu kochen, oder ob er ihr beiwohnen darf. Wobei ich gar nicht weiß, wer für die tote Hose bei den beiden verantwortlich ist. Als ich zum Hotel zurückkehre, erwartet mich eine Überraschung. Constanze steht am Eingang und ist gerade dabei, das Kuckucksnest auf- oder abzuschließen.

»Hallo Constanze! Die Letzte macht das Licht aus, oder was?«

Sie dreht sich erschrocken zu mir um. Dann erkennt sie mich und lächelt. Komisch oder unsicher? Ich weiß es nicht. Ich weiß auch nicht, wie wir damals auseinander sind. Ach doch, ich hatte mich voll und ganz auf Mailin eingeschossen und Constanze war das fünfte Rad am Wagen. Später zog ich aus und in Apothekes Appartement. Constanze konzentrierte sich mehr auf ihre Karriere als Freudenmädchen. In den drei Wochen hat sie garantiert zehntausend Mäuse verdient.

»Hendrik?« Als ob sie mich nicht gleich erkannt hätte. »Was für eine Überraschung.«

Sie wirkt nicht überrascht, sie sagt es nur. Ich kann mir keinen Reim auf Constanzes Gebaren machen.

»Was machst du hier?«, frage ich. Wie ein Konkursverwalter sieht sie nicht gerade aus. Wie eine Concierge auch nicht mehr.

»Bist du immer noch die geile Concierge? Wie damals?«

Sie grinst etwas gequält und sieht auf die Uhr.

»Komm doch in einer Stunde, dann können wir quatschen. Ich muss noch arbeiten.«

»Was denn, um …«, der Satz bleibt mir im Hals stecken. *Um die Zeit* will ich fragen. Aber das ist natürlich dämlich. Ich begreife den Zusammenhang. Sie »kümmert« sich um das Gebäude und nutzt es für ihre Tête-à-Têtes. Um dort Freier zu ficken, salopp gesagt.

»Alles klar.« Ich deute Richtung Stadt. Auf dem Markt gibt es Außengastronomie mit Heizpilzen. »Ich warte beim Bier auf dich.«

Constanze verschwindet und ich gehe Richtung Markt. Ich will ihr nicht Unrecht tun und warte in einiger Entfernung. Unauffällig. Fünf Minuten später betritt ein Mann die Treppe und das einstige Hotel. Kurz darauf schließt Constanze von innen ab und ich sehe nichts mehr. Das ist auffällig wie sonst was. Sie verschleiert überhaupt nichts mehr. Was sie mir vor einem Jahr sagte, dass sie es während der Quarantäne zum allerersten Mal gemacht hätte, glaube ich immer weniger. Kann mir aber auch egal sein, denke ich mir beim ersten Bier. Und beim zweiten.

Außengastronomie. Mit Abstand. Wer hätte vorhergesagt, dass das erste Lokal, was man 2021 besuchen konnte, das Wahllokal Mitte März war? Von daher bin ich heilfroh, dass man wenigstens draußen sitzen oder stehen kann. Bevor ein Politiker den Laden gleich wieder schließt, bestelle ich noch eins. Welche Wohltat nach einem halben Jahr Flaschenbier. Flaschenkind. Würde Mailin die Chance, hier zu sitzen und ein Bier zu trinken, nicht nutzen? Wenn sie hier wäre? Ist? Gibt es in China überhaupt Bier? Ich beschließe, die Augen aufzuhalten. Nichts, der Marktplatz wird zusehends verwaist. Kein Wunder, es ist nicht gerade eine laue Sommernacht. Constanze kommt.

»Hallo, du Hurenbock, alles klar bei dir?« Constanze umarmt mich.

»Sagst du das, weil ich dich mal gevögelt habe?«

Sie bestellt einen Aperol Sprizz.

»Man könnte meinen, dass du im Beruf genug vom Spritzen hast.«

Constanze sitzt mir gegenüber und sieht mich an. Sie guckt so, als ob sie überlegt, mir ein großes Geheimnis zu verraten. Oder nicht.

Überlegt. Oder nicht? Sie will gerade ansetzen zu sprechen, da sage ich: »Lass gut sein. Du wirst wissen, was du tust. Ich bin weiß Gott kein Moralapostel.«

Constanzes Mund klappt wieder zu und was sie sagen will, wollte, wird ihr Geheimnis bleiben. Besser so, denke ich, was wirklich Interessantes hat sie sowieso nie gesagt. Wir beide hatten unseren magischen Moment in der Bar des Hotels. Am ersten Abend der Quarantäne und am zweiten.

»Mal was anderes. Hast du Mailin gesehen? Ich weiß, dass sie hier ist.«

»Du weißt was? Dass sie hier ist? Wie kommt's?«

»Ich hab ihr damals ein Handy besorgt, weil ich Sorge hatte, dass sie mir verlorengeht. Da war ein Tracker drauf.«

Constanze zieht die Augenbrauen hoch. Ist mir egal, ich rede weiter.

»Sie hatte das Handy auch daheim an. Ich konnte also immer sehen, wo es sich befand. Sie hat das Telefon nicht benutzt, es war immer am selben Fleck. Aber am Dienstag war es auf einmal in Frankfurt am Flughafen.«

»Und du glaubst, sie ist deinetwegen zurückgekommen?«

»Was soll sie denn sonst in Deutschland machen? Wie du vielleicht mitgekriegt hast, es ist immer noch Seuche. Wer, außer den Deutschen, will in Deutschland Urlaub machen, wenn man sich hier den beschissenen Virus einfangen kann? Alle Länder sind besser als wir!«

»Und warum guckst du nicht auf dein schlaues Handy, wenn es doch weiß, wo das Schlitzauge ist?«

»Weil ich es im Rhein versenkt habe. Lange Geschichte.«

Constanze nickt verständnisvoll. Wir trinken. Man könnte meinen, wir sind ein Pärchen und würden gleich zusammen heimgehen und das Ende der Seuche feiern, indem wir vögeln, bis das Fachwerk wackelt.

»Ich hab eh nie verstanden, was du von der Chinesin wolltest. Oder willst, vielmehr. Du hättest alles haben können. Auch von mir.«

Ich kann es auch schlecht erklären. Jedenfalls nicht Constanze. Sie war schon völlig abgeklärt und desillusioniert, bevor sie Nutte wurde.

Ich kenne Prostituierte, die sind nach zwanzig Berufsjahren noch neugierig, wohlwollend und alles andere als abgeklärt. Es ist Constanzes Haltung, die mich abstößt. Vor einem Jahr war es so und heute ist es nicht anders. Wenn *sie* Schlitzauge sagt, dann meint sie es so. Sie will, dass es beleidigend klingt. So fühlt es sich an. Wenn ich Schlitzauge sage, dann meine ich das nicht böse. Es fühlt sich in mir anders an, als wenn sie es tut. Constanze hat einen fiesen Zug. Das hat nichts mit ihrem Beruf zu tun. Sie gönnt einem nicht das Schwarze unter den Nägeln. Vierzehn Monate als Hure zu arbeiten, haben ihrem Charakter nicht eben gutgetan. Sie ist in zehn Jahren verbittert und ausgebrannt. Alkoholikerin. Ganz unten.

Die Anlagen dazu hat sie, ich bin mir sicher. Ihr ist es auch zuzutrauen, dass sie Mailin gesehen hat und aus Bosheit nichts sagt. Besser, ich halte meinen Mund. Die Diskussion führt zu nichts. Ich tippe eine Nachricht. Ausnahmsweise will ich von Apotheke nichts Unanständiges. Sondern ihr Appartement. Falls das nicht geht, muss ich mir was einfallen lassen. Ein Hotel kann ich mir nicht leisten, ich habe noch einen Monat vor mir, bis das erste Gehalt kommt. Ich bin froh, dass die Firma den Sprit bezahlt. Wobei ich mich frage, was sie nach dem ersten Monat sagen werden, wenn sie feststellen, wie oft ich tanke. Ich könnte leicht beschwipst aus der Stadt fahren, Richtung Höhe. Einen Sonnenaufgang auf dem Berg, das wäre toll. Tausend Meter sind doch ein Berg, oder? Bin mir nicht sicher, ab wann ein Berg ein Berg ist. Ist aber auch egal, höher gehts in der Gegend nicht.

Im Land des Rheins

Rheinland, Deutschland, Donnerstag, 4. – Freitag, 5. Mai 2021

Koblenz an Rhein und Mosel. Auf chinesischen Webseiten erfährt Mailin nicht viel über Koblenz. Die Stadt ist zwar eine Touristenhochburg, aber kein Chinese verirrt sich hierher. Die Chinesen sind lieber hundert Kilometer westlich in Trier und gucken sich das Geburtshaus von Karl Marx an. Sie verlässt das Hotel in Gernsbach. Nein, sie weiß nicht, ob sie wiederkommt. Der Mann an der Rezeption wirkt traurig, als Mailin auscheckt. Kein Wunder, er ist Dutzende Touristen jeden Tag gewöhnt. Aus aller Herren Länder.

Diesmal hat Mailin das Navi vom ersten Moment an und findet den Weg zur Autobahn problemlos. Sie ist zuversichtlich, dass man ihr in der Firma helfen kann. Sie bedauert es, dass sie Jahzen nicht mitgenommen hat. Mit ihm wäre alles viel leichter. Sie müsste nicht ständig die Milch abpumpen und warum sie auf der Suche nach Hendrik ist, wäre sonnenklar.

Doch Shenmi hat es ihr verboten. Sie glaubte, Mailin würde nicht genug aufpassen. Den Jungen vergessen. In ihrer leicht naiven Art hat Mailin völlig recht. Es wäre vieles leichter mit ihm. Wenn die Wäsche nicht wäre! Man muss ständig waschen, wenn man einen Säugling hat. Unterwegs schlecht möglich. Zuhause erledigt Shenmi die Wäsche. Mailin bekommt das nur am Rande mit, weil sie lieber mit dem Quantencomputer kommuniziert als mit der Waschmaschine. Auch jetzt beim Fahren denkt Mailin an den *Koloss der Weisheit*, wie der Quantencomputer in ihrem Institut genannt wird. Sie hat ihr Notebook dabei und schreibt täglich mit ihrem Chef. Hilft, wo sie nur kann, denn dass sie in Elternzeit ist, interessiert die junge Mutter nicht. Irgendjemand müsste ihr sagen, dass die Chance, Hendrik wiederzusehen, wenn sie draußen ist, exponentiell wächst. Aber da ist niemand. Ihr Chef weiß nicht, wo sie ist. Shenmi kümmert sich um Jahzen. Jeder andere Kontakt weiß zu wenig, um ihr weiterzuhelfen.

Nach etwas mehr als zwei Stunden fährt Mailin einen langgezogenen Berg hinunter und landet auf der Rheinbrücke. Ein spektakulärer Anblick, den sie kaum bemerkt, weil es in China weitaus mehr gibt, was spektakulär ist. Weil sie fahren muss, entgeht ihr das meiste. Hendriks Firma ist in einem eingemeindeten Vorort, der aus einem Gewerbegebiet besteht. Sie erkennt das richtige Schriftzeichen und hält auf dem Parkplatz an. Der Parkplatz ist leer bis auf ein Auto ohne Kennzeichen. Sie erkennt das Auto wieder. In dem hat Hendrik sie ein Jahr zuvor durch Gernsbach kutschiert! Sie jubelt innerlich, denn sie ist am Ziel. Im Unterschied zum Hotel gibt es hier nicht einmal eine Klingel. Mailin geht um das Haus herum. Entweder eine hohe Mauer oder eine abweisende Fassade. Die Firma hat nichts Einladendes. Auf einem weißen Blatt Papier steht, angepinnt am Tor, eine Telefonnummer. Die Schriftzeichen über der Nummer kann sie nicht lesen. Aber sie kann wählen. Und reden. Obwohl die Nummer nur zu jemandem gehört, der irrlichternde Pakete annehmen soll, kann er ihr weiterhelfen.

Die Stimme am Telefon schickt sie zum Konkursverwalter. Ein grauenvolles Wort. Es ist jemand, der sich um die Abwicklung kümmert. Mailin bittet ihn, ihr die Anschrift und Telefonnummer per Mitteilung zu senden, da sie nicht gleichzeitig hören und notieren kann. Jetzt muss sie in die Stadt fahren. Weil sie nicht weiß, was es bedeutet, mit einem Auto durch eine deutsche Stadt zu fahren, hat sie auch keinen Respekt. Was vielleicht das Beste ist, was man machen kann. Mailin fährt einfach dem Navi nach. Zum Glück ist der Notar nicht in der Innenstadt, sondern nahe dem Hauptfriedhof. Sie findet sofort einen Parkplatz in der Nähe und kann nicht einmal abschätzen, was das für ein Glück ist. Aber leider, leider, der Notar darf ihr natürlich nicht weiterhelfen. Ihm sind die Hände gebunden, die Informationen, die sie braucht, unterliegen dem Datenschutz.

Mailin sieht jedoch nicht, dass der Notar im Hinausgehen seinen Mädchen einen Wink gibt. Als sie die Kanzlei verlässt, steckt ihr eine der beiden einen Zettel mit Hendriks Adresse zu. Mailin weiß zwar nicht, was geschehen ist, hat aber eine vage Vorstellung. Der Herr ist offiziell. Darf nicht, will aber. Die Frauen sind nicht offiziell. Die machen es einfach. Sie bedankt sich hundertfach, weil sie die Ausnahme erkennt und dankbar ist. Mailin hat mittlerweile erkannt, dass die Deutschen nicht etwa Tausende Schriftzeichen haben. Nicht wie die Chinesen. Sie haben nur knapp fünfzig. Und sie setzen sie nur immer wieder anders zusammen. Sie glaubt nicht, dass sie das Prinzip je durchschauen wird, aber um eine Adresse »nachzumalen«, also einzugeben, reicht es.

M Ü T Z E N I C H ist anderthalb Stunden entfernt. Zwei mit Abpumpen. Hendrik wohnt auf dem Land. Solch ein Dorf wie dieses gibt es in China nicht. Es gibt keine Hochhäuser. Auf der anderen Seite ist es aber auch nicht ärmlich. Keine Fabriken. Wovon leben die Leute hier? Mailin findet die Adresse. Sie klingelt bei dem Kiffer und fragt nach ihrem Schatz. Der fragt sich einen Moment lang, ob er es nicht mit den Drogen übertreibt. Aber Mailin verschwindet nicht, auch nicht, als er die Augen zukneift und wieder öffnet. Die Chinesin bleibt.

»Weeen suuchst duu hier? Hendllik?« Mailin ist sehr froh, dass der Mann ganz langsam spricht, sie hat keine Mühe, ihn zu verstehen.

»Ich suche meinen Freund Hend'ik. Sein Name steht auf dem Briefkasten. Ist er zu Hause?«

»Ach deen meinst du. Das ist nuur für die Post. Deer wohnt gaanz wooanders.«

Immerhin kennt er Hendrik, Mailin fällt ein Stein vom Herzen. Geduldig wartet sie, die der Dauerbekiffte weiterspricht. Als nichts mehr kommt, fragt sie nach.

»Weißt du denn, wo er wohnt? Und verrätst du es mir?«

»Schweer zuu erklääären!«

Mit den Worten lässt er sie an der Tür stehen. Mailin wartet, zögert. Soll sie hinterher? Oder warten? Sie will ihm nach und ist gerade dabei, die Schuhe auszuziehen, als Hendriks »Vermieter« zurückkommt. Er guckt scheel auf den Schuh in ihrer Hand. Aber er hat schon vor langer Zeit aufgehört, sich zu wundern. Breitet eine Karte aus, einen Stadtplan.

Ganz am Rand zeigt er auf einen Punkt neben der doppelt eingezeichneten Landesgrenze. Deutschland, Belgien,Deutschland, alles auf einer Länge von wenigen Metern. Auf dem Punkt, auf den er zeigt, ist nichts zu sehen. Ein Fleck in der Landschaft. Mailin macht zwei Fotos von der Karte und malt mit dem Handy den Punkt von Hendriks angeblicher Anschrift hinein. Dann bedankt sie sich bei dem netten Mann und geht zum Auto zurück.

Die Chinesin ist analytisch und daher auch gut im Navigieren. Sie findet die doppelte Landesgrenze, den Vennbahnweg. Parkt den Wagen in der Nähe und geht in die vermutlich eingezeichnete Richtung. Zum ersten Mal sieht sie in Deutschland eine nennenswerte Anzahl von Radfahrern, sie kommt sich fast ein bisschen heimisch vor. Obwohl die Leute nicht zur Arbeit fahren oder von der Arbeit kommen. Alle sind sehr bunt, manche haben Anhänger mit Kindern. Anscheinend gibt es auch im reichen Deutschland Leute, die sich kein Auto leisten können. Nur Lastenräder sieht sie keine. Sie erreicht die Markierung, die ihr der Mann eben gezeigt hat. Mailin sieht sich um, kann aber kein Wohnhaus entdecken. Nur eine Art kleiner Schuppen aus Stein, dessen Zweck ihr unerklärlich ist. Zum Wohnen ist das Haus zu klein, aber als Schuppen ist es zu aufwendig.

Es hat sogar Fenster, Mailin deckt die spiegelnde Umgebung mit der Hand ab und sieht hinein. Es ist niemand im Häuschen, das sieht man auf den ersten Blick. Sonst ist es leer bis auf eine weiße Emailleschüssel auf dem Boden. Sieht aus, wie ein schmuckloser Nachttopf. Ob hier jemand gewohnt hat? War es möglich? Der Raum hat zehn Quadratmeter. Höchstens. Sie umrundet das Gebäude und entdeckt die Solarpaneele auf dem Dach. Dort hat zumindest jemand Strom gebraucht.

Sie rüttelt an der Tür, die völlig überraschend aufgeht. Ist Hendrik so arm, dass er hier wohnen muss, musste? Aber er hat doch gearbeitet. Ist er so etwas wie ein Wanderarbeiter in China? Die von der Hand in den Mund leben? Im kleinen Dachgebälk sieht sie einen weißen Plastiktank und daneben eine riesengroße Batterie. Bestimmt dreimal so groß, wie eine Batterie im Auto. Jemand hat hier gewohnt.

Gehaust. Aber wer auch immer es war, Hendrik? Jetzt ist derjenige weg. Ihre Brüste laufen aus. Statt zu schmerzen, gehen Mailins Brüste öfter einfach den Weg des geringsten Widerstands. Wird der Druck zu groß, läuft die Milch von alleine. Sie muss an Shenmi denken, die ihr während der Schwangerschaft alles beibrachte und ihr auch sagte, dass sie später Stilleinlagen bräuchte. Ohne ihre Schwester wäre einiges viel schwieriger.

Sie muss ins Auto und Milch abpumpen. Es ist spät. Mailin wird in Mützenich übernachten. Ein Schriftzeichen für Hotel hat sie nicht gesehen, aber als sie fragt, sagt ihr eine Frau, dass sie genau vor einer *Pension* steht. Das ist fast dasselbe wie ein Hotel. Mailin fotografiert das Schild ab und erntet Kopfschütteln. Weil die verrücken Asiaten alles fotografieren. Mit einem fettigen Essen in einer Pappschachtel aus dem örtlichen Asia-Wok-Imbiss macht sie es sich auf ihrem Zimmer bequem und sieht nach, was ihr Chef ihr Neues berichtet. Mailin arbeitet bis lange nach Mitternacht und ihr die Augen zufallen.

Bis zum Mittag wandert die Chinesin durch Mützenich. Als sie an Hendriks neuem Haus vorbeikommt, wundert sie sich über die Größe. Sie grüßt die Frau, die in dem winzigen Garten arbeitet und ahnt nicht, wie nah sie Hendrik diesmal fast gekommen wäre. Aber er ist in Gernsbach auf der Suche nach ihr.

Es ist Freitag. Weil Mailin nicht ahnt, wie stark der Verkehr am Nachmittag ist, macht sie sich wieder auf den Weg nach Süden. Außer bei Hendriks Eltern war sie überall. Sie hat mehrfach ihre Telefonnummer hinterlassen, falls ihm jemand begegnet. Sie kann nicht mehr tun. Sie kann nichts mehr tun. Außer abzuwarten. Der Kiffer hat ihre Nummer. Der Notar und Constanze haben sie auch. Jetzt kann sie nur noch warten.

Doch Constanze hat ihre Nummer längst weggeworfen. Sie hasst Mailin. Obwohl die so dumm ist, hat sie Deutsch gelernt. Obwohl sie so hässlich ist, hat sie einen Traum und ein Ziel. Und obwohl sie es nicht verdient hat, hat sie das hübscheste Baby, was aus der asiatischen Hure je hätte rauskommen können. Sie hasst Mailin und Hendrik hasst sie auch. Sie hätte sich lieber die Zunge abgebissen als ihm zu verraten, wo die chinesische Schnalle ist.

***

Der Verkehr nach Süden ist das reinste Grauen. Für Mailin. Für einen Freitag ist wenig Verkehr, im Radio spricht man von lebhaftem Feierabendverkehr und Mailin dreht fast durch, weil so viel, so schnell und gleichzeitig passiert. Das Abpumpen der Milch ist eine willkommene Pause und sie denkt nach, was sie noch tun kann. Sie wird morgen bei der Apothekerin vorbeischauen und bei dem Handyladen in Gernsbach. Beim Bäcker nicht.

Dann wird sie sich eine Woche lang in der Ferienwohnung verbarrikadieren und arbeiten. Sie hat bis Anfang August Elternzeit, aber das ist ihr egal. Arbeit ist wichtig. Ihr ist sie wichtig. Mailin ist brillant. Die Ferienwohnung hat sie über eine App gebucht. Sie will sich was kochen und hat vor Tagen einen Laden mit asiatischen Lebensmitteln in Gernsbach entdeckt. Eine Stunde Krieg auf der Straße, dann ist sie dort. Aber es werden zwei, der Krieg auf der Autobahn kommt zum Erliegen. Stau. So viele Autos! Auf der Gegenspur kommen ihr drei, manchmal vier Reihen Autos nebeneinander entgegen. Und sie zuckelt zehn Meter und steht. Zuckelt wieder. Steht. Fast eine Stunde geht das so. Dann ist die Straße vor ihr plötzlich frei.

Der Rest ist entspannt. Als sie von der Autobahn abfährt, sieht sie eine elektrische Oberleitung. Über der Straße, über der rechten Spur. Aber es hängen keine Autos dran, kein Laster, keine Busse. Sie fragt sich, wozu? Um sieben soll sie in der Ferienwohnung sein, da bekommt sie den Schlüssel und alles gezeigt. Sie hat noch ein bisschen Zeit zum Einkaufen. Die Frau, die ihr die Ferienwohnung vermietet, ist freundlich. Aber Mailin fühlt sich beobachtet. Sie guckt so merkwürdig. Und nach einer Minute wird ihr klar, dass es die Apothekerin ist. Ohne ihren Kittel hätte Mailin sie fast nicht erkannt. Frau Doktor geht es ganz genauso, sie ist sich nicht sicher.

Doch Mailin ist unbekümmert: »Ich war letztes Jahr schon mal hier. Als Quarantäne war. Mit einem großen Mann, blond. Kannst du dich erinnern?«

Und ob sie kann! War er doch erst vor ein paar Tagen hier, in dieser Wohnung. Hat er ihr doch ein weiteres Mal gezeigt, wie sehr er lieben konnte. Kein Wunder, dass ihm jemand um die halbe Welt folgt.

»Ich weiß, Hendrik meinst du.«

Mailin nickt eifrig mit dem Kopf. Viel zu eifrig. Nicht viel übrig, von der chinesischen Sitte, keine Gefühle zu zeigen.

»Ja, ja! Ja, genau, Hend'ik. Den suche ich unbedingt. Es ist dringend, bitte. Weißt du, wo er ist?«

»Warum suchst du ihn denn? Liebst du ihn?«

»Ja, ja, lieben. Ja. Kann sein. Sex. Das ist wichtig, verstehst du?«

O ja, Frau Doktor versteht haargenau, was Mailin meint. Viel zu gut versteht sie, was Mailin empfindet, was sie denkt, was sie will. Es gibt diese Männer offenbar. Mailin kennt einen und sie selbst kennt auch so einen. Es ist zufällig oder nicht zufällig derselbe. Apotheke hat es geahnt, aber nicht gewusst. Sie ahnte, dass Hendrik nicht nur bei ihr einen wahren Sturm ausgelöst hat. Diese auffällige Asiatin neben ihr wäre den meisten Männern keinen zweiten Blick wert. Hendrik hat sie genauso verzaubert, wie sie selbst. Eigentlich hat er Mailin noch mehr verzaubert, sie fliegt um die halbe Welt seinetwegen! Und sagt als Begründung Sex.

Sie selbst ist viel älter als er. Ist ihm egal. Mailin ist eigenwillig. Vom Aussehen ganz sicher. Ist ihm egal. Hendrik ist wahllos. Das kann man verachten. Oder bewundern. Wahrscheinlich nähme er auch eine ganz Dicke. Eine Zwergin. Das Schlimme daran ist, dass er alles daransetzt, eine Frau glücklich zu machen. Grinsen zu lassen. Dämlich grinsen. Verliebt. Und dass er es schafft. Jedenfalls bei ihr. Und bei Mailin auch. Anscheinend. Um die halbe Welt. Wegen Sex! Apotheke stehen die Tränen in den Augen. Nicht weil sie eifersüchtig ist. Sondern weil sie keine zehn oder zwanzig Jahre jünger ist. Weil sie selbst desillusioniert ist und von ihm nimmt, was sie kriegen kann. Aber keine Träume mehr hat. Keine Erwartungen an ihn. Außer ab und zu Sex. Im Gegensatz zur Chinesin, die mit glänzenden Augen voller Vorfreude auf dem Stuhl gegenüber sitzt und schon längst wieder an ihn denkt. An den einen, der sie glücklich macht, wie kein Zweiter.

»Mailin, ich weiß, was du meinst. Ich kenne ihn auch, deinen Hendrik. Er war auch bei mir. Verstehst du? Sex? Er ist so. Er wird

Sex mit jeder Frau haben wollen. Ohne Ausnahme. Falls du eine Schwester hast, will er es auch mit ihr machen. Oder mit deiner Freundin. Immer. Mit jeder.«

Mailin ist nicht blöd. Es ist ihr egal. Sie hat ihn mit Constanze beobachtet. Und während der Tage der Quarantäne war er nicht immer bei ihr gewesen.

»Ja, aber weißt du denn, wo Hend'ik ist? Wo er wohnt? Hast du seine Telefonnummer?«

Frau Doktor schüttelt den Kopf. »Ich habe ihn nach seiner Telefonnummer gefragt. Aber er war kryptisch und sagte, ich hätte nur einen Wunsch frei …«

Dass sie nicht seine Telefon- sondern die heiße Nummer genommen hat, ist so klar, dass sie es nicht ausspricht. Der Chinesin ist die Enttäuschung förmlich anzusehen, sie verliert alle Körperspannung und sackt in sich zusammen. In ihrer ganzen Pharmazie ist nichts zu finden, was Mailins Enttäuschung mindern würde, höchstens dämpfen. Die Apothekerin bekommt eine Nachricht und verabschiedet sich von ihrem asiatischen Gast. Die Nachricht ist von Hendrik:

> *»Frau Doktor, hast du vielleicht Notdienst? Bin in schlimmer Verfassung! Brauche ein Zimmer.«*

Sie muss ein paar Minuten überlegen, was sie ihm schreibt, dann tippt sie und drückt auf *Senden.*

Richtige Freunde

Gernsbach, Deutschland, Freitag, 5. Mai 2021

Apotheke ist eine geile Sau. Was schreibt sie? Ich sehe nochmal auf das Display von meinem Rhein-Fall-Ersatz-Handy. Der Rheinfall von Köln.

> *»Am Dienstag hast du dich selbst übertroffen. Du bist (m)ein Sexgott. Du musst nur Piep sagen und ich mache, was du willst, wann du willst und wo du willst.«*

Alleine schon diese Nachricht macht mir einen Ständer, auf den Herr Krupp neidisch wäre. Je oller, desto doller, denke ich mir und bekomme die zweite Nachricht.

> *»Komm ins Appartement, ich warte dort. Besser du präparierst dich, denn ich habe die ganze Nacht Zeit.«*

Ich will eigentlich nur einen Platz zum Schlafen. Zwei Nächte. Doch Frau Doktor nimmt kein Blatt vor den Mund, macht gleich lieber Nägel mit Köpfen. Ich denke nicht in Kategorien wie Ersatz oder Hauptgewinn. Deswegen bin ich mehr als erfreut. Dass sie sich so freut. Constanze, die in einer anderen Liga spielt und auch so aussieht, würde ich nicht mehr mit der Kneifzange anfassen. Nicht, weil sie eine Nutte ist, ich mag Nutten. Weil sie mir unsympathisch ist, geworden ist. Weil sie so gedankenlos ist. Weil sie Mailin so schäbig behandelt hat. Damals. Weil sie neidisch ist. Oder war. Mir egal.

Apotheke jedenfalls ist ein Hauptgewinn, auch wenn sie keine Chinesin ist. Aber sie vergöttert mich und ich revanchiere mich mit dem Sex ihres Lebens. Nicht der schlechteste Deal. Ich wäre selbst gerne eine Nutte. Wer weiß, vielleicht hätte ich dann keinen Bock mehr, zu vögeln. Es ist sicher gut so, wie es ist. Ich hole den Schlüssel aus dem Versteck hervor und öffne ganz leise die Tür. Frau Doktor liegt auf dem Bett. Angezogen. Das Gesicht in ihrer Armbeuge. Ich setze mich zu ihr auf die Bettkante. Sie bemerkt mich erst jetzt und sieht mich an. Apotheke? Nein. Mailin sieht mich an! Bin ich dabei durchzudrehen? Mailin guckt mindestens genauso erstaunt. Sie hat keine Ahnung, was hier gespielt wird. Ich auch nicht. Nachdem wir ungefähr drei Komma zwei Sekunden überlegt haben, liegen wir uns in den Armen. Der Eisklotz heult. Wirklich, Mailin weint. Keine Ahnung warum. Wie sie hierher kommt. Warum. Wie Frau Doktor das gemacht hat. Warum. Ich küsse Mailin ein salziges Tränchen von der Wange. Sie lacht und trotzdem weint sie. Ich halte sie im Arm, streiche ihr über den Rücken. Sie trägt einen BH. Hatte ich ihr eigentlich abgewöhnt! Aber egal, sie ist hier und wir freuen uns wie Bolle. Sie anscheinend noch mehr als ich.

Sicherheitshalber öffne ich schon mal den Büstenhalter hinten. Man kann nie wissen. Vielleicht muss es gleich schnell gehen. Ich mich erinnere mich daran, wie langsam bei uns beiden alles angefangen hat. Und weil ich mich erinnere und wie superb diese neue, alte Erfahrung war, werde ich genau das wiederholen. Bis auf den BH. Was weg ist, ist weg.

Sie bleibt stumm, ganz anders als beim letzten Mal, aber sie hat es eiliger als ich. Zieht sich das T-Shirt über den Kopf. Mailins Busen ist gewachsen. Viel größer als letztes Jahr. Hat anscheinend ganz schön zugelegt, mein chinesischer Glüxkeks. Aber nur da, komisch. Sie hat sich garantiert nicht operieren lassen, Mailin ist so natürlich, dass es schon fast nicht mehr wahr ist. Ich ziehe mich ebenfalls aus, vielleicht ist langsam heute gar nicht ihr Wunsch? Mädel, auch wenn du um die halbe Welt gereist bist für diesen Fick. Ich mache, wonach mir der Sinn steht. Kann sein, dass du Pläne hast. Wirf sie auf den Friedhof der vergessenen Ideen, da ist noch Platz für nicht in die Tat umgesetzte Pläne. Massig Platz. Viel mehr Platz als in deiner kleinen Chinesenmuschi. Wirst sehen, wirst es fühlen, gleich.

Ich stoße ihn ihr nicht rein bis zum Magen, ich rammele sie nicht in Grund und Boden. Ich zücke meine Zauberfinger, und spiele, bis ihr der Schleim aus der Muschi läuft. Das dauert nicht lange und dann spiele ich mit dem Schleim weiter. Spiele so lange zwischen ihren Schamlippen, bis sie stöhnt und es ihr kommt. Herzzerreißend. Zum ersten Mal an diesem Freitag, nicht zum letzten Mal. Wenn ich will, liegt sie eine lange Stunde hier, kommt ein ums andere Mal und ist wehrlos. Ich habe Macht, die einzige Macht, die ich habe. Gottgegebene Macht. Mailin ist mir verfallen und der Macht hilflos ausgeliefert. Es ist meine heilige Pflicht, ihr zu zeigen, dass es jede Mühsal lohnt, jede Ausgabe wert ist, nur damit sie sich mir hingeben kann. Ich bin frei. Kann alles und sie kann nichts. Ich kann auf ihr spielen, bis sie den Rest auch noch vergisst. Dabei bin ich selbst geiler, als ich glaube.

Nach Mailins zweitem Höhepunkt halte ich es nicht mehr aus. Jetzt nagle ich sie doch auf die Matratze. Sie hat fast durchgängig die Augen zu. Sie muss spüren und will nichts sehen? Sie kommt in Fahrt, und wie. Entweder hat sie heimlich geübt, oder etwas Gravierendes ist in ihrem Leben passiert. Ich rolle von ihr hinunter. Die geschlossenen Augen bringen mich aus dem Takt, komm Mädchen, wir haben uns ein Jahr lang nicht gesehen. Da kannst du ruhig einen Blick riskieren! Nicht nur das. Sie grinst etwas einfältig. Das sind die einsetzenden Aussetzer, nach denen uns dürstet. Sie sieht den Stein an, der aus meinen Lenden ragt, fasst ihn an. Heiß und hart, ein heißer Stein, sitz auf, mein Mädchen. Komm, reite mit mir in den Sonnenuntergang. Als ob sie meine Gedanken liest, hält sie mein zitterndes Glied fest. Ehrfürchtig. Die Erektion ist für dich, Mailin. Nimm Platz.

Mach Sitz. Sie steckt ihn sich zwischen die Vulvalippen und rutscht auf dem Schwanz herunter. Zu mir. Und mein Schwanz rutscht hoch. Zu ihr. Sie platziert ihn sich dorthin, wo ich vor vierzehn Monaten zuletzt war. Es hat ein wenig gedauert, aber sie weiß es jetzt. Die Eichel am Muttermund gefällt ihr. Sie rutscht auf mir herum und verliert immer mehr Kontrolle. Ihre dicken Brüste schwingen beim Reiten und ich lege meine Hände auf die prallen Dinger. Weich und doch fest, sie hat unglaubliche Titten, fantastisch. Ich kann mich nicht mehr beherrschen und drücke zu. Mailin kommt es. Ein Orgasmus, der unglaublichste Orgasmus, den sie je hatte.

Gleichzeitig spritzt es aus ihren Brüsten heraus, ein nicht enden wollender Strahl warmer Milch spritzt aus ihr, aufs Bett, auf mich, über meinen Körper, ins Gesicht. Warm und klebrig läuft es über unser beider Körper. Ihr Orgasmus ist vorbei und die Chinesin ist verwirrt, weil sie alles nass gemacht hat. Und frag mich mal. Mailin ist Mutter! Sie hat einen Säugling. Aber ich sehe ihn nicht, er ist offensichtlich woanders. Ich probiere die Milch, verdammt süß. Ich glaube, mir ist es egal. Oder es macht mich geil, keine Ahnung. Aber sie kommt kaum klar, dass es so aus ihr gespritzt hat. Ich gebe zu, es ist mein erstes Mal mit einer jungen Mutter. Nicht ohne Reiz, denn ich mag Sauereien.

»Es tut mir leid, Hend'ik.«

Mir bleibt der Mund offen stehen. Mailin kann Deutsch? Was für Überraschungen gäbe es heute noch?

»Du sprichst Deutsch!? Das ist unglaublich! Du bist umwerfend. Der Hammer, ich glaub's ja nicht. Und du bist Mutter. Wo hast du dein Kind?«

Ich kann gar nicht so schnell fragen, wie ich will und merke, dass Mailin mit meinem Wortschwall kaum klarkommt. Also nochmal von vorne. Langsam, Hendrik, langsam.

»Das mit der Milch, dass sie rausspritzt beim Sex, ist natürlich. Du musst dich nicht entschuldigen. Es muss dir nicht peinlich sein.«

Ich krame in meinem Gedächtnis und fördere Versatzstücke zu stillenden Müttern zutage. Milch kommt nicht nur, wenn man saugt. Man kann Brüste auch ausstreichen. Oder regelrecht melken. Und manchmal spritzt die Milch spontan. Gerne beim sexuellen Höhepunkt.

Das erkläre ich ihr und Mailin sieht mich an, als wäre ich der Liebe Gott.

»Du bist ein Mann! Warum weißt du das?«

»Das ist nicht geheim, Mailin. Das kann man nachlesen.« Und ich nehme sie in den Arm, drücke mich an ihre Brüste. Es klebt, es riecht nach Milch, aber es ist Mailin, wie sie leibt und lebt.

»Komm, kleine Milchkuh, wir gehen mal duschen, okay?« Sie nickt etwas zu begeistert. Hoffentlich nicht deswegen, weil sie unbedingt sauber werden will. Ich werde ihr nämlich nicht nur die

Milch abwaschen. Ich werde ihr von hinten meinen Schwanz in die Scheide drücken, bis sie weiche Knie bekommt und kraftlos zusammensackt. So kommt es, aber zuerst spiele ich mit meinem neuen Spielzeug. Ich sauge ihre Brüste aus. Mailin kichert wie blöd und grinst glücklich, weil sie es nicht fassen kann. Süß und fettig, kein Wunder, dass Babys so scharf auf den Stoff sind, das macht richtig süchtig. Ich bin jedoch schnell satt. Wie man da länger als eine Minute saugen kann, ist mir ein Rätsel. Babys eben.

Statt zu saugen, spiele ich jetzt und versuche, auf alle möglichen Arten, die Milch rauszubekommen. Mailin kichert, dass ich so an ihren Brüsten hänge, kennt sie bislang nicht. Kein Wunder, sie hat ja auch bisher keine Milch gegeben. Es spritzt, in der Dusche ist es egal. Bevor es klebrig wird, ist die Milch schon weg. Und dann drehe ich Mailin um und stecke ihr den Schwanz zwischen die Pobacken. Und ich zögere nicht, weil ich weiß, dass ihre Muschi glitschiger nicht werden kann. Sie macht ein Hohlkreuz und mein Schwanz findet den Weg wie von selbst. Bis nach oben. Mailin stöhnt. Wenn sie gefickt wird, spritzt die Milch noch bereitwilliger. Als wir uns abtrocknen, sind die Brüste leer, zumindest läuft keine Milch mehr herunter. Aber ich habe noch nicht. Es ist dringend wie nie. Ich stehe schon seit Minuten an der Schwelle. Wenn ich sie jetzt penetriere, dauert es eine halbe Minute. Und ich habe einen Plan.

Sperma enthält Endorphin, Dopamin, Oxytocin. Ein wahnsinniger Cocktail von Drogen. Lauter Glücklichmacher und egal, ob oral, anal oder vaginal injiziert, die Schleimhäute nehmen die Drogen begeistert auf und schwemmen sie in die Blutbahn. Ins Hirn. Ficken macht glücklich. Gefickt zu werden macht glücklicher. Mailin kann zwar nicht mehr glücklicher werden, aber ich versuche es. Weil es so schön ist, stöhne ich wieder so laut wie ein Bulle vor seinem brünstigen Weibchen, aber egal, das muss sein. Zumal es mir kommt, wie kaum je zuvor. Als ich mich komplett in Mailins Scheidengewölbe entleert habe, weiche ich keinen Millimeter. Soll der verdammte Cocktail von Glücklichmachern in meinem Sperma ihr die Hirnrinde zerfressen. Wer so etwas auf sich nimmt, um mit mir zusammenzukommen, der hat den Höhepunkt seines verdammten Lebens verdient. Jeden Tag.

Kindische Enthüllung

Rheinland, Deutschland, Samstag 8. Mai 2021

Jahzen heisst ihr Junge. Hendrik hört sich die übliche Lobhudelei über Babys an. Unüblich ist lediglich, dass man sie ihm erzählt. Gegenseitiges Herumzeigen der Kinder ist allgegenwärtig. Nur bleibt er im Allgemeinen verschont. Diesmal nicht, wobei er zugeben muss, dass Mailin längst nicht so penetrant ist, wie andere Mütter. Aber sonst? Business as usual. Er hat zum ersten Mal gelacht, er hat das, kann das und muss das. Die einzig interessanten Aspekte von Babys sind für ihn, wie sie gemacht und gefüttert werden. Letzteres auch erst seit einer Stunde. Er leckt sich über die Lippen. Weil Mailin sich in seinen Augen merkwürdig benimmt, macht ihn das nachdenklich. Nicht nachdenklich genug. Es gibt auch jede Menge zu besprechen. Sprechen. Mit Mailin! Er kann es immer noch nicht glauben.

Hendrik hat sich viel ausgemalt, hat oft an sie gedacht, aber das waren immer stumme oder umständliche Gedanken gewesen. Niemals der Gedanke daran, er könnte mit ihr normal sprechen! Ihr Deutsch ist einfach, aber klar. Verstehen kann sie ihn gut, er spricht mild Rheinländisch und wenn er nicht gerade aufgeregt ist, kann er langsam und deutlich sprechen, was Mailin gut gefällt. Er sieht förmlich, wie stolz sie deswegen ist. Vollkommen zu Recht.

Nachdem sie das halbe Appartement mit ihrer Milch besudelt hat, ist sie erschrocken. Seit er ihr gezeigt hat, wie sexy sie ist, trotz Milch; wie sehr er sie begehrt; wie schön sie ist; seitdem kommt sie aus dem Strahlen nicht mehr heraus. Wie eine goldene Plastikgrinsekatze aus Asien. Und als er mit ihren Milchbrüsten spielt, ist es noch intensiver. Sie muss ständig kichern. Nicht weil es ihr peinlich ist, weil sie es so sehr freut. Sie selbst ist bei sich und ihrem Körper genauso neugierig und will alles erfahren. Aber dass die Milch so aus ihr herausspritzt, das hat auch sie nicht erwartet. Sie fragt sich, wann sie wieder abpumpen muss. Ihre sexuelle Spielerei hat den Zeitplan durcheinandergebracht. Das glaubt Mailin. Kann sie ihn fragen? Hendrik ist wie Shenmi, beide wissen so viel. Aber im Grunde weiß sie es selbst, wenn es drückt, ist es soweit.

Wenn man sich so viel zu sagen hätte, zu fragen hätte, wo fängt man an? Hendrik hat ein hundsgewöhnliches Jahr hinter sich. Wenn man von Kleinigkeiten absieht, wie dass er ein Haus gekauft hat. Mailin hat ein Kind zur Welt gebracht. Hat es hinausgepresst, wie sie selbst gerne sagt. Noch reden sie nur sporadisch, die beiden Liebenden. Zu merkwürdig die Vorstellung, einfach etwas sagen zu können und verstanden zu werden. Denn kennengelernt hatten sie sich unter erzwungener Sprachlosigkeit. In einer Quarantäne der ersten Stunde. Eine Quarantäne, die jeder für seine eigenen Zwecke nutzte. Hendrik hat Tag und Nacht gevögelt. Mailin hat alles darangesetzt, Tag und Nacht gevögelt zu werden. Constanze hat sich dafür bezahlen lassen, Tag und Nacht gevögelt zu werden. Und die Apothekerin hat sich nur im Schutz der Nacht und Dunkelheit getraut.

»Warum bist du vor einem Jahr verschwunden? Ohne dich zu verabschieden?«

Mailin hat die Frage erwartet, denn das war das Merkwürdigste, was seinerzeit vorgefallen war. Sie selbst mochte es kaum glauben.

»Ich bin geholt worden. Meine Arbeit ist zu wichtig. Deswegen.«

Er sah sie ungläubig an. »Ist das dein Ernst? Was Constanze erzählt hat, ist das echt passiert?«

Mailin nickt und Hendrik kann es kaum glauben.

»Alter Schwede! Was machst du denn?«

»Alter Schwede? Was bedeutet das?« Ihr Deutschlehrer Ju'gen hat ihr kaum Redewendungen beigebracht. Das wäre auch ein bisschen viel gewesen. Mailin hat beim Lernen sowieso Übermenschliches geleistet.

»Nichts. Das heißt so viel, wie *ich kann es kaum glauben.* Und was ist deine Arbeit in Mudanjiang?«

»Du weißt, wo ich wohne? Du sprichst es lustig aus. Sag nochmal Mudanjiang!« Hendrik tut ihr den Gefallen und Mailin lacht wieder.

Dennoch, so kommen sie nicht weiter, eine Frage wirft drei neue auf, ohne dass die erste beantwortet wäre. Hendrik sucht in dem Appartement einen Zettel, Stift hat er und legt es auf den Tisch.

»Hör zu, Süße. Einer fragt, der andere antwortet. Wenn uns was anderes dazu einfällt, mitten im Satz, dann nicht unterbrechen, okay?« Mailin nickt. »Sonst kommen wir nie dazu, etwas zu erzählen.« Sie nickt wieder. Oder immer noch. Wie die Katze, denkt er und grinst selbst.

»Ich hab dich im Fernsehen gesehen. Das war letzten Sommer. Da ging es um Impfstoff. Hab es nicht verstanden, damals. Ich war in Norwegen.«

Mailin erinnert sich an das letzte Jahr, es gab mehr als nur einen Pressetermin. Auch wenn Xin Liu ihr das meiste vom Hals hielt, alles konnte ihr Chef nicht verhindern. Mailin weiß nicht genau, was sie darf. Geheimhaltung ist immer ein Thema. Die Zettel mit den Vorschriften, die man unterschreibt, liest sie flüchtig. Steht sowieso immer dasselbe darauf. Sie war noch nie in der Verlegenheit, sich zu fragen, was sie darf. Dass man sie entführt, wird heute wohl nicht passieren. Schließlich ist sie immer noch in Elternzeit. Trotzdem hat sie ein mulmiges Gefühl, wenn sie an die Rückholung aus der Quarantäne vom letzten Jahr denkt.

»Ich bin Mathematikerin. Ich arbeite mit einem Quantencomputer. Dir darf ich nicht einmal sagen, wo. Aber du weißt es ja schon. Zuletzt war der Impfstoff das Wichtigste. Ist er immer noch. Man wappnet sich jetzt schon für Mutationen. Aber das darf ich vielleicht nicht erzählen.«

»Constanze hat gesagt, es war wie im Film. Nur ich habe alles verschlafen. Hättest du dich wehren können? Nein sagen können?«

Mailin schüttelt den Kopf. Sie sieht traurig aus. Nichts, was ein Kuss und ein Griff an die Brust nicht wieder richten können. Sie lächelt ein klein wenig. Immerhin.

»Bist du freiwillig mitgegangen? Haben sie dich damals gefragt, ob du kommst? Oder bist du verhaftet worden? Mit Handschellen?«

Mailin schüttelt den Kopf. »Keine Handschellen. Ja, sie haben mich gefragt. Es wäre wichtig, dass ich komme. Ob ich bereit wäre. Und dann sind wir los. Nur die zwei Männer und ich. In einem Militärflugzeug.«

Hendrik pfeift durch die Zähne. Mailin bleibt mysteriös. Weltfremd und ungeheuer wichtig. Er wüsste wirklich zu gerne, was sie im Detail macht. Aber er würde vermutlich nicht einmal die Hälfte von dem Zeug verstehen.

»Könnten sie jetzt wiederkommen? Die Tür eintreten und dich abholen?«

Mailin guckt zur Tür, als ob die jeden Moment aufgesprengt würde. Dann schüttelt sie den Kopf und sagt: »Nein, ich habe Elternzeit. Bis Ende Juli. Außerdem stehe ich mit dem Institut in Kontakt. Dem Chef. Kollegen. *Dem Koloss der Weisheit.*«

»Alter, was? Mit wem hast du Kontakt?«

»So heißt der Quantencomputer. Zhìhuì jùxiàng. *Koloss der Weisheit.*«

Toller Name, dachte Hendrik, kleiner hatten sie es nicht, die Chinesen? Ein Land der Superlative. Super, seine Bewohner aus dem Ausland *zurückzuführen* – zu entführen, so sah er das. Er notiert sich auf dem Zettel, dass er jemanden fragen würde, wie und wann so etwas überhaupt erlaubt war.

»Woher weißt du, dass ich in Mudanjiang wohne?«

»Erinnerst du dich an den Polizisten in Gernsbach?«

Wie könnte sie den vergessen! Sie ging am Waldrand spazieren, weil Hendrik woanders war. Bei der Apothekerin. Jedenfalls hat ein deutscher Polizist Mailin aufgegriffen und auf dem Weg in die Stadt liefen sie glücklicherweise Hendrik in die Arme, der alles aufklärte und Mailin mitnehmen konnte.

»Danach haben wir dir ein Handy besorgt. Ich habe einen Tracker darauf installiert, damit ich dich im Notfall wiederfinde. Im letzten Jahr habe ich mich immer wieder gefragt, warum du es überhaupt lädst.«

Mailin holt das Handy aus ihrer Tasche und zeigt ihm das Bild, was sie damals von ihm gemacht hat. Ich habe mir dein Bild angesehen und an uns gedacht. Wie wir Sex hatten. Er streckt die Arme nach Mailin aus und sie setzt sich auf seinen Schoß. Er küsst ihre Brüste, in denen sich sofort etwas regt. Ihr Körper ist durcheinander. Statt auf Sex bereitet er sich auf das Stillen vor. An der Spitze ihrer Nippel erscheinen die ersten Tropfen. Hendrik leckt sie ab. Mailin will etwas fragen, aber sie vergisst es sofort, da Hendrik sie aufs Bett legt. Sanft aber zwingend gleitet sein Speer in ihren Leib und alle Fragen sind vergessen. Sie lieben sich, als schaukelten sie sanft im Wind. Nur gegen Ende nicht. Am Ende, wenn sie ihre Beine noch weiter spreizen will. Sie ihn noch fester an sich presst. Die Muskeln ihrer Scheide versuchen, Hendrik in sich einzusaugen. Dann nicht. Wenn sie kommt, ist sanft keine Option. Dazu sind Orgasmen viel zu neu für Mailin.

Hendrik lacht sie wieder an oder aus und sagt: »Wo waren wir stehengeblieben?«

»Beim Handy. Wenn du wusstest, wo ich bin, warum bist du nicht nach Gernsbach gekommen? Oder nach Koblenz. Oder nach Mützenich?«

»Da warst du überall? Donnerwetter! Du kommst ganz schön rum.« Hendrik zieht sein T-Shirt an. »Als ich sah, dass du in Frankfurt bist, ist mir vor Kälte und Schreck das Telefon in den Rhein gefallen. Und schwupp, weg warst du.«

»Schwupp? Was ist schwupp?«

Hendrik macht eine Bewegung mit der Hand, die *schwupp* verdeutlichen soll. »Wenn etwas plötzlich passiert, sagt man das so. Wenn etwas auf einmal weg ist. Schwupps, weg isses!«

Mailin hat Hunger, trotz allem. Sie hat das Essen nur verdrängt, weil Drängenderes und Dringenderes vorher zu machen war. Eindringendes. Hendrik und sein Speer waren Eindringlinge. Sie lächelt wieder. Weil er sicher noch einmal eindringen will. Soll er, sie ist bereit für ihn.

Weil Mailin in die Küche geht, fragt er: »Willst du jetzt kochen? Echt?«

»Ich hab Hunger. Hatte ich schon vorher!«

Hendrik grinst wieder unverschämt und sagt: »Ich hatte schon Milch zum Abendbrot. Und der Tisch ist ja noch gedeckt. So wie es aussieht, ist jede Menge Milch übrig.«

Mailin kommt aus dem Dauergrinsen und -kichern kaum heraus. So glücklich wie jetzt war sie seit vierzehn Monaten nicht mehr. Oder eher noch nie, denn damals ahnte sie zwar, glücklich sein zu können. Aber erst jetzt weiß sie es. Weiß genau, was es ist, wie es sich anfühlt. Mailin ist verliebt, ohne zu wissen, was das ist. Sie setzt Nudelwasser auf und lässt sich von Hendrik beobachten. Dann stellt sie die Milchpumpe auf den Tisch.

»Was wird das denn, wenn es fertig ist? Ein Dessert?« Hendrik lacht über seinen Witz und weil Mailin verliebt ist, lacht sie mit. Obschon sie nicht sicher ist, was Dessert bedeutet. Sie schließt konzentriert und routiniert ihre Brüste an und lässt die Maschine brummen. Als das Wasser kocht, sind die Brüste leer.

Sie geht zum Ausguss und Hendrik ruft: »Halt! Nicht wegschütten.«

»Was soll ich denn sonst damit machen? Aufheben? Dann bräuchte ich immer einen Kühlschrank, auch im Flugzeug.«

Er nickt und sieht ein, dass es keinen Sinn hat. »Aber ich könnte uns nachher einen Cappuccino damit machen. Oder morgen früh.«

Hendrik grinst sie unverschämt an. Er ist ihr Held. Wenn sie ihn nur lachen sieht, ist sie glücklich. Unerklärlich. Ebenso unerklärlich, warum sie selbst andauernd lächelt. Hat er das ernst gemeint? Oder hat er einen Spaß gemacht? Sie lächelt nicht, weil etwas lustig ist, sie lächelt, weil sie verliebt ist. Ein bisschen zu grundlos, ein bisschen zu dämlich, wie es bei Verliebten Usus ist. Asiatische Grinsekatze. Es fehlt nur die winkende Hand.

Sie kocht eine chinesische Suppe mit Nudeln. Einfach, schnell und ein bisschen Heimat. Nicht, dass sie China vermisst. Aber als Autistin vermisst sie gewohnte Sachen. Je mehr Neues und Ungewohntes passiert, desto eher braucht sie einen Ausgleich. Nach den letzten Tagen braucht sie das wie nie zuvor. Doch jetzt ist Hendrik da und ihr Stress ist für den Moment verflogen. Sie hat schier Unglaubliches vollbracht. Sich durchgebissen durch Deutsch, durch Deutschland, durch schäbige Deutsche und ist am Schluss mit einem Deutschen belohnt worden. Hendrik ist jede Mühe wert. Die letzten zwei Stunden sind alles wert, was sie durchgemacht hat. Und die nächsten Stunden erst recht. Sie lebt völlig im Augenblick.

Genau wie ihr kleiner Sohn, Jahzen. Sie hatte nur ein Bedürfnis und das ist gestillt, vorläufig. Ständig sieht sie zu ihm, zu ihrem Mann. Der einzige Mann auf dieser Welt, der mit ihr umgeht. Der sie zu nehmen weiß, der sie umfassend glücklich macht. Wenn er sie nur anlächelt, fängt ihr Kessel an zu brodeln. Hendrik guckt so lüstern, als würde er sich gleich auf sie werfen. So hat sie niemals jemand angesehen. Keiner derjenigen, die Sex mit ihr wollten. Nicht annähernd. Sie füllt Suppe und Nudeln in zwei Schälchen. Sie legt ihnen Essstäbchen hin und Hendrik guckt fragend. Sie zeigt ihm, wie Chinesen Suppe mit Nudeln essen. Die Nudeln sind in Batzen, das geht gut. Und zum Schluss wird das Schälchen Suppe ausgetrunken. Ist einfach.

Wie erwartet, nimmt Hendrik seinen Nachtisch direkt an der Quelle. Mitten in der Nacht steht die Chinesin auf und leert ihre Brüste. Weil sie nicht weiß, was Hendrik vorhat, hebt sie die Milch auf, vielleicht ist es kein Witz von ihm. Er wacht nicht auf. Mailin schläft auf der Seite und sie ist noch nicht richtig wach, da spürt sie Hendriks Schwert schon in ihrer Scheide. Die ist nass, ohne dass sie es gemerkt hat und Hendrik fährt ihr mit Leichtigkeit rein, bis seine Hoden an ihre Schamlippen klatschen. Sie stöhnt, weil der Schwanz Verheerungen in ihr anrichtet. Sie ist ihm ausgeliefert, abhängig, sie würde alles tun, damit diese Gefühle nie vergehen. Seine Hände halten die Hüften gepackt und sie kann kaum glauben, wie hart er zustößt. Sie merkt nicht, dass sie Töne von sich gibt, sie geht in der Lust auf, ist selbstvergessen und besteht nur noch aus ihrer empfänglichen Scheide, die sich instinktiv an ihren Helden klammert.

Hendrik pausiert und sie drückt sein Glied hinaus. Aus ihr. Nicht weil sie ihn nicht will, aber weil sie ihn anfassen muss. Begreifen. Das Wunder seiner wunderbaren Erektion, die Mailin verehrt. Mit Leichtigkeit und Lebensfreude gleitet das massive Stück durch ihre Hand. Hände. Bis zum Schluss. Bis der Mann verkrampft. Stöhnt, lauter stöhnt. Er innehält und … Mailin sieht zu, schaut auf den zitternden Schwanz in ihrer Hand. Sieht ihn zucken und erlebt die Fontäne hautnah. Fünfmal, sechsmal sieht sie es herausschießen und sein Strom verebbt. Er hat ejakuliert, aber sie hat gezielt. Er hat es ihr auf den Bauch gespritzt. Mailin schnüffelt, es ist intensiv. So liebt sie ihn, seinen Geruch, sie verreibt seinen warmen Saft auf ihrem Bauch, weiß, cremig und duftend. Sie liebt sein Sperma auf ihrem Körper. Sie wird es nie wieder abwaschen.

Kurz kommt ihr Shenmi in den Sinn. Die kam eines morgens nach Hause mit getrocknetem Sperma im Gesicht und in den Haaren. Sie weiß bis heute nicht, wie es dazu kam, was passiert ist und mit wem. Gesagt hat ihre Schwester auch nichts. Von der Schwester ist es nur ein Augenblick zu Jahzen und kaum denkt sie an ihr Baby, melden sich ihre Milchbrüste. Sie fasst sich an die linke Brust und sieht, dass es zu laufen beginnt. Schweren Herzens lässt sie ihren Mann alleine, um am Tisch ihre Brüste leersaugen zu lassen. Von einer Maschine.

Hendrik kommt zu ihr und obwohl sie durchsichtige Plastikschälchen auf den Nippeln hat, streichelt er eine Brust, drückt ein bisschen, küsst Mailin und geht zur Küchenzeile. Er sucht Kaffee und findet eine italienische Mokkakanne aus Alu mit acht Ecken. Es ist sogar Kaffee dafür da und Hendrik macht sich an die Arbeit. Er findet einen kleinen Topf und schüttet alle Milch rein, die er finden kann. Es sind drei oder vier »Portionen«, das reicht dicke für zwei Milchkaffees. Es klopft. Hendrik hat Jeans und T-Shirt an und Mailin eine lange Bluse. Aber da sie sitzt, sieht er kein Problem und geht zur Tür. Er denkt sich, dass Frau Doktor kommt, um nach dem Rechten zu sehen.

Tatsächlich, Apotheke steht vor der Tür, kommt rein. Hendrik nimmt sie fest in den Arm, so fest wie möglich, drückt sie fester. Flüstert ihr ins Ohr und die Apothekerin strahlt über das ganze Gesicht. Sie hat sich so etwas erhofft. Hendrik schätzt sie als einen Mann ein, der sein Wort hält.

»Willst du auch einen Cappuccino?«

Er hält die blubbernde Kanne in der Hand. Sie nickt und setzt sich zu Mailin. Hendrik hat einen batteriebetriebenen Milchaufschäumer gefunden und ist begeistert, wie gut das funktioniert. Nicht der Aufschäumer, die Milch! Viereinhalb Prozent Fett in der Milch. Hat er im Bett nachgelesen. Perfekt. Und das Süßen kann er sich auch schenken. Er verteilt alles auf drei Tassen und stellt jedem einen fertigen Kaffee hin. Mailin beobachtet die Apothekerin und grinst vor sich hin. Hendrik lässt sich den Kaffee schmecken.

»Was habt ihr drei denn jetzt vor?«

»Na ja, ich glaube nicht, dass Mailin und ich heute viel rausg…« Hendrik unterbricht sich mitten im Wort.

»Was meinst du mit wir drei?«

Frau Doktor sieht ihn verständnislos an, sieht zur Chinesin und ihr dämmert, dass er gar nichts weiß. Mailin geht davon aus, dass er es weiß, und Hendrik geht davon aus, wenn es was zu wissen gibt, dass sie es ihm erzählt. Sie hat sich am Vortag zuerst gewundert, dass Mailin ihn wegen Sex sucht. Konnte sie nicht glauben. Als sie jetzt Mailin mit der Milchpumpe sieht, ist ihr sofort alles klar. Sie sucht Sex und den Vater. Gleich wird ihm ein ganzer Kronleuchter aufgehen. Soll sie ihn von alleine draufkommen lassen? Soll sie es ihm sagen?

»Ist dir eigentlich aufgefallen, was sie da macht?« Apotheke deutet auf Mailin, die gerade ihre Pumpe abspült und zum Trocknen hinstellt.

»Stell dir vor, ja. Ist übrigens auch beim Sex nicht zu übersehen. Und im Kaffee schmeckt sie auch!«

»Du bist eine alte Sau, Hendrik!«

Dass sie dabei lacht, nimmt dem Schimpfwort die Schärfe. »Hab mich schon gewundert, dass der Kaffee süß ist, obwohl ich keinen Zucker nehme. Du bist unmöglich!«

Mailin lacht mit, weil sie versteht, worum es geht und diese Erfahrung ist für Hendrik eine Offenbarung. Er hat sie stumm kennengelernt, doch sprechend verstehen sie sich noch besser. Dass es erst die Sprachlosigkeit war, die etwas zwischen ihnen ermöglicht hatte, ist sein erster Gedanke. Aber er merkt, dass es ein Irrtum ist.

»Habt ihr noch gar nicht über das Kind gesprochen?«

»Irgendwie nicht. Wir hatten bis jetzt andere Themen. Alles war immer wichtiger, wieso?«

Hendrik ist schwer von Begriff.

»Mailin, wann ist dein Baby denn geboren? Und wie heißt es?«

»Mein Sohn heißt Jahzen. Und er ist an eurem Weihnachtsfest geboren. Jahzen.«

Frau Doktor sagt nichts mehr. Sie lässt die Information in Hendriks Hirn, falls da was ist, einsickern. Und Hendrik rechnet. Jahzen ist sein Sohn, falls die Schwangerschaft planmäßig verlaufen ist. Er steht auf, geht zu seiner chinesischen Freundin und auch, wenn es vor Apotheke unpassend ist, schiebt er mit einer Hand die Bluse zur Seite, sodass eine Brust und der Bauch Mailins frei liegen. Küsst sie auf ihren Bauch, auf die Brüste. Umarmt sie, drückt sie an sich, sodass beide geil werden. Aber sie beherrschen sich. Gerade eben so.

Hendrik nimmt seine Geliebte in den Arm und bedauert, dass sie alles ohne ihn durchlebt hat. Durchgemacht hat. Ertragen musste. Sein erstes Kind und er ist nicht dabei gewesen. Ihm stehen die Tränen in den Augen. Frau Doktor lässt ihren Muttermilchkaffee stehen und verdrückt sich unauffällig. Hendrik ist zwar kein Autist, aber er kennt eine Möglichkeit, sich bei Mailin zu bedanken. Das tut er. Danke. Er bedankt sich dermaßen heftig und intensiv, dass zwanzig Minuten später das ganze Haus weiß, dass er etwas gutzumachen hat und etwas sehr gut gemacht hat. Mailin schreit die halbe Nachbarschaft zusammen.

Samenbankraub

Tsingtao, China, Mai 2021

Shenmi ist abgestoßen. Und sie ist es leid, sich potenzielle Väter in einem Katalog anzusehen. Sie kann sich doch den Vater ihrer Kinder nicht aussuchen, wie ein Kleid, was man zur Not einfach zurückschickt? Degeneriert ist das. Widerlich. Widernatürlich. Aber laut Aussage des Arztes üblich. Unfruchtbarkeit ist unter Männern weit verbreitet. Weiter als man annimmt. Er sagt das so, dass man glaubt, er bedauerte es. Quatsch, denn er macht den Reibach seines Lebens mit den abgestorbenen Hoden chinesischer Männer. Er versteht sowieso nicht, wieso irgendjemand seine Dienste in Anspruch nimmt. Willige und potente Samenspender gäbe es mehr als genug. Man muss sich nur von ein paar vögeln lassen. Die Nachfrage zum Angebot bringen. Er ist sicher, die meisten Frauen hätten Alternativen und trauen sich nur nicht.

Shenmi und er haben viel gemeinsam. Aber das nicht. Sie hat keinen. Ihr Ehemann hatte sich kurz nach der Hochzeit heimlich sterilisieren lassen. Und der eine Liebhaber, dem sie es gestattet hätte, sie zu schwängern, ist an anderen Dingen interessiert als einer Befruchtung. Er hat nur Sex im Kopf. Sex als Kunst. Sex als Ausdruck höchstmöglicher Willenlosigkeit, als Ausdruck unbeschreiblicher Abgründe. Sex zur Machtdemonstration und zur Demütigung. Jedenfalls ist nach etlichen Stunden unerhörter Penetration, mehr als einem halben Dutzend ihrer Höhepunkte sein Samen nicht in ihrer Vagina gelandet. Sie war halb ohnmächtig und er verteilt sein Sperma auf ihrem Gesicht, schmiert es in ihre Haare. Und verschwindet. Sang- und klanglos nach Norden. Zum Supercomputer. Zusammen mit ihrer Schwester löst er dort alle Probleme der Menschheit. Aber in die Muschi spritzen kann er nicht?

Sie ist sauer, enttäuscht und wütend, als sie merkt, dass ihr Plan nicht aufgeht. Und noch schlimmer, seitdem hat sie kein Sterbenswort von ihm gehört. Nichts. Das ist ein paar Wochen her. Männer liegen ihr zu Füßen. Ausnahmslos alle Männer. Xin Liu ist die Ausnahme. Er rührt sich nicht. Er vögelt die schönste Frau Chinas und meldet sich nicht mehr? Oder lässt ihre Strahlkraft nach? In Gedanken versunken merkt sie, dass sie seit einer Weile die Männer, die sie umblättert, nicht mehr wahrnimmt. Sie will keine Samenspende mehr. Das ist profan. Die Zeugung ist heilig. Shenmi rennt die Zeit weg, sie wird bald dreißig! Doch sie kann ihn nicht anrufen und darum betteln! Das ist erniedrigend. Leider hat Xin Liu alles, was sie sich wünscht. Benehmen, Erfolg, Ausstrahlung. Und Pornofantasien offenbar. Sonst hätte er sie nicht erniedrigt und ihr im Schlaf den Samen im Gesicht verteilt.

Sie will gar nichts von ihm. Kein Geld, keine Sicherheit, sie will keinen Ehemann und keinen Vater für das Kind. Nur Sperma. Direkt in den hinteren Teil ihrer Vagina appliziert, um den Muttermund herum. Weich und anschmiegsam wie flüssige Seide legt er ihr einen Ring aus seinem Ejakulat um ihre wirklich privaten Teile. Shenmi ist nicht geil, weil sie an Sex denkt. Shenmi wird erst dann richtig erregt, wenn sie daran denkt, befruchtet zu werden. Das macht sie heiß. Vögeln kann sie mit jedem, das ist weder etwas Besonderes, noch besonders antörnend. Der Gedanke an wuselnde Virilität in ihrem Inneren ist es, was sie auf den Gipfel trägt. In das Gesicht geschmiert, was für eine frevelhafte Verschwendung. Auf den Busen gespritzt, was soll ihr das bringen? Auf den Po oder auf die Vulva, nah dran, aber bei weitem nicht nah genug. Erst, wenn die Gebärmutter in Schlagdistanz ist, dann soll er alles geben, dann kann der Mann sie fluten. Nur dann hat die Begattung einen tieferen Sinn.

***

Shenmi nimmt ein Taxi nach Hause in eine abgeschottete Wohnanlage. Die liegt im Landschaftsschutzgebiet am Fuß des Bergs

Fushan. Unweit vom Ozean erhebt sich das Massiv bis auf tauend Meter und das mitten in der Stadt. Ein Anblick, den sie nie müde wird zu bestaunen. Zuhause angekommen entlässt sie das Kindermädchen, das heute zwei Stunden auf Jahzen aufgepasst hat. Sie hat extra eine Frau mit Milchbrüsten genommen, weil der kleine Mann es sicherlich bevorzugt. Seine Mutter ist ein paar Tage zuvor nach Deutschland gereist, um den Vater des Kleinen wiederzufinden. Was für eine Schnapsidee. Der Vater ist ein deutscher Schwerenöter oder sogar ein Zuhälter, dem Mailin vor über einem Jahr auf den Leim gegangen ist.

Sie hat ihrer kleinen Schwester zwar genug Milch dagelassen, aber eine Frau wie Shenmi tut alles für den kleinen Jahzen. Der Kurze weiß gar nicht, wie ihm geschieht. Er ist noch kein halbes Jahr alt und hat schon drei Frauen die Brüste ausgenuckelt. Kaum auf der Welt, ist sie das Paradies. Deswegen lacht er die weiße Frau immer an, weil er der glücklichste kleine Mann auf der Welt ist. Keinem König auf der Welt geht es besser. Und die Frau, die ihm ihre Brüste nicht gibt, ist immer besonders lieb zu Jahzen. Er hat von ihr sicher weit über tausend Küsse bekommen. Wenn er wüsste, dass es von nun an nur noch bergab geht, würde er wie *Oskar Matzerath* das Wachsen einstellen. Mit fünf Monaten statt mit drei Jahren. Sein Leben lang wird er von der Droge Busen nicht wegkommen.

Die Frau seiner ersten vier Monate hat er nicht vergessen, denn sie hat ihm Milch dagelassen. Die bekommt er dann, wenn gerade keine lebendige Spenderin zur Verfügung steht. Also nachts. Wenn er mit der Frau im Bett liegt, die so viel küsst und streichelt. In den letzten Tagen kommt er viel herum. Nicht nur bei den anderen Brüsten ist er. Er lernt seine Großmutter kennen und der alte Mann mit dem grauen Bart ist wieder da. Nimmt ihn wieder auf den Arm und hebt ihn in den Himmel. Zum Mann mit der Lampe auf der Stirn kommt er auch.

Nur der Mann, der immer nach Rauch riecht, war nie wieder da. Mailin schickt regelmäßig Neuigkeiten und erst gegen Ende der Woche hat sie Hendrik gefunden. Was heißt *erst?* Shenmi hat nicht damit gerechnet, dass man diesen mysteriösen Mann überhaupt finden kann. Deutschland ist nicht China, aber auch achtzig Millionen sind nicht wenig. Und dann in nur einer Woche. Ihre Schwester ist ein Terrier. Zäh. Sie geht den Leuten so krass auf die Nerven, dass sie ihr helfen, nur um sie loszuwerden. So wird das in Deutschland auch sein. Mailin fragt, ob die Milch reicht und wie lange noch. Sie möchte ein paar Tage länger bleiben. Shenmi sagt, dass Mailin gerne verlängern kann.

Zwei Wochen mehr, die die Schwestern eingeplant haben, reicht Jahzens Milch. Dazu hat sie die beiden Ersatzfrauen, die ihn sogar stillen können. Mailin ist zufrieden. Sie ist nicht eifersüchtig, weil die Schwester Jahzen von anderen Müttern stillen lässt. Im Gegenteil, ihr nimmt es den Druck.

Möglicherweise plant Shenmi, den kleinen Jahzen still und heimlich zu kapern. Was soll denn ihre autistische Schwester mit dem Kurzen, wenn erst der Alltag wieder eingekehrt ist? Mailin ist eine erfolgreiche Wissenschaftlerin oben im Norden. An der Grenze der Zivilisation. Soll Jahzen dort aufwachsen? Unter Mongolen und Rentieren? Was Quatsch ist, Mudanjiang ist eine Millionenstadt. Aber zivilisiert findet Shenmi es trotzdem nicht. Wenn Jahzen hingegen bei ihr aufwächst, nimmt es ihr den Druck, jetzt auf der Stelle zu empfangen. Einen Vater zu finden. Sie findet Mailins Verhältnis zu ihrem Sohn unterkühlt. Ganz anders als ihr eigenes. Sie und Jahzen sind füreinander bestimmt. Ihr bricht es das Herz, wenn Mailin ihn mitnimmt! An Hendrik denkt sie gar nicht. Ein deutscher Tunichtgut wird ans Ende der Welt fahren, um seinen Sohn zu sehen? Oder gar zu holen? Wer's glaubt.

Falls Mailin das glaubt, ist ihr nicht zu helfen. Der wollte in der Quarantäne einfach nur seinen Spaß. Die Langeweile wegvögeln. Und hat nicht daran gedacht, dass ihre beschränkte Schwester nicht verhütet. Zwei Nächte, und Mailins Bauch wurde dick. Es ist Neid in Shenmis Gedanken und sie stellt sich die beiden immer wieder vor, zwanghaft. Ihre leicht eingeschränkte Schwester, die gar nichts begreift. Und der deutsche Hüne, dem alles egal ist. Und dann kommt regelmäßig der Punkt, an dem sie es sich machen muss, weil sie daran denkt. Wie sein großer Penis tief in Mailins Bauch den virilen Samen ejakuliert. Das ist Porno!

Was ihr ebenfalls zu schaffen macht, wie hübsch der kleine Jahzen ist. Ihre Schwester ist offenbar mongolischer Abstammung. Von Mutter ist nichts zu erfahren. Jedenfalls sehen sich die Schwestern kein bisschen ähnlich. Mailin ist ein Trampel, Shenmi eine Grazie. Hier dunkel, da hell, hier stämmig, da zierlich. In allem sind sie das Gegenteil voneinander. In ihrer Fruchtbarkeit auch. Shenmi ist die schönste Frau Chinas, Mailin nicht einmal unter *ferner liefen*. Dass der Blonde aus dem Schwarzen Wald ihre Schwester gevögelt hat! Unglaublich. Das Beste wäre, wenn Mailin einfach in Deutschland bliebe. Punkt. Der Kleine kommt zu ihr und die Mutter kommt alle Jubeljahre zu Besuch. Für die Mutter am bequemsten und für sie selbst am praktischsten.

Jedoch würde Mailin ihr Ein und Alles nicht zurücklassen. Die Arbeit am Institut. Was Shenmi noch nicht lange weiß, ihre Schwester ist eine richtig große Nummer dort. Ihr Chef spricht in den höchsten Tönen von ihr. Falls dieser Hendrik sexuell so begabt ist wie Xin Liu …

Sie spinnt den Gedanken weiter. Mailin ist ihr ein Rätsel, denn Liebe und Sex sind bei Mailin nie ein Thema gewesen. Aber seit letztem Jahr geht es gefühlt nur noch darum. Hend'ik hier, Hend'ik da. Und haste nicht gesehen, wie toll das alles mit ihm war. Lobhudelei. Unerträglich. Aber wenn Mailin jetzt wirklich so abhängig und Hendrik ihre Droge ist, bleibt sie vielleicht doch da. Die ganze Grübelei bringt nur nichts, denn hier hat Shenmi keinen Einfluss mehr auf die Schwester in Deutschland und ihre Entscheidungen. Wenn sie hier ist, geht alles viel leichter, denn Mailin ist leicht zu manipulieren und Shenmi ist Meisterin dieses Fachs.

Im Wagen vor mir

Mützenich, Deutschland, Sonntag 9. Mai 2021

Hendrik fühlt sich nicht besonders erwachsen. Und jetzt ist er plötzlich Vater? Trotzdem wird er das Gefühl nicht los, dass Mailin nicht deswegen nach Deutschland geflogen ist. Sie ist nicht hier, um ihre Alimente einzufordern. Um ihn zur Rechenschaft zu ziehen. Den Eindruck macht sie nicht. Ganz und gar nicht. Sie ist seinetwegen hier. Weil es ohne ihn anscheinend nicht geht. Hier irrt er in seiner Allmachtsfantasie ausnahmsweise nicht. Manches geht nicht ohne ihn. Sie haben bei Apotheke das Zimmer gekündigt und sind losgefahren. Hendrik vorneweg. Mailin ist froh, dass sie nicht fahren und gleichzeitig navigieren muss. Die Tour de Force vom Freitag steckt ihr noch in den Knochen. Sie macht einfach nur das, was Hend'ik vor ihr macht.

Sie ist glücklich. Maximal. Ihre Erwartung, die sie innerhalb des letzten Jahres steigerte und steigerte, ist nicht enttäuscht worden und nicht erfüllt. Hendrik hat sie übererfüllt. Es ist nicht schöner, als sie sich vorgestellt hat. Es ist schöner, als sie es sich überhaupt vorstellen kann. Mailin hat seit dem Schwarzwaldbesuch vor einem Jahr so viel gelernt, dass es ihr unglaublich scheint. Sie kennt das Prinzip, denn es ist wissenschaftlich erforscht. Der Körper kann Gelerntes vertiefen, indem er es simuliert. So kann ein Tennisspieler seinen Aufschlag verbessern, indem er daran denkt, davon träumt. Sie hätte niemals erwartet, dass das auch für Sex gilt. Mailin weiß nicht, dass sie trotz allem eine Anfängerin ist. Sie fühlt sich schon wie eine erfahrene Liebhaberin und niemand wird ihr diesen Zahn ziehen. Sie lächelt die ganze Zeit, weil sie nicht anders kann. Hendrik sieht im Rückspiegel die glückliche Chinesin und ist froh, dass er alleine im Auto ist. Denn ab und an kommen ihm die Tränen. Weil Mailin so verdammt glücklich ist. Und er soll das gewesen sein?

Scheint ihm unglaublich. Er ist der Liebhaber vor dem Herrn, das hat er schon gehört. Aber was Mailin veranstaltet hat, stellt alles, was bisher jemand seinetwegen tat, weit in den Schatten. Hat er deswegen eine Verantwortung? Unmöglich, schließlich zwingt er niemanden zum Sex. Die Verantwortung für seinen Sohn ist etwas anderes. Man wird sehen, was damit wird. Er muss mit dem Gedanken, Vater zu sein, erst warm werden. Zumal der Vater für ihn nicht unbedingt biologisch gemeint ist. Hendrik ist der Erzeuger, ob er Vater sein will, ob Mailin will, dass er es wird, ob die Umstände es zulassen, dass er Jahzens Vater wird? Jahzen, ein toller Name. Er ist verdammt stolz auf Mailin und schon wieder wischt er sich über die Augen. Sie hätte ihn mitbringen sollen. Seine Naivität, was das Reisen mit einem Säugling angeht, ist ähnlich groß, wie die der Mutter. Mailin hat denselben Gedanken ein paar Wagenlängen hinter Hendrik. Aber es ist nicht zu ändern. Zumal sie zu Hendrik wollte. Nicht zu Jahzens Vater. Für sie ist das eher eine Koinzidenz als Kausalität. Zufall. So wie die ganze Schwangerschaft.

Mutterschaft. Hendriks Reaktion auf ihren Jungen hat sie überrascht. Völlig. Sie nahm an, es wäre offensichtlich, dass das Kind von ihm stammt. Die Ursache für ihren Milchfluss. Dass er auf das Kind zu Beginn nicht reagiert, schiebt sie auf die Wiedersehensfreude ihretwegen. Als er sich später dermaßen freut und aus dem Häuschen ist, wundert sie sich. Erinnert sie an ihre Schwester, die ist auch so. Warum ist es bei ihr selbst anders? Ist es so wie immer? Alle fühlen dasselbe? Alle außer ihr. Sie ist wie immer, alle anderen aus dem Häuschen. Sie bekommt eine Gänsehaut, wenn sie an den Moment denkt, wo er es erfährt und er sie danach nimmt. So heftig hat er es noch nie mit ihr gemacht. So tief ist Hendrik nie zuvor eingedrungen, so stark hat er noch nie gestoßen. Und so lange! Innig und stark, bis ihr Hirn explodiert. In einem Orgasmus, den sie nicht für möglich hielt. Bis vorhin. In einem Höhepunkt, von dem sich die Nachbarn noch erzählen werden, wenn sie wehmütig an Zeiten denken, als sie selbst jung waren. Voller Lebenslust.

Ihr Unterleib zieht sich in Erinnerung zusammen und Mailin spürt, wie ihr Hendriks Sperma aus der Scheide läuft und nicht nur ihr Höschen aufweicht. Sie hält sich eine Hand auf die Vulva, die Hose ist nass. Sie traut sich nicht, nachzusehen. Nicht beim Fahren. Trotzdem fragt Hendrik sich, was Mailin von ihm will. Weswegen sie gekommen ist. Vielleicht ein Kurzschluss wegen und nach der Seuche. Irrationalität wird in diesen Tagen großgeschrieben. Wir leben nur einmal und wir leben nur jetzt, sagt er sich. Warum nicht? Er hat schon ähnlich verrückte Sachen gemacht. Sturm und Drang. Allerdings hat Mailins Sturm- und Drangphase gerade erst begonnen. Seine hingegen hat niemals aufgehört.

Natürlich ist es Scheiße für Chinas Männer. Und das Ansehen von Chinas Männern. Sie haben sowieso viel zu wenig Frauen und dann das. Lassen sie sich die Frauen von einem Deutschen entführen. Skandalös. Sie verlieren alle ihr Gesicht. Hendrik grinst und sieht in den Rückspiegel. Dass Mailin fahren kann, ist für ihn ein Wunder. In seiner Welt fahren die Chinesen in Peking alle Rad und im Rest des Landes geht man zu Fuß neben dem Wasserbüffel her. Das ist grob sein Kenntnisstand zu Asien. Gibt es da nicht sogar ein Lied? Irgendwas mit six million bicycles in Beijing. Oder sind es neun? Ein Haufen jedenfalls.

Mailin steht eine weitere eine Überraschung bevor. Eine unangenehme Überraschung. Denn Hendriks Zuhause ist eine Baustelle. Eine Zumutung. Er hat aus dem belgischen Bahnwärterhäuschen sein Bett ins neue Haus geschafft. Von den letzten Kröten kauft er Baumaterial. Hendrik schläft inmitten einer begonnenen Baustelle. Zum Glück ist die alte Toilette noch da und nicht einmal allzu schlimm. Je nachdem, welchen Maßstab man anlegt und welche Ansprüche man hat. Er betet inständig dafür, dass Mia sich bremsen lässt und nicht als Erstes vorschlägt, sie könnten ja einen Dreier veranstalten. Denn alles, was Hendrik nicht bei sich tun kann, erledigt er bei Mia. Duschen und Essen. Sein Häuschen ist mehr Rudiment als eine Wohlfühlumgebung.

Gibt's doch gar nicht

Bielefeld, Deutschland, Mai 2021

Meine Sorge ist unbegründet. Mia zieht zwar die Augenbrauen hoch, als sie von dem kleinen Jahzen erfährt, aber das Essen ist harmonisch und morgen sind wir sowieso weg, denn ich nehme Mailin einfach mit. Ich bin nächste Woche in Bielefeld. Hotel. Tagsüber arbeite ich bei einem Rollout und danach ist Ausgang bis zum Wecken.

Heute Abend ist Übernachtung auf der Baustelle angesagt. Wo Mailin mit mir übernachtet, ist ihr anscheinend völlig egal. Dass sie kein Modepüppchen ist, hat Vorteile. Weil ich ausnahmsweise nicht um vier aufstehen muss, lässt uns das Spielraum zur Erkundung. Den wir nutzen. Nur Kuscheln. Für alles andere sind wir zu müde. Wir geben ihr Auto vorzeitig zurück, die nächsten Tage braucht sie keins. Wo soll sie auch hin in Bielefeld? Gibt's das überhaupt? Sie will arbeiten, während ich arbeite. Wir checken früh im Hotel ein und für zwanzig Euro Aufpreis pro Nacht dürfen wir zu zweit drin wohnen.

Ich bin so erleichtert, dass ich nichts niemandem erklären muss. Weil die chinesische Frau sprechen kann! Keine hochgezogenen Augenbrauen, keine Nachfragen, wie ich was meine, keine merkwürdigen Erklärungen. Wenn Mailin was will, kann sie selbst fragen. Etwas sagen, das ist für mich ungeheuerlich. Wie sie so schnell Deutsch lernt. Ist mir peinlich, weil ich kein Wort Chinesisch spreche. Kein *Danke*, kein *Guten Tag*, nichts. Will ich den kleinen Jahzen sehen, müsste ich das ändern.

Ich frage sie, wieso sie die Milch abpumpt. »Wäre es nicht einfacher, wenn du ihn abstillst? Ihn mit Milch aus der Flasche fütterst?«

»Shenmi hat gesagt, sie will das nicht. Babys brauchen die Milch der Mutter. Das ist viel gesünder, hat sie gesagt.«

»Du hältst große Stücke auf deine Schwester, oder?«

»Große Stücke? Was meinst du damit?«

»Du stimmst ihr zu. Bist ihrer Meinung. Du bist einverstanden. Du hältst viel von ihr. Sie ist dir wichtig.«

»Das stimmt und stimmt nicht. Aber bei dem Baby stimmt es. Sie will schon ganz lange ein Kind. Aber sie hat kein Glück.«

»Im Gegensatz zu dir!« Ich grinse breit, als ich das sage. »Viele Versuche haben wir nicht gebraucht.«

»Ich weiß nicht, es ist mein erstes Kind. Wie viele Versuche sind normal?«

Mailin ist manchmal süß ernst. Unabsichtlich ernst, weil sie einen Scherz nicht versteht und dadurch unabsichtlich komisch. Nie langweilig.

»Es gibt wenig, worauf man sich verlassen kann. Aber wenn Frau und Mann gut zusammen passen, dann kann's schnell gehen.«

Dazu müssen sie nicht einmal miteinander reden können. Vögeln reicht vollkommen. Weil wir in den letzten achtundvierzig Stunden einiges hinter uns haben, kommt mir ein schräger Gedanke.

»Verhütest du denn jetzt?«

»Nein. Wieso?«

Mir stehen die Haare zu Berge. Wie kann sie nur so naiv sein? Fliegt alleine von China her, mietet sich einen Wagen. Trotz aller Mühe und Erschwernisse findet sie mich und dann weiß sie nicht, dass man verhüten muss? Gerade bei uns beiden!

»Shenmi hat gesagt, so lange ich das Baby mit meiner Milch füttere, werde ich nicht schwanger. Das ist wie natürliche Verhütung.«

Na da bin ich aber froh, wenn allwissende Shenmi das gesagt hat. Ich werde mich nicht darauf verlassen, sondern lieber selbst nochmal nachlesen. Und so lange werde ich Mailin garantiert nicht wieder in die Muschi spritzen. Ich bin ein Idiot, ehrlich! Doch offenbar weiß Shenmi wirklich alles. Es wäre zwar nicht hundertprozentig, aber was für Naturvölker gut genug ist, ist auch für uns gut genug.

»Warum schickst du ihr die Milch nicht?«

»Wir haben das vorher abgefüllt und eingefroren. Genug für drei Wochen, vielleicht vier. Schicken ist schwierig und teuer.«

Aha, auch bei Mailin sind demnach nicht unbegrenzt Barmittel zur Verfügung. Hätte ja sein können. Dann wäre ich sofort mitgeflogen. Ich weiß nicht, was berühmte oder spezialisierte Wissenschaftler in China verdienen. Sicher nicht dasselbe, wie Internetfirmengründer. Schade, denn einmal der Alibaba-Tochter ein Brötchen in den Ofen schieben, schon wäre man saniert. Apropos.

»Was haben denn deine Eltern gesagt, als du schwanger aus Deutschland wiedergekommen bist? Die waren sicher nicht begeistert.«

»Ich weiß nicht.«

»Du weißt es nicht? Hast du sie noch nicht gesehen seitdem?«

»Einen Vater gibt es nicht und meine Mutter … ich … habe kaum … Shenmi kümmert sich um sowas. Ich bin meist in Mudanjiang. Arbeiten.«

Das klingt verdächtig nach dem Beziehungsstatus *Es ist schwierig*. Shenmi kümmert sich um sowas? Was ist *sowas*? Familienkram? Ist eine interessante Konstellation. Ich muss da doch einmal hin. Immerhin habe ich jetzt Familie in China. Dass es keinen Vater gibt, finde ich schade. Ich bohre später nach. Blick auf die Uhr. Gleich Mittagszeit, ich muss hinunter in einen Konferenzraum, wo morgen die Arbeit losgeht. Treffe mich dort mit dem Kunden. Mailin habe ich alles erklärt. Der Job klingt leichter als gedacht. Vormittags fünf Piepels mit einem neuen Computer versorgen, nachmittags noch einmal fünf. Datensicherung, bisschen was erklären, Mail einrichten, fertig. Sollte in sechs Stunden über die Bühne gehen.

Eine Stunde später bin ich draußen. Gehe nebenan in den Supermarkt. Kaufe ein paar überlebenswichtige Dinge. Ein bisschen was zu essen, Knabberzeug und Getränke. Mit und ohne Umdrehungen. Wasser für das Muttertier, damit die Milch fließt. Woran man alles denken muss. Ich höre Mailin chinesisch reden, als ich ins Zimmer komme. Sie sitzt am Schreibtisch und spricht mit einem Mann, könnte ihr Chef sein, distinguiert, ernst. Ich kann das Zimmer nicht betreten, ohne dass er mich sieht. In dem winzigen Flur ist es mir zu unbequem.

Ich muss sowieso mal duschen. Ich lasse alle Tüten stehen und quetsche mich vorbei ins Bad. Aus dem Spiegel sieht mich ein frischgebackener Vater an. Sieht so ein Vater aus? Ich bin skeptisch. Der Vater geht unter die Dusche. Mailin hat das Bad schon eingerichtet. Das erspart mir die Hotelseife. Als ich fertig bin, sehe ich im Spiegel immer noch den Vater, jetzt mit nassen Haaren. Wie Jahzen in ein paar Jahren aussehen wird? Welche sind die dominanten Gene? Ich bin straßenköterblond, Mailin ist schwarz. Auf den Bildern hat er einen braunen Flaum, schwer zu sagen bei Neugeborenen. Ich habe gelesen, schwarze Haare und dunkle Augen wären dominant.

Ich, Blondie, gehöre zu einer aussterbenden Art. Mailin wirkt nachdenklich und in sich gekehrt, als hätte man ihr gerade eine Krebserkrankung offenbart. Der Rechner ist an, der Videochat vorbei. Ich will sie in den Arm nehmen, jedoch bleibt sie teilnahmslos und gedankenverloren. Ein paar Minuten später wacht sie aus ihrer Trance auf und ist so wie vorher. Im Moment fröhlich. Kein Krebs, keine Hiobsbotschaft. Wenn es wichtig ist, wird sie es mir sagen. Denke ich mir, weil ich Mailin nicht kenne. Noch nicht. Ob sie etwas sagt, hängt weniger von der Wichtigkeit ab, denn vielmehr vom Zeitpunkt. Dinge, die viele Leute nach Gefühl entscheiden, also intuitiv, muss meine chinesische Geliebte erst von allen Seiten betrachten und dann eine Entscheidung fällen. Wo wir gar nicht nachdenken würden, grübelt sie. Natürlich kann ich jetzt in sie dringen und nachbohren, sie löchern. Oder ich lasse alles so, wie es ist. Unbekümmert. Anscheinend will sie mir was zeigen, wir setzen uns vor ihren Klapprechner. Sie öffnet einen Ordner und ich bin überrascht. Mailin hat sich eine Sammlung erotischer Filmchen zugelegt.

»Ich wollte auch erotische Wörter lernen. Aber mein Lehrer … Ju'gen, ist … ich weiß nicht. Ich fand es komisch, ihn zu fragen.«

Wenn ich mir ansehe, was Mailin da gesammelt hat, wundert mich das nicht. Das da hätte ich meine Englischlehrerin auch nicht gefragt. Doch damals gab es keine animierten Bildchen. Gerade mal Computer.

»Was macht der Mann da?«

Sieh an, sieh an. »Das hat dir gefallen, stimmt's?«

Mailin nickt heftig mit dem Kopf. Goldig. Manchmal ist sie so süß wie ein kleines Kind. Sie nickt enthusiastisch, denn auf dem Rechner leckt ein Mann die Muschi einer offensichtlich begeisterten Frau. In Endlosschleife.

Und das nächste. Selbes Sujet. Und noch eins. Jetzt bin ich auch geil. Wir schaffen es gerade eben, ihr die Hose ganz auszuziehen. Den Geräuschen nach zu urteilen, hat Mailin das sehr vermisst.

Hinterher fragt sie: »Wie sagt man dazu auf Deutsch?«

»Wer will das wissen? Wozu? Warum? Weshalb?«

Mailin sieht mich glücklich an. Kein Wunder, ihr ist gerade die Schädeldecke weggeflogen. Jetzt kichert sie wieder. Glücklich.

»Lecken,« sage ich. »Ist das gebräuchlichste Wort. Ich lecke dich. Ich lecke deine Muschi. Lecken ist schön.« Beim letzten Satz nickt sie und guckt mich mit großen Augen an. Nickt heftig. Ja, ja, ja!

»Lecken. Und ich? Sagt man ich bin geleckt?«

»Nein, du musst sagen, ›Ich werde geleckt.‹ Dann passt es.«

»Leck mich! Ist das richtig?«

Ich muss lachen. »Nein, besser nicht. Das würden die meisten Deutschen falsch verstehen. ›Leck mich!‹ ist ein derbes Schimpfwort. Du müsstest sagen ›Leck meine Muschi‹. Das versteht jeder. Macht aber nicht jeder.«

»Ich weiß.« Mailin sagt es wie eine Feststellung. »Die Bilder waren auch schwer zu finden. Andere Sachen sieht man viel öfter.«

Da sagt sie was. Als Vorbild für unerfahrene Jugendliche ist Pornografie ungeeignet. Weltfremd bis ekelhaft. Und die widerlichen Sachen sind keine Einzelfälle. Nimmt man die gängigen Pornokategorien als Maßstab, weiß man, dass Frauen keine nennenswerte Zielgruppe sind.

»Willst du noch mehr von deiner Anatomiestunde? Oder später?«

»Anato… was für eine Stunde?«

»Anatomie. Der Aufbau und die Struktur des Körpers. Deines Köpers zum Beispiel. Gerade eben habe ich mir die Vulva ganz genau angesehen.«

»Nicht nur angesehen.«

»Nein, nicht nur angesehen. Obwohl du schön bist wie ein Bild!«

»Wirklich?«

Mailin sieht mich ungläubig an.

»Meine Schwester ist schön. Sie ist die schönste Frau weit und breit. Niemand kennt eine schönere Frau als sie. Aber ich doch nicht.«

»Dann hast du eben die falschen Leute gucken lassen.«

Oder die falschen Leute hatten etwas gesagt.

»Lass dir nichts einreden, Mailin. Ich habe recht. Ich habe immer recht, du wirst sehen.«

Dabei rutsche ich nach unten, spreize ihre Beine und sehe mir die Vulva an. Sie ist vom eben erlebten gut durchblutet und glänzt vor Feuchtigkeit.

»Du bist zwischen deinen Beinen bildhübsch. Asymmetrisch, vierfarbig, dreidimensional, bewegend. Kannst deine Erregung nicht verbergen. Willst es nicht.«

Keine Ahnung, ob sie alles verstehen würde, aber ich muss ihr unbedingt den Zahn ziehen, dass die unansehnlich ist. So ein Schwachsinn.

»Ich habe dich schon oft nackt gesehen, meine Blume.«

Jetzt ist ihre fleischige Blume offen, voll erblüht. Ich kann sie trotzdem auch geschlossen beschreiben. Was Sexuelles angeht, habe ich einen Fotoapparat im Hirn.

»Sieht man dich nackt, erblickt man als erstes Bronze und schwarz. Das alleine ist schon reizvoll, harmonisch. Dein Unterleib ist nicht einfach der, einer nackten Frau. Du bist mehr. Du bist eine nackte Frau, die den Betrachter einlädt. Dein Körper fragt nicht, bin ich schön? Dein Körper weiß, dass er schön ist. Dein Körper pure Lust und Fertilität.«

Von ihrer Fruchtbarkeit kann ich ein Lied singen. Ich mache eine Pause, trinke einen Schluck. Mailin guckt ungläubig. Oder sie versteht mich nicht. Egal, da muss sie durch. Hauptsache, sie versteht den Anfang (du bis schön) und das Ende (für mich die Schönste).

»Wenn du deine Schenkel öffnest, kommt eine Überraschung. Deine äußeren Schamlippen sind fast so dunkel wie die Haare. Wenn man mehr von dir sehen will, muss man sich erst Mühe geben. Dich erregen. Mit Gedanken, mit Gesten und mit kleinen Handgriffen.«

Ich muss Mailin küssen. Nicht, dass sie vergisst zu fließen vor lauter Zuhören.

»Dann schwillst du an. Die kleinen Schamlippen schälen sich zwischen den großen heraus wie der Keimling aus einem Samen. Alles quillt auf. Erst jetzt sieht man, dass nicht alles dunkelbraun ist. Du bist höchst erregt, deine Muschi arbeitet, bereitet sich vor, du fühlst den Schleim austreten. Die Scheide will ihr Schwert.«

Ich werde geil durch mein eigenes Gerede. Liege auf dem Bauch und rutsche mit dem Schwanz in der engen Hose auf dem Bett hin und her.

»Deine Vagina wartet ungeduldig im Dunkeln, zwischen den geschwollenen Labien blitzt es rosa auf. Was du bist, kannst du nicht mehr verbergen. Du bist geil. Du bist zur Paarung bereit, mehr als das. Du musst dich jetzt paaren, denn sonst erträgst du die Geilheit kaum noch. Das Rosa deiner Vagina lädt jetzt ein zum Fest.«

Während ich spreche, begreife ich Mailins Körper. Zum ersten Mal ganz bewusst. Mir wird klar, was sie mit mir anrichtet. Ich bin der Schönheit ihrer Fruchtbarkeit hilflos ausgeliefert. Ich würde ihr sofort den nächsten Balg machen, wenn ich könnte.

In diesem Moment wird mir zum ersten Mal die Verbindung von Sexualität, Geilheit und der Empfängnis klar. Ich will, ich muss jetzt über sie kommen, sie mit meinem Samen befüllen und das am besten jeden Tag, jede Stunde. Unglaublich, dass der Gedanke daran, sie zu schwängern, mich zu derartigen Höhen treibt.

»Vor Erwartung zittert deine Vulva ganz leicht. Ein Zittern, welches du nicht einmal bemerkst. Aber ich sehe genau hin. Ich sehe sie, das Zittern, ich sehe die Erwartung zwischen den Schenkeln meiner Geliebten. Klarer Schleim tritt zwischen deinen Vulvalippen hervor.«

Ich ziehe die Nase kraus, berieche die Vulva, die sich ihrerseits alle Mühe gibt, wahrgenommen zu werden. Ich habe Mühe, weiterzusprechen.

»Wenn ich jetzt an dir schnuppere, kann ich spüren, wie die Sicherungen in meinem Hirn durchbrennen. Eine nach der anderen. Sie hinterlassen nichts als weiße Wölkchen. Es gibt keine Erinnerung mehr, keine Zukunft, keine Vergangenheit. Es gibt nur das, was ich vor mir sehe und dich.«

Ich nestele am Verschluss der Hose, schiebe sie unauffällig bis zu den Knien hinunter, das muss reichen. Ich habe einen pochenden Kolben und vor mir liegt der geschmierte Zylinder eines paarungsbereiten Weibchens.

»Von alleine geht deine Muschi jetzt nicht weiter auf, es passiert nur noch mehr von dem, was gerade passiert. Es tritt Schleim aus, das Zittern wird stärker. Blut wird durch die Vulva gepumpt und deine Scheide ist ein Muskelschlauch, die auf ihren kongenialen Partner wartet.«

Mit einem Satz bespringe ich die nichtsahnende Mailin. Ihre Erregung ist am Maximum und ich dringe mit einem Schlag bis ans Ende. Ich tue das, was ich schon seit einiger Zeit tun will. Tun muss. Zuckend entleere ich mich in ihrer Scheide, die nur auf meinen Samen gewartet hat.

Nachwehen und Vorboten

Bielefeld, Deutschland, Mai 2021

Was Hendrik sagt, hat Mailin selbst gesehen. Wenn sie sich den Spiegel vorhält, sieht sie, was er beschreibt. Für sie ist es interessant. Weder schön noch hässlich. Aber dass er es so liebt, versteht Mailin nicht. Gar nicht. Es ist doch nur sie? Eine Muschi haben doch alle Frauen! Warum denn ihre? Mailin weiß, dass sie hässlich ist. Das hat sie so oft gehört, dass sie es längst glaubt. Ihr Gynäkologe und Hendrik sind die Einzigen, bei denen sie spürt, dass es vielleicht anders ist.

Beim Arzt war es speziell ihre Vulva und bei Hendrik ist es mehr. Er liebt mehr als nur ihr Geschlecht. Er küsst sie auch. Lacht mit ihr. Und fasst sie an, dass ihre Knie weich werden. Beide haben sie in Nullkommanichts auf hundertachtzig gebracht. Beide sind Magier. Nur der Arzt kann gar nichts mehr, er ist kurz vor Ende ihrer Schwangerschaft gestorben. Die Polizei fand in seinem digitalen Nachlass eine riesige Vulvasammlung. Vermutlich von ihm selbst fotografiert. Die jedoch wurde nicht sein Verhängnis. Es war der zu eindeutige Briefwechsel mit einer Patientin, die ihm zum Verhängnis wurde. Ihr auch. Der Doppelmörder gefasst und hingerichtet. Kein Pardon. Kurzer Prozess.

Die Erinnerung an den Arzt verblasst. Hendrik ist viel zu präsent. Nicht nur, weil er auf ihr liegt. Schwer atmend und nach seinem unglaublichen Orgasmus zu entspannt, um sich bewegen zu können. Ihre Zervix schwimmt in einem Meer aus Sperma. Mailin ist nicht imstande, zu artikulieren, was sie fühlt. Weil sie es nie fühlt. Sie weiß nicht, wie es ist, verliebt zu sein. Sie will ihren Mann umarmen, anschauen, aber sie will auch nicht, dass er hinausgleitet. Endorphin. Dopamin. Oxytocin. Unaufhaltsam auf dem Weg in ihre Blutbahn. Euphorie. Glück. Liebe.

Sie will alles und nichts, alles gleichzeitig und nichts zerstören. Ihr fehlen die Worte. Die deutschen sowieso und auch die chinesischen. Für das, was sie fühlt, hat sie keine Worte, weil sie es noch nie zuvor gefühlt hat. Sie hat so viel zu sagen. Es würde aus ihr sprudeln und doch will sie den Moment auskosten und seinem Atem lauschen. Fühlen wie sein erkaltender Samen ihr die Schenkel und den Po hinunterläuft. Sein Glied ist ganz weich geworden. Mit ihren Scheidenmuskeln presst sie es aus Versehen hinaus. Ein kurzer Moment der Leere und dann schließt sich ihre Vagina tröpfelnd hinter dem Instrument der Liebe. In ihrem Leib kehrt wieder Ruhe ein, denn ihr Eisprung hat noch nicht wieder eingesetzt.

Hendrik lacht sie aus? Er grinst breit, als wüsste er mehr als sie. Das mag sein, denn Mailin weiß nichts. Sie weiß, dass sie nie glücklicher war. Nicht so. Nicht auf diese Art glücklich. Sie bedauert, dass Jahzen nicht hier ist, dann könnten sie zu dritt nackt und glücklich im Bett tollen. Die zwei Menschen, die ihr alles bedeuten. Und Shenmi, aber die wünscht sie sich nicht hierher. Nicht jetzt.

»Was ich eben noch sagen wollte. Du hast eine begnadet schöne Muschi, die ihresgleichen sucht. Ich knie vor der Schönheit und Anmut deiner Vulva danieder. Ich bete dich an, danke dem Lieben Gott, dass du mich einlässt. In dein Heiligtum. Du bist eine Fruchtbarkeitsgöttin und wenn mich niemand davon abhält, mache ich dir ein Dutzend Jahzens und Schwestern.«

Mailin hat nicht alles verstanden aber den Namen ihres Sohnes. Und dass sie schön ist. Schon wieder hat er das gesagt. Keiner hat das bisher gesagt. Keiner hat es gedacht. Sie alle gaben Mailin nichts und nahmen sich, was sie wollten. Ein dehnbares Loch, um ihren Schwanz reinzustecken und lieblos Sperma in ihr abzulassen. Ohne dankbar zu sein, ohne nette Worte, ohne ein warmes Gefühl. Kühl und geschäftsmäßig. Nur dass es für Mailin ein Minusgeschäft war. Von der ersten Minute an. Ein paar Jahre hat sie das mitgemacht, bis der Letzte alles bisher Dagewesene mit seiner Lieblosigkeit in den Schatten stellte. Der hat sie, ohne es zu wissen, in den Schwarzwald gejagt, dorthin vertrieben. Ihr den Weg zu einem erfüllten Leben geebnet. Den Weg zu erfüllter Sexualität mindestens. Wenn auch über Umwege.

So glatt ihr Berufsleben verläuft, so rumpelig ist ihr Liebesleben. Mailin wird sich in den nächsten Tagen das Gehirn zermartern. Sie muss dringend etwas ändern. Und diese Änderung wird nicht sein, dass sie Hendrik vergisst. Das kommt nicht infrage. Xin Liu hat Mailin gnadenlos abgekanzelt. Er ist ihr Chef im Institut und er sagt ihr im Videochat klipp und klar, dass sie sich es aus dem Kopf schlagen soll. Sie dürfte niemals nach Europa umziehen. Niemals. Sie wäre viel zu wertvoll, als dass man ihr gestattete, vor der Rente irgendwo anders zu leben. Zu wohnen. Zu arbeiten. Das kann sie sich abschminken. Sie muss patriotisch denken. China braucht Mailin! Dringend. Liu ist sehr eindringlich und Mailin eingeschüchtert. Sie kennt ihren Chef anders. Verständnisvoll und immer mit einem offenen Ohr. Aber heute? Sie versteht die Welt nicht mehr. Das ist nicht der Xin Liu, den sie mag, dem sie vertraut, der ihrem Sohn das kostbare Geschenk gemacht hat. Mailin grübelt und merkt spät, was Hendrik macht.

Er nuckelt an ihr! Er saugt an ihren Brüsten mit den kleinen Zitzen. Anders kann er ihre Aufmerksamkeit nicht erregen, denn Mailin grübelt. Und wenn Mailin grübelt, ist die Welt nicht mehr existent. Es ist alles zu neu, zu frisch, als dass sie jetzt unwirsch wäre. Hendrik lenkt sie im rechten Moment ab, als ob er etwas ahnt. Spät ist es und Hendrik möchte, dass sie schlafen. Ins Bett gehen. Was ein himmelweiter Unterschied sein kann, jedoch nicht jetzt. Vor Jahzen hat sie zum Schlafen nie das Bett geteilt. Als sie zu Hendrik unter die Decke kriecht, sagt er: »Hast du denn schon abgepumpt, oder soll ich …?«

Dabei grinst er wieder ganz breit. Hendrik kann niemals ernst sein, denkt Mailin. Er fasst ihr an den Busen und es kribbelt. Instant-Kribbeln. Sie spürt die Milch einschießen und fließen, als der Mann an ihrer Brust saugt. Er hat recht, sie muss jetzt sowieso an die Pumpe, hat aber keine Lust.

»Wer war das, mit dem du vorher geredet hast?«

»Der Leiter vom Institut. Herr Xin Liu. Mein Chef.«

Dann hatte er offensichtlich keine guten Nachrichten für Mailin. »Du warst nach dem Gespräch so nachdenklich. Ist was passiert?«

Mailin, die es nicht gewohnt ist, sich auszutauschen, sieht Hendrik verwundert an. Woher weiß er das? Er kann doch kein Chinesisch?

»Er war abweisend. Ich fand es merkwürdig, so kenne ich ihn nicht.« Mehr bekommt Hendrik als Erklärung nicht und es scheint zu genügen. Jedenfalls findet er die Pumpe interessanter. Oder das, woran sie angeschlossen ist. Wahrscheinlich hat er Mailins Chef längst wieder vergessen.

***

Um sechs Uhr klingelt Mailins Handy. Zuerst verschlafen, dann hellwach spricht Mailin aufgeregt in ihr Telefon. Chinesisch. Schnelles Chinesisch. So viel weiß Hendrik über die Sprache. Am anderen Ende ist auch eine Frau? Vielleicht die Schwester? Er weiß es nicht. Und anders als sonst, ist er sich bei Mailin keineswegs sicher, dass er nachher alles erfahren wird. Seine chinesische Freundin ist wie eine Blackbox. Eine Art künstliche Intelligenz. Sie bekommt einen Input. Denkt nach. Manchmal sehr lange. Dann kommt ein Output. Da ihre Denkmuster stark von denen anderer Leute abweichen, ist für viele unverständlich, was In- und Output miteinander zu tun haben. Da braucht man Autistenversteher. Shenmi ist so jemand. Sie kann sie lesen. Da Mailin nicht weint, oder in heller Aufregung ist, macht er sich um Jahzen keine Sorgen. Hendrik ist sich trotzdem nicht sicher, ob er je erfahren wird, worum es geht. Ohne Chinesisch ist er ein Außenseiter. Bleibt er für immer ein Außenseiter. Er weiß nicht, ob er dazu je Lust haben wird. Eine neue Sprache zu lernen. Dazu ausgerechnet Chinesisch! Nicht gerade die leichteste Sprache der Welt.

Die Schwestern scheinen zu grübeln. Dann wieder Gespräch. Pause. Mailin denkt. Spricht. Schreibt etwas auf. Ziffern. Pause. Nachdenken. Ziffer notieren. Bis am Ende eine Telefonnummer auf dem Zettel steht. Wenn es schon so schwierig ist, auf Chinesisch eine dämliche Telefonnummer auszutauschen, will er nicht wissen, wie man eine Gebrauchsanleitung verfasst. Wie das aussieht, darüber gibt es etliche Witze. Die sind alle furchtbar lustig, so lange man auf die Anleitung nicht angewiesen ist.

»Das war Shenmi. Sie war sehr aufgeregt. Hat mir erklärt, dass ich eine Nummer aufschreiben muss. Und hat mir die Nummer nicht gesagt. Hat Spielchen gespielt. Die erste Ziffer ist die Zahl der Beine meiner ersten Katze. So was. Jede Ziffer ein anderes Rätsel.«

»Wie viele Beine hatte deine erste Katze?«

»Ich hatte nie eine Katze. Also null.«

Hendrik denkt an Gernsbach. An Mailins Verschwinden damals. Nacht und Nebel. Heckler und Koch. Schwarze Gestalten. Sturmtruppen, Sturmhauben. Er ärgert sich, dass er damals nicht wach wurde. Sonst wüsste er wenigstens irgendwas. Wie ernst es ist. Das könnte er dann besser einschätzen.

»Das ist klar. Shenmi hat dir eine Nummer durchgegeben und jede Ziffer verschlüsselt. So kann niemand diese Nummer wissen. Auch keiner, der gelauscht hat.«

»Gelauscht?«

»Mitgehört. Shenmi glaubt, dass dein Telefon abgehört wird.«

»Aber warum denn?«

»Es muss mit deinem Chef zu tun haben. Das ist kein Zufall.«

Sofort verfällt Mailin in ihre Grübelstarre. Denkt nach. Sieht so angestrengt aus, als koste das Nachdenken pro Stunde zweitausend Kalorien. Hendrik lässt sie ein paar Minuten alleine denken und macht sich auf die Socken, um Kaffee und Tee zu organisieren. Er grinst wieder. Milch haben wir selbst, denkt er. Die Frau in der Küche fragt er nach dem Discounter nebenan. Fünf Minuten. Er guckt an sich herunter. Jogginghose T-Shirt, Flip-Flops, er sieht aus wie eine Mischung zwischen Surfer und Spätaussiedler. Für wenige Minuten wird es gehen. Hendrik besorgt eine SIM-Karte, denn was nützt eine einzelne neue Nummer? Wenn es Shenmi ernst ist, dann muss eine zweite neue Nummer her, sonst hat das Nummernraten keinen Sinn. So bewaffnet macht er sich auf den Rückweg. Mailin wartet schon.

»Kannst du mir eine Telefonnummer besorgen?«

So ist sie. Kein Hallo, kein Kuss, kein *wie gehts dir, Schatz?* Aber es ist erfrischend. Auf das Wesentliche reduziert. Er wedelt mit dem Briefchen.

»Hab ich schon. Hier!«

Damit wirft er ihr den Brief der Telefongesellschaft zu. Das Tablett stellt er ab und schenkt ihnen ein. »Milch?«

Mailin gibt ihm eine Flasche. Halbvoll. Man gewöhnt sich daran. Aus der Quelle schmeckt es besser als im Kaffee, aber Mailin scheint zu aufgeregt, um an ein erotisches Stelldichein zu denken. Geheimer Agentenscheiß.

Nachdem sie die Karte drin hat, fragt sie: »Kann ich gleich loslegen? Oder muss ich noch was tun? Aufladen?«

»Ich muss die erst registrieren. Auf meinen Namen. Falls Terroristen damit geheimen Scheiß machen, weiß man hinterher, wem die Karte mal gehört hat. Bist du eine gefährliche Terroristin? Gehen wir jetzt in den Untergrund? Soll ich mich von allen verabschieden?«

Mailin wartet. Reagiert nicht. Lacht nicht. Sie wartet, dass er die Karte freischaltet. Manchmal ist humorlos anstrengend. Eine Prepaidtelefonkarte freizuschalten übrigens auch. Zehn Minuten Lebenszeit, die man in Gesellschaft eines gebrochen Deutsch sprechenden Rumänen verbringt. Sehr geil, besonders vor dem Frühstück. Hendrik lädt fünfzig Euro auf die Karte, was ein Zehntel seines Gesamtvermögens ist.

Während er seinen Muttermilchkaffee trinkt, spricht Mailin. Diesmal mit einem Mann. Und sie lächelt. Jeder andere Mann wäre beunruhigt. Er nicht. Mailin ist nicht multitaskingfähig. Entweder macht sie gerade geheimen Scheiß oder sie ist geil. Er kann sich kaum vorstellen, dass sie das je vermischt. Wenn das Geheimprojekt spannend genug ist, könnte Hendrik nackt vor ihr auf und ab laufen, sie würde es kaum bemerken. Oder ihn mit einer Handbewegung verscheuchen, wie eine lästige Fliege.

So ist Mailin. Eindimensional. Wenn es derselbe Mann ist wie gestern, haben sie eine Wendung um hundertachtzig Grad hinter sich. Das Chinesisch gestern klang angestrengt, unfreundlich, bestimmend. Das heute ist anders. Leiser, entspannt, jovial, fast herzlich. Ohne etwas zu verstehen, kann er sich nicht sicher sein, aber

Mailin würde ihm recht geben. Nach endlosen Minuten, in denen Hendrik sonst was macht, bis sie telefonieren kann, hat sie ihren Chef an der Leitung. Er entschuldigt sich bei Mailin sicher hundertmal, dass er sie gestern so angefahren hat. Er ist sich jedoch sicher, dass Mailin nach ihrem heimlichen und ungesetzlichen Schwarzwaldaufenthalt vor einem Jahr überwacht wird. Dazu gehört auch der Telefonverkehr.

Supercomputer werden mit Schlüsselwörtern gefüttert. Je nach Person sind das andere. Ein uigurischer Dissident ist bei anderen Wörtern verdächtig, als eine Mathematikerin aus ihrem Institut. Aber wenn in einem Gespräch von ihr *Deutschland* fällt, wird es aufgezeichnet. Und ein echter Mensch hört das Gespräch anschließend an und protokolliert es. Das Kind ist zwar in den Brunnen gefallen, aber von nun an wird es nichts Verdächtiges mehr geben, was nach außen dringt. Das erklärt er ihr. Denn die Haltung der Partei ist eindeutig. Was ihr Liu gestern nur vorgespielt hat, sieht die kommunistische Partei todernst. Notfalls wird sie mit Gewalt im Land behalten, dazu ist Mailin viel zu wichtig. Es mag sein, dass der Einzelne im asiatischen Kulturkreis nichts zählt. Wenn er solch eine herausragende Begabung und Position hat wie sie, ist das anders. Liu schärft ihr ein, von nun an vorsichtig zu sein. Bevor sie Pläne macht, soll sie sich bitte ganz genau überlegen, was sie will. Was sie muss. Welche Konsequenz das für alle hat.

Wenn sie wirklich vorhat, China zu verlassen, gäbe es danach kein Zurück mehr. Sie würde festgenommen. Und hätte danach garantiert keine zweite Chance, auszureisen. Sie legen auf. Mailin ist froh, aber nachdenklich. Das ist selbst für sie ein harter Brocken. Ihre Schwester! Niemals wiedersehen? Auf die Mutter und ihren Freund den Drachenmeister kann sie eher verzichten. Aber Shenmi? Sie muss sowieso mit ihr reden. Aber anrufen? Das geht erst, wenn ihre Schwester ein zweites Telefon hat. Hendrik weiß, dass er im Moment überflüssig ist und muss sowieso nach unten. Arbeit. Ob James Bond vor seiner geheimen Mission auch einen Nebenjob hat? Computer-Rollout vielleicht? Oder First-Level-Support?

»Hallo, James Bond hier, haben Sie Ihren Rechner schon neu gestartet? Maus angesteckt? Monitor ist an, ja? Ach, so, Sie haben ihr Kennwort vergessen. Moment, ich setz es zurück. Bitte.«

Zeitverschiebungen

Tsingtao, China, Mai 2021

China ist riesig. Und hat nur eine Zeitzone. Die Sonne geht in Mudanjiang fast sechs Stunden früher auf als im Westen von Tibet. Wenn es in Chengdu dämmert, brennt in Mudanjiang schon die Sonne vom Himmel und in Kashgar ist es noch stockdunkel. Die beiden Schwestern spielen dasselbe Spiel wie vorher und Shenmi bekommt auf diese Weise Mailins Telefonnummer. Sie kauft sich ein Billighandy. Jetzt können sie in Ruhe miteinander reden und Shenmi bekommt als Schmankerl und Bonus die geheime Nummer von Xin Liu. Könnte ja sein, dass sie die braucht. Vielleicht. Falls sie auf Knien zu ihm kriecht und bettelt.

Shenmi ist überrascht und nicht überrascht. China ist skrupellos, undankbar und unbeugsam. China knickt nicht einmal gegenüber den mächtigsten Nationen der Welt ein. Seit dem Ende der Kolonialzeit hat China eine weltweit einzigartige Entwicklung hinter sich. Vom Dritte-Welt-Land zur Hightech-Nation in einem halben Jahrhundert. Dass etliche der Erfolge auf Diebstahl geistigen Eigentums fußen, stört hier niemanden. Die obersten Bosse und Bonzen lassen sich aus den Patentschriften der Europäer und Amerikaner Klopapier machen und wischen sich damit den Hintern ab. Weil der chinesische Markt der größte Markt der Welt ist, wagt keine Industrienation eine offene Konfrontation.

Alle schwafeln von Menschenrechten und knicken ein, sobald China nur andeutet, sie vom Markt auszuschließen. Minderheiten unterdrücken, Dissidenten wegsperren oder ermorden, Presse mundtot machen, die Nachbarn und Vasallenstaaten unterdrücken oder besetzen, niemand hat China etwas entgegenzusetzen. China wird Taiwan und Hongkong schlucken, der Westen wird nur zusehen. Nichts tun. Ein paar Obere dürfen nicht mehr in die Europäische Union einreisen und ein paar anderen Parteikadern sperren die Amerikaner Schwarzgeldkonten.

Da kommt eine autistische Mathematikerin und glaubt, schlauer zu sein als das Schwarmwissen der chinesischen Intelligenzija. Und hat Wünsche das eigene Leben betreffend. Selten so gelacht. Sie ist sich nicht einmal sicher, ob der Trick mit den Telefonen wirklich so brillant ist. Was Shenmi als Erstes sieht, ist eine Riesenchance. Wenn sie es klug anstellt, ist das die Chance, auf die sie gewartet hat, um Jahzen zu bekommen. Sie muss nur vernünftig argumentieren. Mailin ist Vernunft gegenüber aufgeschlossen. Bisher jedenfalls. Allerdings war sie auch noch nie so bescheuert und so bescheuert verliebt wie gerade. Shenmi verdreht am Telefon die Augen, wenn ihre große Schwester anfängt zu schwärmen. Hendrik hier, Hendrik da, dass er nicht über das Wasser wandeln kann, ist alles. Verwundert sie fast. Mailin hat bisher nicht erzählt, ob Hendrik seinen Sohn sehen will. Ihn zu sich holen will. Denn was das betrifft, ist Hendrik sicher ein typischer Mann. Falls er das will, geschieht es.

Sie selbst glaubt, dass er froh wäre, mit dem Unfall namens Jahzen nichts zu tun zu haben. Was haben Männer denn schon mit Kindern am Hut? Sie denkt an sich und den Drachenmeister und erkennt, dass die Zeit, die sie mit ihrem Vater hatte, knapp bemessen war. Knapp, aber sie war und ist Shenmi immer wertvoll. Doch das weiß der Deutsche nicht. Und sie wird es ihm nicht auf die Nase binden. Bisher hat sich Mailin nicht zum Vorschlag geäußert, zwei Wochen zu verlängern. Sie sorgt sich immer noch um die verfluchte Milch. Hätte Shenmi das vor ein paar Monaten geahnt, hätte sie nicht so eindringlich ausschließlich auf Muttermilch bestanden. Aber das ist zu spät. Shenmi hat einen letzten Trumpf im Ärmel. Weil sie die Schwester kennt, nimmt sie an, dass Mailin mit ihrem Freund noch kein Wort darüber gewechselt hat.

Sie setzt alles auf eine Karte und fragt: »Was sagt eigentlich Hend'ik dazu? Dass er Vater geworden ist. Dass er einen Sohn hat. Will er ihn sehen?«

Von *will er ihn haben?* erwähnt Shenmi nichts. Schlafende Hunde soll man nicht wecken.

Wie erwartet, hat sie Mailin auf dem falschen Fuß erwischt. »Meinst du, ich kann mit ihm darüber reden?«

»Schwester, das macht man so, wenn man zusammen ist. Man bespricht alles miteinander. Wann man aufsteht, was man isst. Was einem beim Sex gefällt, was nicht ...«

»Alles. Nichts.«

Natürlich, das hätte sich Shenmi denken können. Supermann ist natürlich auch ein Ficker vor dem Herrn.

»Selbstverständlich bespricht man die Dinge, die Auswirkungen auf lange Zeit haben, oder viele Leute betreffen, erst recht miteinander.«

Nur ist bei Mailin nichts selbstverständlich. Shenmi hat die Lunte angesteckt und kann jetzt nur abwarten, dass die Bombe platzt. Oder dass es ein Rohrkrepierer wird.

***

Halbe Stunde hat sie Zeit, dann kommt der Fotograf. Sie hat aus Langeweile und Neugier begonnen, einen Blog zu verfassen. Anderthalb Milliarden potenzielle Leser. Das alleine ist wahnsinnig. Das andere ist die Tatsache, dass ihr Blog in China einen Nerv trifft. Natürliche Geburt. In ihrem Blog thematisiert sie das eigene Unvermögen nicht. Das Thema ist *natürliche Sexualität* und natürlich auch rund um das Kinderkriegen. Sie fühlt sich wie eine Hochstaplerin. Entweder wird sie in ihrer Vita irgendwann lügen müssen, oder es klappt mit der Schwangerschaft. Der Bereich *Über mich* im Blog ist knapp und vage. Bisher. Sieht sie sich Frauen an, die etwas Ähnliches machen, haben die alle ein oder zwei Kinder.

Sie lebt unbekümmert, kennt keine Geldsorgen und profitiert von der Organisation. Der Familie. Die Triaden sorgen für einen bequemen Wohlstand. Weil sie keine Lust hat, in der Familie mitzuarbeiten, und auch keine Lust auf eine bezahlte Arbeit woanders hat, ist sie Bloggerin geworden. Das sagt Shenmi, wenn sie gefragt wird. Bloggerin. Klingt besser als arbeitslos, arbeitsscheu oder parasitär. Sie bloggt. Und weil es ihr Spaß macht, sie begabt ist, wird mehr daraus, als sie je vorhatte. Natürliche Geburt, natürliche Ernährung. Natürlich ist im Trend. Da ihr Blog nicht kommerziell ist, gehen die Zugriffe durch die Decke. Die Lebensmittelskandale der letzten Dekade haben wohlhabende Chinesen nachdenklich gemacht. Der Milchskandal 2008 hat in China tiefe Spuren hinterlassen. Milch mit Kunststoffvorprodukten gepanscht. Einige Babys starben. Das schlug weltweit hohe Wellen. Einige Verantwortliche wurden medienwirksam hingerichtet.

Das erneuerte leider nicht das verlorengegangene Vertrauen. Wer es sich leisten kann, nimmt Produkte aus dem Herzen der EU. Holland, Belgien, Irland, Dänemark, Deutschland und die Alpenländer haben einen unschlagbaren Ruf in China. Und Natürlichkeit. Läuft auch. Damit will sie kein Geld verdienen, aber gerade deswegen ist Shenmis Blog beliebt. Neider vermuten, dass der Blog auch wegen der Brüste abgeht. Das ist eine Tatsache. Dennoch Brüste sind hier kein Selbstzweck. Sie werden im Rahmen der natürlichen Ernährung vorgeführt. Wenn ein paar Wichser draufklicken? Stört doch keinen. Und lieber es gibt ein paar, denen einer abgeht, wenn sie stillende Mütter betrachten, als denen, die nur noch kommen, wenn es darum geht, in den Hals zu ficken, bis jemand speit. Dann schon lieber Muttermilchporno.

Sie kann sich nicht als Jahzens Mutter ausgeben. Jeder sieht es auf den ersten Blick. Aus einer aristokratischen Muschi kommt nun mal kein Nomadenmischling. Verwendet hat sie ihn natürlich mehrfach. Jahzen ist ein kleiner Star in ihrem Blog. Bekommt die meisten Herzchen. Ein Herzensbrecher wie sein Vater. Sie hört Jahzen im Souterrain unzufrieden knötern. Hunger. Die Amme kommt mit ihm auf den Arm nach oben. Das geht nicht mehr lange gut. Falls er anfängt zu brüllen, kann sie die Fotos vergessen. »Lass ihn ruhig trinken, vielleicht gibt er sich ja mit einer Vorspeise zufrieden.«

Gerade als sie ihn anlegt, klingelt der Fotograf. Na endlich.

»Wir haben schon angefangen, der Kleine wollte nicht auf dich warten.«

Zum Glück ist der Fotograf keiner, dem Show wichtiger ist als Ergebnis. Er legt sofort los. Nach einer Minute setzt er sie um.

Zuppelt an den Gardinen hinter ihr. Shenmi sieht, ohne durch die Kamera zu blicken, dass die Bilder fantastisch werden. Jahzen ist gut drauf, nimmt ausnahmsweise eine Pause zwischen den Brüsten in Kauf. Er bekommt zusehends mehr von seiner Umwelt mit. Den Fotografen findet er interessant. Männer sowieso. Tiefen Stimmen lauscht er aufmerksam. Drachenmeisters Bart kitzelt und kann man ihn ziehen. Bevor der Kleine den zweiten Teil der Mahlzeit einnimmt, kümmert sich der Fotograf um die Brüste der Amme. Bilder für alle möglichen Artikel und Eventualitäten. Ihre eigenen kann sie höchstens als Vorher-Bilder verwenden. Wenn man die ansieht, meint man, Shenmi wäre sechzehn. Zu viele Hormone formen ihren Busen von jeher. Ihre Brüste sind sinnbildlich für eine Frau, die vor Fruchtbarkeit platzt. Umso niederschmetternder für sie, dass sie keine Kinder hat.

Jahzen hat genug gesehen und will den Rest der Mahlzeit. Der Fotograf macht wie verabredet ein paar Bilder vom quengelnden Säugling. Am Gesicht der Amme, der die Milch einschießt, kann man ablesen, wie sehr es ihr wehtut, das Kind warten zu lassen. Auch Jahzen is not amused. Zweite Runde, die Kamera macht wieder klack-klack. Jahzen döst beim Trinken weg und alle Bilder sind im Kasten. Alleine die Post, die Shenmi ihretwegen bekommt, ist unglaublich. Post von Männern natürlich. Ihr ist es unbegreiflich, wieso alleinstehende Männer einen Blog über natürliche Geburt, natürliche Ernährung und natürlichen Umgang mit Kindern lesen. Und dann eine Fotomodell-Mutter anbaggern, die ein Kind stillt. Am Anfang hat sie die Sprüche alle persönlich gelesen. Das macht mittlerweile eine Agentur.

Man kann den Glauben an die Menschheit und die Männer verlieren, wenn man die Kommentare liest. Schreiben darf zwar jeder, aber freigeschaltet wird nicht jeder. Shenmi hat einen Termin. In der Stadt. Eine Spezialistin für alles mögliche. Alles, was mit Veröffentlichen zu tun hat. Sie will die Meinung einer Professionellen zu ihrem Blog einholen. Es ist ein Desaster. Die Frau hat nicht die leiseste Ahnung, was Shenmi will und noch weniger Ahnung, was sie von ihr will. Plappert ihr auswendiggelerntes Zeug herunter. Macht tausendundeinen Vorschlag, wie man aus dem Blog *mehr herausholen kann.*

Merkt nicht, dass es nicht darum geht, etwas herauszuholen. Was für eine Zeitverschwendung. Da ihr Blog längst einen bescheidenen Erfolg hat, glaubt Shenmi, dass sie nicht allzu viel falsch macht. Es kommen sogar schon erste kleine Anfragen, um Werbung zu schalten. Sie hasst Werbung. Zumal im Internet. Sie will nicht reich werden. Nur berühmt.

Für das, was sie vorhat, genügt Jahzen leider nicht. So süß er auch ist. Shenmi fürchtet sowieso, dass er bald weg ist. Egal wie sehr sie intrigiert. Falls Hendrik das Kind will, ist sie machtlos und abgeschrieben. Ihr Blog hat Aufwind, ist kurz davor durchzustarten. Das hat sie im Gefühl. Jetzt ist der ideale Zeitpunkt, um schwanger zu werden. Genau jetzt. Ob sie sich noch einmal den Katalog vornimmt? Nein, das ist zu entwürdigend. Aber wen wählt man aus, wenn einem keiner gut genug ist? Sie hat eine Idee. Werbung schaltet sie zwar keine, aber sie könnte vielleicht Leser gewinnen. Am besten welche, die kurz davor stehen, ihr erstes Kind auf Kiel zu legen. Aber dann denkt sie, dass das zu teuer und aufwendig ist. Was nützt ihr ein Pärchen in Peking, wenn sie Schwangerschaft und das Heranwachsen täglich begleiten will? Zumal es dann nicht sie selbst ist, die berühmt wird. Außerdem sind die Leute prüde. Sie dürfte sicher nicht dabei sein, wenn das Kind gezeugt wird. Und für Shenmi ist der Moment der Zeugung ein elementarer.

Ohne ihn geht es nicht und ohne ihn ist es nicht ganzheitlich. Natürlich geht es dabei nicht um Pornografie. Es soll auch kein medizinisches Lehrbuch werden. Aber die Zeugung braucht ihren Platz. Sie muss nur daran denken und wird geil. Ohne es zu glauben, erst recht, ohne es zu wollen, ist sie Hendrik damit näher als jeder von ihnen beiden erwarten würde. Obschon sie ihm Jahzen verdankt, ist sie misstrauisch und nicht erbaut. In Shenmis Augen hat er mit dem Furor teutonicus ihre Schwester überwältigt, geschändet und geschwängert. Sie ist fasziniert und entsetzt, zu gleichen Teilen. Und sie tut es schon wieder. An ihn denken, den Unbekannten. Auf ihrer Schwester. In ihr. Sie sieht vor ihrem geistigen Auge Mailin auf dem Rücken liegend. Die Beine weit gespreizt. Wartend auf den blonden Hünen mit dem großen Glied. Shenmi sieht den kraftstrotzenden Speer genau vor sich. Sieht zu, wie dieser eindringt und das dunkle

Fleisch ihrer Schwester zerteilt. Mühelos. Sie sieht den Unterleib der großen Schwester sich verkrampfen. Sie ist mittendrin im Orgasmus von Mailin und fühlt an ihrer statt den glühenden Speer in den Eingeweiden. Während sie kommt, fühlt sie die nach der virilen Saat in ihrem Inneren. Wie sein weißer Samen sie auskleidet und jeden Zentimeter ihrer Vagina benetzt.

Butter bei die Fische

Bielefeld, Deutschland, Mai 2021

Unbekümmert ist mein zweiter Vorname. Und mein erster. Et kütt wie et kütt. Ich lebe streng nach den Statuten des Kölschen Grundgesetzes. Et bliev nix wie et wor. Nichts bleibt, wie es war. Das ist das aktuellste Motto.

Mailin fragt mich: »Was machen wir mit Jahzen?« Auf die folgende Kaskade bin ich nicht das kleinste bisschen vorbereitet.

»Wenn ich herziehe, müssen wir das entscheiden.«

Ich erschrecke und denke, hallo gute Frau? Herziehen? Warum erfahre ich davon jetzt schon? Hättest du nicht warten können, bis der Umzugswagen da ist? Also wirklich! Du kannst doch nicht mit so etwas rausplatzen! Erst tagelang nichts, grübeln und dann hast du dich entschieden? Ich glaube, ich höre nicht richtig. Ich weiß, wie Mailin tickt. Ich vergesse es nur. Ich weiß, dass ich in Zukunft, so es eine gemeinsame gibt, keine tagelangen Grübeleien mehr dulden werde. Sie hat mal eben entscheiden, nach Deutschland umzuziehen. Will Deutschland das? Hast du gefragt? Nein, kein Zweck, ich muss vorne anfangen.

»Du willst hier wohnen?« Mailin nickt.

»Mit mir?« Sie nickt wieder.

Ich grinse, weil ich an den nickenden Dackel denken muss. Mailin Wackeldackel. Grinsekatze und Wackeldackel in einem, was für ein Weib!

»Hast du mich denn gefragt, ob ich will?«

Sie schüttelt den Kopf. »Ich frag dich jetzt. Willst du?«

Ich schüttele auch den Kopf, aber mehr aus Unverständnis, weil ich ihre Naivität nicht verstehe, als aus Ablehnung.

»Mailin, du hast wie viele Tage überlegt? Drei? Vier? Länger? Und ich soll jetzt sofort sagen, was ich will?«

»Ja, hast du denn nicht überlegt?«

»Was denn? Was hätte ich überlegen sollen? Können? Ich kann schlecht in deinen Kopf gucken! Ich wusste nicht, dass eine Entscheidung ansteht. Ich dachte, dass du etwas sagst, wenn es etwas gibt. Länger vorher und nicht nur ein paar Sekunden vorher.«

Sie guckt verständnislos. Sie guckt betrübt. Als ob sie einen Fehler gemacht hat. Hat sie. Aber ich kann sie nicht so gucken sehen. Ich kann sie nicht so gucken lassen, dann muss ich heulen. Mailin ist völlig verwirrt, weil ich nicht so tatendurstig bin wie sie im Moment. Armes Ding. Ich mache es wieder gut. Ich stecke ihr mein Ding rein. Davon hat sie niemals genug. Als sie merkt, was ich vorhabe, lächelt sie. Wird glücklich. Breitet die Arme erwartungsvoll aus. Spreizt die Beine noch erwartungsvoller. Ich will sie nicht warten lassen, ihre Erwartung nicht enttäuschen. Alles ist wieder gut. Alles im Lot. Ich erleichtert, Mailin überglücklich. Rote Wangen, erhitzter Leib, verflüssigtes Inneres. Kein Wunder, dass es in ihren Augen keine Alternative gibt. In meinen gibt es eine Menge davon. Aber ich muss weiter in sie dringen. Nicht nur mit dem Schwanz, obwohl ihr das am liebsten ist.

»Also gut. Du willst nach Deutschland. Warum?«

»Weil du hier bist. Weil ich bei dir sein will. Weil ich will, dass du es mir machst. Dass du mich glücklich machst. So wie eben. Immer. Sonst macht es niemand bei mir. Nicht so wie du. Niemals. Keiner.«

Da legt sie ein paar Schwergewichte auf die Waagschale. Sex. Sie will herkommen, damit wir vögeln können. Hat sie das eben gesagt? Ich glaube schon. Ist auch ein Grund. Klingt für mich ehrlicher als manch anderer.

Sie hat nicht *wegen Jahzen* gesagt. Aber sie ist Mutter. Sie würde nicht wegen Sex ihr Kind zurücklassen. Wäre das nicht total verlogen von mir selbst? Die Mutter zu nehmen und das Kind nicht? Da hat Mailin was angestoßen. In meinem Kopf wirbelt alles wild umher. Ich kann kaum klar denken. Die ganzen praktischen Dinge eingeschlossen. Wovon wollen wir leben? Wo wollen wir leben? Das Häuschen ist nicht einmal fertig und schon zu klein. Mein Traumhaus aufgeben? Für irgendeinen feuchten Traum einer kreativen gescheiterten Existenz, der sich Fertighausarchitekt nennt? Kommen sie in unser Musterhaus, hier können sie geschmackloses Ambiente in unserem einfallslosen Haus ansehen. Im lauschigen Industriegebiet gleich neben der Autobahn.

»Du schmeichelst mir, Mailin.«

»Was ist das? Schmeicheln?«

»Wenn ich zum Beispiel sage, deine Schwester ist die schönste Frau der Welt.«

»Das stimmt.«

»Nein, tut es nicht. Niemand ist die schönste Frau der Welt.«

Blödes Beispiel. Mir fallen nur blöde Beispiele ein.

»Wenn jemand etwas Tolles über dich sagt, und es stimmt nicht. Aber er sagt es, weil er dich liebt, oder etwas von dir will.«

»Ich verstehe. So wie du vor ein paar Tagen gesagt hast, dass meine Muschi so schön ist. Das war Schmeicheln.«

»Nein, denn das stimmt ja. Deine ist die Schönste!«

Mailin sieht mich durchdringend an. Als ob sie die Wahrheit aus mir herauspressen will.

»Warum soll ich dir schmeicheln? Ich bekomme von dir sowieso, was ich will. Jedenfalls sexuell. Du wirst nichts unversucht lassen. Alles mitmachen. Alles ausprobieren.« Mailin nickt, »ja«, nickt, »ja«, nickt, »ja!«

»Also brauche ich dir nicht zu schmeicheln. Folglich ist es wahr.«

Mailin strahlt, als sie die Logik dahinter versteht. Wenn man weiß, wie schwer es ist, ihr eine Freude zu machen, weiß man, was ich geleistet habe. Unmenschliches.

»Du schmeichelst mir, denn ich bin nicht der Einzige, mit dem Sex schön ist. Viele Frauen auf der Welt haben noch niemals etwas von mir gehört. Und haben trotzdem erfüllten Sex. Enorme Höhepunkte. Ein geiles Leben. Ich bin nicht für alles verantwortlich.«

»Nein, aber ich für mich. Warum soll ich einen anderen suchen? Ich habe doch dich. Jedenfalls wenn ich hier bin.«

»Weil die Verantwortung für das sexuelle Wohl einer anderen Person eine große Bürde ist. Zu viel. Zu viel Ehre, zu viel Last.«

»Aber du bist der Beste für mich. Das weiß ich.«

»Das ist genau das, was mir Sorge bereitet. Denn wenn ich nicht mehr da bin? Oder auch nur mal ein Weilchen nicht da? Oder keine Lust habe?«

Mailin denkt nach. Jedenfalls scheint es mir so. Es kommen keine Rauchwölkchen aus dem Kopf, was mich wundert. Wenn sie jetzt wieder eine Woche schweigt und mir einen neuen Vorschlag präsentiert, bin ich raus. Das ist mir zu anstrengend. Das ist mir jetzt schon zu anstrengend. Was sagt sie als Nächstes? Ich will ein Kind von dir? Mach mir noch ein Baby? Wenigstens dafür müsste sich doch ein anderer finden lassen. Ich sehe das problematisch mit der Verantwortung. Jeder ist seines Glückes Schmied. Als ich Mailin kennenlernte, konnte sie nicht einmal masturbieren. Fast war ich verwundert, dass ihre Scheide glitschig wurde. Sie selbst vielleicht auch, wer weiß.

Das ist jetzt anders. Mailin hat Lust. Sie hat immense Lust, riesige Lust, ungeheure Lust. Spaß am Sex, Freude am Spiel und sie hat erschöpfende Höhepunkte. Das hört ja an dieser Stelle nicht auf. Sie entwickelt sich und macht bestimmt keine Rückschritte mehr. Wenn sie sagt, nur du kannst das, was ist das für ein vergiftetes Kompliment? Ich bin daran schuld, dass sie zeitlebens keinen erfüllten Sex mehr hat? So ein Unsinn. Das ist Erpressung. Ich bin schuld, wenn sie leidet.

»Meinst du, ich soll wieder zum Arzt gehen?«

Was ist denn jetzt schon wieder? Was meint sie mit *zum Arzt gehen*? Wenn man sexuell unbefriedigt ist, hilft einem der Arzt nicht.

»Nein, das ist keine gute Idee. Kein Arzt kann dir helfen, wenn du keinen oder schlechten Sex hast.«

Mailin denkt nach. »Auch nicht der Frauenarzt?«

Egal, wie lange meine Phase mit Mailin dauern wird, eine Woche oder eine Dekade, es wird anstrengend. Wahnsinnig anstrengend.

»Wie kommst du darauf?«

»Weil mein Arzt in Mudanjiang mich angefasst hat.«

Wenn es ihr Frauenarzt war, ist es sein Job, sie intim zu berühren. Die Vulva ist die Pforte, die Vagina sein Zugang, die Gebärmutter sein Steckenpferd. Das kommt nicht überraschend. Vielleicht hat Mailin etwas fehlinterpretiert.

»Ich würde sagen, das ist sein Job.«

»Auch mit dem Mund?«

Wenn Chinas Gynäkologen kein völlig anderes Selbstverständnis haben als europäische, dann ist er über sein Ziel hinausgeschossen. Weit hinausgeschossen.

»Wohl kaum. Er hat dich wirklich geleckt? So richtig? Oder nur kurz?«

»Ich hatte einen Höhepunkt.«

Das ist definitiv nicht *nur kurz.* »Was hast du gemacht?«

»Nichts. Mir hat es gefallen.«

Und mir stehen die Haare zu Berge. Gefallen hat es ihr. Wer weiß, vielleicht wird es ihr beim Proktologen auch gefallen, oder beim Urologen. Aber ich bin unfair, weiß nichts von ihr und dem Arzt. Wahrscheinlich hat Mailin nur vergessen, zu sagen, dass es nicht bei der Untersuchung war, sondern nach einer Verabredung.

»Wart ihr dabei im Bett?«, frage ich hoffnungsvoll.

»Nein, in so einem bequemen Stuhl.« Während sie das sagt, hebt sie ihre Beine an und zeigt mir, wie sie im Untersuchungsstuhl gelegen hat. Nicht im Bett. Bei der Untersuchung.

»Wenn er nicht aufpasst, kann ihn das den Kopf kosten.«

»Das hat es schon. Er ist tot. Kastriert und ermordet. Ich fand es schade.«

Nicht so schade wie er vermutlich. In der chinesischen Erziehung schien es jedenfalls ein paar Lücken zu geben. Sollte einem das nicht jemand beibringen? Wer darf was? Wann werde ich misstrauisch? Ich kann mir vorstellen, wie es abgelaufen ist. Er macht einen klitzekleinen Versuch an ihrer Vulva. Untersucht sie ganz zärtlich und je nach Reaktion macht er weiter oder nicht. Arglos wie seine chinesische Freundin ist, hat es ihr gefallen. Keiner nach Gernsbach hat sie je wieder so zärtlich berührt, wie der Arzt. Vielleicht war es so. Da kann man als Autistin schon schwach werden. So eine Behinderung hat auch ihre Vorteile. Man war vorurteilsarm.

»Es freut mich, dass es dir gefallen hat, ehrlich.«

»Ich habe es niemandem erzählt. Alle halten mich wieder für komisch, wenn ich darüber spreche.«

Da hat sie nicht einmal Unrecht. Sie *ist* komisch. Wenn auch auf eine sehr niedliche Art.

»Das war das einzig schöne sexuelle Erlebnis, was ich ohne dich hatte.«

»Immerhin! Es ist besser als gar kein schönes, sexuelles Erlebnis.«

Mailin sieht mich fragend an. »Machst du jetzt einen dieser Späße, die ich nicht verstehe?«

»Nein, Mailin. Das ist mein Ernst. Es gibt zu viele Hemmungen. Zu viel Gewalt. Zu viel Herablassung. Es gibt zu wenig Leidenschaft, Romantik und Wollust. Zu viel Eifersucht, Neid und Missgunst. Jedes kleine Bisschen, was die Welt besser macht, jeder liebende Orgasmus, jede helfende Hand oder Zunge ist in unserer Welt willkommen. Da wo der Mammon herrscht, gibt es keine Liebe, sondern nur Begehr.«

Sie guckt, als hätte sie nur die Hälfte verstanden. Egal, ich selbst verstehe manchmal auch nicht mehr von meinen Tiraden. Die Hälfte ist schon ganz gut. Ich nehme den verstörten Schatz in den Arm. Wir müssen die Welt nicht an einem Tag verstehen und unsere Probleme sind morgen auch noch da. Ich öffne uns zwei Maibock. Das würde die Redezeit des restlichen Abends verkürzen, es sind nicht die einzigen Maiböcke, die ich habe. Wir stehen am offenen Fenster. Ich hinter ihr. Vielleicht denkt sie an ihren zärtlichen Arzt. Mit vorsichtigen Fingern wühle ich in ihrem Busch. Mailin duftet bis nach oben. Exquisit. Sie ist ein paar tausend Jahre zu spät geboren. In prähistorischer Zeit wäre sie nicht übriggeblieben. Nicht ausgesondert wie heute.

Ich spüre, wie sich der Busch regt. Die Härchen fühlen nach, wo die Finger bleiben. Ihre großen Labien sind geschlossen, halten Mailins Schmuckkästchen verschlossen. Die Yoni erwartungsvoll. Schon bebend aber nicht entflammt. Schon warm aber noch nicht heiß. Nebelfeucht. Nicht mehr lange. Ihr Becken rührt sich, aber ich zerteile ihre Vulva nicht. Lege den Finger auf die durchblutete Pflaume. Lege ihn auf, aber fahre nicht durch ihre Schamlippen. Trotzdem zittert Mailin. Meine Freundin Mailin. Wie klingt das? Fremd. Mailin, meine Frau? Darf ich Ihnen meine Frau, Mailin Sandmann vorstellen? Idiot. Der schwarze Busch füllt meine Hand, unter dem Finger wird es wärmer, feuchter, aufgeregt. Bis sie plötzlich aufgeht wie eine explodierende Blüte im Zeitraffer, die ihre Blätter entfaltet.

Die feuchten Blätter sehnen sich nach Berührung und als ich in den schleimigen Kelch einfahre, stöhnt Mailin auf. Wir stehen an einem raumhohen Fenster im fünften Stock und wer hochsieht, kann uns zusehen. Die Autistin hält den Fensterrahmen gepackt und ist an nichts anderem als an meinen Fingern interessiert. Fokussiert und konzentriert läuft sie aus. Die Finger fliegen, wie sie es vor einem Jahr in Gernsbach taten und sie erweckten. Mailin fliegt auch. Sie sieht nichts. Dass sie exponiert ist, sieht sie nicht, dass sie wie ein offenes Buch ist, auch nicht. Sie ist selig in den Armen des Liebsten, in seinen Händen. Sie zerfließt. Fingerzauber. Zauberfinger. Ich habe in den Fingern mehr Gefühl als Armeen von angeblichen Liebhabern in ihren Schwänzen.

Natürlich verstehe ich Mailin, aber ich kann das nicht gutheißen, nicht befürworten oder unterstützen. Jeder ist seines Glückes Schmied. Wer nicht ohne mich klarkommt, muss ohne mich klarkommen. Ohne mich würde Mailin heute nicht klarkommen. Ich lasse sie kommen. Alle Welt dürfte sie so sehen, selbstvergessen, ohne Vergangenheit und ohne Sorgen, keine Pein, keine Not, nur selbstvergessene Lust. Offen für alle und alles, so lange ich sie nur im Arm halte. Welch Verantwortung.

Freitagsfeierabendverkehr

Bielefeld, Deutschland, Mai 2021

Bielefeld liegt hinter ihnen. Mailin und Hendrik fahren nach Mützenich. Er würde lieber im Hotel bleiben, denn was gibt es in seinem Häuschen schon? Er hat jedoch kein Geld mehr. Sie würde auch lieber im Hotel bleiben, weiß aber nicht, dass es am Geld liegt. Manchmal wissen sie zu viel voneinander, manchmal zu wenig. Die Chinesin berichtet von dem Telefonat mit ihrem Chef. Hendrik will wissen, was sie in Deutschland machen will. Außer sich von ihm vögeln zu lassen. Mailin behauptet, dass ihr Institut in ihrem Bereich weltweit führend ist. Dass sie, wenn schon nicht sexuell, dann zumindest fachlich auf der ganzen Welt heiß begehrt ist. Er sieht sie skeptisch an.

»Kein Scheiß? Du bist echt eine heiße Nummer in China?«

»Vielleicht. Xin Liu sagt es. Ich glaube ihm.«

Hendrik bleibt skeptisch, denn Mailin spricht kein Englisch. Ein Umstand, den er nicht versteht. Den er noch nie verstand. Eine hochdotierte Wissenschaftlerin und spricht kein Englisch?

»In China ist das nicht nötig. Manche Forschung und Technik sind so abgeschottet, dass es keinen Austausch gibt. Auch nicht unter Akademikern. Nicht unter Kollegen. Nicht in sensiblen Bereichen.«

»Was für Bereiche?«

Mailin denkt an ihre Schwester. Die hat einmal einen Witz gemacht. Ob der jetzt auch passt? Mailin glaubt, dass es klappen kann.

»Das kann ich dir sagen. Aber dann müsste ich dich töten.«

Hendrik sieht sie an. Erstaunt. Überrascht. Ahnend. Dann lächelt er. Und lacht. Dass ihr Witz ankommt, freut Mailin. Sie ist nicht besonders geübt darin, Witze zu machen. Normalerweise macht man Witze über sie.

»Algorithmen für Quantencomputer.«

Alter Schwede, denkt Hendrik. Also doch ziemlich geheimer Scheiß. Er sitzt im Kastenwagen seiner Firma neben der wertvollsten Frau der östlichen Hemisphäre. Er könnte hier und jetzt Chinas Quantencomputerambitionen um Jahre zurückwerfen, wenn er das Auto an den nächsten Brückenpfeiler fährt. Er kann auch Mailin bitten, nach Deutschland zu ziehen. Hendrik allmächtig. Soll er deswegen einen Steifen kriegen? Bitte nicht, er geht sowieso schon auf dem Zahnfleisch. Mailin hat vor, all die entgangenen Freuden und Erfahrungen der letzten zehn Jahre in einem dreiwöchigen Urlaub in Deutschland aufzuholen. Wenn nicht gerade Pandemie wäre, würde er sie in einen Swingerclub schleifen. Und selbst ein bisschen durchatmen. Virtuell natürlich, denn die Luft in einem solchen Club ist nicht immer die beste. Nur unterboten von der Luft in einer Schwulensauna nach dem Aufguss.

»Du könntest auch in Deutschland arbeiten? Musst du dazu nicht auch Deutsch schreiben können?«

»Was weißt du über Programmierung von Algorithmen?«

Er zeigt ihr seinen kleinen Finger. »Siehst du den Fingernagel? Da passt alles drauf, was ich darüber weiß.«

Mailin sieht ihn tatsächlich an, als ob es ein belastbarer Vergleich wäre. Hendrik nimmt die Hand wieder runter. »Das ist nur so gesagt. Ich weiß nichts, soll das heißen.«

»Gibt es in Deutschland Quantencomputer?«

Da fragt sie was. Woher soll er das wissen? Hendrik denkt, er kann ja mal in Mützenich unterm Bett nachsehen, vielleicht hat der Vormieter dort einen vergessen. Eigentlich müsste er Mailin dem deutschen Äquivalent von MI6 oder Nsa übergeben. Aber wie macht man das? Fährt man einfach hin und gibt sie ab? Und dann ist sie weg? Wenn man an einem Freitagnachmittag beim Bnd vorfährt und jemanden dabei hat, der geheimen Scheiß weiß, ist garantiert keiner mehr da. Wochenende! Kommen Sie doch Montag wieder. Deutschland Schlafmützchenland. Seine Gedanken wirbeln durcheinander. Hat die adelige Uschi neulich nicht was von einem europäischen Quantencomputer gefaselt? Oder Mutti? Wer weiß so was, wen kann man fragen? Muss Mailin sich dann operieren lassen? Neue Nase, Augen, Mund? Fände er schade, er hat sich gerade an sie gewöhnt. Er findet Mailin schön.

Hendrik denkt an die erste Begegnung. Im Hotelfoyer in Gernsbach. Zehn Minuten nachdem sie erfuhren, dass sie eingesperrt würden. Für zwei oder drei Wochen. Stand sie mitten unter ihnen. Die Chinesin. Die an allem schuld war. Sie war nicht schön. Fremd. Dunkelhäutig mit Schlitzaugen. Keiner im Foyer, der ihr nicht gerne den Hals umgedreht hätte. Hendrik hat sie erkannt. Er schnappte Mailin, um sie gefügig zu machen. Sie so oder so zum Sex zu bringen. Ein spontaner Gedanke, den er später oft bereute. Obwohl er ihn nicht in die Tat umsetzte. Aber er hatte daran gedacht, sich an ihr zu vergehen. Und bekommt im Auto sitzend prompt eine Erektion. Nicht von schlechten Eltern. Mailin guckt nach vorne, ohne etwas zu sehen. In Gedanken versunken.

Sie könnte ihm jetzt einen blasen. Druckabbau. Ach was, er ist froh, eine Pause zu haben. Sein Schwanz beruhigt sich wieder. Er ist der sanfteste und zärtlichste Liebhaber, den er kennt. Und hat verstörende Gedanken vom Missbrauchen einer Wehrlosen. Einer Frau, die für Schutz und Sicherheit alles bereit ist zu tun. Unter seine Fittiche kommt. Die ihn anbetet für Schutz und mit ihrem weichen Körper in harter Währung dafür bezahlt. Woher kommen solche Fantasien? Was ist das Äquivalent, wenn eine Frau geheime Fantasien hat? Was denkt das Weib? Wird eine Frau feucht, wenn sie fantasiert, an den Haaren in die Höhle geschleift zu werden? Oder eher dann, wenn sie sich in Maria Theresia verwandelt? Mailin wird feucht, wenn sie an ihren Quantencomputer denkt.

»Gibt es in Deutsch…«

»Ich habe deine Frage schon gehört. Keine Ahnung. Muss nachdenken. Vielleicht herumtelefonieren. Aber freitags? Es ist kaum zu glauben, dass man am Wochenende etwas erreicht.«

Hendrik fragt sein Handy. »Gibt es in Deutschland einen Quantencomputer?« Die Schlagzeilen reichen von *Deutschland wird bei der Quantencomputer-Entwicklung abgehängt* bis hin zu *Der Quantencomputer kommt nach Deutschland.*

Alles und nichts. Aber es gab eine Menge Schlagzeilen und jemand, der schon mit so einem Ding arbeitet, der würde garantiert mit Kusshand genommen. Glaubt er. Hofft er für Mailin, für sie alle.

»Was ist mit Englisch? Ist doch in Deutschland und international unverzichtbar. Niemand kann kein Englisch. Bremst dich das nicht?«

»Wieso denn? Sprechen die deutschen Wissenschaftler untereinander nicht deutsch?«

»Ich bin mir nicht sicher. Bei so einem geheimen Scheiß? Kann sein, dass jeder nur Englisch quasselt, weil man eine ›Koryphäe‹ dabei hat, die nur Englisch spricht.«

»Ich bin dieses Mal die Koryphäe. Sie können schon mal Mandarin üben.«

Zwei Witze an einem Tag, Hendrik hat wieder das Gefühl, ein Alien sitzt neben ihm. Das hatte er in Gernsbach seinerzeit schon mal gehabt. Weil sie ihm die Hand ohne jede Spannung gab und er mutmaßte, Mailin hätte keinen einzigen Knochen. Alien Mailin, die Buchstaben passen fast. Er hat einen Alien gebumst. Schön wars, denkt er sich. Wobei es genau genommen gar nicht stimmt. Hendrik hat keinen schlechten Sex. Falls der Sex schlecht ist, dann ist er selbst mindestens mit schuldig. *Du kannst nix im Bett* ist eine faule Ausrede jener, denen es zu mühsam ist, Zeit zu investieren. Wenn es nach dem technisch besten Sex geht, würde er jetzt vielleicht neben einer drei Zentner schweren Norwegerin sitzen. Solveig hätte ihm binnen Monatsfrist sämtliches Mark aus den Knochen gesaugt.

Oder, oder, oder. Er weiß ein halbes Dutzend Kandidatinnen, die etwas wahnsinnig gut können. Oder eine Besonderheit haben, die ihresgleichen sucht. *Le petit mort.* Da war eine Schweizerin, die bei dem dritten oder vierten Orgasmus hintereinander ohnmächtig wurde. Wahnsinnig schmeichelhaft, wenn sie die Augen verdreht und der Körper erschlafft. Beim ersten Mal hatte er schon das Handy in der Hand. Wusste aber die Nummer vom Schweizer Rettungsdienst nicht. Sonst hätte er längst gewählt. Als sie wach wird, sieht er die glücklichste Frau auf dem Planeten. Oder vielleicht die glücklichste Frau der Schweiz, mindestens im Emmental.

»Vermutlich wird der erste deutsche Quantencomputer Deutschlands nicht in Mützenich stehen.«

Mailin sieht ihren Liebhaber an. Lächelt, weil sie den Witz versteht. Und weil sie Hendrik liebt, ohne es zu wissen.

»Ich habe seit Monaten nicht mehr das Institut betreten. Trotzdem arbeite ich mit. Mein Chef kam eigens, um Jahzen zu begrüßen. Außerdem hatte er kostbare Geschenke und ein Notebook dabei. Seitdem arbeite ich wieder. Ein bisschen. Auch von hier aus.«

»Hast du denn keine Elternzeit oder so?«

»Doch, sieben Monate. Danach muss ich wieder ins Institut.«

Hendrik rechnet, »Im August wäre es dann.«

Falls es nicht vorher eine Entscheidung gibt, dass Mailin nach Deutschland auswandert. Es wäre ein großer Schritt. Ähnlich wie in einer Kolonie auf dem Mars. Einmal nach Frankfurt. Hin- und Rückflug? Nein, einfach. Sie würde nicht viel vermissen. Außer ihrer Schwester. Und Jahzen, falls er in China bleibt. Mailin weiß nicht, ob Hendrik will, dass sie Jahzen mitbringt. Er reagierte so komisch, als sie sagte, dass sie nach Deutschland will. Sie traut sich nicht, zu fragen. Der Kleine ist bei Shenmi in guten Händen. Das weiß sie, das sieht sie, denn sie verfolgt den Blog der Schwester aufmerksam und freut sich, wenn ein neues Bild von ihrem Sohn zu sehen ist. Dass ihre Schwester den Blog betreibt, war halb Mailins Idee. Denn weil sie gar nichts wusste und immer dumme Fragen stellte, hat sich Shenmi entschieden, anderen zu helfen denen es genauso geht.

Soll Mailin mit dem Abpumpen der Milch aufhören? Vielleicht bleibt sie gleich in Deutschland und Jahzen bekommt Milch von den Ammen, die Shenmi gefunden hat. Es ist fast schade, denn eigentlich waren viele Momente mit ihrem Sohn schön. Ruhig und ohne Erwartungen. Das Stillen gefällt ihr gut, denn Jahzen sieht sie intensiv an, wenn er saugt. Ob er sie vermisst? Ob er sich überhaupt an die Mutter erinnern kann? Sie muss später unbedingt mit der Schwester reden. Falls Mailin Jahzen mitnimmt, muss sie bald wieder nach Hause, sonst erkennt er sie womöglich nicht wieder. Aber Shenmi wäre sicher glücklich mit ihrem Sohn. Was tun?

Sie bekommt kein Baby, hat kein Glück. Kein Glück mit Männern. Ganz anders als Mailin. Falls ihre kleine Schwester einen Mann hat, dann kann der keine Kinder zeugen. Arme Shenmi. Vielleicht sollte sie ihr Jahzen schenken. Wenn er groß ist, dann kann ihr Sohn ab und zu die Mutter in Deutschland besuchen. Und der Drachenmeister? Dem wäre der Bastard im Haus sicher nicht recht. Er ist Shenmis Vater und hat Mailin von jeher liebevoll ignoriert. Dass er irgendwas an Jahzen wohlwollend betrachtet oder ihn liebt, hält Mailin für ausgeschlossen. Der Drachenmeister. Was er entscheidet, ist Gesetz. Unumstößlich. Da lehnt sich niemand auf. Niemand in der Familie und erst recht niemand außerhalb. Vor dem Drachenmeister haben alle Respekt. Oder die Hosen voll. Senkt er den Daumen, ist das Jahzens Urteil. Da kann Hendrik tausendmal sagen, er will ihn nicht. Sie wäre gezwungen, ihn mitzunehmen. Sie halten unterwegs an zum Essen, denn mit Mia haben sie für heute Abend nichts verabredet.

Hendrik und sie müssen reden. Aber über solche Dinge zu reden fällt ihm schwer. Es gibt keine Kompromisse. Fliegst du zurück nach China? Ziehst du nach Deutschland? Bleibst du gleich hier? Holst du Jahzen nach oder lässt du ihn bei Shenmi zurück? Tiefgreifende Entscheidungen meidet er wie die Pest. Er will die Wahl haben. Er will Alternativen. Kompromisse. Doch die Situation setzt ihnen beiden die Pistole auf die Brust. Ein Jahr zu warten und sich dann zu entscheiden, bringt auch nichts. Es wäre nichts als ein verlorenes Jahr. Verloren für ihn und das Kind. Verloren für Mailins Arbeit in Deutschland. Jetzt ist sie hier heißbegehrt. In einem Jahr?

Soll er nach China auswandern? Aber er war noch nie dort! Anderthalb Milliarden Leute. Das erträgt Hendrik nicht, ihm ist Deutschland schon zu groß. Alles, was über Mützenich hinausgeht, ist ihm eigentlich zu viel. Das China, wo ein Bäuerlein am staubigen Straßenrand seinen Wasserbüffel begleitet, gibt es nur noch in Büchern. Als er vor einem Jahr auf dem virtuellen Globus nachschaute, wo Mailin wohnt, hätte er fast gekotzt. Nicht wegen ihrer Schwangerschaft, denn von der ahnte er nichts. Weil ihre Stadt so unmenschlich aussieht. Irgendeine riesige für ihn namenlose Stadt am Rand der nördlichen Kältesteppe. Ohne Vergangenheit, ohne Geschichte. Eine Stadt, die ausschließlich aus Hochhäusern besteht.

Was tun die Leute dort? Außer wahnsinnig zu werden? Er bekommt Gänsehaut, wenn er daran denkt.

Wenn er Mailin den Zahn zieht, dass sie ein Exklusivrecht auf ihn hat, kann er sie sicher einige Wochen oder Monate ertragen. Aber schon zusammen zu wohnen stellt er sich anstrengend vor. Dazu mit Kind. So klein waren Bälger super. Aber irgendwann kommt der Lütte an und will mehr als nur Milch trinken oder Windeln gewechselt bekommen. Dann gingen die Schwierigkeiten los. Andererseits kann er sich der Erziehung nur dann entziehen, falls der Knabe in China bleibt. Hier in Deutschland wäre Hendrik allein dafür verantwortlich, dass er eine zweite Muttersprache bekommt. Das wäre das Allerwenigste. Und dazu muss er mehr als nur alle zwei Wochen Kontakt zu dem jungen Mann haben.

Mailin und Hendrik, beide grübeln und reden nicht. Beide in Gedanken versunken. Beide sehnen sich nach dem anderen und so gehen sie ins Bett. Umschlungen, er hoffnungslos, sie hoffnungsvoll. Morgens kann es schon wieder andersherum sein. In der Frühe geht Hendrik als Erstes zu Mia. Mia, der er dieses Häuschen am Arsch der Welt zu verdanken hat. Mia, deren sexuelle Fantasie selbst Größen wie Shakespeare oder de Sade hätte erröten lassen. Mia ist der feuchte Traum desjenigen, der unerfüllte sexuelle Wünsche hat.

»Guten Morgen, Flittchen. Gut geschlafen? Oder gar nicht geschlafen?« Sie pflegen eine gute Nachbarschaft. Sie wissen zu viel voneinander und gehen sich nur im Notfall auf den Sack. Hendrik wird Mia bis in alle Ewigkeit dankbar sein, weil sie ihm an nur einem Tag sexuelle Abgründe gezeigt und dieses Häuschen hier vermittelt hat. Nachbarn auf Gedeih und Verderb. Doch es gibt schlimmere Schicksale. Wesentlich schlimmere.

»Na du Hurenbock! Hast du deinen Glückskeks wieder dabei? Du kannst ihr unmöglich alles erzählt haben, sonst wäre sie längst wieder in China.«

»Nein, habe ich nicht, deswegen bin ich hier. Außerdem will ich heute kochen, geht das in Ordnung?«

Wir besprechen, was zu tun, was zu kaufen ist, und Hendrik kehrt zurück ins Bett. Mailin hat ihre Milch abgepumpt und sich wieder hingelegt. Sie wartet auf ihren Mann. Sexuell erregt. Ihr Körper ist bereit, sich mit seinem zu vereinigen. Wenn Hendrik in der Nähe ist eigentlich immer. Sie lernt schnell. Hat es in Gernsbach damals noch Minuten gedauert, bis sie die neuen Gefühle gedeutet hat, ist das längst Geschichte. Sie ist schon erregt und sexuell bereit, wenn sie nur an ihren Liebhaber denkt. Das Vorspiel findet im Kopf statt. Weil sie weiß, dass er gleich eindringen wird. Ihr Körper ist einverstanden, mehr als das.

Und wird enttäuscht. Hendrik legt sich zwar zu ihr ins Bett, aber außer dass er mit ihren Brüsten spielt und sie ein bisschen in den Schamhaaren krault, tut er nichts. Mailin hat sich gefreut, besprungen zu werden. Sie liebt ihren Mann, sie liebt es, wenn er das macht. Sie kommt sich vor wie ein Tier. Und er! Ein vor Geilheit wahnsinniges Männchen. Egal, mit ihm ist alles schön. Es ist Wochenende. Sicher wird es nicht lange dauern, bis er Lust hat, es mit ihr zu machen. Bis er es ihr macht. Bis heute hat sie sich kaum gefragt, ob sie auch was machen kann. Sie lernt Sex peu à peu und ist neugierig. Bessere Voraussetzungen gibt es nicht.

Bin flagranti

Mützenich, Deutschland, Mai 2021

Probe aufs Exempel. Anders werde ich es nicht herausfinden. Unser Abend wird dem zweiten in Gernsbach ähneln. Ich habe chinesisch eingekauft. Pflaumenwein inklusive. Wie damals. Entgleisungen eingepreist. Mailin ist nicht diejenige, die das Kochen an sich reißt, wenn es um den Geschmack ihrer Heimat geht. Das Essen kommentiert sie selten. Das ist wie das Atmen. Macht man, braucht man. Als gemeinsames Erlebnis von Geselligkeit erlebt sie die Mahlzeiten nicht. Oder man merkt es ihr nicht an.

In Mias Augen blitzt der Schalk. Sie erinnert mich ein wenig an Constanze, allerdings ohne deren Bosheit. Kommt vom Klo zurück und trägt eine durchsichtige Bluse. Hätte sie weglassen können, so durchsichtig ist die. Mailin ist gut drauf, ausgelassen wie wir normalen Leute. Wer sie kennt, wie ich, weiß, dass es in ihrem Kessel brodelt. Ich habe sie heute einige Male scharf gemacht, ohne sie auf dem Gipfel zu bringen. Wenn sie nicht heimlich auf dem Klo eine Runde masturbiert hat, ist Mailin kurz davor, auf die ein oder andere Art Dampf abzulassen.

In Gernsbach habe ich es die ersten beiden Nächte mit Constanze getrieben. Mailin lief mit, fünftes Rad am Wagen, fand am Rande statt. Hat sie zugesehen, hat sie nicht zugesehen? Es war Pandemie, es war Chaos, es war Party! War uns egal, was kümmerte uns eine verlorengegangene Chinesin im Schwarzwald? Wir kümmerten uns so weit, dass sie nicht unter die Räder kam, und hatten derweil unseren Spaß. Wenn man so will, ist heute Abend ein Abbild dieser Zeit.

Mia und ich betrunken, was alleine schon eine explosive Mischung ist. Und dazu die eingeschränkt empfindende Mailin.

Sie hat ohne Zweifel ihre Gefühle, ihre Wünsche und Hoffnungen. Jedoch lassen die sich nicht immer mit denen der meisten anderen Leute vergleichen. Oder lesen. Sie ist speziell, im Positiven wie im Negativen. Das eine gibt es nicht ohne das andere. Friss oder stirb. Das ist es, was Mia und ich ihr heute Nacht sagen wollen. Die Stimmung ist ausgelassen, wir drei angeheitert. Mias Bein unter dem Tisch lässt keine Fragen offen, was sie sich jetzt wünscht.

Mailins Blick sagt haargenau dasselbe, denn sie ist heute zu oft angeheizt worden, ohne Abschluss. Es liegt einzig an Mailin selbst, ob sie heute zu kurz kommt. Sie besteht. Hundert Prozent. Volle Punktzahl. Keine Ahnung, was ich alles befürchtete, nichts davon tritt ein. Nichts. Mailin ist, was sie ist. Neugierig und unvoreingenommen. Mailin ist nicht eifersüchtig. Und sie ist nicht zu kurz gekommen. Das ist hüben wie drüben zu hören.

Im ersten Akt geht Mailin aufs Klo und als sie zurückkommt, sieht sie Mia, die sich am Türrahmen festhält. Krallt. Oberkörper tief und mit astreinem Hohlkreuz hält sie mir ihr unwiderstehliches rosa Gewölbe hin. Routiniert und ungeniert frisst sie meine Stöße. Wird warm, wärmer. Mailin kommt bedächtig näher, so als ob sie sich unsicher ist, ob sie stören darf. Ich lächele meine Freundin an und die lächelt zaghaft zurück. Mailin starrt gebannt auf unseren Akt und als ich Mia sage, dass wir eine Zuschauerin haben, steigert sie sich von warm zu heiß.

Ich gebe jetzt Gas und die Hälfte der Stöße erreicht ein Ziel. Doch es ist die Zuschauerin, die ihr den Kick gibt. Sie steht dermaßen darauf, dass es nicht viel braucht. Sie stöhnt laut auf, es wird nasser, noch nasser, lauter. Einige heftige Streiche und die Dämme brechen. Sie kommt. Bevor ich mich zurückziehe, winke ich Mailin zu mir. Ich küsse meine Chinesin. Vielleicht empfindet sie die Situation als bizarr. Aber sie kommentiert es nicht. Sie sieht zu, wie ich meinen Schwanz herausgleiten lasse.

Fasst ihn gleich an, die nach dem Akt gewohnt schmierige Feuchte stammt diesmal nicht von ihr. Mia verharrt einige Momente in ihrer Position, weil sie es gern hat, betrachtet zu werden. Hält uns neckisch provozierend ihr Geschlechtsteil hin. Aufreizend. Entwaffnend und würde ich nicht Mailin im Arm halten, brächte ich es zu Ende. Ich gebe ihr einen Klaps.

»Mach was zu trinken, Weib.« Mia versteht mich, versteht, dass ich es nicht gleich auf die Spitze treiben muss, um Mailin zu erklären, wie ein Zusammenleben mit mir funktioniert. Nur funktionieren kann.

Und sie tut es wieder, Mailin. Sie ist so entwaffnend ehrlich wie ein Kind. Sie will auch. Dasselbe. Mia macht was zu trinken. Mailin bleibt gleich am Tisch stehen. Sie kann es nicht. Sie bekommt es selten im Stehen. Hat sich kaum je so nehmen lassen, ungeschickt. Ich drücke sie nach vorne. Lege ihr die Ellenbogen auf den Tisch. Den Kopf hoch, Mädchen. Ihr dunkler Spalt ist längst bereit, Mailin fließt vom Zusehen. Vorspiel? Hatte sie längst. Den ganzen Tag und gerade beim Zusehen. Jetzt.

»Hast du mich vermisst? Du klingst so. Verzweifelt.«

Sie hat nicht die Muße zu antworten. Hat alles Deutsch verlernt. Sie ist nicht Mailin, nicht mehr Mutter, keine Chinesin, sie ist keine Mathematikerin, keine Tochter oder Schwester. Sie ist nicht mehr als ein Menschenweibchen. Mein Weib. Eine sich vor mir bückende Nomadenbraut. Es gefällt ihr. Nicht zu kurz kommen gefällt ihr. Im Stehen gebürstet zu werden gefällt ihr, die Party gefällt ihr. Was ihr nicht gefällt, dass ich sie nicht kommen lasse. Ich stoße nicht wild zu, nicht wie bei Mia. Ich quäle meine Freundin, denn es erhöht die Spannung.

Geht es nach Mailin, ist die Spannung längst unerträglich, deutlich über dem Maximum. Sie wippt vor Ungeduld, als ob das etwas beschleunigen würde, könnte. Wir vögeln, Mia sieht zu und als Mailin Luft für einen Orgasmus holt, höre ich auf. Sie sieht mich entsetzt an. Das ist die Wahrheit. Mailin fängt sich, beherrscht sich, warum eigentlich? Kann sie nicht betteln? Will sie nicht betteln? Oder ahnt sie etwas? Ahnt sie, dass das nicht alles war? Ich ziehe mich zurück und selbst Mailins Möse protestiert sichtlich. Schließt sich langsam und widerwillig. Rosa verschwindet.

Ich lasse Mailin halbnackt am Tisch stehen und setze mich wieder. Sie verharrt einen Moment, gleich wie Mia zuvor. Im Unterschied zu ihr unbefriedigt. Heißgelaufen, im Leerlauf, auf Hochtouren dauert es einen Moment, bis sie sich wieder fängt. Sich wieder bedeckt. Provisorisch. Denn Mia hat die Kleiderordnung geändert. Von durchsichtiger Bluse und Hosen zu offener Bluse und keiner Hose. Nicht mal für ein Höschen hat es gereicht. Sie ist nackt. Untenrum. Also völlig nackt. Normal stehe ich nicht auf Kahlschlag. Bei ihr mache ich eine Ausnahme.

Das Epilieren hebt auffällig die Vulgarität ihrer Vulva hervor. Es passt, dass Mia sie nicht hinter einem Busch versteckt, sondern haarlos präsentiert. So sieht der geneigte Betrachter auf einen Blick den Abgrund. Der ist unzureichend verschleiert. Er versteckt sich hinter unordentlich angeordneten Blütenblättern und schreit jedem ins Gesicht von der Geilheit seiner Besitzerin, seiner Frau. Ein Bild einer Vulva und von sexueller Schönheit. Wer's mag. Ich mag's. Jedoch ist das kein Maßstab. Ich mag alle. Es gibt keine hässliche Vulva, nicht eine. Nur manche sind besonders schön. Noch schöner. Mias. Mailin und ich sitzen nebeneinander, sie sucht Nähe. Kein Wunder, sie ist geil. Nutzt jede Gelegenheit, von mir angefasst zu werden. Dass Mia uns gegenübersitzt und sich an den Schamlippen spielt, macht es nicht besser. Ich bringe uns zwei Mojitos, vielleicht masturbiert sie dann. Klappt – meine Freundin und ich sehen dabei zu. Mailin rutscht unruhig auf ihrem Sitzfleisch hin und her. So bekommt ihr Geschlecht wenigstens einen Hauch von Reibung. Mia weiß sich zu präsentieren, mein Schwanz ist steinhart.

Sie macht es gut, wichst für die Galerie. Sie verdeckt nichts, was für eine Frau nicht leicht ist. Mia ist perfekt. Ich bin live dabei, die Hand in Mailins Höschen. Mailin läuft aus. Hervorragend. Ich liebe Frauen, die sich nicht im Griff haben. Sexuell. Die sich nicht beherrschen können. Vor mir, mit mir. Ich ziehe mir die Hosen runter und während sie auf meinem Schoß Platz nimmt und sich meinen Schaft einverleibt, starre ich auf die einladende Vulva meiner masturbierenden Nachbarin. *Das* ist eine Party.

Frage der Perspektive

Mützenich, Deutschland, Mai 2021

Qual oder Lust? Mailin ist sich nicht sicher, was überwiegt. Seit heute Morgen schraubt Hendrik an ihr herum. Reizt sie, stimuliert erogene Zonen. Hendrik berührt ihre schönsten und dringendsten Berührungspunkte, sie wird verrückt vor Lust. Sie ist bereits wollüstig, als sie zum Einkaufen fahren. Dass er vor der Kühltheke ihre Brüste drückt, bis sie auslaufen, macht es nicht besser. Derart bloßgestellt fühlt sie sich nicht bloßgestellt, denn ihr Begehr hat die Oberhand. Hendrik hat alles in der Hand, hat sie in der Hand. Er bestimmt nach Belieben ihre Lust und ist Herr über ihre Wollust.

Hendrik beherrscht sie, er beherrscht sich und bisher hat er das nie ausgenutzt, nicht bei Mailin. Sie weiß nicht, wie sie damit umgehen soll. Sie hängt in der Luft, sexuell. Angeheizt und unbefriedigt. So wie manchmal in der Schwangerschaft. Wo sie instantan geil werden konnte und nichts und niemand da war, ihr Linderung oder gar Befriedigung zu geben. Schrecklich. Das will sie nie wieder erleben. Ist es das, was Shenmi meinte, dass man in einer Ehe auch nicht immer sofort seine Lust befriedigen könnte? Oder in ihrem Fall befriedigen lassen könnte? Als Liang verschwand, sagte ihre Schwester das. Wie hat sie gesagt?

»Vorausgesetzt, er hat auch Lust. Dann ist das so.«

Ist es das, was ihre Schwester meinte? Hat Hendrik heute keine Lust? Keine Lust auf Sex? Keine Lust auf sie? Mailin hat noch nicht lange Spaß an ihrer Lust, am Ausleben. Unvorstellbar, dass sie bereits keine Lust mehr auf Sex und Orgasmen hat! Sie ist zwar seit langer Zeit erwachsen, in Gefühlsdingen jedoch ein Teenager. Ein verliebter

Teenager. Dafür, dass ihr Mann keine Lust hat, fasst er sie oft an. Im Gegenteil. Was er heute Morgen versäumt hat, sie zu befriedigen, versucht er tagsüber nachzuholen. Er macht die obersten Knöpfe von ihrem Kleid auf. Für ein rückständiges Eifeldorf ist das gewagt. Mailin merkt das nicht. In einem kleinen Lebensmittelladen sind sie fast alleine. Hendrik fasst ihr unter das Kleid und an den Hintern. Zwischen die Beine. Mailin regt sich. Erregt und aufgeregt, vibrierend wie eine Gitarrensaite. Sie will, dass er mehr macht, als sie nur anzufassen. Er soll wieder eindringen. Eindringen ist das Allerschönste. Und lecken! Lecken ist auch das Allerschönste.

Hendrik, bitte mach was, bitte mach, dass ihre Lust befriedigt wird, dass es aufhört, so an ihr zu ziehen. Hätte sie mehr Fantasie, würde sie es mit ihm auf der Toilette treiben. Sich treiben und nehmen lassen. Von ihm. Im Stehen von hinten, eine schnelle Nummer, dass die Leere im Leib gelindert wird. Aber sie stolpert hinter Hendrik her und ahnt nicht, was er vorhat. Sie ist unsicher und halbblind vor Verlangen. Muss sich beherrschen, wo sie sich längst nicht mehr beherrschen will. Sie müssen weiter wegfahren, in die nächste Stadt. Mehr Leute, sonst alles beim Alten. Mailin denkt daran, wie sehr sie es mag, ihn beim Kochen zu erleben. Denkt aber nicht daran, dass sie rettungslos verliebt ist. Sie ist ein hoffnungsloser Fall. Sie liebt ihn, wenn er Auto fährt. Wenn er was zu trinken macht. Wenn er redet, wenn er atmet, wenn er sie ansieht. Und sie liebt. Sie fahren nach Eupen. Die chinesische Autistin ist fast normal. Normal unzurechnungsfähig, weil verliebt. Sie wählt die Nummer der Schwester. Zehntausend Kilometer Richtung Osten.

»Shenmi! Ich bin so glücklich!«

Sie erwähnt nicht, dass sie geil bis in die Haarspitzen ist. Mailin verdrängt das. Dieser Anruf ein Ergebnis der Verdrängung. Übersprung.

»Mailin! Wie schön, von dir zu hören. Kurz nach Mitternacht. Aber keine Sorge, ich bin noch wach.«

»Es ist so unwirklich alles. Ich habe solche komischen Gefühle wie nie zuvor. Keine Ahnung, was es ist, ich werde ganz verrückt. Trotzdem bin ich wahnsinnig glücklich.«

Shenmi ist erstaunt, nicht zum ersten Mal. Im letzten Jahr ist Mailin erst Stück für Stück mit Informationen zu Hendrik rausgerückt. Wie sie sich kennenlernten und wie es zu Jahzen kam. Wobei, das *wie* ist gar nicht die Frage. Das weiß jeder. Mann und Frau. Aber warum. Und warum er? Sie denkt bis zuletzt, dass der deutsche Mann ein Zuhälter und Mailin ihm aus Versehen entschlüpft ist. Alternativ ist er ein hässlicher Vogel, der einfach jede Muschi stopft, die nicht bei drei auf dem Baum ist.

»Ich schreibe am Blog und Jahzen guckt mir dabei zu.«

Eigentlich hat ihr Jahzen gerade beim Masturbieren zugesehen. Aber da der kleine Mann den Unterschied zwischen Masturbieren und Schreiben nicht kennt, ist es egal. Hauptsache, Shenmi ist in seiner Nähe. Ihrer Schwester wäre Ersteres auch egal. Sie ruft an, weil? Weil sie Shenmi sagen will, wie verliebt sie ist? Und weil sie sich einen gutaussehenden deutschen Sexgott geangelt hat, der eigentlich jede haben kann. Aber aus irgendeinem bekloppten Grund ausgerechnet Mailin will.

Mailin erzählt überhaupt nichts. Nichts, was irgendeinen Sinn ergibt, sie klingt wie ein verliebter Teenager. Shenmi sollte das Gespräch am besten danach bewerten. Eine Phase, die bei ihr über zehn Jahre vorbei ist, fängt bei ihrer merkwürdigen Schwester gerade erst an. Zurückgeblieben. Sie denkt besser nicht an Mailin und ihren blonden Hünen, davon hat sie die Nase voll und dass ihre Schwester verliebt ist, auch. Zwar gönnt sie es ihr, aber etwas Neid ist auch dabei. Jahzen. Noch hat sie Jahzen. Wenn Mailin weiter so schwärmt, bleibt sie vielleicht wirklich in Deutschland. Mailin hat sich abgelenkt, sie hat ihr Mitteilungsbedürfnis gestillt und steht nicht mehr so in Flammen. Eupen liegt in einem anderen Land, sieht aber genauso aus. Hendrik sagt, dass die Schilder hier in zwei Sprachen verfasst sind. Lustig, denn sie erkennt nicht einmal, dass es sich um verschiedene Schriftzeichen handelt.

»So wie du aussiehst, würdest du dich gerne mal in Belgien vögeln lassen, stimmts?«

Mailin nickt heftig und Hendrik lacht. Er hat die Macht und lacht. Der Entscheider über Wohl und Wehe, Daumen nach unten oder oben? Spät in der Nacht wird alles gut. Jetzt ist alles unsicher.

Aber sein Lachen hilft ihr. Ob er sie auslacht? Anlacht? Beides. Ohne sein Lachen will sie sich die Welt nicht vorstellen. Mit der Rechten drückt er ihre Milchbrüste. Drückt und presst, es läuft. Sie muss mehr abpumpen, regelmäßiger, darf nicht zulassen, dass die Quelle der Muttermilch versiegt. Und der Mann an ihrer Seite drückt und lacht. Mailin lacht mit und Hendrik ist nicht nach Lachen zumute. Es tut ihm in der Seele weh, seine Chinesin so auf die Probe zu stellen. Gemein zu sein, Sie, die gerade dabei ist, ihre Sexualität zu entdecken, kurzzuhalten und am ausgestreckten Arm verhungern zu lassen. Aber er muss das tun.

Sonst wird er es sein, der über kurz oder lang verhungert. Wenn er nicht sagt, wo es langgeht, wer dann? Er weiß nicht, dass Mailin nicht eifersüchtig ist. Dass sie ihn schon beim Sex beobachtet hat. Und neugierig war. Nicht abgeschreckt. Sie interessiert absolut alles, was mit diesen neuen Gefühlen zu tun hat. So wie sie nicht gemerkt hat, dass der Arzt sie missbraucht, hat sie nicht gewusst, dass zwei oder mehr Menschen gleichzeitig sexuell zu begehren, ein indiskutables Verhalten ist. Meistens. Hendriks Mission ist scharfmachen und kurzhalten, bis Mailin kurz davor ist zu platzen. Und dann wird er einen Katalysator benutzen. Mia.

Sie lässt sich gerne benutzen, gerne von ihm, gerne mit ihm. Ihm ist es recht, Mia ist erfahren, nicht eingefahren. Es wird eine spannende Party. Wüsste er, wie es in seiner mandeläugigen Freundin aussieht, würde er es nicht auf die Spitze treiben. Denn er hört nicht auf, sie anzuspitzen. Scharfzumachen, wo er kann. Er wundert sich fast, dass sie nicht schon längst auf allen vieren vor im läuft. Nackt. Würde das eine Frau mit ihm machen, hätte er sie schon längst an den nächsten Baum genagelt. Mailin jedoch ist ein gutmütiger Ackergaul. Die Stute einer kaltblütigen Landrasse mit sonnigem Gemüt. Nur innendrin sieht es anders aus. Wer kann schon in andere hineinsehen? Wer außer Hendrik? Und selbst er scheitert an ihr. Doch das ist nicht in Stein gemeißelt.

Wenn man anfängt, sich auf Mailins schräge Hirnwindungen einzulassen, ihnen zu folgen, klingt sie logisch und vernünftig. Sie misst mit anderem Maßstab. Andererseits, tun das nicht alle?

»Wollen wir jetzt?«

Mia fragt Hendrik, denn Mailin ist soeben auf dem Klo verschwunden. Ihm ist mulmig zumute, denn er will es nicht tun. Will sie nicht konfrontieren mit einem geilen Bock, der die Gastgeberin bespringt. Er will die Gastgeberin bespringen, das steht außer Frage. Aber was ist mit der Chinesin, die er so liebgewonnen hat? Er will ihr nicht wehtun. Aber wenn er es jetzt nicht tut, wird es später in einem Desaster enden.

»Was denn, du bist noch angezogen? Mia, du enttäuschst mich!«

Sie lacht und eine Sekunde später steht sie nackt vor ihm. Hält sich am Türrahmen fest. Sein Schwert ist heiß und hart. Fast vergisst er seine Mission, denn er sieht Mia vor sich. Mia deren Körper nur zu einem Zweck geschaffen wurde. Als er ihn schuf, sprach Gott: »Du wirst hundert Männer unglücklich machen, tausend glücklich und zehntausenden wirst du im Traum erscheinen.«

Und Hendrik ist sicher, Gott dachte nicht an einen Albtraum. Er packt ihre Hüften und dringt ein. Achtet nicht auf sie, auf Mailin, er ist drauf und dran, Mia zu ficken, weil er will, weil es sein muss. Nach den ersten Sekunden der Raserei wird er klar im Kopf. Das schlechte Gewissen hält er im Zaum. Er genießt stattdessen den Sex. Mia auch. Unüberhörbar. Das steigert sich, als er ihr sagt, dass seine Freundin zusieht. Und es ist deswegen etwas Besonderes, weil sie nicht zusieht, wie es die meisten anderen tun. Die Swinger und Konsorten, die es eigentlich langweilt. Mailin ist mit allen Sinnen dabei.

Sie ist fasziniert und wünscht sich in Mias Haut. Keine Angst, meine Süße, du kommst auch dran. Mailin beobachtet ihren Mann, ihren Freund, den Liebhaber und sieht seine Geschmeidigkeit. Sie sieht Mia zu und wäre gerne wie sie. Nicht nur an ihrer statt, sie wäre selbst gerne erfahren und routiniert, eine Sexgöttin. Niedliche Wünsche, wenn man Mailin kennt und zwecklose obendrein. Ihre Unerfahrenheit, ihre Lust auf Neues, ihre Unvoreingenommenheit, das ist ihr Pfund, damit kann sie wuchern. Routiniert wird sie früh genug. Sex zu entdecken wie eine junge Frau, eine unerfahrene Frau, das ist es, was sie den erfahrenen Frauen voraushat.

Im Reich der Titte

Tsingtao, China, Juni 2021

Jahzen ist überglücklich. Glücklicher als ein Terrorist im Paradies mit seinen ganzen Jungfrauen. Die Mutter ist zurück und mit ihr die Heimmannschaft. Seine Brüste! Jahzen ist aus dem Häuschen. Mailin ist nah dran, ein Tränchen zu verdrücken. Dass sie ihren Sohn vermisst, hat sie kurzzeitig fast vergessen. In Deutschland. Jahzen ist Deutscher. Wie der Papa.

Sie verlängert nicht. Es ist besser so. Alle sind dieser Meinung. Auch wenn es Mailin unendlich schwerfällt, hat sie sich gefügt. Besser für alle. China braucht sie. Jahzen braucht sie. Und Shenmi auch. Ihr Chef braucht Mailin. In China beugt sie sich. In Deutschland hat sie sich gebückt. Das Sinnbild für sexuelle Verfügbarkeit. Dort sagt man nur »Bück dich!«, und für jeden ist die sexuelle Konnotation offensichtlich. In China heißt es »Beug dich!«, und gemeint ist die Gemeinschaft. Die Partei. Die, vor der sich alle beugen müssen. Die, der sich alle unterordnen müssen. Einen Kotau machen.

Bücken hat ihr besser gefallen. Zumal vor dem Liebsten, vor Hendrik. Am liebsten rund um die Uhr. From dusk till dawn. Sie kann es nicht fassen. Der Schock, wieder hier zu sein. Tsingtao ist nicht Mützenich. Hier wohnen über sieben Millionen Leute, die ihr nichts bedeuten. Und die, die ihr etwas bedeuten? Hüben wie drüben zwei. Was soll sie mit den anderen sieben Millionen? Wo mag Hendrik jetzt sein? Ihr Chef hat einen Notruf abgesetzt und Mailin ist gefolgt. Tatsächlich sind zwei Tage nach ihrer Ankunft in Tsingtao zwei Nichtuniformierte erschienen. Mann und Frau. Staatssicherheit, neuntes Büro, Überlauf- und Überwachungsabwehr. Haben sehr genau das

Haus inspiziert und einen Haufen Fragen gestellt. Besonders zu Deutschland. Und Hendrik. Jahzen. Über Hendrik wissen sie nichts. Nicht viel. Aber sie wüssten gerne mehr. Über ihre angeblichen Feinde. Feinde von innen, wie sie. Feinde von außen wie Hendrik. Lächerlich. Zwei gegen China. Aber nicht zum Lachen.

Sie wühlen tatsächlich in ihrer Wäsche. Suchen in Jahzens Sachen. Wonach? Maschinenpistolen? Nein, ihr Chef erklärt es ihr später. Nach Anzeichen einer Abreise ins Ausland. Nach Deutschland. Xin Liu hat sie gewarnt, China nicht zu unterschätzen, und behält recht. Wie lange sie in Tsingtao bleiben wird, fragt man sie. Schulterzucken. Sie weiß es nicht. Sie beginnt jetzt, sich Gedanken zu machen, wie es weitergehen soll. Gerade rechtzeitig. Man gibt ihr zu verstehen, dass Mailin im Auge behalten wird. In Mudanjiang, wo Mailin am Institut arbeitet, ist Xin Liu damit beschäftigt, ihre Wohnung fertig einzurichten. Mit Dingen, die man braucht, wenn man einen Säugling hat. Ein Bettchen, einen Wickeltisch.

Auch er gerät ins Visier der Staatssicherheit. Jedoch kann er gut erklären, was er hier macht, er kümmert sich um Belange seines besten Pferds im Stall. Gegen die Staatssicherheit sind die Triaden des Drachenmeisters harmlose Waisenknaben. Wer benutzt die härteren Methoden? Nach außen sicher die Triaden. Mord und Erpressung sind nicht gerade subtil. Dafür ist die Staatsmacht allumfassend. Der Staat wird allmächtig. Sichtbar wird es an solchen Schnittpunkten wie hier. Wenn ein unbescholtener Bürger etwas eigentlich Erlaubtes macht und plötzlich gehindert wird.

Mailin kann es kaum fassen, dass sie es wirklich erlebt hat. Geheimpolizisten wühlen in ihren Höschen. Sie hielt Xin Lius Warnung vor ein paar Tagen für völlig überzogen. Prepaid-Telefone zu besorgen, war vielleicht wirklich nicht die schlechteste Idee. Hendrik hat ihrs gekauft. Und mit lustigem Gesicht und lustigen Bemerkungen die Karte freischalten lassen, sodass sie mit Shenmi sprechen konnte. Und als Ergebnis sitzt sie jetzt hier. Dass es kein Spaß ist, hat sie eben erfahren.

Die Beamten der Staatssicherheit »bitten« sie, ihnen ihr Handy zu geben. Es wird in eine schwarze Box gelegt und ein paar Minuten später hat sie es wieder. Sie muss nichts entsperren, keinen Fingerabdruck geben, nichts. Fünf Minuten reichen und das Telefon ist komplett ausgelesen. Nackt. Zum Glück ist es ihr Telefon, nicht ihr geheimes. Und auch nicht ihr Gerät aus dem Schwarzwald. Das Handy mit dem Tracker. Das dafür gesorgt hat, dass sie und Hendrik sich wiederbegegnen. Auf Umwegen. Jetzt hat es nur noch eine Funktion, das Bild von Hendrik aufzubewahren. Und wieder ist sie froh, dass sie das Foto nicht auf ihr offizielles Telefon überspielt hat, sonst hätte es jetzt die Staatssicherheit. Auf dem sind nur normale Touristenfotos. Nicht viele, denn wie eine Touristin hat sie sich nicht benommen.

Von Gernsbach abgesehen, war sie in Deutschland diesmal nicht an den Hotspots des Tourismus. Was internationale Besucher angeht, haben Mützenich und Bielefeld noch Luft nach oben. Ja, es stimmt, sie war in Deutschland. Was hat sie da gewollt? Sie hat Jahzens Vater gesucht. Mailin gibt einen etwas verkürzten Abriss der Ereignisse wieder, die zu Jahzens Zeugung geführt hatten. Leider die kurze Version. Die beiden von der Staatssicherheit vorgeführt zu bekommen, wie sie rote Ohren haben, wenn Mailin von Hendriks großem Glied in ihr erzählt, wäre urkomisch gewesen, findet Shenmi. Und den Mann habe sie in Deutschland nicht finden können? Ob sie sich an den deutschen Staat gewandt hätte wegen des Kindsvaters? Nein, hat sie nicht. Sie hat mit keiner staatlichen Stelle gesprochen. Nicht über Hendrik, nicht über etwas anderes. Der Einzige war der Zöllner in Frankfurt.

Sie sind jetzt schon fast eine Stunde da, alle fragen sich, was sie denn noch untersuchen, was sie denn noch wissen wollen. Da klingelt das Telefon der Frau. Sie sagt kaum etwas, hört nur zu. Nach dem kurzen Gespräch verliert die Staatssicherheit scheinbar das Interesse. Mailin muss sich jedoch keine Illusionen machen. Sie gehen für heute. Aber wenn auch nur der Schatten eines Verdachts aufkommt, werden sie wiederkommen. Die Staatssicherheit ist in China nicht dafür bekannt, halbe Sachen zu machen. Sie bekommt eine Nachricht von Xin Liu aus Mudanjiang. Daumen nach oben. Dort ist alles glatt gelaufen. Ohne die Umsicht ihres Chefs sähe es längst anders aus. Mailin wäre abgeschottet und überwacht. Noch strenger als sowieso schon.

Das scheint erst einmal vom Tisch. Doch zuerst die schlechte Nachricht, Onkel Ju'gen liegt im Krankenhaus, er stirbt an Lungenkrebs. Bald. Das zweite Tränchen von Mailin innerhalb weniger Tage. Er hat Mailin das Deutsch beigebracht, mit dem man in Deutschland etwas anfangen kann. Sie will ihn besuchen. Sofort. Mit Jahzen, denn der alte Mann war bei der Geburt dabei gewesen. Er hatte zwar nicht zwischen die Beine gesehen, aber Mailins Hand gehalten. Jetzt stirbt er. Selbst Shenmi, die den Gestank nach altem und frischem Zigarettenrauch sowie seine gelben Finger verabscheut, ist traurig. Mailin bleibt drei Stunden bei dem Kranken. Sie stillt Jahzen und ein Lächeln huscht über Ju'gens Gesicht, weil Mailin so unbekümmert ist. Er mag seine Schülerin, die einzige, die er je hatte. Als Mailin das Zimmer verlässt, nimmt sie die Zukunft mit und lässt die Vergangenheit hinter sich.

Sie geht zu ihrem neuen Frauenarzt. Er freut sich über die kerngesunde Nomadentochter. Zwinkert ihr zu und sagt, dass es sicher nicht mehr lange dauert, bis das Nächste kommt.

»Bin ich etwa schwanger?« Mailin guckt erschrocken, ist erschrocken.

»Nein, nein, bis jetzt nicht. Ich wollte nur … Konversation machen.«

Unnütze Worte findet seine Patientin und ist erleichtert, dass sie sich jetzt nicht auch noch wegen einer erneuten Schwangerschaft Sorgen machen muss. Shenmi hat gesagt, so lange sie stillt, kommt kein neues Baby. Ganz egal wie oft sie mit Hendrik schläft. Egal, wie oft er es mit ihr macht. Sie träumt sich seinen Mund herbei. Der sie überall küsst. Milch von den Brüsten ableckt und Liebessaft aus ihrer Vagina. Aus seiner. Es ist ihre Scheide, die sie ihm schenkt, die sie ihm anbietet. Als Zeichen ihrer Liebe und des Vertrauens. Komm herein, hier ist es weich, warm und wohlig.

Am nächsten Tag hat sie einen Termin auf dem Amt. Sie lässt Hendrik als Vater des Kindes eintragen. Mailin hat beglaubigte Papiere von ihm dabei. Das haben sie im chinesischen Konsulat in Düsseldorf erledigt. So spart sie sich den Übersetzungsservice in Tsingtao. Hendrik ist jetzt offiziell ein Mitglied der Familie. Mailin glaubt nicht, dass er weiß, dass er sich in eine Triadenfamilie eingevögelt hat. Aber sie hat mit der »Familie« nicht viel am Hut. Das ist vordergründig Shenmi. Obwohl alle profitieren, auch wenn sie es nicht wissen oder wissen wollen. Alleine die Geburt wäre ohne Hilfe der Triaden ein Spießrutenlauf geworden. Ohne Geburtserlaubnis des Staates! Wie kann sie nur? Mailin konnte.

Mailin wurde nicht gefragt, damals im Schwarzwald. Sie wurde einfach überrumpelt und befüllt. Sie hat empfangen. Freude, Lust, Orgasmen, Samen und einen kleinen Jungen. Jahzen ist in seiner Trage vor Bauch und Busen der Mutter glücklich. Er liebt das Geschaukel in der Trage und er hasst den langweiligen Kinderwagen, aus dem er höchstens ein Stück vom Himmel und ab und an ein Gesicht sehen kann. Trage ist geiler. Mama. Busen. Schaukeln. Paradies. Mailin vermisst ihn erst richtig, als sie ihn wieder hat. Erst als sie wieder zuhause ist und Jahzen hochheben kann. Ihn anlegen kann, da merkt sie, wie sehr ihr der kleine Scheißer gefehlt hat. Sie kann ihn nicht Shenmi überlassen, nicht wenn sie zurückgeht. Vielleicht ein oder zwei Wochen im Jahr, aber keinesfalls für länger oder immer. Die Schwester muss selbst ein Kind herauspressen. Tut mir leid Shenmi, denkt sie.

Ihr kommt der Gedanke abwegig vor, wegen Hendrik auf Jahzen zu verzichten. In Deutschland war das kurze Zeit anders gewesen. So war Mailin schon immer, im Verhältnis impulsiv, weil sie zu sehr im Hier und Jetzt ist. Alles andere ist unwichtig. Nur Hendrik nicht, der ist nicht unwichtig und sie schmerzt jede Minute Ungewissheit. Um sich abzulenken, geht Mailin zu Fuß nach Hause. Der kleine Mann hat einen Vater.

»Da staunst du, was? Ich habe deinen Papa gefunden. Ich wette, du wirst eines Tages noch schöner als er. Und du wirst die Frauen glücklich machen.«

Logisch, denn sie selbst ist es ja auch. Mindestens eine Zeitlang. Doch jetzt ist es eine halbe Ewigkeit her, dass ihr Liebhaber sie liebhatte. Zu lange für Mailin, die erst am Anfang steht. Lange Pausen findet sie nicht gut. Hendrik nicht dazuhaben findet sie auch nicht gut. Keinen Mann zu haben und keinen schönen Sex, gingen früher hingegen sehr gut. Das Ergebnis ist eine brillante Mathematikerin. Es gibt einige Leute, die sich wünschen, sie wäre diesem Deutschen niemals begegnet. Nichts als Schwierigkeiten. Sie fährt ständig weg, nach Tsingtao oder schlimmer, nach Deutschland.

Sie schwärmt der Schwester am Telefon von seinen Liebhaberqualitäten vor, sodass die zuhörenden Kollegen rote Ohren bekommen. Sie hat über ein halbes Jahr Elternzeit, grauenhaft. Hoffentlich ist sie bald wieder an der nördlichen Peripherie. Dort hat man es leichter, über sie zu wachen. Dort kann sie nicht so leicht untertauchen, nicht verschwinden. Es gibt nichts außer Steppe, Reisfelder, kümmerlicher Restwald und Russland. Egal, wo man sich bewegt, man ist auf dem Präsentierteller.

Offiziell gibt es keine Reisebeschränkung. Wer gehen will, kann gehen. *Reisende soll man nicht aufhalten*, ist Chinas Devise seit einigen Jahren. Das ist kein Deckmäntelchen, das wird so praktiziert. Mailin fällt leider, leider unter die ganz wenigen Ausnahmen, die von der Reisefreiheit ausgenommen sind. Jedenfalls für eine Weile. Am besten so, dass sie es nicht merkt. Reisen darf sie, auswandern nicht. Das steht in einem versteckten Passus des Kleingedruckten ihres Arbeitsvertrags. Der Teil, den sowieso niemand liest und falls doch, ihn nicht versteht. Mailin ist da keine Ausnahme. Aber weil dieser Teil illegal und damit anfechtbar ist, versucht man, ihn anderweitig zu erreichen.

Ihr Status wird wieder hochgestuft, sie ist erneut eine »sehr begehrte Person«. Wie schon zu Beginn der Pandemie. Ihre Überwachung funktioniert lückenlos. Wenn sie funktioniert. Sechshundert Millionen Überwachungskameras sind »zur Sicherheit der Bürger« installiert. Big Brother ist in China gelandet. Er wird dort so schnell nicht wieder ausziehen und falls doch, dann mit einem Paukenschlag. Gegen den war die Französische Revolution ein Kindergeburtstag.

Last Exit Gernsbach

Deutschland, Juni 2021

Vier Millionen Impfdosen werden aufgesaugt, ohne dass es jemanden trifft, den ich kenne. Es gibt eine Erklärung dafür, ein bescheuertes Wort inklusive. Vulnerable Gruppen. Kein Wunder, dass eine große Anzahl besorgter Bürger glaubt, die Presse und die Politiker haben irgendwas Illegales eingeworfen. Noch mal vier Millionen und man sieht was? Gibt es so viele uralte Leute, die in Altersheimen stecken und dort siechen? Vulnerabel, leck mich am Arsch. Verletzlich, warum sagt das keiner? Nein, *vulnerabel.* Die Journalisten kommen sich wohl toll vor, dass sie wissen, was es heißt. Bleibt gesund!

Die erste Einheit, die ich bekomme, ist reiner Zufall. Ich bin gerade dabei, Deutschlands Impfzentren mit adäquater IT auszustatten. Da geht bildlich gesprochen einer der Ärzte mit aufgezogener Spritze durch den Raum und fragt: »Wer will nochmal, wer hat noch nicht?«

Anscheinend ist ein besorgter Achtzigjähriger abgesprungen, als er das in seinen Augen falsche Mittel bekommen soll. Dann geh halt sterben. Ich habe schneller den Ärmel oben, als der Alte seinen Mund zugeklappt. Zack, schon bin ich geimpft. Der Job mit den Impfzentren läuft sicher ein paar Wochen, ich bin zuversichtlich. Und nicht wählerisch. Immer rein damit. Aber es kommt nichts mehr. Bleibt nichts mehr übrig. Dazu kommt, dass der Job dermaßen leicht ist, lächerlich. Ich bin meist am frühen Nachmittag fertig, oft vor zwei. Da wird noch gespritzt. Gegen Dienstschluss bin ich längst draußen. Ewig dort herumzulungern ist weder besonders spannend, noch unauffällig zu machen. Was ich denn will? Mein Job sei doch erledigt? Was antwortet man da?

»Ich warte hier ein paar Stunden, damit ich eine Spritze von der Resterampe abbekomme.«

Sicher nicht. Doch ich brauche die zweite Dosis. Also der Zufall oder mit Gewalt. Die Wartezeit nach der ersten Spritze ist vorbei, es kann weitergehen. Bevor ich jemandem die Pistole an den Kopf setzen muss, kommt mir die rettende Idee. Ich fahre nach Gernsbach! Apotheke wird bestimmt helfen. Ein paar Kurznachrichten später und wir sind im Bilde. Ich bekomme einen pochenden Oberarm und bei Frau Doktor würde etwas anderes pochen. Durfte ich ihr versprechen. Hoch und heilig!

So schnell kann man zwei Leute glücklich machen. Freitag. Fünf Stunden später bin ich in Gernsbach. Zum ersten Mal im Sommer. Frühsommer, es wird nicht mehr geheizt. Im Mai roch es schwach nach Holzfeuern. Im März ein Jahr zuvor konnte man draußen kaum atmen vor lauter Feinstaub. Wer sich für einen Urlaub in Peking abhärten möchte, kann gerne herkommen. Luftkurort! Humor haben sie ja, die Schwarzwälder.

***

Der Plan steht. Erste Amtshandlung – bei Jurij anrufen. Ich brauche einen russischen Pass, nur für ein paar Tage. Wochen. Höchstens. Nichts Illegales, ich erzähle es ihm. Russen sind gerne sentimental. Meistens natürlich wenn es sich um sie selbst dreht, verlorene Heimat, verlorene Liebe, Verwandte, immer dramatisch, oft sentimental. Deswegen haben sie einen Hang dazu, dir zu helfen, wenn du in Not bist. Jedenfalls wenn es um Liebe geht. Drama. Dann hilft dir todsicher ein Russe.

Ich bekomme den Pass. Und natürlich tausend gute Wünsche, die ich alle dringend brauchen würde. Und einen Kater, denn solch einen kühnen Plan muss man feiern und begießen. Der Stoff, aus dem die russischen Träume sind. Wodka! Exakt die Marke, die ich seinerzeit nach Norwegen schmuggelte. Ich werde kurz selbst sentimental, als ich an die dicke Solveig denke.

»Hchändrik! Na zdorov'ye!«

Nach dem zehnten Mal hört man nicht mehr so genau hin. Man hört auch nicht mehr so gut. Jedenfalls nicht als normaler Mitteleuropäer. Wenn ich unter dem Tisch liege, trinkt Jurij noch zwei Stunden.

Am nächsten Morgen, ich bin frei … ich nehme mir krank … jedenfalls eins von beiden, ich kann unmöglich arbeiten. Bis es mir erlaubt ist, wieder zu fahren, steht die Sonne hoch am Himmel. Ich höre zwei Zimmer weiter meinen Gastgeber schnarchen. Anscheinend muss er auch nicht arbeiten. Auf dem Tisch liegt der Pass. Pjotr. Mir wäre ein Name lieber, den ich richtig aussprechen kann. Aber immerhin sieht Pjotr mir einigermaßen ähnlich. Ob ähnlich genug, werde ich herausfinden.

Um nach Russland hineinzukommen, brauche ich ein Visum. Als Hendrik. Zum Glück geht das leicht. Online. Wusste ich gar nicht. Seit Januar ist das so, manchmal habe ich Glück. Wie bei Frauen. Hoffentlich nachher. Wenn ich verkatert bin, ist es am schlimmsten. Ich bin dann furchtbar geil. Noch geiler als sonst. Verboten gehört das. Während ich den Kaffee koche, bekomme ich nostalgische Gefühle, weil ich an Begebenheiten denke, die ich verkatert erlebte. Hoffentlich sieht Jurij mich nicht so. Erigiert.

Bei ihm weiß ich es nicht, aber mein Gefühl sagt mir Vorsicht. Die osteuropäischen Kollegen von Polen bis zum Ural sind in der modernen Welt, wo Bi- oder Homosexualität fast schon ein bisschen hip sind, nicht richtig angekommen. Wenn ich mit meinem Ständer in der Unterhose in seiner Küche stehe, könnte er das falsch auffassen. Zum Glück geht die Erektion vorbei. Milch gibts bei Jurij nicht und Mailin ist auf der anderen Seite des Globus'. Wenn man sie mal bräuchte …

Ich bleibe so lange, dass ich mich von Jurij verabschieden kann. Ich brauche eine Stunde bis nach Hause. Und bis zu Mia. Wenn ich jemals eine Frau brauchte, dann jetzt. Als ich hineingehe, ist sie gerade mit einer Webcam zugange. Platziert sie und kontrolliert sie mit dem Laptop.

Das muss warten. »'tschludige, zwei Minuten.«

Ich drücke mich an sie und Mia hat weder was dagegen, noch bremst sie mich. Sex ist langweilig, wenn er sich immer nur wiederholt. Wenn er immer nach demselben Schema abläuft. Wie im Porno. Ein bisschen blasen, ein bisschen fummeln, Nippel saugen, Missionar, dann von hinten, dann reiten und ins Gesicht spritzen. Todeslangweilig. Sie kann ihre Befriedigung durchaus daraus ziehen, einfach nur dringend gebraucht zu werden. Dringender geht es nicht. Ob sie dabei daran denkt, dass es auch jede andere getan hätte? Ist mir egal, ich binde es ihr nicht auf die Nase. Ich benutze sie heftig. Heftigst, ich gerate außer mir vor Geilheit. Eine Minute Raserei, dann schreie ich meine Erleichterung in die Welt hinaus.

»Danke Mia, du bist die Beste. Echt, die Allerbeste. Du hast mein Leben gerettet.« Ich küsse sie schmatzend auf den Arsch. »Tausend Dank!«

»Alter, das gibt's doch nicht, oder? Das ist jetzt nicht wahr!«

»Was ist los, Mia?«

»Das war live. Du wirst ein Star, garantiert.«

Ich muss gar nichts fragen, das Fragezeichen schwebt weithin sichtbar über meinem Kopf.

»So was kann man nicht stellen! Nie und nimmer. Das Ding wird durch die Decke gehen. Jede Wette. Soll ich jetzt eigentlich geschmeichelt sein? Dass du bei mir deinen Druck abgelassen hast?«

»Wenn es dir gefallen hat, schon.«

Auf den Rest von ihr gehe ich nicht weiter ein, sie hat manchmal Leute, die ihr beim Wichsen zusehen. Mia braucht das wie die Luft zum Atmen. Ich gehe wieder rüber in meine Baustelle. Irgendwann muss ich fertigwerden und deswegen muss ich irgendwann anfangen. Heute habe ich noch ein paar Stunden und der Kater ist fast weg. Ein Bier und ich bin wieder der Alte. Ein netter halber Liter Konterbier kann den Tag retten. Und die Frau natürlich. Ohne die überfällige Erleichterung hätte das schönste Konterbier nichts gebracht. Jetzt fühle ich mich rundum wohl. Zum Glück besitze ich keinen Fernseher, sonst wäre ich zu faul, etwas zu tun.

Abends buche ich mir den nächsten erschwinglichen Flug nach Russland. Abflug in drei Tagen. Ich reise als Hendrik nach Moskau. In Moskau kommt die Metamorphose zu Pjotr. Ich buche am nächsten Schalter einen Flug nach Wladiwostok. Da wollte ich immer schon mal hin. Ich schalte mein geheimes Handy ein und teile meine Ankunftszeit mit. Keine Namen. Burn after Reading. Nachdem die Mitteilung angekommen ist, mache ich das Handy wieder aus. Geheimer Agentenscheiß. Alter. Wladiwostok. Europas erste und letzte Bastion im Osten. Kein Schwein käme auf die Idee, dass man sich östlich von allem befindet. Von China, von Sibirien. Wladiwostok gleicht eher einer modernen europäischen Stadt. Gut, es gibt ein paar Asiaten mehr, aber die gibts in San Francisco auch. Viel mehr sogar.

Die vielen Bauten der Jahrhundertwende habe ich nicht erwartet. Wir fahren nicht nur durch oder vorbei. Ein schweigsamer Chinese holt mich vom Flughafen ab. Aus einem Grund, den ich nicht kenne und den er mir nicht verrät, müssen wir acht Stunden warten. Wir schlendern durch die Stadt und über die Hafenpromenade. Ich komme aus dem Staunen nicht hinaus. Abends um zehn ist es soweit. Wie auf ein geheimes Kommando sagt der Chinese, dass wir fahren. Zwei Stunden bis zur Grenze. Jetzt weiß ich, worauf wir gewartet haben. Der Grenzbeamte winkt uns durch. Entweder weil er mitten in der Nacht keinen Bock hat, sein Häuschen zu verlassen, oder weil er meinen Begleiter kennt. Als Mailin mir eröffnet, dass ich in eine Triadenfamilie »eingeheiratet« habe, lache ich. Natürlich. Ich glaube, sie probiert ihre neu erworbene Fähigkeit, Witze zu machen. Gar kein schlechter Witz. Bis sie mir von Shenmis Vater erzählt und was er demjenigen androht, der sich an seiner Tochter vergehen will.

»Alter, echt jetzt? Passiert das denn hin und wieder? Wie viele hat Shenmi denn schon auf dem Gewissen?«

»Ich schätze, es sind rund eine Handvoll Kastraten, die alleine in Tsingtao auf Shenmis und sein Konto gehen.«

»Wer, sagst du, hat dir Deutsch beigebracht? Und warum um Gottes Willen hat er dich das Wort Kastrat gelehrt? In Deutschland, ja nicht einmal in Italien, wo es herkommt, ist es sehr gebräuchlich.«

»Deutsch war Onkel Ju'gen. Aber Kastrat nicht. Das habe ich ihn gefragt.«

Ich lasse es unkommentiert. Wenn ich auf jede Sache reagiere, dir mir spanisch vorkommt, würden wir immer noch in Apothekes

Appartement sitzen und reden. Manche Dinge klären sich später von selbst. Die meisten, wenn man es genau nimmt. Ich überlege, wem ich davon erzählen kann, wen es beeindrucken würde, dass ich jetzt Triade ehrenhalber bin. Jurij vielleicht. Mädels lassen sich weniger durch Schauergeschichten von Gewalt zum Staunen bringen.

Jedenfalls nicht die Mädels, die ich für gewöhnlich kennenlerne. Die von nebenan. Mädels ist gut. Mädels sind das schon lange nicht mehr. Das Geheimnis meines Erfolgs. Im Moment beackere ich die Abteilung um die vierzig. Sehr ergiebig, sehr bedürftig. Oft gerade frisch getrennt, so ein bis zwei Jahre und dann auf der Suche nach Orientierung. Die kann ich bieten. Ich besitze einen Kompass und biete jede Menge Orientierung. Nach allen Seiten hin. Von allen Seiten her. Seelenausbesserung. Und danach die anderen vernachlässigten Teile.

»Jetzt weiß ich, was ich vermisst habe!«

Sex kann man verlernen. Lust kann man unterdrücken, gerade als Frau ist die Sublimierung mithilfe anderer Tätigkeiten weit verbreitet. Ist es Gartenarbeit, kann der Mann etwas retten. Ist es Esoterik, kann man es meist vergessen. Die Frau, die schon so weit abgerutscht ist, kann man meist nicht mehr aufhalten. Dem Abgrund zu nah. Für den Spaß verloren.

Ich habe Wladiwostok weiter im Norden erwartet. Es ist feucht und warm, bis ins Landesinnere. Aber es wird trockener. Eine Stunde noch. Ich bin zum ersten Mal in China. Kunststück, ich habe Europa vor dem heutigen Tag nicht verlassen. Nicht einmal Kerneuropa. Norwegen war das bisher Weiteste. Und in Norwegen bläst nicht nur der Westwind. Das ist der falsche Zeitpunkt, um an Solveig zu denken. Auf der anderen Seite habe ich in Norwegen auch an Mailin gedacht, als ich bei Solveig war. Ausgleichende Gerechtigkeit.

Jetzt, da ich weiß, dass wir uns bald wiedersehen, freue ich mich mehr als gedacht. Ich bin nicht nervös, aber eine Spur zu aufgeregt, um als cool durchzugehen. Wahrscheinlich bin ich in den Augen des Gangsters neben mir der totale Warmduscher. Jedenfalls führt er sich nicht so auf, als wäre ich dicke mit dem Oberboss. Was auch stimmt. Ich kenne den nicht einmal. Nach der Geschichte mit den abben Eiern bin ich auch nicht sicher, ob ich ihn kennenlernen will. Es ist

Mitternacht, als wir Mudanjiang erreichen. Durch die Zeitverschiebung weiß ich gar nicht, wie ich mich fühlen müsste. Sicher müde. Er setzt mich am Bahnhof ab und ich kaufe als Pjotr eine Zugfahrkarte nach Tsingtao.

Ich finde ja das angebliche Versteckspiel mit den Behörden völlig übertrieben. Keine Ahnung, ob wirklich jeder Deutsche überwacht wird. Ich hätte nach Peking fliegen können und dann mit dem Zug. Nein, ich darf auf keinen Fall mit dem Flugzeug anreisen und nicht als Deutscher. Da ich außer Zahlen überhaupt nichts lesen kann, muss ich mich beim Umsteigen an die Uhrzeiten halten. Hoffentlich gibt es keinen Umsteigebahnhof, an dem zwei Züge zur selben Zeit abfahren, dann bin ich am Arsch. Dann werde ich in den Weiten des Landes irgendwo stranden und mich fühlen wie Bill Murray in *Lost in Translation*.

***

»Hello, I am Bao. I will take you to Mailin.«

Aha, jetzt kommen die Triaden aus ihren Löchern. Herr Bao sieht deutlich gefährlicher aus als alle anderen. Jedenfalls was ich bisher gesehen hatte. Wie muss ich jetzt sein, um als coole Socke durchzugehen? Ich bringe mein frisch gelerntes Chinesisch an. Bao ist höflich und tut so, als würde er mich verstehen. Wir gehen zum Auto. Er denkt, ich bin ein deutsches Weichei, weil ich dem zurückgebliebenen Spross der Familie ein Kind gemacht habe. Und ich denke, er ist ein Halsabschneider, weil er dazugehört. Vielleicht ist er für die subtilen Strafen der Shenmi-Verehrer verantwortlich? Wundern würde es mich nicht. Wir fahren durch die Millionenstadt, die angeblich an Deutschland erinnern soll. Von dem Chinesen, der sich das ausdachte, kann der Typ sogar noch etwas lernen, der Gernsbach als Luftkurort deklarieren ließ. Nicht kleckern, sondern klotzen! Es ist Mittagszeit, der Verkehr geht so. Stuttgart ist schlimmer, aber nicht viel. Wir fahren in ein Parkhaus und für einen Moment habe ich eine Vision von abgeschnittenen Hoden vor mir auf dem Boden liegend. Meinen. Ich krümme mich vor unglaublichen Schmerzen und sehe die Höhepunkte meines jäh abgeschnittenen Sexuallebens an mir vorüberziehen. Es ist ein ewig langer Film, so lange kann sich kein Mensch vor Schmerzen krümmen. Statt einer standesgemäßen Kastration wechseln wir das Auto.

Es ist nicht gerade ein Wahnsinnsspaß, mit einem schweigsamen Chinesen, der mutmaßlich einer kriminellen Organisation angehört und geübt ist, einem Mann die Eier abzuschneiden, eine Stunde schweigend im Auto zu sitzen. Wenigstens ignoriert er mich. Anscheinend chattet er mir seiner Liebsten. Die Liebe jedenfalls muss recht frisch sein. Bao lächelt verliebt und ich bin sicher, das macht er nur, weil ich in seinen Augen weniger zähle als eine Kakerlake.

Vor seinen Triadenkumpels würde er garantiert keine Mine verziehen. Die Chinesen verlieren doch ständig ihr Gesicht, wenn sie zu viel Gefühle offenbaren. Und einem bescheuerten Handy blöde zuzulächeln, weil man verliebt ist, kostet garantiert zwei Gesichter. Wenns reicht. Als die Zeit um ist, oder seine Freundin keinen Bock mehr hat, setzt er sich ans Steuer. Der Wagen hat dermaßen dunkle Scheiben, dass ich schier nicht hinaussehen kann. Ich denke nur, dass es kaum einen auffälligeren Weg gibt, jemanden zu transportieren, wenn niemand wissen soll, dass man jemanden transportiert. Dunkle Scheiben, wow. Superunauffällig.

Könnte man auch gleich eine Lautsprecherdurchsage machen. *Achtung, Achtung, hier fährt ein total supergeheimer Personentransport.* Vielleicht besteht Mailins Familie aus Hobbytriaden, die gerne Wir-machen-geheimen-Scheiß spielen. Bao fährt an eine Schranke und wird durchgewinkt. Schranke? Haben die zu oft den *Paten* geguckt? Wir fahren direkt in die Garage unter einem der zehn Häuser in dem Areal. Bao verabschiedet sich noch im Auto und verlässt die Garage nach vorne. Ich warte im Wagen, bis jemand die Tür aufmacht. Es ist Mailin. Sie lächelt mich an und die Sonne geht auf. Wir fallen uns in die Arme.

Chinesischer Glückskeks

Tsingtao, China, Juni 2021

Ob sie glücklich sind? Das ist keine Frage. Ob sie noch nie so glücklich waren, vielleicht eher. Sie sind alleine im Haus und rennen förmlich nach oben ins Schlafzimmer. Da schläft einer, keine Zeit, der schläft ohnehin. Dringendes muss vorangehen. Ob es dringend ist? Nein, es ist unaufschiebbar. Wäre es nicht die Triadengarage mit der verkappten Limousine, hätte er es Mailin auf der Motorhaube besorgt. Hendrik mochte geil sein, seine Freundin ist akut bedroht, an mangelndem oder mangelhaftem Sex zu sterben. Da er diese Gefühle kennt, duldet er keinen Aufschub. In diesen Momenten ist es unbezahlbar, dass sie kein Vorspiel brauchen. Mailins Körper sowieso nicht. Er hat nur ein Bedürfnis. Die arme Frau ist ständig erregt und ihr Höschen abends durchweicht. Manche zahlen viel Geld für Wäsche mit echtem Vaginalsekret, auch wenn es getrocknet ist.

Der Routinier ist schnell, seine Hosen fliegen schon, da nestelt sie noch an ihren Knöpfen herum. Als sie sein steifes Glied sieht, fängt sie an zu flehmen und die Finger zittern, versagen ihr den Dienst. Mailin hat es bitternötig. Keine Zeit zum Ausziehen. Dreht sich um, schiebt ihr Kleid über den Hintern, das Höschen ein Stück runter, mach ihn rein! Bitte, schnell! Sie hält sich an der Wickelkommode fest und Hendrik ist hundsgemein. Er wartet. Zwar nur Sekunden, aber diese köstlichen Momente nimmt er sich und gibt sie Mailin. Je länger sie warten muss, desto explosiver die Erlösung. Sie hat nicht gewusst, nicht geahnt, wie sehr man jemanden vermissen kann. Wie sehr man sich nach jemandem sehnen kann. Könnte sie klare Gedanken fassen, wäre sie selbst schockiert, was ihr Körper mit ihrem Geist macht. Oder umgekehrt? Als er ihn endlich in ihre aufgeweichte Vagina schiebt, ist Mailin nicht mehr Herr ihrer Sinne. So sehr kann man doch niemanden vermissen! Solche Erwartungen kann jemand unmöglich erfüllen. Doch, er kann. Und als er mittendrin ist, als es gerade beginnt, sich ein klein wenig zu bessern, als die ersehnte Erfüllung nah ist, beginnt Jahzen, sich unwohl zu fühlen. Schnell. Er ist vielleicht das süßeste Baby in Tsingtao. Nicht das geduldigste. Hendrik und Mailin geben sich alle Mühe, gegen das Krakeelen des Kleinen kommen sie mitsamt ihrer ganzen Lust nicht an. Und dennoch, selbst wenn es nicht gereicht hat. Dieses unstillbare Verlangen nach dem Partner ist gebrochen, die Spitze genommen, jetzt glimmt die Lust in den Körpern und ist bereit, einen Feuersturm zu entfachen.

»Hey, Kurzer! Lass dich anschauen.«

Hendrik nimmt seinen Sohn auf den Arm, nicht traurig über die entgangene Freude. Nicht sehr. Ein bisschen. Er küsst ihn. Wow, ein Mann, der ihn küsst? Das kennt Jahzen nicht. Tiefe Stimmen kennt er. Bärte kennt er auch. Amüsieren ihn. Der Mann hier ist neu. Er kratzt. Scheint nett zu sein. Und er küsst ihn. Und es kratzt. Aber es kratzt schön. Lustig, Jahzen muss lachen, weil der Mann so kitzelt. Er vergisst über das Amüsement fast, dass er Hunger hat. Aber nur fast. Das Muttertier tropft aus den Brüsten, weil Jahzen hungrig ist.

Ein Ton und ihr schießt die Milch ein. Ein Bild für die Ewigkeit, wenn Hendrik seine Familie ansieht. Sein Kind. Seine Freundin. Sie hält es im Arm. Jahzen nuckelt zwar, will aber wissen, was der nette Mann macht und verfolgt ihn mit den Augen.

»Ja, da schaust du, was? Ich bin dein Papa. Was du da hörst, ist Deutsch. Deine Vatersprache. Deine Muttersprache ist Mandarin. Mandarinen sind übrigens sehr lecker. Kriegst du bald. An Weihnachten. Geburtstag.«

Mandarinen gebe es auch in Deutschland, wollte der Vater sagen, aber die Stimme versagt ihm vor Rührung. Sentimentaler Russenscheiß.

»Hchändrik, stell dihch nihcht so aan!«

Doch, er darf sich auch mal anstellen. Und heulen. Scheiße, die autistische Mutter kann seinetwegen zusehen. Der Lütte auch. Bao wäre jetzt schlecht, ganz schlecht für Hendriks Reputation. Aber der ist weg. Manchmal muss man eben Glück haben. Jahzen ist fertig, er macht ein chinesisches Bäuerchen. Alter Mongole! Nicht schlecht für einen so kleinen Mann. Hendrik schnäuzt sich und kommt wieder auf den Boden zurück. Rumheulen ist kein cooler Triadenscheiß. Er putzt sich die Nase, dann gehts schon wieder. Der Drachenmeister wäre jetzt auch unerwünscht. Triade ehrenhalber zu sein ist anstrengend. Russe ist leichter. Wenigstens gefühlt. Vielleicht ist es bei der Russenmafia genauso schwer. Er hat keinen Bedarf, auch das noch zu probieren.

Als sein Sohn das Interesse an den Brüsten verliert, sieht er nach dem Vater. So fühlt der Vater es, denn Jahzen sieht sich um. Und Hendrik spricht mit ihm. Mit seinem Sohn. Schwer zu fassen, schwer zu glauben, schwer zu begreifen. Manchmal sind es Sekunden, die entscheiden. Er spritzt der verwirrten, verlorenen Chinesin einmal eine Ladung Spermien in den Bauch und schon hat sich sein Leben verändert? Kann es so einfach sein? Wird er jetzt ein stinknormaler Spießer-Vater? Er nimmt seinen Jungen in die Hände. Schließt ihn in die Arme. Es fühlt sich so kein bisschen komisch an, so gar nicht ungewohnt, sondern natürlich und gottgewollt. Also irgendwie auch scheiße. Gottgewollt? Hendrik hat das Gefühl, dass er langsam seinen Verstand verliert.

Aber den Lütten mag er. Sie haben einen Draht zueinander. Nein, er wird ihn lieben, da ist er sich sicher. Ein merkwürdiges Gefühl. Ein Kind. Ohne was zu tun. Wie von Geisterhand. Und woher kommt dieses Gefühl für ihn, er kennt den Sohn seit ein paar Minuten? Ist er ihm ähnlich? Keine Ahnung. Ist es, weil Mailin ihn aus ihrem Schoß gepresst hat? Aber er kennt die Mutter doch kaum. Kurz. Sein Sohn lacht ihn an. Komm, das macht der doch absichtlich. Der will doch nur, dass Hendrik wieder heulen muss, was soll der Scheiß? Ficht den Kleinen nicht an, der lacht einfach weiter. Und Hendrik muss ihn wieder küssen, ihn mit seinen Bartstoppeln kitzeln.

Irgendwann stinkt er. Noch ist Jahzen das egal, aber nicht mehr lange. Wenn es kalt wird, ist seine Geduld schnell vorbei. Windeln wechseln ist nicht ganz so romantisch. Doch wenn das Gröbste weg ist, gehts schon wieder. Halb so wild. Auch das wird Hendrik nicht abhalten. Und nebendran sitzt ein weiterer Schatz. Mit blanken Brüsten. Und diesem Zauber kann sich Hendrik erst recht nicht entziehen. Der Nachmittag stellt die Weichen für ein Leben. Für drei Leben und für die, die kommen werden. Auch Männer sind gegen Oxytocin nicht gefeit. Hendrik nicht. Er denkt, er will ficken, dabei will er kuscheln. Und ein bisschen ficken. Aber wenn der Kurze schläft, dann muss Mailin dran glauben. Und? Sie kann es kaum erwarten. Sie ward zu kurz gestopft.

Das war nicht mehr als ein Tropfen auf das heiße Bein. Sie hat so lange warten müssen. Auf den größten Schatz, den sie je besaß. Macht er es bald? Mit ihr? Dem Kleinen fallen die Augen zu. Ein Signal für Mailin, schon mal die Pumpe anzuwerfen und Scheidensekret abzusondern. Viel. Sicher ist sicher und sicher ist viel besser. Der dann folgende Akt bestätigt Mailin, ihre Lubrikation und den Glauben an fleischliche Liebe. Sie, die zum ersten Mal liebt, ist überwältigt von den Gefühlen im Inneren und den anderen Gefühlen im Inneren, die miteinander wetteifern. Sie liegen zu dritt im Bett. Jahzen und die, die ihr Bestes gegeben haben, damit er auf die Welt kommt. Mailin lernt schon wieder eine Lektion. Sie hat so viel gelernt, aber auf das, was kommt, ist sie nicht vorbereitet. Wie abgesprochen entkleiden sie sich leise. Statt von der robusten Körperlichkeit überrumpelt zu werden, ist es diesmal anders. Konnte es ihnen bis hierher nicht schnell genug gehen, ist es dieses Mal gemütlich. Es ist immer noch dringend, sich endlich wieder zu vereinigen. Nur äußert es sich nicht in einer Explosion. Hendrik dringt in sie, wie ein U-Boot in seinen Bunker. Trotzdem fliegt ihr beinahe die Schädeldecke weg. Sie hat keine Ahnung, dass man auch langsam und leise vögeln kann. Dass es trotzdem eine Lust ist, welche einen wahnsinnig werden lässt. Sie spürt nicht weniger als sonst, was man denken könnte, da Hendrik nicht zustößt. Sie spürt auch nicht mehr, es dauert nur länger, es ist so anders!

Hendrik nutzt sein Gewicht und seine Kraft und fährt im ersten Gang auf der Rennstrecke. Entweder ist ihre Vagina kleiner oder sein Schwanz größer geworden. Sie spürt ihn intensiv wie nie. Sie klammert oben. Krampfhaft klammert sie sich an den Liebsten. Umarmt ihn, drückt die verklebten Brüste an seine Brust. Unten klammert ihre Scheide, zieht sich zusammen und streichelt den willkommenen Eindringling mit ihrer Kraft. Sie denkt nicht, aber sie muss pressen. Und Hendrik bekommt die Schweißperlen. Nicht weil es anstrengend ist. Er ist kurz davor und statt einfach loszulassen, beherrscht er sich. Geht nicht länger. Keine Chance.

Ungeachtet des kleinen Jungen, an den er längst nicht mehr denkt, stöhnt er laut in Mailins Ohr. Die presst ihre Vagina zusammen und ein letztes Mal schiebt der Liebste ihr den Torpedo in den Lauf. Als er anstößt, ist es um sie geschehen. Das und seine urtümlichen Laute geben auch ihr den Rest. Wenn man wochenlang darauf wartet, kann man keine Rücksicht nehmen, keine Vorsicht walten lassen. Wenn es kommt, ist es nicht aufzuhalten. Der Lebenssaft strömt aus ihm und in das dunkle Gewölbe der Liebsten. Mailin ring mit sich und ihrem Bewusstsein. Ihre Scheide krampft sich konvulsiv um Hendricks ejakulierendes Glied. Höhepunkt. Punkt.

***

Auf ein Neues ist Mailin fassungslos. Vor Anstrengung klopft ihr das Herz in den Ohren, ihr eigenes Blut rauscht. Der eben erlebte Höhepunkt ist ihr heftigster. Sex findet sie wunderschön mittlerweile. Aber das? Das eben? Was zur Hölle war das? Ist das? Sie heult lautlos und merkt kaum, dass ihr die Tränen runterlaufen. Tränen vor der Schönheit des Erlebten und der tiefen Dankbarkeit darüber, so etwas zu erleben. Es gibt keine anderen Frauen auf der Welt, die jemals schon so etwas gespürt haben, wie sie gerade. Das weiß Mailin, da ist sie sich ganz sicher. Davon würden sich die Leute doch erzählen! Das würde man doch nicht unter den Tisch fallen lassen, verheimlichen können? Das ist eine Sensation! Jeder muss das erfahren. Das Gewicht ihres Liebhabers drückt sie auf die Matratze und Mailin will auf kein Gramm davon verzichten. So schwer kann er gar nicht sein, dass sie ihn nicht auf sich spüren will.

Vereinigung. Das ist es. Kein Sex. Es ist die pure Vereinigung. Eine weitere. Eine von vielen und dank ihrer beider Naivität badet ihre vergnügte Scheide erneut in einem Meer aus virilem Sperma. Der Liebste hat in ihren Bauch gespritzt, denkt Mailin. Sie fühlt seinen Körper zucken und krampfen, wenn es passiert. Schaudert allein deswegen, wenn sie daran denkt, dass er es tut. Er soll es auch wieder auf ihr machen. Auf den Bauch oder den Busen. Soll es dann verreiben, damit sie den Liebsten riecht. Damit sie nach dem Liebsten riecht. Das soll er bald wieder machen! Alles ist so schön, alles! Aber es ist noch schöner, wenn er tief in sie dringt und er dann losspritzt. Auch! Sie wird wahnsinnig, nur weil sie daran denkt, dass man das eine nicht erleben kann, ohne gleichzeitig auf das andere verzichten zu müssen.

Ejakulationen sind ein wertvolles, weil beschränktes Gut und Hendrik kommt selten mehr als einmal am Tag. Nachher sagt sie ihm, dass er es öfter tun soll. Nachher, wenn sie reden. Mailin heult erneut, weil sie mit ihm reden kann. Weil er sie versteht und sie ihn. All die Mühsal, die Plackerei war nicht umsonst. Selbst wenn er nichts mehr von ihr wissen will, hat es sich schon gelohnt. Was sie durch ihn erfahren durfte, ist unbezahlbar, jede Mühe wert. Sie dreht den Kopf und sieht zu Jahzen, der fröhlich neben ihnen liegt. Sie ansieht. Sie anlacht. Hendriks Körper hebt sich und jetzt spürt sie erst, wie schwer er auf ihr lag. Nicht ohne Bedauern sieht sie die Nacktheit des Deutschen in seinen Klamotten verschwinden. Aber sie weiß, wie er unter den Kleidern aussieht. Und er wird es ihr wieder und wieder zeigen. Weil er ein Mann ist. Und sie eine Frau, Mann und Frau, denkt Mailin und ihre Erregung flammt erneut auf, kurz. Ob Hendrik sie vielleicht leckt? Mailin denkt nicht sehr weit. Sie denkt an sich und denkt daran, was schön wäre. Ihre Empathie ist hingegen übersichtlich. Ihr Schamhaar ist durchdrungen von seinem Sperma. Es sickert aus ihrer Scheide und läuft ihr am Po hinunter auf die Matratze. Hendrik ist nicht mehr geil und das Allerletzte, was er will, ist seinen erkaltenden Saft aus ihrer Möse lecken. Aber woher soll Mailin das wissen?

Sie will noch einen Orgasmus haben! Sie hatte einen Höhepunkt wie nie. Wenige Minuten zuvor und denkt schon an den nächsten. Jedoch hat der Mann schon ihren Sohn auf dem Arm und spricht mit ihm. Hendrik wird es ihr jetzt nicht machen. Sie seufzt und steht auch auf. Immer mehr Sperma macht sich aus ihr und auf den Weg nach unten. Mailin geht ins Bad. Wischt sich halb sauber. Behält etwas von seinem Saft und schmiert ihn sich auf den Leib. Riecht es, genießt es. Verrucht ist sie. Jahzen und Hendrik, genauso hat sie sich die beiden vorgestellt.

Ihre Naivität ist grenzenlos und doch ist es so gekommen. Das Leben kann einfach sein. Es lohnt sich nicht immer, sich zu viele Gedanken zu machen. Der Kleine hat von seinen vögelnden Eltern kaum Notiz genommen. Jahzen war mit irgendetwas anderem beschäftigt. Irgendwas, was Babys tun. Was sie mit sich tun und sie vor Vergnügen glucksen lässt. Irgendwann wird es laut neben ihm und sein Vater stöhnt entsetzlich auf. Auch die Geräusche der Mutter sind ihm fremd, aber es dauert nicht lange. Dann kehrt Ruhe ein. Irgendwann erhebt sich der Mann von seiner Mutter. Ein paar Sekunden vergehen und Jahzen wird hochgehoben. Sehr hoch. Höher als es alle anderen tun, fast wird ihm schwindlig, so schnell ist es. Sein Vater ist nicht besonders vorsichtig. Er behandelt Jahzen wie einen kleinen Mann, nicht mehr wie ein Baby. Verhätscheln können ihn die anderen. Beim Vater weht ein anderer Wind.

Stolz guckt der Kleine von weit oben herab auf die Welt. Der neue Mann ist sicher ein König. Jahzen fühlt sich deshalb auch königlich. Erhaben. Hoffentlich geht er nicht wieder so schnell weg, wie die anderen Männer. Der mit dem Bart zum Beispiel. Jahzen sieht sich um und sucht die Frau mit dem weißen Gesicht und den Brüsten, aus denen keine Milch fließt. Sie sind jedoch alleine. Shenmi wollte die Wiedersehensfreude nicht trüben und auf gar keinen Fall wollte sie irgendetwas von dieser Freude hören oder mitbekommen. Die Visionen von Hendrik und ihrer Schwester reichen ihr schon. Undenkbar, den beiden zuhören zu müssen. Und Hendrik würde bestimmt weder warten, noch irgendeine Rücksicht nehmen. Der germanische Herzensbrecher aus dem Schwarzen Wald wird über ihre beeinträchtigte Schwester herfallen. Ob Shenmi nun im Haus ist oder nicht. Wäre ihm egal. Alles andere würde sie überraschen.

Chinesische Offenbarung

Tsingtao, China, Juni 2021

Hendrik muss sie den ernst der Lage erklären. Er ist etwas zu sorglos, wenn sie ihrer Schwester glaubt. Mailin ist auch zu sorglos, davon abgesehen. Und zu verliebt. Das geht ihr auf den Zeiger. Shenmi ist unglaublich scharf darauf, dem Supermann aus Deutschland ein paar unangenehme Fragen zu stellen. Englisch wird er ja wohl können. Das Einzige, was er nicht kann oder gemacht hat, war das Penicillin zu erfinden. Wenn man der Schwester glaubt. Gott hat den Erlöser geschickt. Aber weder er noch sonst wer ist religiös, ein Lichtblick. Natürlich nicht, wenn sie an sein Benehmen von vor einem Jahr im Schwarzen Wald denkt. An das, was Mailin erzählt hat. Sie will gar nicht daran denken, ob und was Mailin alles verschwiegen hat. Oder vielleicht doch. Mal sehen.

Später, viel später denkt Shenmi an die erste Begegnung zurück. Wie sie in die Küche kommt und die Kleinfamilie einträchtig beisammen sitzt. Wie er sie ansieht. Dann langsam aufsteht, den Kleinen lässig auf dem Arm. Wie Hendrik immer größer wird, sie überragt, Mailin überragt. Er dann auf sie zugeht und sich herunterbeugt. Sie drückt, richtig fest an sich drückt. Inniglich umarmt. Shenmi verliert den Boden unter den Füßen. Macht man das in Deutschland? Sie kennt den Mann nicht einmal! Niemand begrüßt sie so, nicht einmal die Schwester drückt so fest zu. Ein bleibender Eindruck. Das ist es. Und Shenmis zweiter Gedanke, was will der um Himmelswillen von meiner Schwester? Von Mailin? Merkt er nicht, wie komisch sie ist?

Der dritte Gedanke ist untypisch für die Prinzessin. Sie kann Mailin verstehen. Wenn einen so jemand abgöttisch liebt, stellt man es nicht in Frage. Man genießt es, so lange es dauert. Je länger, desto besser. Man fragt nicht warum. Weil man sich im Kreis dreht und letztlich an allem zweifelt. Es ist so, wie es ist. Wo die Liebe hinfällt. Sie versteht die Schwester. Und sie freut sich für sie. Ehrlich. Keine Spur von Misstrauen mehr. Keine Vorbehalte. Shenmi ist überrascht, wie jemand kraft seiner Ausstrahlung Vertrauen schaffen kann. Ohne Worte. Wäre sie an Mailins statt in dem Hotel gelandet, hätte sie ihm auch vorbehaltlos vertraut. Im Innersten.

Babylon war nichts gegen das Sprachengewirr an ihrem Küchentisch. Weil es keine gemeinsame Basis, keine Lingua franca gibt, geht es wild hin und her. Deutsch, Chinesisch, Englisch, zu gleichen Teilen. Shenmi und Hendrik Englisch, Hendrik und Mailin Deutsch und Mailin und Shenmi Chinesisch. Das ist verstörend, besonders bei längeren Dialogen ohne Übersetzung. Anstrengend. Als Jahzen sie hört, als er Shenmi sieht, fängt er an zu zappeln und der Vater hat ein Einsehen. Drückt ihr den Kleinen in die Arme. An die Brust. Berührung und Stromfluss. Sie spürt seine Gefährlichkeit. Der Mann lädt sie auf wie einen Kondensator. Kein Wunder, dass Mailin von ihm abhängig ist.

»Ich will das junge Glück nicht trüben. Hend'ik, du nimmst unsere Vorsichtsmaßnahmen ernst? Oder nicht? Ihr habt wahrscheinlich noch gar nicht geredet …«

Sein Blick verrät ihr, wie recht sie hat.

»Vor einigen Tagen war hier die Hölle los. Wir bekamen Besuch von der Staatssicherheit. Kein Freundschaftsbesuch.«

»Echt? Staatssicherheit? Haben die sich vorgestellt, oder was?«

Shenmi wendet sich an Mailin und erklärt ihr schnell auf Chinesisch, was sie Hendrik jetzt gleich erzählt. Die Mutter macht das, was sie am besten kann. Sie stillt den kleinen Jungen. Und auch wenn sie kein Wort versteht, geht ihr Kopf hin und her.

»Sie haben sich vorgestellt. Neuntes Büro. Überlauf- und Überwachungsabwehr. Sie ahnen etwas. Und sie werden es mit aller Macht verhindern. Denk daran, was im Schwarzen Wald passiert ist.«

»Ich habe nichts mitbekommen. Die Tage waren anstrengend.«

Shenmi erinnert sich daran, was Mailin alles erzählt hat.

»Das habe ich gehört.«

Sie zieht dabei eine Augenbraue hoch, denn sie weiß, dass sie unwiderstehlich ist. Es sind diese kleinen Sachen, die ihre Perfektion abrunden. Was sie erreichen wollte, klappt nicht. Der deutsche Casanova grinst sie unverschämt an, als wäre er ein Filmstar.

»Sie haben in unseren Sachen herumgewühlt. Geschnüffelt. Uns Angst eingejagt. Hat geklappt. Es ist angsteinflößend.«

Hendrik steht auf, stellt sich hinter Mailin und legt ihr die Hände auf die Schultern. »Alles wegen der jungen Mutter hier? Ist das nicht völlig überzogen? Vielleicht ist sie ja ein Genie. Aber es kann doch nicht sein, dass sie deswegen nicht verreisen darf?«

»Verreisen darf sie schon. So lange man sicher ist, dass sie wieder zurückkommt. Das heißt, kein Ausland zur Zeit.«

»Und wie wird das durchgesetzt? Das Land ist riesig. Das geht doch gar nicht.«

»Gesichtserkennung. Nur so kamen sie letztes Jahr darauf, wo Mailin abgeblieben war. Nur so konnten sie sie wieder zurückholen.«

Hendrik greift seiner Freundin an die Brüste. Shenmi ist … was ist sie? Sie weiß es nicht. Kein Mann macht so etwas! Kein Mann würde seine Freundin so bloßstellen! Hendrik ist besitzergreifend und …

Ihr fehlen die Worte. Ist er ein Bauer, dass er der Mutter nach dem Stillen an die Euter fassen muss? Mailin scheint nicht unangenehm berührt. Sie kichert, als hätte ihr Freund einen süßen Witz gemacht. Dann flüstert er ihr etwas ins Ohr. Was für ein Quatsch. Shenmi versteht nichts. Er kann es ihr einfach so sagen, was auch immer es ist. Es verfehlt seine Wirkung nicht, Mailin kichert erneut und grinst dann verliebt. Irgendeine Sauerei hat er ihr geflüstert. Er ist ungehobelt und ein wenig grob, aber nicht ohne Reiz. Und er hat keinen Anstand. Vielleicht ist das sein Geheimnis. Ist das seine Perversion? Sie horcht in sich herein, aber da ist kaum Resonanz. Sie wird er so nicht betören, sicher nicht.

Sie denkt an Xin Liu. Wie so oft. Je länger diese Episode zurückliegt, desto stärker wird die Erinnerung daran. Auch so ein Casanova, der keine Manieren hat. Sie seufzt, denn sie hat kein Glück. Nicht das Glück ihrer Schwester, die dermaßen strahlt, dass man ihre Augen gar nicht mehr sieht. Sie gönnt ihr das Glück, versteht aber nicht, was er an ihr findet. Hendrik kann jede Frau haben. Und Xin Liu hatte schon jede Frau. So wie er vögelt. Mit dieser Selbstbeherrschung, dieser Raffinesse und dem Können. Er muss hunderte williger Frauen gehabt haben. Die ihm allesamt zu Füßen liegen. Sie weiß, dass sie selbst so fantastischen Sex nie wieder erleben wird. Nie wieder zulässt, denn sie hat vollkommen die Kontrolle verloren.

Aber ein Kind zu bekommen ist ihr sowieso wichtiger als noch so toller Sex. Egal wie gut er ist. Wenn der Sex mit dem Ursprünglichen rein gar nichts mehr zu tun hat, findet sie ihn Zeitverschwendung. Natürlich will sie keine dreißig Kinder. Aber die Illusion soll um jeden Preis erhalten bleiben. Nicht so wie Xin Liu, der aus dem Sex einen künstlerischen Akt gemacht hat. Als Signatur hat er ihr sein Sperma in das Gesicht und in die Haare geschmiert. Das scheint ihr widernatürlich und unangemessen. Ein Schwanz in ihrem Hintern genauso. Sie hat es schon gemacht. Aus Berechnung und um nicht vom Falschen geschwängert zu werden. Aber befriedigend oder erfüllend findet sie das nicht. Sie will den Samen im Leib haben. In die Scheide gespritzt und die Gebärmutter getränkt. So muss Sex sein. Sie braucht eine Befruchtung.

Hendrik und Mailin reden leise miteinander. Sie denkt an Sperma und was besprechen die beiden? Sie sehen zu ernst aus, als würden sie über Sex sprechen. Aber sie werden es heute noch treiben. Sie werden miteinander schlafen. Mailin wird sich vögeln lassen und Shenmi würde alles dafür geben, wenn sie zusehen könnte. Nur zusehen, denn sie weiß eins ganz genau. Der blonde Deutsche würde keine Kunst veranstalten. Der ist ein Tier. Der würde die Schwester nehmen und es bis zum Schluss durchziehen. Und das würde sie einmal im Leben wenigstens gerne erleben. Und sei es nur aus zweiter Hand. Sie kennt überhaupt nicht viel. Und nicht viel Sex.

Sie kennt zwei Arten von Sex. Das eine ist die Kunst von Liu. Orchestriert und choreographiert, bis der Ursprung des Natürlichen nicht mehr erkennbar ist. Und das andere sind die Nummern ihrer Verehrer und Lakaien, denen sie gestattet, ihr beizuwohnen. Weil sie die schönste Frau der Welt ist, hält es keiner lange aus. Allesamt kommen sie in wenigen Minuten, manche in wenigen Sekunden zum Abschuss. Das ist auch langweilig. Hendrik ist garantiert auch schnell. Er kennt nichts vom Tao der Liebe, nichts von der Kunst der Liebe. Er wird es tun wie ein Löwe. Schnell. Unprätentiös. Als sexuelle Raffinesse wird er Mailin vielleicht in den Nacken beißen, wenn er sie besteigt oder bespringt. Bestimmt macht er es ihr meistens von hinten, wie die Tiere sind die beiden. Mailin wird vor ihm knien wie ein Weibchen, mit ihrer brünstigen Muschi wackeln und ein Hohlkreuz machen.

»Was hast du gesagt?«

Sie muss mit diesen Scheißtagträumen aufhören.

»Wir gehen ins Bett.«

»Ja, kann ich mir denken. Jetlag, so lange wach, todmüde ...«

Mailin nickt zur Bestätigung und Hendrik gähnt, als meinte er es ernst. Jahzen schläft schon seit einiger Zeit und nachts reicht ihm eine große Mahlzeit. Als die beiden verschwinden, räumt Shenmi auf, sodass es jeder hören kann. Dann macht sie den Fernseher an. Nicht zu laut, aber so laut, dass offensichtlich ist, was sie macht. Ohne das leiseste Geräusch schleicht sie sich treppauf. Nur ihre Knöchel sind zu hören. Wird sie alt? Sie legt ein Ohr an das Türblatt. Nichts. Ist er doch müde? Vielleicht schnarcht er? Was soll sie machen? Wie lange warten?

Wenn sie nichts hört, wird sie die Tür nicht öffnen. Nichts. Keinen Stöhnen, sie reden nicht, kein Lachen und kein Geräusch. Kein Klatschen verschwitzter Körper, keine dumpfen Stöße, wenn das Bett bis zur Grenze belastet wird, nichts. Sie kehrt um und geht zurück zum Fernseher. Was sie hätte sehen können, ist sowieso nichts für Shenmi. Hendriks Kopf zwischen den Schenkeln der Schwester, die in ein Kissen beißt, um nicht zu laut zu schreien, wenn sie kommt. Vielleicht würden Shenmi die zitternden Schenkel Mailins an einen eigenen, vergangenen Höhepunkt erinnern, den sie meist erfolgreich verdrängt. Sie bekommt nicht einmal frischen Input zum Masturbieren. Leicht enttäuscht geht Shenmi ins Bett. Letztlich ist Hendrik nur in der Fantasie ein Schwerenöter. Weil Mailin kaum Vergleiche hat.

***

Lichtschutzfaktor 130. Mehr hat nur die Bleischürze beim Zahnarzt. Shenmi sieht aus wie ein Vampir mit Tagesfreizeit. Sie ist kein Daywalker und paranoid, wenn es um die Sonne geht. Sie meidet sie wie weiland Graf Dracula. Ihre roten Bäckchen kommen von der Anstrengung. Sie verflucht den Deutschen, der ihr das antut. Sie ist völlig außer Atem von den vielen Höhenmetern. Hinter dem Haus erhebt sich ein Berg. Sie weiß, dass man hochkann. Als Kind war sie zuletzt dort oben. Was tut man nicht alles als Gastgeberin. Wenigstens trägt er den Kleinen hier hoch. Der ist ihr mittlerweile zu schwer. Dem Teutonen nicht. Der könnte locker auch sie mit hochtragen. Auf halber Strecke ist sie nahe daran, ihn zu fragen. Wie er es wohl machen würde?

Er sieht, dass er seiner Schwägerin zu viel zumutet. Das liegt an ihr. Er ist kein Sportler, doch wenn er sich ihrem Tempo anpasst, hat er auf dem Gipfel immer noch seinen Ruhepuls. Alle zehn Meter bleibt sie stehen. Schlimmer als ein Kind. Beknackte Idee, sie hier hochzuschleifen. Den nächsten Ausflug machen sie mit dem Auto. Kein Sport mit Shenmi. Hat er notiert. Keine Ironie bei Mailin. Kein Hunger bei Jahzen. Hat er auch alles notiert. Er ist froh, wenn sie wieder heruntergehen. Sie sind tausend Meter hoch. Und es sind nur zwei Kilometer zum Meer. Es ist so diesig, dass man kaum das Wasser sieht. Ganz zu schweigen vom Horizont. Nur für die bessere Luft hat es sich gelohnt und für Shenmis rote Wangen. Hoffentlich ist es die Anstrengung und nicht die Sonne. Sonst kommt vermutlich Bao mit dem Messer …

Shenmis Füße tun weh. Sie will nicht wieder hinunterlaufen. Aber hier ist keine verdammte Straße. Über ihr donnert ein Passagierflugzeug hinweg. Landeanflug. Sie wäre lieber dort drinnen als hier. Ihre Schwester sitzt gemütlich zuhause vor dem Rechner und arbeitet. Was sie Arbeit nennt. Shenmi hätte auch lieber etwas für ihren Blog geschrieben. Ihr fällt aber nicht jeden Tag etwas ein. Übermorgen rächt sie sich. Dann kommt einen halben Tag der Fotograf. Väter sind in ihren Artikeln unterrepräsentiert und Bilder hat sie gar keine.

Hendrik ist zwar kein Chinese, aber besser als gar kein Mann. Außerdem ist es ziemlich tolerant und somit modern, wenn sie eine

Langnase im Blog hat. Und die sind nicht so verpönt wie Schwarze. Jedenfalls bekommt sie wenig rassistische Kommentare zu Jahzen. Kann auch sein, dass es bisher keiner gemerkt hat. Irgendwann wird man es natürlich sehen. Fraglich, wie lange er dann der Star des Blogs bleibt. Aber vielleicht hat sie dann längst ein eigenes Baby. Oder sie lässt Hendrik weg und nimmt chinesischen Ersatz. Fotografieren lässt sie ihn natürlich trotzdem, schließlich will sie ihre Rache für den Scheißberg.

Sie hat seit Stunden nicht an Sex gedacht. Was das Beste an dem gesamten Ausflug ist. Gleich ist es soweit. Die Wanne ist nah. Shenmi will in die Badewanne und gegen den drohenden Muskelkater kämpfen. Heißes Wasser oder kühles? Ihr wäre mehr nach kühl. Aber hilft das? Sie hat das letzte Mal nach Muskelkater gesucht, nachdem Xin Liu sie halbtot gefickt hat. Hat vergessen, was sie gelesen hat. Egal, Hauptsache, nicht mehr laufen! Sie ist so kaputt, dass sie nicht einmal masturbiert. Dabei macht sie das in der Wanne immer. Der Duschkopf ist ihr bester Freund. Keiner beschert ihr schönere Höhepunkte. Keiner, der jemals wiederkommt. Liu zählt also nicht.

Hendrik ist froh, als Shenmi im Bad verschwindet. Er probiert nicht einmal die Klinke, um reinzugehen und die Göttin nackt zu sehen. Es scheint ihm die Mühe nicht wert, zumal es zu nichts führt. Die Drohung des Drachenmeisters vor Augen wird er einen Teufel tun, für einen belanglosen Fick etwas zu riskieren. Schon gar nicht seine Eier. Vielleicht will Jahzen bald eine Schwester zum Ärgern haben. Er weiß nicht einmal, ob er mit dem Damoklesschwert über sich eine Erektion zustande brächte. Er wird es sicher nicht probieren. Mailin ist nicht ansprechbar, also klappt er ihr Notebook zu. Ihr Gesicht ist filmreif. In den Augen blitzt eine Millisekunde Ärger auf, dann erkennt sie Hendrik. Auch wenn er nicht so lachen würde, wie er lacht, könnte sie ihm nicht böse sein. Oder widerstehen.

»Wenn ich dich heute arbeiten lasse, gehst du dann morgen mit mir einkaufen?«

»Ich weiß etwas Besseres.«

»Was Besseres als Einkaufen?«

»Jahzen?«

»Schläft.«

Da Drachenmeisters Verbot nicht für Mailin gilt, folgt er seinem Triadenmädchen nach oben. Sein Weibchen kniet schon auf dem Bett, das Kleid achtlos auf dem Boden. Der kopflose Hendrik kann sich kaum schnell genug ausziehen. Er folgt seinem Mädchen. Steht hinter ihr und betrachtet ihre Kehrseite voll Liebe und noch mehr Verlangen. Sie machen es nicht oft von hinten. Ihnen fehlt dabei das besondere ihrer Liebe zueinander, das krampfartige Klammern, die Innigkeit ihrer Verbindung. Aber hin und wieder passiert es. So wie jetzt.

Mailin mag es, wenn er ihr auf ihre Muschi sieht und erkennt, wie sehr sie will, dass er es ihr macht. Das ist aufregend. Vor allem, da sie nichts weiß. Sie sieht nichts, hört nur. Muss warten, bis er handelt. Ihren Hintern anfasst. Oder die Hüften. Oder mit der Hand dicht über ihr Fleisch fährt, nur die Haare berührt. Sie bekommt Gänsehaut. Und weiß, dass er längst bereit ist. Sein erigiertes Glied nur Zentimeter entfernt. Gleich wird er seine Eichel an ihre Schamlippen drücken. Und drücken. Mailin beginnt längst zu tropfen und Hendrik nimmt den Schleim auf.

***

Shenmi kommt aus dem Bad, ein Handtuch kunstvoll um dem Körper gewickelt, ein zweites auf dem Kopf. Sie will die Tür zuwerfen und hält im letzten Moment inne, weil sie die Geräusche hört, die sie gestern erwartet hat. Ihre Füße tun nicht mehr weh, die Strapazen des Tages sind vergessen. Die kleine Schwester schleicht sich zum Zimmer ihrer Gäste. Die Tür ist nicht ganz zu. Wie erwartet besorgt er es der großen Schwester von hinten. Mailin kennt keine Scham, so wie sie stöhnt. Vielleicht weiß sie nicht, dass man es im Haus hören kann. Vielleicht weiß sie auch nicht, dass man Rücksicht nimmt, wenn andere in der Nähe sind.

Oder Hendrik ist so gnadenlos, dass sie nicht anders kann, als die tierischen Geräusche zu machen. Sie kann seinen Schwanz nicht sehen, nur den Hintern und das Becken. Wenn er schwungvoll ausholt und zustößt. Kein Wunder, dass die Schwester ächzt. Sie hat so etwas noch nie gesehen. Das geschmeidige Tier bumst Mailin, die völlig selbstvergessen das Haus zusammenstöhnt. Das ist schamlos, selbst wenn die Tür zu wäre. Hendrik packt sie am Hintern, schubst und Mailin fällt nach vorne auf Bett. Sie weiß wohl, was kommt. Dreht sich um. Sieht ihren Mann an. Sieht ihm ins Gesicht. Sieht auf sein Glied. Blanke Freude steht darin geschrieben. Gier. Schamlosigkeit. Geilheit.

Shenmi wollte nie bewusst ihrer Schwester dabei zusehen, wie sie ihre Beine für einen Liebhaber spreizt. Aber nun ist es nicht zu ändern. Es sei denn, sie geht. Tut sie nicht. Die Chance ist einmalig. Voyeurismus ist menschlich. Mailin streckt die Beine in die Höhe und Shenmi kann den Penis sehen, den ihre Vagina aufnimmt. Aufnehmen muss? Darf? Sie kann. Von weißem Schleim überzogen treibt er ihn in ihren Leib. Shenmi meint, fast selbst zu spüren, wie es ist. An Mailins statt. Ihre Spiegelneuronen schreien sie an. Shenmi, mach was! Sie presst sich die Hand in den Schoß. Das Handtuch dämpft die Berührung, trotzdem ist es kaum auszuhalten.

Der Blonde und sein Weib kommen zum Endspiel. Die Schwester schlingt ihre Beine um den Mann. Shenmi hört ihr Wimmern, sie hat einen Orgasmus. Die Beine zittern. Mailins vor Anstrengung und Shenmis vor Erregung. Mailin wimmert: »Nochmal, nochmal, nochmal, o bitte, bitte bitte ja, ja, …«, auf Chinesisch, dann kommt sie erneut. Laut aber diesmal ohne Worte. Hendrik ist auch soweit. Der geile Hüne sagt etwas auf Deutsch, sie wüsste gerne, was es ist. Bestimmt dass er ihr jetzt die dunkle, enge Höhle mit seinem Samen überflutet und es ihren Leib füllt, bis ihre Scheide überläuft und es herausspritzt. Es ist nichts, was man in einem Porno erwartet, dazu ist es zu lang, zu viele Worte. Sie fragt sich, warum Hendrik überhaupt etwas sagt, denn Mailin kann weder etwas hören, geschweige denn verstehen.

Was dann folgt, darauf ist sie gar nicht vorbereitet. Hendrik brüllt laut. Oder stöhnt, oder schreit ins Kissen. Das hört man garantiert vom Keller bis zur Dachterrasse. Vielleicht sogar im Nebenhaus. Unglaublich, warum macht er das? Es geht ihr durch und durch, dieser archaische Schrei. Ihre Gänsehaut wird fünf Minuten nicht verschwinden, so urtümlich und beeindruckend ist sein Gebrüll.

Heißt auf der anderen Seite, dass er fertig ist, was Shenmi abgrundtief bedauert.

Er ist auf der Schwester zusammengesackt. Regungslos verharrt er, sein Glied steckt tief in Mailins Gewölbe. Es zuckt, so wie der Mann selbst. Noch immer quillt es aus seiner Eichel. Anscheinend. Es ist mucksmäuschenstill. Unendlich vorsichtig zieht sich Shenmi zurück. Sie bedauert, dass es vorbei ist. Beeindruckt vom Wüten. Xin Liu, ha! Schwachsinn. Das hier ist Sex, wie er sein muss. Scheiß auf sein *Tao der Liebe*.

Ein Dutzend Orgasmen waren gut, keine Frage, aber das hier? *Das* ist ein Mann! Liu ist ein verweichlichter Künstler. Woher bekam man so ein Tier? Sie glaubt, der Mann muss sie finden. So jemanden darf man nicht suchen. Oder finden. Nur soll es bei ihr kein Ausländer sein, keine Langnase. Dann hätte sie auch gleich Bao oder einen der anderen subalternen Liebesdiener nehmen können.

Wobei keiner der auch nur annähernd diese Wucht hat. Diesen Wumms. Sie masturbiert zwanghaft und denkt an die Hiebe, die ihre Schwester erträgt. Hart im Nehmen, das war bei der Geburt nicht anders. Mailin hat in zehn Jahren sechs Kinder, davon ist Shenmi überzeugt. Sie an ihrer Stelle sicherlich. Ihre Fantasie geht mit ihr durch und das dicke Glied des Deutschen spuckt ihr einen Spermaschwall nach dem anderen in die Scheide. Shenmi kommt es sofort. Ein Höhepunkt wie selten. Heftig und zutiefst befriedigend. Sie ist glücklich wie kaum jemals nach echtem Sex.

Chinesische Aphrodite

Tsingtao, China, Juni 2021

Schaumgeborene Göttin Aphrodite, du bist Chinesin. Die Geschichte vom bronzezeitlichen Griechenland muss neu geschrieben werden. Homer war nicht auf dem Laufenden gewesen, was die Göttin der Schönheit und der Künste anging. Vor Jahren war ich ein paar Tage in einem von Frankfurts Bankentürmen eingesetzt. Rollout. Ich weiß nicht mehr wo, irgendeine Bank aus der zweiten Reihe. Unwichtig. Aber damals passierte mir etwas, was mir Jahre später noch die Schamesröte ins Gesicht treibt. Am dritten und letzten Tag ging ich mit meiner Begleiterin, einer Mitarbeiterin der Bank, durch die Großraumbüros. Open-Space-Konzept. Keiner bekommt einen festen Arbeitsplatz. Wer zuerst kommt, mahlt zuerst. Von den Zuspätkommenden auch *Reise nach Jerusalem* genannt.

Wir gingen nebeneinander und ein paar Leute kamen uns entgegen und bei einer Frau traute ich meinen Augen nicht. Mir blieb der Mund offen stehen und wahrscheinlich habe ich auch gesabbert. Nie zuvor und nie wieder danach habe ich eine Frau gesehen, die mehr nach Sex schrie als sie. Das war natürlich nur Staffage, beabsichtigt. Und kleine Würstchen wie mich wollte sie damit nicht beeindrucken. Das war für ganz andere Kaliber gedacht. Ich entschuldigte mich bei meiner Begleitung wie blöd, ungefähr eine Million Mal. Aber das war Aphrodite. Hundertprozentig. Meine Begleiterin, eine sehr sympathische Fünfzigjährige winkte resigniert ab und sagte, das würde sie schon kennen. Dabei bin ich durch die schönsten sexy Frauen nie zu beeindrucken. Doch sie hat mich auf dem falschen Fuß erwischt. Aber so was von. Den Eindruck, den meine Begleiterin jetzt von mir hatte, den konnte ich nicht wieder wettmachen. Nicht wiedergutmachen.

Und jetzt Mailin, Shenmi und ich. Am ersten Abend unseres Wiedersehens, also glücklicherweise nach dem zweiten Sex, ist es dasselbe. Wir sitzen zu dritt in der Küche. Mailin, Jahzen und ich. Shenmi kommt herein und mir geht es haargenau so, wie damals. Vor etlichen Jahren in Frankfurt waren es die Titten und der Sexappeal. Hier ist es die Schönheit. Aphrodite hat sich auf ein Neues materialisiert. In Tsingtao.

Mailin hat nicht übertrieben. Shenmi *ist* die schönste Frau der Welt. Ihre Natürlichkeit haben die Schwestern gemein. Dann hört es auf. Ätherisch, überirdisch, sie ist die Groteske einer schönen Frau. In Fleisch und Blut. Mir bleibt der Mund offen stehen und ich bin sicher, Shenmi merkt es. Mailin nicht. Sie merkt nicht gerade viel. Besonders keine Emotionen. Mailin ist zu beneiden. Dann und wann. Auf einmal verstehe ich den Drachenmeister. Ob ich mich an seiner statt mit der Kastration desjenigen, der Shenmi anfasste, begnügt hätte? Ich weiß es nicht. Ich klappe den Mund zu.

Stehe endlich auf, sie zu begrüßen. Habe den Lütten auf dem Arm. Zum Glück. Ich drücke sie so fest, dass sie mindestens zerbrechen muss, oder wenigstens ersticken. Egal, soll sie von mir denken, was sie will. Ich muss sie wenigstens dieses eine Mal besitzen. Ich bekomme schrumpelige Eier, die sich vor Furcht in den Körper zurückziehen wollten, während ich die chinesische Aphrodite im Arm halte und anhebe. Zu lange. Nur dieses eine Mal. Sie riecht nach beginnendem Zyklus und ihr Körper löst sich für mich überraschend nicht in Luft auf. Jede mitteleuropäische Frau wüsste, was Sache ist. Dazu ist meine Umarmung zu eindeutig. Shenmi hingegen lässt sich nicht das kleinste bisschen anmerken. Gar nichts. Denkt sie, das wäre deutsche Folklore?

Ich muss loslassen, sonst kommt jemand mit dem Messer. Aber ich mache es ungern. Zum Glück haben Mailin und ich gerade unser Wiedersehen gefeiert. Ich bin ausgepumpt und leergelaufen. Ausgespritzt. Ich kann gar nicht. Und im Verlauf merke ich, Shenmi will auch gar nicht. Das tut ihrer Schönheit Abbruch. Da bin ich eigen. Sie will nicht und ich soll das merken. Einatmen, aufatmen. Ich bin froh, dass das geklärt ist. Sonst wären es lange Tage geworden, mit ihr unter einem Dach. Ich bin weit davon entfernt, jetzt Mailin nicht mehr zu lieben. Aber weil ich das eine tue, muss ich das andere nicht lassen. Hier bleibt mir ein Spagat erspart. Wäre auch körperlich schwierig, ich habe keine Pillen mit.

***

Am nächsten Tag gehen Mailin und ich zum Einkaufen. Es gibt anscheinend eine deutsche Straße, Gegend oder Passage hier in Tsingtao. Einst deutsche Kolonie. Die Chinesen sind stolzer wegen der Kolonie als die Deutschen. Unter einem Bogen aus lackiertem Eisen im Stil alter Brückengeländer steht auf Deutsch: Straßen im deutschen Stil in Qingdao. Als nächstes eine Skulptur mit sechs Meter langen Alphörnern aus Edelstahl. Das Viertel ist eine Enklave von niedrigen Häusern umgeben von enormen Wolkenkratzern. Wilhelminische Bauten, einer mit Leinwand inklusive aufgedrucktem Neuschwanstein. Hier ist Deutschland für Chinesen, die sich echtes Deutschland nicht leisten wollen. Oder können.

Münchener Bier gibt's und jede Menge deutscher Würste, Debrecziner inklusive. Sein Vorfahr war vielleicht ein Metzger aus der k. u. k. Monarchie Österreich-Ungarn. Der Metzgermeister ist nicht in seinem Laden, als ich reinkomme. Immerhin ist seine Auswahl nicht schlecht, trotz seines Anfalls von Geschichtsrevisionismus. Ich lasse das halbe Monatsgehalt eines chinesischen Wanderarbeiters im Laden. Dank Mailin haben wir keinerlei Geldsorgen. Ohne sie wäre ich nicht hier, im doppelten Sinn. Ich hätte keinen Grund und kein Geld. Mailin hingegen mangelt es an nichts. Der ganzen Familie nicht. Keine Ahnung, womit die Triaden ihre Kohle verdienen, wenig ist es nicht. Und Mailin selbst verdient auch gut. Ich lasse mich aushalten. Ist auszuhalten. Mein erstes Mal. Tut gar nicht weh. Auch nicht dem Stolz, was mich überrascht. Ich denke an mein Häuschen und frage mich, wie es weitergeht. Mit allem. Werde ich es noch renovieren? Oder will Mailin dort nicht wohnen? Es ist zu klein für drei. Vor allem, falls Mailin im Homeoffice arbeitet.

Nach dem ersten Monat lägen Jahzen und sie mit der Axt totgeschlagen am Tisch. Amoklauf wegen fünfundfünfzig Quadratmetern. Und wer arbeitet? Es kann nur einen geben! Einen, der arbeitet. Ich würde es Mailin niemals zumuten, auf ihren Job zu verzichten. Das wäre grausam. Vermutlich bekommt sie in Europa das Dreifache von meinem Gehalt. Ungelegte Eier. Jetzt bin ich erst einmal hier. Ich bin in Elternzeit.

Elternzeit währned der Probezeit? Mein Vorgesetzter sieht mich an, als hätte ich eine Schraube locker. Das ist ihm noch nicht passiert, dass einer im ersten Monat sagt, er ist dann mal weg. Kommt in ein paar Monaten wieder. Wann, weiß er nicht genau. Er guckt auf das Datum, erster April ist vorbei. Lachen tue ich auch nicht. Kann es sein, dass er schlecht hört? Er fragt nochmal nach. Ich wiederhole mein Anliegen. Sein Kopfschütteln sagt mir, was er von dieser Idee hält. Wäre ich eine Frau, hätte er längst eine Anzeige am Hals. Und was für eine. *Me too*! Ich bin keine Frau, meinetwegen kann er den Kopf schütteln, bis er abfällt. Ich bin dann mal weg.

Jetzt bin ich hier. Bei einem geschichtsvergessenen Metzger in der *Kleinstadt* Tsingtao, China. Sieben Millionen Einwohner. Verliebt in eine Autistin mit ihrem kleinen Jungen. Heute ist große Party, ich koche. Mir, dem unwissenden Gast aus Deutschland, sieht man nach, dass ich offenbar keinen Sack voller Geschenke dabei habe. Ich darf daher kochen. Den Chinesen ist mulmig beim Gedanken daran, was ich vielleicht koche. Und beim Gedanken daran, mit Messer und Gabel zu essen.

Die Vorbereitung dauert Stunden und dass eine kleine Chinesin um mich herumwuselt, hilft nur bedingt. Biyu scheint glücklich. In einer Tour wischt sie hinter mir her und putzt die saubere Küche. Kaum stelle ich etwas zur Seite, weil ich es nicht mehr brauche, sieht sie mich fragend an. Ich nicke, sie lächelt und zack, ist es wieder sauber. Wir verstehen uns wortlos. Lächeln uns scheu an. Zu Beginn kommt sie mir nicht zu nah, wie ein kleiner Hund, der ständig Angst hat, dass man auf ihn tritt. Mit zunehmender Dauer verliert Biyu ihre Scheu vor mir, dem großen Deutschen, anscheinend. Jetzt muss ich wirklich aufpassen, dass ich nicht auf sie trete. Mailin arbeitet und Shenmi sitzt in ihrem Zimmer. Schreibt am Blog. Ob ich alleine zurechtkomme? Ja. Es gibt ja Biyu. Das kleine Wiesel wuselt ununterbrochen. Als ich fertig bin, mache ich eine Verbeugung, um ihr meine Dankbarkeit zu zeigen. Die wird mit einem Wortschwall und etlichen Verbeugungen ihrerseits quittiert. Wie soll ich ihr klarmachen, dass ich in ihrer Schuld stehe? Geht nicht.

***

Geschenke werden nicht sofort ausgepackt. Das ist nicht üblich. Nicht in China. Was für einen Deutschen auch merkwürdig ist, Geschenke werden nicht angenommen. Man muss sie wieder und wieder überreichen. Ich habe Mailin seinerzeit genau zugehört. Was sie über die Geschenke gesagt hat. Wie wichtig sie sind und wie sehr sie sich über die von Mailins Chef gefreut haben. Auch der Drachenmeister. Ich bin nervös. Es ist nicht die Angst um meine Eier, die sind safe. Aber Eier oder nicht, ich will einen guten Eindruck machen, auch wenn Mailin nur der Bastard seiner Geliebten ist. Shenmis Vater. Die Konstellation ist für mich sowieso nicht zu verstehen. Shenmis Vater hat mit Mailin nichts zu tun. Das Bindeglied ist die Mutter. Die ist aber heute nicht da, weil Mailin sich weigert. Dann schon lieber der Drachenmeister, obgleich sie mit ihm nichts zu schaffen hat. Aber Shenmi möchte ihn dabeihaben. Nicht nur deutsche Familien haben so ihre Problemchen und Animositäten. Anscheinend.

Ich mache mir zu viel Gedanken, habe zu viel über China gelesen, habe zu viele Vorurteile. Jahzen ist unbestritten der Star. Ich bin letztlich nur eine Randfigur, eine Nebenerscheinung. Habe die zurückgebliebene Tochter angebumst. Deswegen gehöre ich am Rande dazu. Bin aber nur vorübergehend. Ein kurzzeitiges Phänomen. Niemand erwartet, dass ich mich an irgendetwas halte, Sitten, Gebräuche, Gepflogenheiten. Umso größer die Überraschung, dass ich Geschenke dabei habe. Für den Drachenmeister. Hat er mich mit Handschlag begrüßt, ich überreiche ihm das Geschenk mit beiden Händen. Mit formvollendeter Verbeugung. Er lässt es zurückgehen. Mailin übersetzt, während ich ihn mit blumigen Worten dazu überrede, es anzunehmen. Sie und ich sind ein Wahnsinnspaar. So geil wie bekloppt. Deswegen passen wir so gut zusammen.

Dreimal weigert er sich, es anzunehmen, viermal überrede ich ihn, es doch zu nehmen. Beim vierten Mal habe ich den Verdacht, dass Mailin ihm zusätzlich sagt, dass er es nicht übertreiben soll, weil es ihr peinlich wird. Ich kann mich aber auch täuschen. Mein Mandarin ist überschaubar. Der zweite Herr im Haus ist Jahzen. Er sitzt auf dem Schoß des Drachenmeisters. Also bekommt das Geschenk Mailin. Ich zwinge sie dazu, es auszupacken, ich bin der Vater. Ich kann das. Jahzen bekommt einen Strampler im bayerischen Trachtenoutfit. Trachtenlederhosen mit weißblauem Hemd. Mailin zieht ihn sofort an und das Hallo ist groß. Gelächter, er wird hochgehoben. Jahzen geht reihum und wird gedrückt und geküsst. Wir stoßen an. Weil wir in Tsingtao sind, ist Bier obligat. Maßkrug für die Männer, Halbe für die Töchter. Titte für den Kurzen.

»Ganbei!«

Da ich Deutscher bin, habe ich es mir nicht nehmen lassen, Münchener Bier einzukaufen. Leider ist noch nicht September, dann hätte es Festbier gegeben. Doch auch das traditionelle Helle ist frauengeeignet und bringt Stimmung. Mild und hochprozentig, das braucht die Völkerverständigung.

»Ganbei!«

Shenmi bekommt ihr Geschenk und muss nur zweimal überredet werden, es anzunehmen. Zum Schluss das Geschenk für meine Geliebte. Ein ziemlich großer Karton für jemanden, der hergeflogen ist. Mailin ist so verdattert, dass sie gar nicht auf die Idee kommt, das Geschenk abzulehnen. Sie fällt mir um den Hals und küsst mich. Ich sehe den Blick, den Vater und Tochter tauschen. Ich kann kein Mandarin, aber ich kann Gesichter lesen und die beiden sind ein offenes Buch. Mailin ist ein Sonderling, diese Geringschätzung spielt man nicht. Mein Herz krampft sich zusammen, ich fühle den Schmerz, den sie nicht wahrnehmen kann, die Geringschätzung. Kann ich die Geschenke beider zurückfordern? In dem Moment hätte ich es am liebsten getan. Saubande.

Weil Mailin selbst so unschuldig ist wie ein Kind, denkt sie gar nicht daran, zu warten, bis die Schamfrist vorbei ist. Sie macht den

Karton auf. Und verschwindet sofort nach oben. Wir warten zu dritt gespannt auf die niedere Tochter. Mailins Catwalk die Treppe hinab hat etwas von der Unbeholfenheit eines Mädchens mit Downsyndrom, die ein Mannequin imitiert. Das geht mir dermaßen ans Herz, dass mir die Tränen kommen. Sie ist so schön und rührend, dass es mir die Kehle zuschnürt. Die unbeholfene junge Frau trägt Schwarzwälder Tracht mit rotem Bollenhut und am liebsten würde ich sie wieder hochtragen und vögeln, bis sie explodiert, weil sie so süß ist.

Aber ich beherrsche mich. Frau Doktor hat mich (und Mailin) fantastisch beraten. Goldrichtig. Was mache ich bloß ohne Apotheke? Ohne sie wäre ich gar nicht hier, ohne sie hätte ich die Tracht nicht. Ich habe viel Schuld abzutragen. Was sie ohne Zweifel sehr gerne vernähme. Die kleine, alte Sau. Shenmi und Vater sind sprachlos. Vielleicht haben sie einen Moment über ihr rassistisches und diskriminierendes Weltbild hinweggesehen und die Frau erspäht, die ich liebe? Das wäre zu optimistisch.

Aber sie haben einen Augenblick lang gesehen, dass Mailin eine ganz eigene Schönheit innewohnt. Die man erst einmal haben muss. Und erkennen. Ich liebe dieses autistische Mädchen und muss unauffällig die Tränen wegwischen. Ich küsse mein Mädchen und drücke sie fest. Soll es den anderen peinlich sein. Leckt mich doch. Ich halte sie an der Hand, sodass sie sich drehen kann und bewundert werden muss, weil sie so schön ist. Ich erwähne nicht, dass Frau Doktor mir die Tracht geschenkt hat. Geht niemanden etwas an. Außer mir. Und wenn ich mein Mädchen noch so liebe, ich freue mich selbstredend auch darauf, meine Schuld abzutragen. Ich bin immer noch ich. Daran wird auch Mailin nichts ändern. Shenmi kann jetzt unmöglich ihr Geschenk auspacken. Das ist untypisch für eine Chinesin. Vor dem Vater, der das auch nicht macht, würde sie das Gesicht verlieren. Mailin ist ein Kind, die darf so etwas. Shenmi ist groß, die muss sich beherrschen können.

Dass mit zweierlei Maß gemessen wird, stört in der Familie niemanden, am wenigsten Mailin. Sie sieht mich verliebt an. Ich gebe zum Schluss auch Biyu eine Kleinigkeit, die sich unbändig freut, es aber auch nicht auspackt. Jetzt können wir endlich essen. Auf mein

Zeichen hin bringt Biyu zwei Teller an den Tisch, einmal für das Oberhaupt und der zweite für die Tochter. Stumm und staunend sehen alle auf die Teller. Auf einem Bett von Sauerkraut liegt eine Schweinshaxe, die fast so groß ist wie Jahzen. Darüber eine dicke Scheibe dunkles Bauernbrot. Festgehalten mit einem Steakmesser. Shenmi würde eine Woche davon satt werden. Biyu bringt auch Mailin und mir je einen Teller und zieht sich danach wieder zurück.

»Ganbei!«

Wir stoßen mit großen Krügen an und trinken Bier.

»Prost!« Sieh an, der Alte! Drachenmeister hat immerhin ein deutsches Wort gelernt. Ich verneige mich vor Respekt vor dem Vater und wir stoßen an, so wie es in meiner Heimat Brauch ist. Alkohol verbindet wohl. Die Haxe. Unter einer beinharten Kruste, die man krachend mit den Zähnen zerteilt, ist eine daumendicke Schicht halbflüssigen Fetts. Das läuft einem beim Essen der Kruste die Mundwinkel herunter.

Ich blicke in glückliche Gesichter. Und dann erst kommt das Fleisch. Butterzart und eine Menge. Ausreichend für zwei Holzfäller. Es ist zweierlei nicht zu leugnen, der Drachenmeister und seine Tochter haben nie zuvor eine Schweinshaxe gegessen und sie schmeckt ihnen. Das Sauerkraut auch. Das Brot ist bei der Menge an Fleisch sowieso nur dazu gut, um übrigzubleiben.

Bild- und Bettag

Tsingtao, China, Juni 2021

Bloggen ist ein hartes Brot. Trotzdem weiß man nie, ob sich die Mühe lohnt. Am Anfang nicht. Läuft der Blog, ist es noch schlimmer. Denn die Meute will gefüttert werden. Und Fotos sind wichtig. In Shenmis Blog erst recht. Ein Babyblog ohne Babys? Undenkbar. Das Kindchenschema zieht immer. Welche werdende Mutter klickt einen Artikel nicht an, wenn ein Baby in die Kamera lacht? Was Brüste für Männer, sind Kinderaugen für Mütter und werdende. Die Evolution zwingt einen geradezu, draufzuklicken. Machtlos ausgeliefert ist man den Verlockungen hüben wie drüben. Und beide Zielgruppen sind leicht zu befriedigen. Männern zeigt man einfach mehr Brüste und Frauen verrät man, wie das eigene Kind so glücklich und gesund wird, wie das auf dem Foto. Erzählt man nicht allzu viel Blödsinn, ist der Blog ein Selbstläufer. Genug Futter vorausgesetzt.

Shenmi hätte gerne auf Männer verzichtet, jedoch ohne geht es nicht. Geht es nach ihr, braucht man deren Samen. Fertig. Alles andere machen sowieso meistens die Frauen. Immer noch. Das sehen viele Leser des Blogs anders. Nicht nur die männlichen Leser. Im Forum sind einige Männer vertreten und bitten um eigene Themen. Was natürlich Schwachsinn ist. Mit Ausnahme der Geburt und des Stillens sind alle Themen auch für Männer relevant. Dass Frauenthemen überrepräsentiert sind, liegt daran, dass Frauen die Kinder bekommen.

Wie man eine Dammschnittnarbe pflegt, können Männer getrost mitlesen. Was soll Shenmi denn groß zu Männern und ihren Kindern schreiben? Verbringt Zeit mit euren Kindern! In jedem Alter. Und Fotos. Da lässt sich was machen. Der Fotograf ist fast schon Stammgast im Haus. Keine Brüste heute. Es wird nicht gestillt. Ist ihm recht, denn er ist schwul. Er bleibt beim Stillen emotional gelassen. Konzentriert sich voll und ganz auf die Anmut. Auf die Ästhetik. Die Funktion. Das wird heute schwierig. Unmöglich. Zu Beginn klappt das. Der Vater beim Füttern, beim Wickeln. Als Hendrik seinen Dreitagebart auf den Bauch des Babys drückt und ihn küsst, geht es los. Das Modell ist der wahr gewordene feuchte Traum des Fotografen. Wie aus einem Männermagazin, einem einschlägigen.

Er fotografiert regelmäßig für die Magazine und Hendrik wäre perfekt. Als er sieht, wie sanft die Männerhände das Kind berühren, geht die Fantasie mit ihm durch. Zum Glück geht das Fotografieren von selbst. Seine Routine ist groß genug, sodass er nicht um das Ergebnis fürchtet. Nur um seinen Seelenfrieden. Und er weiß genau, wovon er in einsamen Stunden von nun an träumen wird. Das sind keine Babyfotos. Das ist Hendrik. Ohne den Kleinen. Mit seinen Händen darf er alles mögliche anstellen. Der Fotograf bekommt einen Steifen. Unbeobachtet ordnet er und rückt zurecht, was aus dem Lot. Hendrik merkt nichts. Gar nichts.

Er bekommt es oft genug nicht mit, wenn eine Frau ihn toll findet. Aber ein Mann? Daran denkt er meistens nicht einmal. Außer in der Sauna, da ist es ihm schon mal aufgefallen. Jahzen bekommt Hunger. Er guckt schon so komisch. Das erkennt sogar Hendrik. Das passt hervorragend, denn eine stillende Mutter ist im Blog ständig zu sehen. Da Mailin noch abpumpt, ist genug Milch da. Sie könnten spontan zwei Wochen verreisen. Schlaraffenland. Jahzen ist kurz irritiert, weil der große Mann ihn füttert, aber was solls. Brust wäre ihm lieber, jedoch überwiegt der Hunger.

Der Fotograf macht sich an die Arbeit und ist froh, die Fantasien los zu sein. Leider klappt es nicht, es gelingt ihm nicht, seine Geilheit zu verdrängen. Als er den Kleinen beim Trinken beobachtet, denkt er daran, jetzt auch gerne nuckeln zu wollen. Allerdings nicht gerade Milch. In seiner Devotheit stellt er sich vor, wie Hendrik langsam die Jeans aufknöpft. Mühevoll, da die Erektion schon gegen die Knöpfe drückt und diese unter Spannung stehen. Er geht auf die Knie und …

»Ja? Entschuldige bitte. War gerade woanders.«

»Wir wollen jetzt ein paar Familienszenen fotografieren.«

Shenmi sieht den Fotografen prüfend an. Er ist heute anders als sonst. Etwas unaufmerksam. Na egal, wenn die Bilder nichts werden, wird sie ihm nichts zahlen. Hendrik ist sowieso einige Wochen da. Ein paar Szenen noch, Küche, Wohnzimmer, dann gehts ab ins Freie. Jahzen in der Rückentrage mit dem Berg und viel Grün im Hintergrund. Hendrik geht es langsam auf den Geist, aber er ist höflich. Bleibt höflich. Gib Shenmi den kleinen Finger und sie nimmt die ganze Hand. Auf dem Rückweg sagt sie ihm, was als Nächstes kommt.

»Du willst was?«

»Ich will ins Bett. Mit Jahzen und natürlich mit dir. Ist für den Blog wichtig. Ist mir sehr wichtig. Körperlichkeit. Dir doch auch! Ich sehe, wie du Jahzen anfasst. So muss es sein und das will ich propagieren.«

»Ja, aber …« Hendrik weiß selbst, wie scheiße *Ja, aber* klingt. Doch er kann unmöglich den echten Grund vorbringen. Er fürchtet eine Erektion, die man vom Mond aus sehen kann. Wie die Chinesische Mauer. Und wie es so mit Gedanken ist, sie sind frei. Gerade weil er fürchtet, eine zu bekommen, denkt er daran, wie es wäre, eine zu bekommen. Und auch wenn er versucht, daran zu denken, keine zu bekommen, es rührt sich schon etwas. Nur ein Hauch von Erhabenheit. Ein bisschen mehr Blut als normal fließt in seinen Penis, sodass er jetzt stattlich aussieht aber noch als *nicht erregt* durchginge. Wie lange ? Im Bad zieht er eine Pyjamahose an. Gut. Unauffällig.

Jahzen ist ganz wirr im Kopf, weil er ständig umhergetragen wird. Hierhin geschleift, dorthin gelegt und oft auf dem Arm. Das wiederum mag er. Der große Mann mit dem kratzigen Gesicht, was manchmal so kitzelt, trägt ihn heute schon den halben Tag. Er kann immer von oben gucken. Jetzt hat er kein Hemd an und Jahzen fasst Hendrik an die Brust, da sind auch Haare. Jahzen ist fasziniert. Keine Milch aber Wolle. Er spielt mit Hendriks Brustbehaarung und bekommt Shenmis Auftritt nicht mit. Fraglich, ob Jahzen ihn zu würdigen wüsste. Hendrik ist glücklich mit seinem Sohn, freut sich, weil der sich freut. Freut sich, weil sein Sohn ihn ablenkt.

Hendrik sieht Shenmis Auftritt und weiß ihn zu würdigen. Und er spürt in seinen Lenden, dass das Unheil nicht aufzuhalten sein wird. Sie trägt ein durchsichtiges Negligé und ein knappes Höschen. Mehr nicht. Verflucht, was denkt die sich? Was um alles in der Welt ist das für ein Blog? So setzt sie sich ins Bett und wartet darauf, dass der Fotograf ihnen Instruktionen gibt. Der hat sich im Griff, auch wenn sein Schwarm einen nackten Oberkörper hat. Er mag ja lieber haarlose Männer, aber bei Hendrik würde er glatt eine Ausnahme machen.

Shenmi ist sich der Spannung bewusst. Kein Wunder, sie ist der Ausgangspunkt. Sie stellt ihre Nippel auf, sodass Hendrik sie ansehen muss. Er ist eine halbe Armlänge von der schönsten Frau Chinas entfernt, mit ihr zusammen im Bett. Dazu ist sie so gut wie nackt. Er hat nichts mehr im Griff. Sein Schwanz wird so dick wie Shenmis Handgelenk. Und härter als ein Knochen. Er kann so nicht sitzen, unmöglich. Er schnappt sich das Baby, legt sich auf den Bauch und spielt mit dem Kleinen vor sich. So gehts. Der Druck der Matratze auf seinen Schwanz ist angenehm, zu angenehm, aber egal. Härter und größer wird er jetzt sowieso nicht mehr. Er drückt seinen harten Schwanz gegen die dicke Unterlage und hat sekundenlang die Vision, sich jetzt gehenzulassen.

Seine Hand zuckt, um Shenmi zu ergreifen, ihr Negligé lässig hochzuschieben und ihren Busen freizulegen. Die Nippel, so groß und weich wie Marshmallows, zusammenzudrücken, mit seinen Pranken die Brüste zu kneten. Er gibt sich völlig seiner Fantasie hin. Sein Schwanz ist im Vergleich zur winzigen Shenmi viel zu groß. Er würde sie damit vermutlich spalten. Egal, er denkt trotzdem daran, ihn ihr reinzuschieben, bis es nicht weitergeht. Woran auch sonst? Das allermeiste Blut befindet sich nicht in seinem Gehirn. Dort wird nur ein Notbetrieb aufrecht erhalten. Lebenserhaltende Maßnahmen koordiniert.

Es reicht nicht einmal, um den Mund zu schließen. Gerade dass Hendrik nicht speichelt. Viel fehlt nicht. Der Fotograf hat was gesagt. Er versteht nichts, kann kein Chinesisch. Ach, das ist Englisch?

Vielleicht. Er versteht jetzt auch kein Englisch mehr, vielleicht nicht einmal seine Muttersprache. Hendrik hat absolut alles vergessen Alles, woran er denken kann, ist diese Frau neben ihm und dass sie ihm gehören muss.

»Hend'ik?«

Die Frau hat was gesagt, seinen Namen. »Ja?«

»Setz dich mal auf, ich will den Kleinen so zwischen uns haben.«

Er setzt sich auf. Shenmi sieht nichts, denn sie hat Jahzen. Wenn der Fotograf nicht wäre. Er vermasselt alles, denn er starrt gebannt auf das, was Hendrik eigentlich im Dunkeln lassen will. Die Schlafanzughose ist ein Zelt. Ein großes Zelt. Das kann er zwar fotografieren. Aber Shenmi kann das unmöglich im Blog verwenden. Er starrt nur. Um nicht allzu auffällig zu starren, hantiert er an den Knöpfen seiner Kamera, deren Funktion er längst vergessen hat. Für den Moment. Endlose Sekunden später begreift Shenmi, dass etwas nicht stimmt. Aber zu spät, denn Hendrik ergreift die Flucht. Er dreht ihr den Rücken zu und zieht sich ins Bad zurück. Verdammt knapp. Als er herauskommt, ist er angezogen, fast nichts mehr zu sehen. Der Fotograf sieht es, denn er ist darauf geeicht. Aber Shenmi ist ratlos. Vielleicht.

»Hör zu Shenmi. Dein Blog schön und gut, aber halbnackt, das geht einfach viel zu weit.«

Sie hat sich Hendrik nicht so prüde vorgestellt.

»Mir ist es wichtig. Ich will die Sexualität aus der Schmuddelecke herausbekommen. Einen natürlichen Umgang mit dem Körper nahebringen.«

»Gehört dazu auch, dass Mama und Papa zusammen im Bett sitzen, fröhlich kuscheln und Papa eine Erektion hat, die halb so groß ist wie Jahzen?«

Mit diesen Worten geht er aus dem Raum. Die verdammte Shenmi hat das garantiert absichtlich gemacht. Mailin sitzt am Tisch und tippt. Er verabschiedet sich von ihr, doch sie ist zu versunken. Sie gibt immer hundert Prozent, ob nun bei der Arbeit oder beim Sex. Keine halben Sachen. Hendrik lächelt und geht an die frische Luft. Es herrscht Seewind, das heißt, er kann immerhin atmen.

Puff Daddy

Tsingtao, China, Juli 2021

Der Albtraum wird wahr. Bao sieht seinem eigenen Untergang zu. Entweder ist es sein gesellschaftlicher Untergang oder sein emotionaler. Er hat die Wahl. Der Drachenmeister ist beschämt. Der Deutsche hat ihn beschenkt. Reich beschenkt. Er hat ihm eine handgeschnitzte und -bemalte Kuckucksuhr aus dem Schwarzen Wald mitgebracht. Er hat zwar schon eine, aber die von Mailins Freund ist größer, teurer. Das hat er überprüft. Er hat eine ungehobelte Langnase erwartet, die zu laut spricht und sich nicht benehmen kann. Der Fremde kann sich benehmen, er kann sich fremden Sitten anpassen und seine Manieren sind gut. Er kann viel Alkohol trinken, er hat seine Emotionen unter Kontrolle. Er wäre stolz, wenn Hendrik sein Schwiegersohn wäre. Oder jemand seines Formats sein Nachfolger. Niemand in Sicht.

Er ist bereits stolzer Großvater. Jahzen hat ihn in wenigen Sekunden um den Finger gewickelt. Auch wenn er kein reiner Chinese ist. Immerhin ist der Vater Deutscher. Alles andere wäre schlimmer. Er hat Hendrik (dieser Name!) in den *Amüsierpalast* eingeladen. Das erste Haus am Platz. Dazu ein paar seiner Halsabschneider. Auch Bao ist zum ersten Mal mit dabei. Bao macht sich langsam und arbeitet sich hoch. Er soll ruhig merken, dass ihm das nicht verborgen bleibt. Auch wenn er den Verdacht hat, dass Shenmi den Jungen nicht nur für Botengänge benutzt, verlässt er sich darauf, dass seine Tochter weiß, was sie tut. Bao bekommt gerade genug Zeit, sich umzuziehen.

Er warnt zwar Yanzhou, aber die Warnung geht ins Leere. Die Nachricht bleibt ungelesen. Trotz Hypnoseversuch. Sie hat ihm striktes Hausverbot erteilt. Er soll nicht sehen müssen, dass sie arbeitet. Was sie arbeitet. Es ist für Bao schwer genug, eine Prostituierte zu lieben. Seit Wochen nähern sie sich an. Mit Rückschlägen und Fortschritten. Wenn er jetzt in den *Amüsierpalast* kommt, ist es ganz aus. Fürchtet er. Dass er es nicht freiwillig tut, könnte sie besänftigen. Aber besser, wenn er sie warnt, sodass sie heute zuhause bleiben kann. Immer noch ungelesen …

Der *Amüsierpalast* ist nicht leer. Zutritt nur für Geimpfte. Na endlich, Hendrik hat sich schon gefragt, ob sein ›Opfer‹ für Frau Doktor umsonst war. Innen ist es verqualmt. Er kann sich nicht erinnern, wann er zuletzt in Deutschland in einer Bar war, wo geraucht werden durfte. In China gehört Rauchen zum guten Ton. Es fördert das Denkvermögen, gehört damit quasi zur Gesundheitsvorsorge. Hendrik hält sich an Bier, allerdings rechnet er nicht mit allerlei zusätzlichen Bestellungen. Hier ist ein Spiel im Gange, welches er nicht kennt, nicht versteht. Man spielt es betrunken, so viel ist klar. Viel fehlt ihm nicht mehr.

Es gibt offensichtlich Nutten. Und eine kleine Bühne. Es wird dunkel, die Gespräche werden leiser. Entweder ist man gespannt, was kommt. Oder man weiß es und freut sich darauf. Bao ahnt es. Fürchtet es und als Yanzhou die Bühne betritt, werden seine schlimmen Träume wahr. Seine Liebste wird tanzen. Und sich ausziehen. Vor allen anderen. Seinen Kumpels, vor seinem Boss und vor dem Deutschen. Und weil der heute Ehrengast ist, wird er sie bekommen. So kommt es. Hendrik, vom Drachenmeister als Ehrengast auserkoren, wird zur Zielscheibe von Yanzhou und zieht Baos Hass auf sich. Er weiß weder, dass Yanzhou dessen Freundin ist, noch weiß er irgendwas. Das hält den Gehörnten allerdings nicht ab, ihn zum Teufel zu wünschen.

Hendrik will natürlich keine Fehler machen und versucht zu ergründen, warum man ihm diese Frau schenken will. Ist es ein Test, wie er es mit der ehelichen Treue hält? Da könnte der alte Mann nur Mailin fragen und sich den Puffbesuch sparen. Wäre eine Ablehnung der Hure ein Affront? Gehört es unter Chinesen oder Triaden zum guten Ton, sich gegenseitig Nutten zu spendieren? Er hat viel gelesen.

Aber von seinem Reiseführer ist zu diesem Thema nichts zu erwarten. Außerdem hat er das Buch nicht in die Bar mitgenommen.

Wofür er sich auch entscheidet, es muss schnell gehen, denn die Prostituierte bewegt sich auf Hendrik zu. Sie ist unterdessen fast nackt. Er ist nicht betrunken genug, um abzulehnen und nicht mehr nüchtern genug, abzulehnen. Unter dem Gejohle der versammelten Triaden minus Bao erhebt sich Hendrik und geht hinter dem nackten Arsch von Baos Freundin her. Geil macht sie ihn auch, obgleich er ausgelastet ist. Er hat nicht so viel zu tun wie im Schwarzwald vor anderthalb Jahren, es ist noch Luft nach oben. Dennoch. Er kann nicht behaupten, neugierig auf sie zu sein. Er kennt ein halbes Dutzend Nutten. Auch von innen. Asiatinnen haben bei ihm neuerdings ihren Exotenbonus eingebüßt.

Er nimmt das Angebot an, weil er ein Mann ist. Nicht mehr, nicht weniger. Sie ist da, sie ist nackt, sie will es mit ihm treiben. Er müsste sich vielmehr fragen, warum nicht? Yanzhou hat schöne weiche Brüste. Die beim Bumsen schlenkern. Gleich wird sie ihr blaues Wunder erleben. Er sieht die Titten, die er liebt und steigt aus seinen Hosen. Yanzhou macht große Augen, weil die Erektion schon zu ahnen ist. Ist der große Mann noch zu stoppen? Sie könnte. Sie könnte es zumindest versuchen. Will sie es denn versuchen? Sie ist eine Hure, aber auch Huren haben echten Sex. Und der Deutsche ist kein Freier. Er ist nicht zu ihr gekommen, hat bezahlt und will sie jetzt ficken. Zwar wurde sie bezahlt. Doch nicht von ihm.

Dass er Lust hat, ist nicht zu übersehen. Große. Er streichelt ihre Brüste, versonnen, liebevoll. Küsst die dunklen Nippel, drückt die fremde Chinesin an sich. Drückt ihr seinen harten Schwanz gegen den Körper. Er ist heiß. Yanzhou spürt sein heißes Glied an ihrem Bauch. Wie leicht wäre es jetzt für sie, auf die Knie zu gehen. Die Eichel in den Mund zu nehmen. Daran zu saugen, sie zu lecken. Zu lutschen, bis es aus dem großen Mann herausströmt und sie warm und klebrig benetzt. Er hält sie weiter fest umarmt, streichelt sie und Yanzhou ertappt sich dabei, dass sie sich wünscht, er würde sie einfach nehmen, ohne zu fragen. Sie wird bezahlt, er bekommt, was er braucht. Nichts weiter. Aber sie spürt, dass es so einfach nicht wird. Er ist zu herzlich, zu sensibel, zu zärtlich. Er wird auf sie eingehen wollen. Ihr Spaß bereiten wollen. Das geht nicht gut. Sie will es auch, sehr sogar, aber wenn sie das tut …

»Fick mich einfach.« Sie spricht Chinesisch.

»Von so einem Stier hab ich schon immer geträumt. Reiß mich entzwei, du deutscher Berserker. Zwing mich auf die Matratze und nimm, was dir zusteht. Worauf wartest du?«

Hendrik, schon fast zu betrunken, reagiert nicht. Wie auch, weiß er doch nicht, was sie will. Yanzhou hütet sich, ihre Bitte durch eindeutige Gesten zu untermalen. Wenn der Deutsche sie nimmt, ist alles bestens. Wenn sie ihn erst einladen muss, nicht.

»Du fickst bestimmt wie ein Tier. Lass mich nicht warten, Großer. Nagel mich an die Wand.«

Hendrik vergräbt eine Hand in ihrem Hintern und die andere knetet den Busen. Er hat schon Lust, aber was sagt die Nutte?

»Press mich gegen die Wand, Großer und schieb mir das Riesending in die Muschi! Mach schon, stoß zu, so fest du kannst.«

Wie Mailin im Schwarzwald am letzten Abend. Redet in einer Tour. Ist das vielleicht ein Chinesending? Plappern bis der Arzt kommt. Macht sie das selbst scharf oder soll es ihn antörnen? Sie braucht ihn nicht scharf zu machen. Sie ist eine Frau. Sie ist nackt und willig. Geiler wird er nicht. Er schiebt seinen Slip runter. Yanzhou umfasst seine Erektion beidhändig. Wie Monica Seles den Tennisschläger, denkt Hendrik. Er hat oft unpassende Gedanken. Auch beim Sex oder kurz davor. Je nach Frau, die dabei ist, kann er sie sagen, oder es sich verkneifen.

Die neugierige Yanzhou bleibt bei Chinesisch. Wollte sie eben noch das Glied des Deutschen lutschen, bis er kommt, glaubt sie nicht, dass es geht. Sie versucht es. Nimmt die Eichel in den Mund. Saugt. Saugt sich fest. Aber tiefer geht es nicht. Sie bekommt gleich eine Maulsperre. Sie lässt besser nur die Eichel rein- und rausgleiten. Massiert den Schaft.

»Gut.« Sie hat es sich überlegt. »Du darfst mich ficken. Du sollst sogar. Nimm keine Rücksicht. Rein damit, Rammeln. Bis du anstößt. Dann mach einfach weiter. Fester. Tiefer. Treib ihn mir rein bis ich schreie. Zerreiß mich du Tier. Prügel mir dein Ding in den Bauch.«

Yanzhou wird rattenscharf. Das ist sie bei der Arbeit nicht gewohnt. Dass sie einen Mann erst anstacheln muss auch nicht. Hendrik hat keine Geduld mehr, sie erwartet wohl kaum, dass er sie versteht. Der String ist längst weg, sie ist schon nackt. Sie ist schon nass. Dreht ihm den Rücken zu.

»Komm, du Männchen. Spring!«

***

Bao ist ein Muster an Selbstbeherrschung. Fast kann man glauben, es macht ihm nichts aus, dass seine Freundin sich von anderen Männern vögeln lässt. Doch das täuscht, Bao kocht vor Wut. Ist außer sich. Wochenlang hat er es verdrängt, erfolgreich verdrängt und heute kommt es mit Macht zurück. Dass ausgerechnet der Deutsche bei seiner Freundin seinen Druck ablässt, findet er zutiefst ehrabschneidend. Er hat ihn abgeholt. Und das ist nun der Dank dafür. Was für ein Arschloch.

Er weiß natürlich, dass Hendrik nichts damit zu tun hat und der Drachenmeister eine andere genommen hätte. Selbst schuld, denn Bao schämt sich, dass ausgerechnet eine Hure die Frau ist, die er liebt. Das hat er keinem gestanden, niemandem erzählt. Eine Prostituierte! Wenn das rauskommt, ist er unten durch. »Na, Bao! Keine Angst, dass er dir abfault?«

Es sind diese Sprüche, die er fürchtet, wenn seine Kumpels herausfinden, dass er eine Nutte nicht nur fickt, sondern dass er sie liebt.

»Leckst du auch ihre Fotze? Denk dran, Bao. Da waren schon tausend Schwänze drin! Ha ha ha …«

»Hey Bao, kriegst du es umsonst, oder musst du trotzdem zahlen?«

Er kennt es nicht besser, denn bevor er Yanzhou kennenlernte, war er selbst so. Das hätten seine Sätze sein können. Und jetzt schämt er sich dafür, das gedacht zu haben. Und er schämt sich, dass seine Freundin für Geld mit anderen Männern schläft. Es macht ihn verrückt. Mehrfach hat er sich zurückgezogen. Und Yanzhou hat geduldig gewartet. Jedes Mal kam er nach ein paar Tagen wieder zu ihr zurück. Abhängig von ihr. Mal glücklich, mal unglücklich. Jetzt reißt sein Geduldsfaden erneut. Mit knapper Not übersteht er den Abend. Er ist so betrunken, dass er nicht mehr fahren kann. Besser so, denn er weiß nicht, was passieren würde, müsste ausgerechnet Bao den Deutschen nach Hause fahren.

Aber die Option besteht nicht. Alle sind völlig blau. Am nächsten Morgen ist seine Wut nicht verraucht. Das tut sie nie bei seiner Liebe Yanzhou. Das dauert viel länger. Er wird sie strafen. Beim Gedanken daran bekommt er postwendend eine Erektion, die ihresgleichen sucht. Er hat sie schon einmal bestraft. Das war eins seiner geilsten Erlebnisse überhaupt. Damals hat er sich vergessen, weil er so wütend auf sie war. Und jetzt ist er dabei, sich hineinzusteigern. Auf bestem Weg, sich wieder zu vergessen. Sie wird er nicht vergessen. Yanzhou. Die Hure und die Liebe seines Lebens. Wie soll er ihr das verzeihen können? Der Sohn des Hausmeisters seiner alten Schule schuldet ihm einen Gefallen. Oder mehrere. Zeit, etwas von der Schuld abzutragen. Bao holt sich nachmittags die Schlüssel. Mitten in der Nacht wartet er vor dem Hintereingang des *Amüsierpalastes.* Niemand begleitet sie zu ihrem Wagen. Niemand außer Bao sieht sie. Als sie die Fahrertür erreicht, ist er bei ihr. Hinter ihr. Sie weiß, dass er es ist. Er weiß, dass sie weiß, dass er es ist. Und Yanzhou weiß, dass Bao weiß, dass sie weiß, …

Das Messer an ihrer Kehle und sein Schweigen bringen die Bedrohlichkeit zurück. Wenn auch nur homöopathisch dosiert. Ein bisschen Ungewissheit bleibt. Er verbindet unsanft ihre Augen. Knebelt sie.

Die Ungewissheit steigert sich, als Yanzhou merkt, hört und riecht, dass sie nicht in das Lagerhaus der Triaden am Hafen gebracht wird. Das hier hört sich anders an, es riecht anders. Wie etwas aus ihrer Kindheit …

Bao zerrt sie aus dem Wagen, hält ihren Arm grob gepackt. Yanzhou wird geil. Denn sie weiß, was kommt. Sie ahnt, was passiert. Er ist ihr Held und ihr Beschützer und wenn sie dumm war, muss er sie strafen. So war es beim letzten Mal und so wird es diesmal wieder sein. Sie stolpert in eine Halle und mit einem Mal weiß sie, wo sie sich befindet. In einer Turnhalle. Bao zieht ihr das Notwendigste aus und zwingt sie über einen mit Leder bespannten Turnbock. Befestigt sie mit Kabelbindern. Vier Beine des Bocks, vier Extremitäten von ihr. Passt. Ihr Arsch ist der höchste Teil von ihr. Ihre Muschi auch. Hoffentlich sieht er nicht, wie geil sie ist. Sie kann sich nicht rühren.

Vor Monaten waren sie in der gleichen Situation wie jetzt. Shenmi war dabei und er musste Yanzhou gefügig machen, damit sie »gestand«. Da es nichts zu gestehen gab und Shenmi getäuscht werden musste, hat Bao sie einfach nur geschlagen. Erheblich geschlagen und danach »vergewaltigt«. Da er sie vorher bezahlt hatte, war es natürlich nicht echt gewesen. Aber es hatte sich für alle Beteiligten echt angefühlt. Am echtesten für Yanzhou. Sie hatten so fest zugeschlagen, dass sie tagelang Spuren der Behandlung trug. Doch als Bao sie nach den Schlägen schamlos vor den Augen seiner Chefin fickte, bekam sie einen Orgasmus wie nie zuvor.

Nie wird sie diesen Höhepunkt je wieder vergessen. Sie hatte sich damals nur deswegen nicht verraten, weil sie einen Knebel trug. Ob sie vor Panik und Schmerz schrie oder vor Lust und Geilheit, das hatte der Knebel erstickt. Heimlich hofft Yanzhou schon den ganzen Tag, dass Bao sie heute wieder bestraft. Sie ist fürchterlich aufgeregt und geil. Bis jetzt läuft alles nach Plan. Vielleicht verrät ihre nasse Muschi sie? Warum schlägt ihr Freund nicht endlich zu? Der Gedanke ist nicht fertig gedacht, da tut er es. Mit einer Gerte, die in einem breiten Lederstück mündet, schlägt er sie auf den Hintern. Allerdings findet Yanzhou das halbgar. Bao hat entweder die Lust verloren, oder sein Zorn ist verraucht. Ist das alles?

Am besten reagiert sie gar nicht, damit er merkt, was Sache ist. Gute Strategie, das spürt sie beim nächsten Schlag. Anscheinend fehlt Shenmi als Katalysator. Ohne sie braucht ihr Freund ein bisschen länger, um auf Touren zu kommen. Erst beim dritten Schlag entweicht ihr ungewollt ein Laut. Bao kommt in Schwung. Langsam. Er ist sich unsicher. Die Situation ist nicht so geil, wie erwartet. Dann stellt er sich den großen Deutschen vor, wie er seine Freundin anfasst. Die Pranken auf ihren Titten. Und wie sie aufstöhnt. Und wieder ein Schlag. Zack, der hat gesessen. Baos Schwanz wird steif. Richtig hart. Er holt aus und schlägt ihr auf den Arsch. Und die Fotze. Hure. Er straft sie, weil es sein muss. Sie hat es verdient. Mit dem Leder auf die Muschi, dass es platscht.

Yanzhou schreit längst unter dem Knebel. Sie hat vergessen, dass sie etwas vorspielen will. In ihrer Position trifft er mit der Schlagfläche alles. Absolut alles. Nicht nur den Arsch, den sie unfreiwillig in die Luft streckt. So wie sie sich beugen muss, schaut auch die halbe Vulva heraus. Er schlägt ihr auf die erregt angeschwollenen Schamlippen. Sie heult vor Schmerzen auf. Jetzt ist es Strafe. Das liebende Paar hat das Spiel verlassen. Bao schlägt sein Mädchen, weil sie eine Hure ist. Und sein Mädchen fühlt, dass er sie aus Liebe straft. Und sie hat es verdient. Schreit.

Sie hat den großen Ausländer vergessen. Seine Zärtlichkeit. Ungewohnt für eine Hure. Er hat es getan wie ein Liebender. Und Bao schlägt wie ein Liebender. Rasend vor Eifersucht und Zorn. Du Nutte! Flittchen. Er schreit sie an. Für jeden seiner Gruppe einen Schlag, weil sie sich vor ihnen entblößt hat. Vor Schmerzen und Pein produziert die Freundin Vaginalsekret, welches unbeachtet verdunstet. Der Schlag ist dafür, dass sie sich auf seinen Schoß setzte. Der nächste dafür, ihm vor allen anderen über die Beule in der Hose zu streicheln. Seine eigene Erektion ist am Maximum. Härter geht nicht. Dann kommen die drei letzten Schläge mit der Gerte. Weil sie sich von Hendrik ficken ließ. Sein Schwanz springt federnd aus der Hose, als er sie hektisch öffnet. Als er sich mit Yanzhou endlich vereinigt, kommt es beiden auf der Stelle. Ihr Orgasmus ist von einer Heftigkeit, die sie überrascht. Seine Erleichterung auch.

Eat Drink Man Woman

Tsingtao, China, Juli 2021

Mailin ist ein Nerd. Sie ist der nerdigste Nerd, den ich kenne. Sollten wir jemals zusammenleben, es wäre das Paradies für mich. Und für sie. Shenmi kocht. Was heißt, kocht? Sie bestellt ständig Essen. Biyu und ich fragen uns beide, warum die Küche damals eingebaut wurde. Vielleicht zum Auftauen von Pizzas. Wer jemals die Anfangsszene des Films *Eat, Drink, Man, Woman* gesehen hat und nicht vor dem Fernseher kniet und sabbert, besitzt auch eine solch unbenutzte Küche. Biyu jedenfalls liebt mich abgöttisch. Diesmal ist nicht mein Schwanz das seligmachende Moment. Es ist meine Kochkunst. Die Tatsache, dass ich in der Küche von Madame koche und arbeite. So hat sie endlich etwas, was sie putzen kann. So, dass man einen Unterschied sieht. Mir ist es ein bisschen peinlich, jemanden zu haben, der meinen Dreck wegmacht. Biyu nicht. Ich bedanke mich bei ihr hundertmal und sie sagt tausendmal, dass es nichts gibt, wofür ich ihr danken müsste.

So gehen die Tage vorbei. Heute gibt es Käsespätzle. Handgemacht. Da ich keinerlei Werkzeug dafür habe, muss es so gehen. Ein Spätzlehobel oder eine Spätzlepresse waren nicht einmal im Deutschen Viertel zu bekommen. Es geht auch so, aber frag nicht nach Sonnenschein. Die Küche sieht aus, als hätte ich versucht, die halbe mongolische Armee sattzubekommen. Ich mache das Licht aus. Lege das Tuch der Dunkelheit über das Chaos. Biyu wird morgen früh ein feuchtes Höschen bekommen, wenn sie den Schlamassel sieht. Mailin ist zum Essen heruntergekommen. Das ist zur Zeit als Lichtblick zu werten. *Der Koloss der Weisheit* zickt herum. Jedenfalls kann nur Mailin helfen.

Ich könnte ihr mit Käse überbackenes Pappmaché servieren und sie würde keinen Unterschied merken. Oder nur Pappmaché. Ohne Käse. Sie schaufelt die Nährwerte in sich hinein. Das ist alles, was sie für kulinarischen Genuss übrig hat. Kalorien. Will man jemanden auf den Mars schicken, dann am besten Mailin. Da gibt es zumindest keine Beschwerden über das Essen. Dazu jemanden, der ihr hin und wieder das Hirn rausbumst und sie wäre über Jahrzehnte glücklich und ausgeglichen. Vor anderthalb Jahren hätte es nicht einmal den gebraucht. Aber das Kind liegt längst im Brunnen, die Zeit kann man nicht zurückdrehen. Doch an diesem Abend kann nicht einmal ich ihr etwas entlocken. Kein Lächeln, kein Wort. Sie sitzt gebannt am Laptop und isst. Ein seltener Moment, wo Shenmi und ich uns ansehen. Einer Meinung sind und gemeinsam die Augen verdrehen. Ein seltener Moment der Eintracht. Keine Ahnung, was Pappmaché auf Englisch heißt.

Ich frage Shenmi deshalb: »Kennst du die Verpackungschips, die man essen kann?« Sie nickt. »Bisschen Ketchup drauf und sie isst auch die.«

Shenmi lacht. Na ja, lächelt. Immerhin. Unser Verhältnis ist leicht frostig. Mein einziges zwischenmenschliches Highlight ist zur Zeit Biyu. Seitdem ich Shenmi im Bett abblitzen ließ (was um alles in der Welt hat sie erwartet?), geht sie zu mir auf Distanz. Im deutschen Viertel habe ich helles Bockbier gefunden und fülle uns ab. Mailin nicht, die arbeitet. Der Maßkrug ist für mich, der halbe für Shenmi. Ich glaube kaum, dass sie einen vollen Maßkrug anheben kann.

»Hat sie sowas öfter?« Mit dem Kopf deute ich zur arbeitenden Mailin.

»Was meinst du? Arbeit?«

»Nein, eigentlich die Tatsache, dass sie nicht ansprechbar ist.«

»Ach so, das. Keine Ahnung, wir leben ja nicht zusammen. Ich wohne hier und sie im Norden. Komisch war sie schon immer.«

Shenmi hebt den Krug, wir prosten uns zu. Trinken.

»Komisch bist du auch. Halbnackt zu mir ins Bett. Was ist das überhaupt mit deinem Blog. Da geht es doch um Babys und Ernährung?«

»Ja, aber nicht nur. Die Chinesen sind ziemlich … unentspannt. Unwissend. Von der Offenheit früherer Zeiten ist nach dem kommunistischen Umbruch nicht mehr viel übrig.«

»Und das willst du ändern?«

Shenmi nickt. Trinkt. »Ich wollte einst sogar viel weitergehen.«

»Weitergehen?«

Dann erzählt sie mir eine abenteuerliche Geschichte davon, ein Pärchen zu begleiten. Von der echten Zeugung bis hin zur Geburt und weiter.

»Aber das wird nichts. Wenn, kann ich das nur mit mir machen. Zu viel Aufwand, zu teuer, zu viel Zeit. Geht nur als Liebhaberprojekt.«

»Und geht nicht ohne Liebhaber.«

Auswahl an potenziellen Liebhabern hat sie garantiert. Wenn man jeden haben kann, fällt die Auswahl schwer. Auch die schönste Frau Chinas hat Probleme. Dazu gibt es offensichtlich nichts zu sagen. Nicht von ihr.

»Was hat es eigentlich mit der Drohung auf sich?«

»Drohung?«

»Mailin hat mir was erzählt, dass der Drachenmeister deine Liebhaber kastrieren lässt.«

Shenmi prustet los. Und will gar nicht mehr aufhören zu lachen.

»Das ist ein alter Witz. Mailin und ich haben uns das früher mal ausgedacht. Und hin und wieder einem damit gedroht. Aber es stimmt natürlich nicht. Wieso, hast du Angst um deine dicken Eier?«

»Woher willst du wissen, wie dick meine Eier sind?«

»Weil ich sie mir angesehen habe. Nach unserer Scheißwanderung war ich in der Wanne. Als ich rauskam, hast du gerade meine Schwester gevögelt. Bei offener Tür.«

Sie deutet auf die Schwester. »Die da. Hat die Beine breitgemacht und du hast sie beackert. Ich finde jedenfalls deine Eier mächtig.«

Dazu fällt mir nichts mehr ein. Mailin hat aufgegessen, sitzt aber noch am Tisch. Weil Shenmi meine Eier erwähnt, bekomme ich einen Steifen.

»Ach, du bist ein Voyeur. Und ... auf deine Kosten gekommen?«

»Allerdings. Wann hat man schon mal die Gelegenheit dazu?«

Es ist bizarr, ihr zuzuhören. Wie sie über meine Hoden spricht und Mailin sitzt regungslos daneben. Oder wäre sie genauso reaktionslos, wenn Shenmi Chinesisch spräche? Was will Shenmi eigentlich, was bezweckt sie? Warum erzählt sie mir, dass sie zugesehen hat?

»Ich hoffe, du hast danach wenigstens masturbiert.«

Sie nickt. Andächtig. Als würde sie genau daran denken. Oder daran denken, was ihr zu dem Zeitpunkt durch den Kopf ging.

»Allerdings. Es war sehr erfüllend. Ein Höhepunkt.«

Es ist klar, dass sie damit nicht den Orgasmus meint. In Mailins Gegenwart darüber zu reden, fühlt sich nicht richtig an. Ist trotzdem reizvoll.

»Das war nur das Placebo. Um mitreden zu können, müsstest du das Echte probieren.«

Shenmi stellt sich taub. So leicht will sie sich von mir nicht beackern lassen. Ich rechne auch nicht ernsthaft damit, aber ich werde keine Gelegenheit in meinem Leben auslassen, über mein Lieblingsthema zu sprechen.

»Vielleicht würde deine Schwester ja aus ihrer Starre erwachen, wenn wir es jetzt auf dem Tisch hier treiben?«

»Es vor ihren Augen zu treiben, darin hast du ja Übung!«

Mailin muss ihr etwas aus Gernsbach erzählt haben. Doch da gab es gar nicht viel. Eine kurze Episode zu dritt. Nicht der Rede wert. Ich hatte sie schließlich nicht mit zu Apotheke genommen.

»Keine Ahnung, was sie gesehen haben will. Viel kann es nicht sein.«

»Wie aus einem Wellness-Hotel klangen ihre Erlebnisse allerdings nicht.«

Das kommt darauf an, wie man Wellness definiert. Jedoch deutet sich an, dass Shenmi nur spielen will. So was kenne ich. Erst heiß machen, in dem Fall die Bemerkung über meine Eier. Dann im

Regen stehenlassen. Fahrstuhlflirt. Ein Auf und Ab. Ich kann das nicht leiden. Es kann langsam losgehen. Meinetwegen über Tage oder Wochen. Aber es darf niemals nach unten gehen. Oder den Eindruck machen. Ich bin doch kein Maultier, dem man eine Mohrrübe hinhält, damit es losläuft.

Mailin hat auch die Nase voll, schnappt sich den Computer und geht. Ich frage mich, ob das bei ihr der Normalfall oder der Ausnahmezustand ist. Sobald sie wieder reden kann, muss ich dieses Geheimnis lüften.

Ich wende mich wieder Shenmi zu: »Ich habe dich nicht für so prüde gehalten. Vielleicht solltest du dir das mit dem Blog nochmal überlegen. Außerdem hast du uns doch auch zugesehen? Ist es nur halb so wild, wenn es in der Familie bleibt?«

Das sollte ihr den Mund stopfen. Aber früher oder später kommt sie garantiert wieder an. Jetzt ist vielleicht Eiszeit, aber Shenmi kann nicht anders. Sie muss mich wieder an den Haken bekommen. Der Ehrgeiz verbietet ihr es, nichts zu unternehmen. Denn auch wenn sie mich nicht will. Ich muss sie wollen, unbedingt. Das ist alternativlos. Sie geht zugrunde, wenn sie nicht von allen begehrt wird. Mir ist das zu blöd, ich will einen Film gucken. Alleine. Ich habe mein Laptop über VPN mit Deutschland verbunden. So bekommt die Zensurbehörde nichts mit. Da Shenmi verschwindet, kann ich den großen Fernseher anschließen. Der Regisseur *Ang Lee* kommt aus Taiwan, den dürfte ich hier garantiert nicht gucken. Egal wie unpolitisch sein Film ist.

Keine Ahnung, was man drei Stunden im Bad macht. Oder ist es Zufall? Als ich hineingehe, ist das Licht an und Shenmi steht nackt vor dem Spiegel. Dreht sich um. In Zeitlupe. Sie weiß, wie sie sich in Szene setzt. Und sie will wirken. Sie wirkt. Sie sieht auf meine Unterhose. Falsch, sie sieht auf etwas, das anschwillt. Diese Erektion wird legendär. Schlechter Moment, ganz schlecht. Ich hatte heute noch keinen Sex. Mailin ist in ihrem Problem gefangen. Für Nebensächliches ist keine Zeit. Nebensache, wie früher. Ich kann die kleine Schwester nehmen. Es ist ganz einfach. Sie will offensichtlich. Reizt mich absichtlich. Hält sich kein Handtuch vor den Busen, die Scham. Sie will sich von dem Deutschen vögeln lassen. Aber er muss es tun. Anfangen. Hier nackt vor mir zu stehen, ist ihr Maximalbeitrag. Weiter kann sie nicht gehen, ohne ihr Gesicht zu verlieren.

Ich ziehe mich aus. Es ist eine tropische Nacht in Tsingtao, China. Warm und feucht, so wie ich es am liebsten habe. Mein Schwanz ist der standhafte Zinnsoldat. In Alarmbereitschaft. Ich stelle mich unter die Dusche und lasse das lauwarme Wasser über mich laufen, drehe mich absichtlich zur Wand und höre, dass Shenmi das Bad verlässt. Gut, mein Schwanz beruhigt sich und kommt langsam wieder runter. Im Bett liegend denke ich an die Nutte mit dem kleinen Mund. Wie sie versucht hat, mich zu lutschen. Ich spritze mir eine Ladung auf den Bauch. Lass es trocknen. Mailin schnarcht. Jahzen sieht mich an. Lacht.

Alles rennet, rettet, flüchtet

Tsingtao, China, Juli 2021

Fünf Uhr ist zwar keine Gestapozeit, unchristlich ist es allemal. Bao hämmert an die Tür, tritt mit seinen Stiefeln dagegen und läutet Sturm. Nach zehn Sekunden sind alle wach und nach zwanzig alle an der Tür. Er redet eindringlich auf Shenmi ein und Mailin hört ebenso eindringlich zu. Mailin sieht zu Hendrik und scheint einen Moment lang zu überlegen, was man mit dem überflüssigen Esser machen soll. Gleich eliminieren oder erst mitschleifen? Jedenfalls ist keine Zeit für einen langen Kriegsrat. Shenmi gibt Bao und Mailin in Stakkato-Chinesisch Befehle.

Mailin übersetzt: »Wir müssen verschwinden. Der Drachenmeister ist verhaftet oder tot. Rest erkläre ich später.«

Hendriks Koffer ist noch halb gepackt, was er findet, wirft er dazu. Mailin gibt Jahzen die Brust und lässt ihn machen. Besser jetzt als in einem unpassenden Moment. Das Wolfsfell muss er retten, der Rest ist Hendrik egal. Er geht zum Kühlschrank, nimmt sich ein Fläschchen Milch heraus und stellt es in die Mikrowelle. Mailin soll auch ein paar Dinge packen. Die Küche ist ein Schlachtfeld und Biyu wird es nicht mehr saubermachen. Fast bedauert er sie. Bing – die Milch ist warm. Er nimmt den Kleinen und füttert ihn mit der Flasche. Jahzen ist unwillig. Nippel gegen Plaste, was für ein Abstieg. Aber der Hunger ist stärker. Er trinkt. Papa. Hendrik streicht ihm über die Wange. Erklären muss er ihm zum Glück nichts. Mit dem Kleinen auf dem Arm trägt er seinen Koffer in die Garage. Und Mailins. Er setzt das Kind in die Schale und schnallt es fest.

Shenmi fährt nach Norden. »Hendrik, hast du eine Kreditkarte?«

Vielleicht ist das der Grund, warum sie ihn nicht zurücklassen. Er hat tatsächlich eine. Warum er kreditwürdig ist, weiß er nicht, aber jetzt kommt der Moment der Wahrheit. Was taugt die Kreditwürdigkeit am anderen Ende der Welt? Zum Flughafen im Norden ist es eine Stunde. Dort sind alle große Autovermietungen. Seine Kreditkarte wird anstandslos akzeptiert. Sie bekommen einen Kleinbus für eine Woche, alle Kilometer inklusive. Dunkle Scheiben. Ob sie den Wagen hier wieder abgäben? Ja natürlich. Nach uns die Sintflut. Sie fliehen aufs Land, weg von den Kameras. Aus demselben Grund ist Hendrik auch alleine zur Autovermietung gegangen. Mailin schickt ihm den Treffpunkt aufs Handy. Außerhalb. Eine Stunde.

Arsch der Welt, ein Stausee. Das Auto, mit dem sie hergekommen sind, ist verbrannt, tabu. Es gehört dem Drachenmeister und ist der Polizei bekannt. Yanzhou soll ihn zu einem Parkhaus bringen und stehenlassen. Bao verabschiedet sich von ihr: »Denk daran, dass du dich im Parkhaus und den angrenzenden Straßen und Bahnen nur mit Maske und Baseballkappe zeigst. Du darfst nicht mit uns in Verbindung gebracht werden. Besorg dir ein Wegwerfhandy und schreib mir nur unter dieser Nummer.«

Er drückte ihr einen Zettel in die Hand.

»Bao … bitte … sei … pass auf … ich will dich nicht verlieren. Wenn du ins Gefängnis musst … es wäre mein Ende.«

Er nimmt seinen Schatz in den Arm. Drückt Yanzhou an sich. Er liebt sie. Und will sie besitzen. Weil man niemanden besitzen kann, hasst er sie manchmal.

»Bao, ich muss dir was sagen. Hendrik hat nichts gemacht. Ich hab ihm erzählt, dass du mein Freund bist. Er war richtig erschrocken. Er hat mich nicht angerührt. Also intim. Es war nichts …«

Bao glaubt ihr zwar kein Wort, aber hat jetzt andere Sorgen, als den Deutschen. Ohne dessen Kreditkarte säße er vielleicht schon im Loch. Mit seinen neunhunderttausend Dollar kann er keinen Wagen mieten.

»Mir egal. Keine Angst, ich tu dem Deutschen nix. Wenn wir überleben wollen, geht es nur miteinander, nicht gegeneinander. Es wird schwer genug.«

Yanzhou ist vielleicht eine der besten Huren der Stadt. In den Augen mancher sicherlich. Aber vom Geschäft und wie man während Schwierigkeiten besteht, hat sie keinen Schimmer. Bao hofft, sie hält sich an die Anweisungen und kommt nicht unter die Räder. Was für ein Witz, wenn er entkommt und sie verhaftet wird. Sie fahren weiter nach Norden, wollen die Fähre nach Dalian nehmen. Dauert genauso lange, spart aber vierhundert Kilometer Fahrt. Kurz vor Penglai wird er nervös.

Vor der Einfahrt zum Fährterminal stehen zwei weiße Autos quer. Sie sind mit dem Kleinbus zwar schon in Sichtweite, drehen aber trotzdem um. Das ist womöglich eine Falle, wenn sie erst einmal drin sind, kommen sie nicht wieder heraus. Dann lieber die Autobahn. Es herrscht wildes Stimmengewirr im Wagen. Besonders nachdem Hendrik sagt, dass er weiterfährt, diskutieren sich die anderen die Köpfe heiß. Ohne ihn. Viel kann er sowieso nicht beitragen. So wie er nach China gekommen ist, kann er auch wieder raus. Die anderen auch? Wieso ist die Nutte eigentlich dabei? Ist das womöglich Baos Freundin? Er hat keine Lust auf Stress mit dem Triadenmitglied. Wie hieß die noch? Er kann sich nicht erinnern, war zu betrunken. Viele Namen klangen zu ähnlich, um sie auseinanderzuhalten. An den Sex erinnert er sich kaum. Betrunken Sex mit einer Nutte? Wer erinnert sich denn an sowas?

Er will so nicht weiterfahren. Auf der halben Strecke nach Tianjin hält Hendrik an einem billigen Motel. Bao holt ihnen zwei Zimmer mit seinem Bargeld. Im größeren setzen sie sich zusammen und beraten.

Hendrik sagt: »Was habt ihr bis jetzt besprochen?«

Mailin übersetzt. Shenmi antwortet: »Ich kann nicht fliegen, weil ich auf der Fahndungsliste stehe. Bao fliegt nicht, weil er vielleicht darauf steht. Mailin fliegt nicht, weil sie garantiert eine Ausreisesperre hat.«

»Was ist mit deinem Vater?«

»Verhaftet. Wegen Korruption. Einen hohen Politiker und einen Parteikader haben sie auch verhaftet. Sieht nicht gut aus.«

Shenmi spricht mit Tränen in den Augen. Ihr geht das Schicksal des Vaters nahe. »Willst du denn nicht lieber bei ihm bleiben?«

»Du weißt nicht, wie es zugeht in China. Ich sitze schneller in einem Straflager, als man blinzeln kann. Wenn sie jemanden am Wickel haben, wird nicht lange gefackelt. Auch nicht bei dessen Verwandten. Ich kann nichts für ihn tun. Außer untertauchen. Er würde sich schwere Vorwürfe machen, wenn ich seinetwegen dortbliebe.«

»Bao, was ist mit dir?«

Er macht die Geste des Halsabschneidens. Versteht sogar Hendrik.

»Sie werden jetzt erst einmal jeden verhaften, der im weiteren Kreis mit der Familie zu tun hat. Freilassen kann man in einem Jahr immer noch, verstehst du? Willst du hier ein Jahr sitzen?«

Hendrik beginnt zu verstehen und schüttelt den Kopf. Ein Jahr lang in den Knast, weil man nichts getan hat, außer im falschen Moment abzuspritzen? Nein, er korrigiert sich. Genau im richtigen Moment. Er nimmt Jahzen aus seiner Schale. Ach du lieber Gott, was für ein Gestank.

Im Bad legt er den Kleinen auf ein Handtuch auf dem Boden und macht ihn sauber. Froh über die Einwegwindeln. Nicht auszudenken, wenn sie auf der Flucht ständig Windeln waschen müssten. Er küsst den kleinen Jungen, bis der strampelt und jauchzt, dann nimmt er ihn auf den Arm.

»Jetzt bist du so klein und schon ein Verbrecher! Kannst nicht laufen und bist trotzdem schon auf der Flucht.«

Er geht zurück und sieht in die Gesichter der Wartenden. Anscheinend haben sie sich auf etwas geeinigt.

Shenmi führt das Wort: »Wir wechseln noch einmal den Wagen. Wir fahren morgen früh weiter. Mailin steigt in den nächsten Bus und fährt bis zu einem Autohändler.«

»Soll ich das nicht besser machen?«

»Ich glaube nicht, dass du ohne Chinesisch zu sprechen, hier ein Auto kaufen kannst. Wir brauchen zudem eine provisorische Zulassung. Morgen früh gehts los. Später können wir uns Nummernschilder klauen.«

Ich mache mir Sorgen. Unbegründet. Mailin hat sich ganz alleine in Deutschland bis zu mir durchgeschlagen. Das hier ist ihre Heimat, sie wird es schon schaffen. Bao gibt ihr ein dickes Bündel Dollarnoten.

Mailin und ich gehen spazieren. Bao und Shenmi schlafen auf ihren Zimmern. Wir sind in einer merkwürdigen Gegend gelandet. Ich habe mir das nie klar gemacht. Immer gedacht, anderthalb Milliarden Leute verteilen sich auf ein riesiges Land. Theoretisch stimmt das.

Praktisch ist es so, dass halb China unbewohnbar ist. Wüste oder Hochgebirge. In den fruchtbaren Gebieten ballen sie sich, die Chinesen. Dort ist die Bevölkerungsdichte höher als in Holland. Und das in einer ultralangweiligen Gegend, in der es außer Feldern nichts gibt. Dagegen ist Deutschland ein reines Naturreservat.

Hier sind keine Bäume, kaum Sträucher. Nur Felder, Felder, Felder, so weit das Auge blickt. Es ist schrecklich hier. Keine Hügel und die Dörfer sind eins hässlicher als das nächste. Wenn man das ländliche China als Vergleich hat, ist Tsingtao die schönste Stadt der Welt. Wir sind jedoch nicht zum Sightseeing hier, sondern auf der Flucht.

»Was ist der weitere Plan?«

»Wir können auf keine Fähre und erst recht in kein Flugzeug. Nirgendwo kommt man ohne Papiere durch. Es geht nicht nach Taiwan, Südkorea oder Japan. Auch wer nach Hongkong will, wird streng kontrolliert.«

Das sieht nicht gut aus. Aber ich bin doch auf dem Landweg gekommen, da muss sich doch eine Möglichkeit bieten.

»Also müssen wir fahren und an der Grenze das Beste hoffen?«

»Viele Möglichkeiten gibt es nicht. Das ist zum einen Vietnam. Alleine fast zwei Tage reine Fahrtzeit nach Hanoi. Kannst dir denken, wie lange es mit Pausen und Übernachten dauert.«

»Warum fahren wir nicht nach Wladiwostok? Ich hatte nicht den Eindruck, dass die Grenze sonderlich scharf bewacht wird.«

»Weil die Staatssicherheit genau dieselben Schlüsse zieht wie wir. Das Beste wäre, ich würde wieder arbeiten gehen. Aber falls ich das mache, werde ich unter Hausarrest gestellt. Garantiert.«

Auf meinem virtuellen Globus gab es eine Straße nach Ulan Bator, Mongolei. Schien fast näher als Wladiwostok.

»Was ist mit der Mongolei?«

Mailin zuckt mit den Schultern. »Keiner von uns war je dort. Falls die Chinesen die Mongolei um Amtshilfe bitten, wissen wir nicht, was passieren wird. In Russland sind wir hingegen sicher. Eine Zeitlang jedenfalls.«

Also Russland. Eigentlich wäre ich viel lieber mit Mailin und Jahzen in Tsingtao gemütlich am Touristengate ins Flugzeug gestiegen. Ein Direktflug nach Frankfurt in der Business-Class. Einmal im Jahr könnte man die entfernten Verwandten in China besuchen und würde sich ein bisschen gruseln, wenn man daran dachte, woher das viele Geld der Familie stammt. So habe ich mir das gedacht. Dass es so oder so anders kommt, ist spätestens nach der Heimlichtuerei bei meiner Einreise nach China klar. Jetzt können wir froh sein, wenn wir es jemals nach Frankfurt zurückschaffen. Der erste Teil der Reise ist schonmal nicht Business-Class.

Wir sind zurück im Motel. Shenmi schläft in einem der beiden Betten und Mailin und ich grübeln ohne Ergebnis. Wir versorgen und bespaßen Jahzen und legen uns schlafen. Der Kurze muss zu Shenmi, die ihn schlafend in den Arm nimmt, wie einen Teddybären. Für drei ist das Bett zu schmal. Fünf Uhr ist jetzt die neue Aufstehzeit. Keiner kann mehr schlafen. Frühstück gibt's an einem Rasthof. Sie schicken mich, es zu holen. Jahzen frühstückt auch. Uns allen ist nach Trost zumute, und wir gucken so, als beneideten wir Jahzen, der leicht zufriedenzustellen ist. Die Wünsche der anderen im Auto sind ungleich schwerer zu befriedigen.

Da ist als erstes Bao. Überleben. Bao will überleben und am besten nicht in den Knast. Aber warum hat er Shenmi und uns gewarnt? Er geht damit ein großes Risiko ein. Er könnte einfach verschwinden. Ohne uns. Geld hat er offenbar genug. Und mich hätte er dadurch vernichtet. Ich habe seine Freundin entehrt. Ich habe ihm Hörner aufgesetzt. Um das chinesische Pendant zu nennen, ich habe ihm einen grünen Hut aufgesetzt. Trotzdem hilft er mir und den anderen. Wegen Mailin? Sicher nicht. Also Shenmi. Er kann einfach nicht mitansehen, wie die schönste Frau Chinas in einem Straflager unter die Räder kommt. Irgendeiner brutalen Knastlesbe zu Diensten sein muss. Mich interessiert, was genau seine Opferbereitschaft ausgelöst hat. Besser gesagt die Frage, was hat sie von ihm gebraucht, damit sie ihm diese Gunst gewährte? Wusste Bao überhaupt, was das für ein Geschenk war?

Was will Mailin? Das ist einfach. Arbeiten. Etwas bewegen, wichtig sein. Und mit mir zusammen. Mit Jahzen und denen, die vielleicht folgen. Jahzen will Brüste. Und Bespaßung. Erstere werden unwichtiger und Bespaßung wichtiger. Irgendwann läuft es dann umgekehrt und wird zusammengeführt. Da sind dann Brüste die Bespaßung und nicht mehr die Ernährung. Also dann wieder so wichtig wie heute.

Shenmi. Was will die Göttin? Nicht ins Straflager oder in den Knast. Sie wird sicher versuchen, ihrem Vater zu helfen. Was das betrifft, bin ich unwissend und machtlos. Kann sie hierbleiben? Untertauchen? Oder muss sie außer Landes? Will sie das? Ihr Leben aufgeben? Keine Prinzessin mehr? Wovon wird sie leben? Sie kann ich mir nicht vorstellen, wie sie Büros putzen geht. Sie kann Englisch, sogar ganz passabel. Und was will ich? Ich will noch nicht mein altes Leben wieder zurück. Das wahrscheinlich erst, wenn ich im Straflager Steine klopfen muss. Nein, ich bin sicher, dass alles wieder gut wird.

Baos geheimer Abgrund

Nordostchina, Juli 2021

Nördlich von uns liegt der größte Gebrauchtwagenmarkt der Welt. Kommt nicht in Frage, es wäre schwierig, dort abseits der Behörden ein Auto zu kaufen. Nein, unmöglich. Der Zugang wird streng überwacht, ohne Zulassung fährt keiner vom Hof. Auch nicht, wenn wie hier der »Hof« größer ist als zwölf Fußballfelder. Bao macht ein paar Telefonate und gibt uns dann eine Adresse. Wenn man nur weiß, wen man fragen muss, findet man auch die Hinterhöfe. Das hat den Vorteil, dass nicht Mailin das Auto kauft, sondern Bao. Ich bin erleichtert, dass sie es nicht tun muss.

Wir fahren ein Stück mit zwei Autos, bis wir eine Autovermietung sehen, wo wir meinen Wagen abgeben können. Jetzt ist Mailin an der Reihe. Sie gibt meinen Wagen zurück, steigt in einen Linienbus und wir holen sie ab. In einer Gegend, in der keine Kameras hängen. Hoffentlich. Die Spuren verwischt, glauben wir, uns jetzt unbemerkt bewegen zu können. Zum Glück tragen viele Menschen die Scheißmasken. Es ist das erste Mal, dass ich mich darüber freuen kann. Zwar braucht man zusätzlich eine Sonnenbrille oder eine Basecap, aber nicht erkannt zu werden, ist trotzdem unauffälliger möglich, als wenn es die Masken nicht gäbe.

Wir würden Mudanjiang gerne vermeiden. Bao hängt gefühlt den halben Tag am Telefon. Es ist nichts zu machen. Der erste Grenzübergang von China nach Russland bei Hunchun bleibt für uns verschlossen. Das ist so weit ab vom Schuss, dass selbst die Triaden das Gebiet meiden. Zu örtlichen Gaunerbanden, die etwas wissen oder können, hat er keinen Draht. Zudem ist abzusehen, dass die

Verhaftung vom Boss den Stern der Familie verblassen lässt. Uns über die Grenze zu bringen, wird nicht gerade ein Schnäppchen, wird eine Stange Geld kosten. Ohne Bao und seinen Koffer wären wir am Arsch.

Ich frage Bao. Mailin soll übersetzen. »Bao, ist das dein Notgroschen?«

Mailin fragt mich: »Was ist ein Notgroschen?«

»Geld für alle Fälle. Für Notfälle.«

Sie nickt mir zu und fragt ihn. Er sieht mich an. Überlegt. Sieht Shenmi an. Anscheinend nicht so einfach die Antwort. Oder will er uns etwas verheimlichen? Vielleicht hat er sie einem alten Mütterchen unter dem Kopfkissen weggeklaut. Einem reichen, alten Mütterchen. Er spricht mit Shenmi. Mailin überlegt anscheinend, ob sie das auch übersetzen soll. Dann sagt sie mir, dass er Shenmi gefragt hat, ob er von Liang berichten darf.

Shenmi sagt zu mir auf Englisch: »Liang ist mein Ehemann. Oder war.« Dann zu Bao gewandt: »Schieß los, ich bin gespannt.«

Er fühlt sich sichtlich unwohl. Hält sich am Steuer fest, als könnte er sich dahinter verstecken. Dann sagt er etwas zu Shenmi. Sie verdreht die Augen und sagt zu mir: »Also gut. Ich wollte ein Kind von Liang und nach zwei Jahren stellt sich heraus, dass er unfruchtbar ist. Hat sich gleich nach der Heirat sterilisieren lassen.«

Bao fällt ein Stein vom Herzen, den Rest traut er sich zu.

»Als ich von Shenmi weggegangen bin, war sie traurig und wütend. So kannte ich sie nicht. Also habe ich mich gekümmert. Um Liang. Zwei Tage später war es soweit. Ich erpresste ihn mit dem Wissen um seine Sterilisation. Sein sicherer Tod, wenn Shenmi es je erführe.«

Nichts ist an Baos Gesicht abzulesen, harter Bursche.

»Er kam mit einem Geldkoffer zum Treffpunkt. Eine Million Dollar.«

Shenmi sieht ihn überrascht an. Sie will gerade anfangen zu sprechen. Doch Bao legt ihr eine Hand auf den Arm und sie macht den Mund wieder zu.

»Mir ging es damals nicht um das Geld. Ich habe Shenmi abgöttisch geliebt. Ich hätte alles für sie getan. Absolut alles.«

Die Göttin wird tatsächlich rot.

»Wisst ihr, es gab das Gerücht, dass der Drachenmeister, demjenigen, der seine Tochter entehrt, die Eier abschneiden würde. Das ist keine unübliche Bestrafung. Ich war selbst mal dabei. Allerdings ging es da um eine Strafe für etwas anderes. Die drittschlimmste Strafe.«

Ich denke kurz nach. Für mich ist offensichtlich, dass diejenigen, die sich an Shenmi vergreifen, dran glauben müssen. Für Mailin wird niemand seine Hoden riskieren. Wenn eine Kastration die drittschlimmste Strafe ist, was sind die beiden anderen?

»Jedenfalls gab mir Liang den Koffer und ich legte ihm Handschellen an. Kastrierte ihn. Hat keinem von uns gefallen.«

Ihm noch weniger als Bao. Davon ist auszugehen. Mitleid jedoch findet im Auto niemand angebracht. Außer mir. Mit jemandem, der seine Eier verliert, muss ich Mitleid haben. Durch das Auto geht ein Raunen.

»Du hast was?« Shenmi ist überrascht, wäre untertrieben.

»Ihm die Eier abgeschnitten?«

Sie macht den Gurt auf. Durchdringendes Piepsen ertönt und Shenmi drückt ihren ehemaligen Lakaien und Liebhaber. Ich nehme an, dass er sie nicht nur platonisch liebte.

»Ich gab ihm hunderttausend Dollar und den Ratschlag, sich nie wieder irgendwo blicken zu lassen. Seine Spur verliert sich in Europa.«

»Was hast du mit den Eiern gemacht? Hast du sie noch?«

Bao sieht Shenmi schräg von der Seite an: »Willst du sie dir auf deinen Kaminsims stellen?«

Mailin hat Mühe, so schnell zu übersetzen, und spricht einen Schwall Chinesisch. Dann redet Bao weiter.

»Ich hab sie ins Meer geschmissen, ins Hafenbecken. Fischfutter.«

»Ich hoffe, er hat zugesehen.« Shenmi ist unversöhnlich, ihre Rache wäre sicherlich grausamer gewesen.

»Du hättest das ganze Geld behalten sollen.« Dann macht die Göttin den Mund auf, will weiterreden und wir sehen, dass es ihr die Sprache verschlägt. Bao hat Mühe, ein Lächeln zu unterdrücken.

»Du denkst an die Arzthelferin, richtig?«

Sie nickt. Damit alle etwas davon haben, erzählt er die ganze Geschichte. »Shenmi war damals außer sich vor Wut über Liangs Verschwinden. Zwang mich, eine Arzthelferin zu verhören. Sie vermutete, Liang steckte mit dem Arzt unter einer Decke. Da das nicht sein konnte, weil ich Liang hatte verschwinden lassen, musste ich mir etwas einfallen lassen.«

Shenmi geht ein Licht auf. »Deine Freundin? Das war sie damals?«

Bao nickt und sagt: »Da war sie noch nicht meine Freundin. Nur eine Prostituierte, der ich tausend Dollar gab, damit sie sich von mir verprügeln ließ. Deswegen so viel, weil es echt aussehen musste.«

»Das hat es, Bao, das hat es. Ich habe keine Sekunde gezweifelt, dass es echt war. Nicht eine Sekunde.«

»Als du sie Wochen später im *Amüsierpalast* gesehen hattest, kam bei uns Panik auf. Allerdings hörten wir nichts mehr.«

Shenmi wird erneut rot. »Ich hatte die Episode längst vergessen. Es stimmt, dass sie mir im Palast auffiel, aber ich war nicht alleine dort.«

Für einen Moment sind alle still, jeder hängt seinen Gedanken nach. Vor den Fenstern wird die megastinklangweilige Landschaft gegen eine stinklangweilige ausgetauscht. Bald sieht es aus, wie in Deutschland. In der Ferne kann man ein Mittelgebirge sehen.

»Du hättest das ganze Geld behalten sollen. Eine Million? Das waren für Liang doch nur Peanuts.«

»Er hat geblutet wie ein abgestochenes Schwein. Brauchte schnell einen Arzt. Hätte ich ihn zum Geldautomaten fahren lassen sollen? Das hätte er nicht überlebt. Dass er überlebt hat, war sowieso ein Wunder. Armes Schwein.«

Die Stille im Wagen ist greifbar. Nur Jahzen kräht fröhlich. Was für ein Kontrast. Abgeschnittene Hoden auf der einen Seite und ein fröhliches Baby auf der anderen. Liang kann sie jetzt endgültig abschreiben. Das bringt nicht einmal einchinesischer Wunderheiler wieder ins Lot. Mich interessiert, was Shenmi zum Geld sagt. Nimmt man es genau, ist es ihr Geld. Sie erwähnt es nicht. Vielleicht hat sie irgendwo noch ein paar Millionen. Zuzutrauen wäre es ihr. Wenn natürlich der Vater auf dem Familienvermögen sitzt, ist es so gut wie verloren.

»Was hattest du vor mit dem Geld? Mit Yanzhou durchbrennen und ein kleines Café am Strand aufmachen?«

»Ich habe es bei mir auf den Dachboden gestellt. Vielleicht hätten es irgendwann die Mäuse gefressen? Ich bin seit Wochen an nichts anderem interessiert als … du weißt schon.«

Bao schluckt. Leicht fällt es ihm nicht, was immer er sagen will. »Ich habe noch nie jemanden geliebt. Dich«, dabei sieht er Shenmi an, »habe ich vergöttert. Das war keine Liebe unter Gleichen.«

Er lacht. Vielleicht weil der Gedanke, es hätte Liebe unter Gleichen sein können, im Nachhinein völlig absurd ist.

»Bei Yanzhou ist es schlimmer. Ich liebe sie und ich ertrage den Job nicht, den sie hat. Ertrage nicht, dass sie damit weitermacht. Obwohl sie mich liebt, wie sie sagt.«

Ich beeile mich, zu sagen: »Bao, ich habe nicht …«

Er hebt die Hand und sagt: »Es spielt keine Rolle. Yanzhou hat das auch gesagt. Es spielt keine Rolle.«

Er lässt die Hand zögerlich sinken, fährt dann fort: »Die Karten sind neu gemischt, he? Alles auf Anfang. Die Sünden von gestern sind vielleicht die Chancen von morgen. Wer weiß.«

Alter, was ist denn mit Bao? Hat er letzte Nacht Konfuzius getroffen? Doch nachdem er generös über Yanzhous und meine Verfehlungen hinwegsieht, bin ich nicht derjenige, der sich beschwert. Bao als Konfuzianer gefällt mir besser denn als Eiabschneider. Für die beiden sieht die Zukunft rosig aus. Vorausgesetzt wir kommen aus China hinaus.

Wir fahren ins Grüne

Nordostchina, Juli 2021

Das Mittelgebirge zieht entfernt an ihnen vorbei, ohne Abwechslung zu bringen. Hendrik sehnt sich danach, aber es ist ihm nicht vergönnt. Kein bisschen Abwechslung für seine strapazierten Augen. Zur Abwechslung kommen dafür etliche Kilometer lang nur Reisfelder. Bis zum Horizont. Gigantisch, alles an China ist gigantisch. Und wieder Städte. Kleine Städte. Städte, die vielleicht nur eine Million Einwohner haben. Selbst die strotzen nur so vor Hochhäusern. Chinesen lieben Hochhäuser. Müssen sie auch, denn sonst würden sie ihr Land hassen. Und sie lieben Reis. Felder. Reisfelder. Wo ist das alte Bäuerlein mit seinem Wasserbüffel? Hing wahrscheinlich als nostalgisches Bild in einer Kneipe.

Shenyang umfahren sie südlich. Sieben Millionen Einwohner, ein Klacks. Hinter der Kleinstadt Liaoyang mit knapp zwei Millionen Einwohnern geschieht das Unglaubliche. Berge erheben sich aus dem Einheitsbrei. Zwölfhundert flache Kilometer liegen hinter ihnen. Dreimal haben sie Berge gestreift oder fast gestreift und jetzt sieht es so aus, als fahren sie mitten hinein. Als nur noch Dörfer zu sehen sind und keine Städte mehr, halten sie nach einer Unterkunft Ausschau. Das ist nicht einfach, aber Bao hat seine Dollars, das sind jede Menge kleine, grüne Wegbeschreibungen, die er verteilt und eine halbe Stunde später haben sie eine Ferienwohnung. Die Chinesen gruppieren sich um den Fernseher. Hendrik liest bedeutungslose Nachrichten aus Deutschland. Wer warum wann was falsch gemacht hat und nun schuld ist am Desaster rund um Corona.

Keine Neuigkeiten aus dem Fernseher, aber das bestellte Essen klingelt. Nicht nur bei Jahzen heben Mahlzeiten die Stimmung. Der große Karton mit Tsingtau-Bier tut sein Übriges. Wäre nicht die Sorge um den Drachenmeister und die ungewisse Zukunft, wäre es eine ausgelassene Party. Es ist eine Nacht, in der keiner gerne alleine ist und es ist die Nacht, in der keiner alleine ist. Das spürt man auch beim Frühstück, wo es ohne Alkohol so zugeht, wie am Abend zuvor. Fast könnte man glauben, sie machen eine Fahrt ins Grüne, dabei wissen sie unterschwellig, dass es eher eine Fahrt ins Blaue ist. Hendrik sieht auf seinen virtuellen Globus. Die Gegend wird ab jetzt waldreich und gebirgig. Es wäre eine einmalige Gelegenheit, einen Abstecher nach Nordkorea zu machen. Doch wer will da schon hin? Gegen Nordkorea ist China eine lupenreine Demokratie mit Menschenrechten. Er fährt und im Hintergrund lauscht er den chinesischen Gesprächen. Nach einer endlos scheinenden Debatte bekommt er immerhin ein Ergebnis. Sie fahren endgültig nicht nach Mudanjiang. Und die Telefonate, die Shenmi machen will, müssen warten, bis sie in Russland sind. Die Fahrt durch die Wälder wird nach Stunden eintönig und als sie durch Bohai fahren, sehen sie endlich wieder endlose Reihen anonymer Wohnblocks. Der dritte Tag auf der Straße.

Keiner von ihnen mag mehr länger sitzen. Die Ausgelassenheit am Morgen längst vergessen, schweigen alle verdrossen. Nur Jahzen ist ein Lichtblick und sie wechseln sich ab, ihn zu bespaßen. Füttern bleibt an Mailin und Wickeln oft an Hendrik hängen. Scheißjob. Einer muss ihn machen. Sie umgehen auch Mudanjiang südlich, und je näher sie der russischen Grenze kommen, desto unruhiger werden die Zusammengepferchten. Wobei anzukommen und das Einreisen nach Russland zwei Paar Schuhe sind. Am Abend sind sie erneut auf der Suche nach einer Unterkunft. Die Datsche, in der sie landen, ist kein Vergleich zum Ferienhaus gestern. Selbst für chinesische Maßstäbe ist sie karg. Zum Glück ist es Sommer. Fließendes Wasser gibt es ebenso wenig wie ein Klo. Das ist zwar vorhanden, steht aber draußen. Eine Holzbude, immerhin mit Tür als Reminiszenz an Zivilisation. In einer Ecke steht ein Sack mit weißem Pulver und eine Schaufel zum Bedecken dessen, was vom Essen übrig bleibt. Das

Haus hat zwei Räume, einen zum Kochen und Aufhalten und den anderen zum Schlafen. Zwei Betten, eins normal, eins klein. Das normale für Mailin und Hendrik, das kleine ist für Shenmi. Bao grinst kurz und erklärt dann, dass er einen Kumpel in der Stadt besucht. Familie. Das heißt so viel wie ein Triadenkollege. Den er wo und wann auch immer kennengelernt hat und der in Mudanjiang wohnt und arbeitet. Der, der vor wenigen Wochen Hendrik abholte. Alle sind erleichtert, dass sie nicht im Schichtbetrieb schlafen müssen. Bao und Shenmi fahren nach Suifenhe zum Einkaufen. Das reicht für zwei oder drei Tage. Die Ungewissheit, ob und wann es weitergeht, ist groß.

Die Unsicherheit auch. Die Datsche ist nahe der russischen Grenze. Einen Steinwurf entfernt. Der Grenzverlauf orientiert sich nicht an einem Fluss oder einer Wasserscheide. Die Grenze ist ein breiter gerader Streifen. Mit dem Lineal gezogen. Inklusive hohem Zaun und Stacheldraht. Ein breiter gemähter Streifen in der Landschaft. Könnte so auch zwischen West- und Ostdeutschland liegen, so sah es dort vermutlich vor vierzig Jahren aus. Die sozialistische Freundschaft ist nicht mehr das, was sie einmal war. Hier kommt man nicht rüber. Nicht mit zwei Frauen und einem Baby. Bao und Hendrik könnten es schaffen. Und dann? Wäre nichts gewonnen.

Nach einem kurzen Abendbrot gehen sie ins Bett. Shenmi passt in das kleine. Das andere ist größer, trotzdem weit entfernt von Queensize. Falls das hier länger dauert, müssen sie sich etwas überlegen. Obgleich es intim ist, so dicht aufeinanderzuhocken, ist Intimität heute keine Option. Noch ist der Fluchtinstinkt stärker als jeder andere Trieb. Der nächste Tag wird besser. Morgens regnet es, doch nach dem Aufklaren wird es ein Bilderbuchsommertag. Mailin und Hendrik gehen wandern, Shenmi bleibt in der Hütte. Sie ist zwar auf der Flucht, aber das heißt nicht, dass sie auf ihre Blässe verzichtet. Der Vermieter hat zur Vorsicht gemahnt, der Grenze nicht zu nahe zu kommen. Warum, hat er nicht verraten.

Das junge Glück mit dem fröhlichen Sohn im Gepäck geht ein paar Kilometer durch den Wald, bis sie zu einer modernen Ferienhaussiedlung kommen. Oder auch moderne Waldarbeiterhäuschen, sie kehren um. Besser keinen Verdacht erregen, denn es ist nicht gerade eine Touristengegend, wo man unauffällig stromern kann. Je weniger Aufmerksamkeit sie erregen, desto besser. Gegen Mittag liegen sie auf einer Lichtung im Halbschatten. Ob sie auf der russischen Seite auch so unbeschwert im Gras lägen? Unweit ist der Leopardenland-Nationalpark, in dem Leoparden und Sibirische Tiger leben. Würden sie hier liegen, wenn sie es wüssten? Jahzen wäre ein gefundenes Fressen für einen Leoparden. Keiner der drei ahnt etwas, weiß etwas. Hendrik und Mailin wären unangenehme Gegner für einen Leoparden.

Seine Freundin im Lotussitz stillt den Kleinen. Hendrik macht ein Foto im Gegenlicht und denkt völlig zu Recht, dass er niemals ein besseres Bild gemacht hat. Das wäre was für Shenmis Blog. Ob der überlebt? Das ist der Moment, in dem Hendrik zum allerersten Mal merkt, wie einsam er ist. Er will das Bild jemandem schicken und ihm fällt nur Shenmi ein. Vielleicht noch Mia. Oder Apotheke? Eher Frau Doktor als seiner Nachbarin. Gesagt getan. Und von ihr kommen Herzchen und Smileys zurück. Er lebt sonst nicht in der Vergangenheit. *Watt fott es, es fott.* Was weg ist, ist weg, trauere ihm nicht zu lange hinterher. Und jammer nicht!

Nur – Hendriks Leben besteht aus nichts anderem. Alles ist weg. Hatte das Kölsche Grundgesetz dafür auch einen Passus? *Wat wells de maachen?* Er hat keine Freunde, keine Verwandten. Alles, was er hat, sind Erinnerungen und das, was er gerade im Moment hat. Mailin und Jahzen. Nicht wenig. Was ist, wenn sie auch weg sind? In China bleiben? Er würde für nichts in der Welt seine Heimat verlassen. Er ist so sehr Deutscher. Durch und durch Kraut. Hendrik ist der *krautiest Kraut alive.* Er liebt sein Land mit all seinen Macken und Unzulänglichkeiten. Das sind hauptsächlich die anderen Deutschen. Auf die meisten kann er gut und gerne verzichten.

Auf Mailin und Jahzen wird er ungern verzichten. Nicht, wenn er in sich hineinfühlt. Was also, wenn sie hierbleiben? Was will er hier? Was soll, was kann er hier? Nichts. Er kann sich nicht einmal eine Schüssel Reis kaufen. Wenn in China ein Sack Reis umfällt, ist das schlimm, sehr sogar. Jedenfalls wenn er offen ist und für denjenigen, dem er gehört. Die Redensart hat ihm noch nie gefallen, denn immer denkt er an die arme Sau.

Ein Sack Reis im Jahr macht unter Umständen den Unterschied zwischen Leben und Tod. Eine Familie, ein Jahr Nahrung. Das ist keine Kleinigkeit. Wird ihm in Zukunft ähnlich gehen. Alle Entscheidungen betreffen nicht nur ihn. Nicht mehr. Zwei andere sind direkt mit betroffen.

»Willst du immer noch nach Deutschland?«

Mailin sieht ihn an, als ob er eine Schraube locker hat. »Mehr denn je.«

Natürlich ist die Frage blöd, aber manche Menschen werfen in einer tiefen Krise alle möglichen Pläne um, auch wenn es unlogisch erscheint. Nur Mailin bleibt so logisch, wie sie schon immer war.

»Was ist mit deiner Mutter?«

Das ist das erste Mal, seit sie sich kennen, dass seine neue Freundin ihn ansieht, als würde sie ihm gerne den Hals umdrehen. Shenmi kein Sport. Jahzen kein Hunger. Mailin keine Ironie und noch wichtiger: Nicht die Mutter erwähnen! Wenn Blicke töten könnten. Hendrik ist froh, dass Mailin keine Superkräfte hat. Die hätte er jetzt gespürt. Auf dem Rückweg trägt sie ihren Sohn und Hendrik macht Späße mit ihm. So lange, bis er vom Geschaukel müde wird und einschläft. So sehr es ihn anrührt, so komisch ist es auch. Dieses Band zwischen ihnen, wer hat es gewoben? Wann? In den paar Tagen, Wochen? Hendrik wischt sich über die feuchten Augen, als er Jahzen beim Schlafen zusieht. Sind das die Vatergefühle? Ist es das, was andere Verantwortung nennen? Ein Ziehen in der Brust, wenn man den Sprössling ansieht? Möglich dass er heute nicht nur einen Leoparden, sondern auch einen Tiger in die Flucht geschlagen hätte. Und er denkt, er wäre nur für den Spaß zuständig.

***

Bao ist in der Hütte. Er hat keine guten Nachrichten. Es gibt einen Prozess wegen Verschwörung, Betrug und Korruption. Einen kurzen Prozess. Todesstrafe, falls sie verurteilt werden. Davon ist auszugehen. Daumendrücken wird vermutlich nicht ausreichen. Dennoch, schwerere Geschütze haben wir nicht. Es ist durch und durch deprimierend. Shenmi scheißt auf die asiatische Contenance und heult sich die Augen aus. Bao lässt ein paar Lebensmittel da und fährt zurück nach Mudanjiang. Vielleicht Yanzhou abholen. Mailin lässt das Schicksal des Drachenmeisters ungerührt. Sie hat keinen Vater. Er und die Mutter haben ihr nie verraten, wer ihr richtiger Vater war. Sie hatte nie die Chance, selbst zu entscheiden, ob sie an ihn denkt oder nicht. Weil er ein Unbekannter in der Gleichung ist, bekommt er mehr Raum, als ihm zusteht. Ein Unbekannter. Ein namenloser Vergewaltiger des Mädchens. Das Mädchen, das ihre Mutter wurde. Er hatte keine Zeit bekommen, seinen letzten Orgasmus zu überleben, weil der Drachenmeister ihm die Kehle durchschnitt, kaum als der letzte Strahl ihn verließ. Mailin hätte den Vater längst vergessen, wenn sie das gewusst hätte. Keinen Gedanken an ihn verschwendet. Aber so wie es ist?

Wer soll es ihr sagen, wenn der Drachenmeister tot ist? Die Mutter? Fraglich, ob sie es nicht längst verdrängt hat. Beim Abendessen ist die Stimmung gedrückt. Es ist das Eine, zu wissen, dass der Vater ein Verbrecher ist und getötet werden kann. Aber es ist etwas ganz anderes, wenn es wirklich passiert. Shenmi ist alleine. Ihr Lakai Bao ist verliebt und wird selbständig. Ihre Schwester längst emanzipiert und zu allem Überfluss glücklich und gesegnet. Es ist nicht so sehr der Verlust des Vaters. Es ist der Verlust von allem. Das Haus. Ihr Zuhause, die Familie. Sie muss alles auf einen Schlag aufgeben. Das kann einem den Boden unter den Füßen wegziehen. Wenn alles, was du kennst und hast, auf einen Schlag weg ist, und du in einer Bretterbude in der Wildnis nahe der russischen Grenze darauf wartest, dass etwas passiert.

Shenmi ist untröstlich und sobald es dunkel wird, gehen alle ins Bett. Hendrik und Mailin hören zu, wie sich die schönste Frau Chinas leise in den Schlaf weint. Mitten in der Nacht wird Hendrik geweckt. Seine Freundin ist dabei ihn zu erregen. Lustig, dass sie es macht, wenn er schläft, denkt Hendrik. Soll er sie jetzt vögeln? Er hört immer noch das Schluchzen Shenmis. Er weiß, wie Mailin sich anhört, wenn sie kommt. Kann sie lautlos?

Glaubt er nicht, also was soll das? Er will, dass sie aufhört, seinen Schwanz zu massieren. Größer wird der jetzt sowieso nicht mehr. Sie muss schon eine ganze Weile dabei sein. Hart und glitschig ist er.

Hendrik ist wider Willen geil. Er kann lautlos, das weiß er. Aber für so gefühllos hätte er seine neue Freundin nicht gehalten. Er schwankt zwischen Empörung und Geilheit. Mailin kann sich doch nicht vögeln lassen, wenn im selben Zimmer gleichzeitig die Schwester um den Vater trauert? Endlich hört Mailin auf. Jetzt muss er wieder runterkommen. Nur weil er aus Rücksicht nicht ficken will, nimmt das nichts von der Erregung, die am besten irgendwo hinmuss.

Mailin steht auf, vielleicht will sie mit ihm rausgehen. Mit einer Decke wäre das sicher schön draußen. Keine da. Unschlüssig, ob er ihr folgen soll, reibt er seinen Penis. Überlegt, ob er einfach schnell den Druck loswerden soll. Mailin geht sicher pieseln. Aber die Zeit wird nicht reichen. Und sie kommt auch schon wieder. Das Schluchzen hat sich verändert. Kein Wunder.

Mailin steht mit ihrer Schwester am Bett und legt Shenmi zu dem verdatterten Hendrik. Er hat weder Zeit noch Gelegenheit, etwas verschwinden zu lassen, denn er ist nackt. Mailin hat Shenmi gleichfalls ausgezogen. Die schönste Frau Chinas robbt an den Deutschen heran und umarmt ihn inbrünstig. Er versteht nicht alles, aber genug, um die verzweifelte Umarmung zu erwidern. Sein Glied ist so heiß, dass er sich nicht wundern würde, falls sie ab heute ein Brandzeichen auf dem Bauch hätte. Mailin steht an der Tür.

»Hend'ik, tröste meine Schwester. Sie ist der traurigste Mensch auf der Welt. Du kannst das. Ich war auch schon traurig. Du bist der Einzige, der jetzt Trost spenden kann. Das weiß ich.«

Berserkergleich

Datsche in Nordostchina, Juli 2021

Foto, sie muss ein Foto vom Häuschen machen. Falls ihr Sohn sie später fragt, kann sie ihm zeigen, wo er herkommt. Wo er gezeugt wurde. Der Schmerz ist nicht mehr allgegenwärtig. Er ist noch da, jedoch die Lust auf einen Neubeginn ist stärker. Der Schmerz ist nicht länger das bestimmende Moment. Um das sich alles dreht. Shenmi weiß nicht, dass es Hendriks Drogen in ihrem Körper sind, die den Stimmungsumschwung mit verantworten. Verglichen mit gestern ist sie euphorisch. Der Biologe schiebt es auf die Endorphine, Hendrik auf seine Qualität als Liebhaber, Shenmi darauf, dass sie schwanger ist und Mailin auf nichts Bestimmtes. Sie weiß, dass sie das Richtige getan hat, wenn sie die Schwester ansieht. Nicht fröhlich und ausgelassen. Aber glücklich.

Shenmi gesteht sich endlich ein, was offensichtlich ist. In Gedanken hat es Hendrik mit ihr schon hundertmal getan. Heute Nacht wurden aus den Gedanken Taten. Es war besser als in ihrer Fantasie. So viel besser, dass sie kaum darüber hinwegkommt. Lächelt selig. Angekommen. Hendrik kennt das Lächeln von früheren Frauen. Mailin kennt das Lächeln von sich selbst und Shenmi merkt nicht, dass sie sich besonders verhält. Das Frühstück ist ein krasses Gegenteil zum Abendbrot. Kaum zu glauben, es sind dieselben Leute. Hendrik isst und hält sich raus.

Die Schwestern sprechen Chinesisch. Sie haben sich einiges zu sagen. In seinen Ohren klingt es nach Eintracht, also ist alles in Butter. Falls sie sich über seine Qualität austauschen, ist ihm das recht. Er verbirgt hüben nichts vor ihr und drüben nichts vor ihr.

Jetzt müssten sie sich noch alle nach Deutschland beamen und alles wäre perfekt.

Russland, Ostsibirien hat er sich anders vorgestellt. Sein Globus sagt ihm, dass sie auf der Höhe von Genua sind. Was heißt das? Er war noch nie in Genua. Kein Mensch kann jemals überall gewesen sein. Ihm gefällt das Gefühl, dass die Unterredung ganz legal an ihm vorbeirauscht. Er mag ihre Stimmen, den Klang der Sprache und die Tatsache, dass er nicht weiß, worum es geht. So kann er sich einreden, sie sprechen auch über ihn. Vielleicht auch über sehr intime Details. Das würde ihn freuen, denn er glaubt, es gibt zu viele intime Geheimnisse und zu wenig Offenheit.

Wenn sein Nichtverstehen von Mandarin dafür sorgt, dass heute ein paar Geheimnisse verschwinden, wäre er sehr glücklich und stolz. Wenn er seine zwei Mädels verstehen könnte, würde er staunen und käme ins Grübeln. Jedoch Mailin übersetzt es ihm nicht und Shenmi erzählt es ihm nicht. Sie reden nur miteinander. Mailin ist bass erstaunt, wie ihre Schwester das nun wieder wissen kann! Shenmi hat ihr gesagt, dass sie schwanger ist. Wer der Vater ist, will Mailin wissen und Shenmi guckt sie fragend an. Wer? Es ist doch offensichtlich. Hendrik natürlich!

Hat er ihr denn schon vorher mal in die Muschi gespritzt? Shenmi schüttelt den Kopf. Nein, heute Nacht war das erste Mal. Sie kann es kaum glauben, dass es gleich geklappt hat. Das ist der Hauptgrund, warum Shenmi so glücklich ist. Sie bekommt endlich ihr eigenes Baby. Mailin weiß zwar nicht viel über das Leben und die Leute, aber das weiß sie ganz sicher! Sie selbst war schon schwanger und Shenmi nicht. Sie braucht ihr nicht zu erzählen, dass sie etwas fühlt. Bei ihr hat es viel länger gedauert, bis sie überhaupt ernsthaft erwog, dass sie schwanger sein könnte.

»Du willst es gespürt haben, Shenmi? Das glaube ich nicht.«

»Musst du gar nicht glauben, große Schwester. Ich weiß es. Das reicht.«

Mailin tippt sich an die Stirn, für sie ein enormer Gefühlsausbruch. »Ich habe es in mir drinnen nicht einmal gespürt, dass er seinen Samen verspritzt hat. Erst hinterher. Das bildest du dir ein.«

»Dann ist es eine sehr starke Einbildung. Bisher habe ich bei keinem etwas gespürt. Niemals so etwas wie heute Nacht.«

Was das angeht, kann Mailin mitreden. Es war ihr im Schwarzen Wald auch so ergangen. Doch bei ihr hatte es sich auf den Sex bezogen. Nicht auf die Tatsache, befruchtet worden zu sein. Sie ist felsenfest überzeugt, dass es keinen Besseren gibt. Und Shenmi hat dies heute Nacht auch gespürt. Deswegen ist sie etwas durcheinander. Nicht weil sie einen Embryo in sich trägt. Wenn Hendrik kommt, kann man durcheinandergeraten. Denselben Gedanken hat Shenmi auch gerade. Als hätten die beiden Schwestern die Hellsehergabe, reden sie genau so miteinander, wie Hendrik es sich wünscht. Shenmi weiß es zwar, hakt aber noch einmal nach.

»Ist er immer so furchtbar laut, wenn er ejakuliert?«

Mailin kichert und lacht die Schwester an. »Das ist toll, nicht?«

Shenmi weiß, was sie meint und nickt. »Unglaublich. Ich will wissen, ob er das machen muss oder will. Danach lag er minutenlang auf mir. Ich hatte eine Gänsehaut, wie nie zuvor. Unheimlich.«

Dann denkt sie an etwas, was sie nicht mitteilen kann. Denn es war der Augenblick, in dem sie es gespürt hat. Es ist physisch unmöglich. Aber Wunsch und Glaube sind bei Shenmi zu stark. Da hilft kein Argument. Spätestens in vier Wochen hat sie Gewissheit. So lange sie keine Gewissheit hat, weiß sie es nur und nur sie weiß es. Weil sie es gespürt hat. Und das findet Mailin so abwegig, dass sie es Hendrik nun doch erzählt: »Hendrik, Shenmi ist schwanger.«

»Ach ja? Wusste ich gar nicht. Wer ist der Vater, auch verhaftet?«

»Nein, das bist du. Behauptet sie.«

Hendrik tippt sich an die Stirn, ohne darüber nachzudenken, ob man in China die Geste versteht, dann sagt er: »Wie schön für sie.«

Mailin hat ihn verstanden, aber versteht nicht, wie es gemeint ist. Klar ist es schön für sie, aber er sagt es nicht so, als meinte er es ernst. Doch bevor sie weiter nachforschen kann, platzt Bao mitten in die traute Familienszene. Auch er mit Anhang. Yanzhou, immer noch erleichtert, ihn gesund wiederzuhaben. Durch dick und dünn wird sie mit ihm gehen. Wenn er bereit ist. Die gute Nachricht zuerst, er hat ein neues Häuschen gefunden. Die schlechte Nachricht, er hat es für eine Woche gemietet. Wann sie hier wegkönnen? Unklar. Der

Fahndungsdruck ist hoch. Gerade hier. Die Grenze ist nicht scharf bewacht. Nur die Chinesen gucken zur Zeit genau hin, wer ausreisen will. Russen lassen sie passieren. Chinesen werden kontrolliert.

Sie packen ihre Habseligkeiten zusammen. Viel ist es nicht. Buchstäblich das, was sie am Leib tragen und Dokumente. Neunhunderttausend Dollar. Es geht ein Stück nach Süden. Durch Suifenhe und wieder rein in den Wald. Das neue Haus ist größer und hat immerhin ein Klo. Es ist Abend und die Chinesen kochen. Bei Hendrik löst das bisweilen Beklemmungen aus, denn die chinesische Küche der Chinesen in China hat mit der chinesischen Küche in Deutschland nicht viel zu tun.

Er sehnt sich nach der faden süßsauren Soße seines Stammasiaten. Eins weiß er, falls sie es je schaffen, Shenmi darf er dorthin niemals einladen. In einem Anfall nostalgischen Größenwahns lässt sie die Familie des Pächters ausrotten. Wegen Verunglimpfung der chinesischen Küche. Heute ist es nur mittelscharf. Also nach Meinung der anderen lasch. Vielleicht ist Sambal Oelek leer. Eine Spur zu glibberig für ihn. Er fragt lieber nicht nach. Sonst geht es ihm wie seinerzeit als Kind – hungrig ins Bett.

»Wie geht es jetzt weiter?«

»Morgen gucken wir, ob du ohne Probleme über die Grenze kommst. Vielleicht zusammen mit Yanzhou.«

Baos Vertrauen in Hendrik scheint etwas blauäugig. Aber entweder so, oder er geht alleine. Traut er ihm nicht? So oder so, ein bisschen muss er es. Vertrauen.

»Und dann?«

»Dann wartet ihr ein Weilchen und kommt wieder zurück.« Bao sieht in die Runde, als ob das ein toller Plan ist. Will er Beifall? Hendrik hat längst einen eigenen Plan. Und das, obschon er das Zitat von Brecht kennt. Später, als die Kernfamilie im Bett liegt, redet er mit Mailin. Für ihn ist sie das Bindeglied, das alles zusammenhält. Shenmi auf der linken und Mailin auf der rechten Seite, dazu anderthalb Kinder. Wer hätte das vor zwei Jahren gedacht?

»Wenn du dir sicher bist, gehe ich morgen zur Botschaft.«

»Sicher? Du meinst mit Deutschland? Sicher bin ich sicher. Was willst du bei der Botschaft?«

»Ich will zusehen, dass ich einen Weg für uns alle finde. Denn in Russland anzukommen, ist nur die halbe Miete.« Als ob Shenmi auch etwas beitragen will, robbt sie näher an Hendrik. Noch näher.

»In die EU reinzukommen, ist etwas völlig anderes. Ihr bräuchtet jeder ein Visum. Und nur Yanzhou bekäme eins, wie ich das sehe. Als Tourist. Vielleicht auch der Kleine, obgleich ich selbst da Zweifel habe.«

Mailin tut es der kleinen Schwester nach und robbt auch näher. Während die schon schläft, flüstert Mailin ihm etwas ins Ohr.

»Mach es mir mit den Fingern. So wie damals im Schwarzen Wald!«

Kennt man die Frau von vor anderthalb Jahren, muss man sich wundern. Kein Stein ist auf dem anderen geblieben. Weil ihr Mann durch die kleine Schwester an seiner Seite eingeschränkt ist, bewegt Mailin ihren Schoß zu ihm. Zu seinen Fingern. Lässt sich verzaubern. Später schlafen alle, außer Hendrik. Hahn im Korb zu sein, ist anstrengend. Und heute Nacht ungemütlich. Und heiß, ihm ist heiß. Wenn nicht freiwillig jemand weicht, wird er morgen in ein anderes Bett umziehen.

***

Shenmi wacht neben Hendrik auf. Es ist hell und sie sind alleine. Mailin ist schon mit Jahzen zugange. Sie will die Langmut der großen Schwester nicht strapazieren. Aber *er* liegt neben ihr! Wie kann sie dabei nicht reagieren? Kann sie nicht. Sich nicht zurückhalten. Hendrik ist warm und schwitzig, im Zimmer sind es über zwanzig Grad. Sie rutscht näher zu ihm und schnüffelt. Sie beide passen perfekt. Shenmi weiß es, ihre Gene harmonieren vollendet. Sie denkt an das Tier von gestern Nacht. Sie hält sich eine Hand zwischen die Schenkel. Reibt ihr fiebriges Geschlecht. Masturbiert obsessiv während sie schnuppert.

Sein Geruch ist in ihrem Hirn gespeichert, sie wird ihn nie wieder vergessen. Ihre Vulva schmatzt, Shenmis Vagina tropft und es kommt ihr demnächst. Sie denkt daran, wie sie unter ihm lag, hilflos, begraben, überwältigt. Sie erinnert sich an die unheimliche Symbiose von Gewalt und Eleganz. Und daran, dass sie geheult hat. Zuerst vor Trauer und später vor Unglauben über das, was Hendrik mit ihr anstellt. Shenmi hat einen Höhepunkt. Weil er neben ihr liegt, kann sie unmöglich leise sein. Noch im Ausklang legt sie den Arm über ihn. Spürt sein Glied wachsen.

»Flittchen.«

Hendrik weiß, dass es nicht vorbei ist. Hat es am Morgen in ihren Augen gesehen. Shenmi fasst seinen Schwanz an, er gleitet durch die von ihrem Sekret feuchten Hände. Sie wichst ihn. Gekonnt. Genüsslich.

»Du willst es noch mehr als ich.«

Sie lächelt, versteht nichts und versteht doch alles. Er legt sich auf sie. Die kleine Hand dirigiert ihn sicher ins enge Scheidengewölbe. Aufgeweicht vom Höhepunkt, heißgelaufen von der Masturbation. Shenmi ist so klein, dass die Proportionen nicht stimmen, wenn er zusieht, wie sein Schwert durch ihre nasse Spalte pflügt. Und das Zusehen gibt ihm heute den Rest. Er schiebt ihn ein letztes Mal ganz nach hinten. Lotet die Tiefe aus und lässt seinen seidigen Samen in die fließen, die es wie keine Zweite auf der Welt will.

Und erneut, wie vergangene Nacht, tut er es. Hendrik liegt jetzt so schwer auf ihr, drückt seinen Unterleib gegen ihren, dass sie wie festgenagelt ist. Das und das Wissen um den See aus Sperma in ihr, lassen die schönste Frau der Welt erneut erzittern. Bescheren ihr einen Orgasmus, wie sie ihn nie gekannt hat. Alle Kunst verblasst gegen dieses archaische Tun, das nur dazu dient, den einen Zweck zu erfüllen. Reiner Trieb, nicht sublimiert, nicht kanalisiert. Mann und Frau tun, was sie tun müssen, um ihre Art zu erhalten.

Wladiwostok

Ostsibirien, Russland, Juli 2021

Wo ist die Deutsche Botschaft? Es gibt keine Deutsche Botschaft in Wladiwostok. Woher soll ich das wissen? Falls man in Italien seinen Pass verliert, kann man trotzdem einfach nach Hause fahren. Und sich dort einen neuen holen. So etwas wie eine Botschaft oder ein Konsulat habe ich nie gebraucht. Die Deutsche Botschaft ist in Moskau. Eine Weltreise. Es gibt leider auch kein Konsulat. Es gibt hier einen Honorarkonsul. Ein Russe. Ein Russe? Ich dachte, dass ein Konsul wenigstens ein Deutscher sein würde.

Nein, muss er nicht. Für das Dutzend Deutsche im Jahr, das hier etwas braucht, reicht ein Russe. Meistens kommen Kreuzfahrer mit den peinlichen Luxusproblemen reicher Leute. Easy. Leichter Job, man darf nur nicht zu oft mit den Augen rollen. Sonst ist man raus. Ich erkläre ihm, dass ich einen hochdotierten chinesischen Wissenschaftler habe, der an geheimem Scheiß arbeitet. Und dass ich für ihn und seine Familie eine Reisegelegenheit nach Deutschland brauche. Jetzt rollt er doch mit den Augen. Da müsse er erst Rücksprache halten. Jede Wette.

Ich gebe ihm die Nummer eines nagelneuen chinesischen Handys mit russischer SIM-Karte. Er verspricht, dass sich spätestens morgen jemand melden wird. Morgen ist Freitag, es würde mich wundern. Yanzhou hat beim Auto gewartet. Sie spricht kein Deutsch, logisch, aber auch sehr wenig Englisch. Wahrscheinlich das Englisch, welches man in ihrem Beruf braucht. »Do you want my pussy? You're so strong, Sweetheart! Oh My God! I'm coming. Give it to me.«

Viel mehr wird es nicht sein. Und als ich bei ihr war, hat sie Chinesisch gesprochen. Was sagt die Hure zu einem, wenn sie genau weiß, dass man kein Wort versteht? Es klang brünstig, aber beschwören kann ich es nicht. Ich bin nicht so weit, dass ich normales von brünstigem Chinesisch unterscheiden kann. Heute lassen wir es lieber. Keine Ahnung, was Bao sagt, wenn wir zurückkommen und aus ihrer Muschi läuft frisches Sperma. Nachdem ich weiß, dass er kastrieren kann, werde ich einen Teufel tun, ihn zu provozieren. Womit auch immer. Außerdem habe ich schon zwei. Süße.

Ich will Jurij überraschen und weil er mir geholfen hat, mich bedanken. Mit Wodka natürlich. Da ich keinen Schimmer habe, nehme ich einen teuren in einer kleinen Flasche. Wird schon gutgehen. Yanzhou kauft ihrem Liebsten eine Pelzmütze. Russischer Zobel nehme ich an. Wie kann ich ihr sagen, dass das für Deutschland eine ganz schlechte Idee ist? Für ganz Europa vermutlich. Pelz ist untragbar. Vielleicht gehen sie ja nach Finnland oder Schweden. Unbrauchbar weiter südlich – zum Beispiel auf Zypern.

Nur weil man befriedigend miteinander gevögelt hat, heißt das nichts. Ich weiß nicht, ob Yanzhou und ich uns mehr zu sagen hätten, sprächen wir dieselbe Sprache. Wir haben schon mal nicht den gleichen Humor. Wenn sie mir was zeigt und lacht, gucke ich irritiert bis unverständlich. Und umgekehrt. Stadtbummel mit ihr ist nicht kurzweilig. Möglich, dass es entspannter wäre, wenn wir keinen Sex gehabt hätten. Aber müsste sie als Hure da nicht darüberstehen? Oder haben wir außer dem Körperlichen keinen Draht zueinander? Zum Grenzübergang ist sie brauchbar. Sie als Chinesin kommt ohne Visum rein und raus und ich als Hendrik habe eins. Das einzig Komische ist, dass wir zusammen sind. Was Wladiwostok angeht, sind die Ethnien sonst eher getrennt unterwegs. Schön reinrassig.

Und neunzig Prozent Russen. Die halten ihr Volk sauber. Rotten die Randvölker aus, deportieren Russen dorthin und lassen niemanden ins Land. Letzteres ist einfach, denn wer will schon freiwillig nach Russland? Vermutlich nicht einmal syrische Bürgerkriegsflüchtlinge. Wir sitzen nach dem Abendbrot am Tisch und trinken mitgebrachten Wodka. Natürlich nicht Jurijs.

»Prost!«

»Ganbei!«

»Hchändrik! Na zdorov'ye!«

Mit Wodka bin ich ein passabler Jurij-Imitator. Mein Russentelefon klingelt. Jetzt schon? Sicher verwählt.

»Hchalo?« Mit Hallo liegt man immer richtig. Selbst mit Russki-Akzent.

»Guten Tag. Mein Name ist Wollschmidt vom Auswärtigen Amt. Mit wem spreche ich, bitte?«

Die Höflichkeit überwiegt, ich denke gar nicht daran, etwas Falsches zu antworten. Wozu auch? Früher oder später muss ich Farbe bekennen. Ich sage ihm meinen Namen. Dass er nach einer halben Flasche Wodka anruft, finde ich unpassend. Aber lustig.

»Ich hoffe, ich störe nicht beim Abendessen, hier ist es nicht einmal Mittag. Was sie unserem Mitarbeiter erzählt haben, klingt dringend.«

Wo bin ich denn gelandet? Vielleicht in einem Paralleluniversum, wo es ehrgeizige deutsche Beamte auch in den unteren Chargen gibt? Eine Schwalbe macht noch keinen Sommer. Zeit, nüchtern zu werden.

»Alles bestens, wir haben schon gegessen. Was für Sie dringend klingt, ist für uns existenziell.«

Ich komme mir vor wie James Bond, als ich fortfahre: »Ich kann aber schlecht am Telefon darüber reden. Nicht nach der NSA und Edward Snowden.«

Dann kommt die Lieblingsfloskel derer, die es nicht tun: »Ich verstehe.« Vielleicht stimmt es? Denn er spricht weiter: »Haben Sie sich denn schon Gedanken gemacht, wie wir uns möglichst schnell einigen können?«

Worauf du dich verlassen kannst, ich mache seit Tagen kaum etwas anderes als mir Gedanken. Jetzt kommt es darauf an. Ich kann nichts erläutern, ich kann es nicht wiederholen, ich kann nur hoffen, dass uns niemand abhört. Oder hoffen, dass der die falschen Schlüsse zieht. Stundenlang habe ich gegrübelt und mir ein Rätsel ausgedacht. Ein Rätsel, welches hoffentlich nur ein Deutscher lösen kann. Der deutsche 007.

»Die Abendpost. Zehn Tage nach meinem Geburtstag. Titelseite. Wissenschaftler Asterix in der Mitte. Aus dem Reich dort. PoC. Haben Sie das?«

Herr Wollschmidt vom Auswärtigen Amt ist sicher nicht 007 und hat auch keine Lizenz zum Töten. Doch er hat es drauf. Er fragt nicht nach. Er sagt nicht, ich rufe sie wieder an. Er will keine Erklärung.

»Melden Sie sich Montag bei mir, dann habe ich einen Vorschlag.«

Aufgelegt. Es läuft besser, als ich erwartet habe. Mailin, die mitgehört hat, schaut mich fragend an. Ich mache den Daumen nach oben. Trotzdem habe ich Herzklopfen. Hundertzwanzig pro Minute bestimmt. Ich wäre ein beschissener Spion. Shenmi nimmt Rücksicht und lässt uns drei heute Nacht alleine. Mailin hat es nötig. Dass ich meiner mongolischen Schönheit ihr ganz eigenes Entwicklungstempo lasse, gibt Raum für Missverständnisse. Die raunt sie mir ins Ohr. Ohne es zu wissen. Sie hat nachgedacht. Ich werde mir das *Ich-habe-nachgedacht* gut merken, denn wenn es kommt, hat es mitunter Gravierendes im Gepäck. Diesmal nicht. Jetzt geht es darum, dass sie die wenigen Male, an denen wir Sex hatten, nur an sich gedacht hat. Mach Sachen, wirklich? Hätt ich nicht gemerkt! Sie ist dermaßen unbeholfen und süß. Wir kennen uns jetzt vielleicht sechs Wochen und zu Beginn war sie Jungfrau. Mailin, Rom wurde auch nicht an einem Tag erbaut. Sechs Wochen braucht sie, um zu merken, dass sie quasi nichts macht. Okay, das ist nicht fair. Die ersten Male nichts gemacht hat. Überhaupt nichts, außer dazuliegen und in sich reinzuhorchen. Es gibt Frauen, die haben das noch nie gemacht. In sich hineingehorcht. Sei unbesorgt.

Ist sie aber nicht. Heute sorgt sie sich, dass mir der Sex nicht so gut gefällt wie ihr. Ich könnte Frauen finden, die mehr machen als sie. Hat sie in den Pornoschnipseln gesehen. Ob Shenmi denn mehr gemacht hätte? Herzchen, ist sie jetzt ängstlich, dass ich die schönste Frau der Welt lieber mag als sie? Ich nehme Mailin in den Arm. Fest. Ganz fest und ganz lange. Ich küsse sie. Und dann vögeln wir ganz behutsam. Zärtlich langsam und doch so tief, dass sie alsbald die Kontrolle verliert. Bao, hör genau hin, hör ganz genau hin. Das ist das Gegenteil von *Spiel mir das Lied vom Tod.*

***

Mailin aufzuklären mache ich ein andermal, denn das ist nichts, was sich leicht und schnell erklären lässt. Einstweilen begnüge ich mich damit, sie zu necken und zu herzen. Ich fasse ihr in passenden und unpassenden Momenten an intime Stellen, sodass sie ihr Klein-Mädchen-Kichern hervorholt. Was habe ich davon, wenn sie bläst wie eine Nutte? Das kann man lernen, das ist leicht. Aber so aufrichtig und herzlich zu kichern, das macht Mailin keiner nach. Das ist ihr Alleinstellungsmerkmal. Es geht doch beim Sex nicht darum, Leistung zu bringen und mit Können zu punkten. Wir sind doch nicht in der Bundesliga! Die sonderbare Chinesin spielt sexuell gerade einmal Kreisklasse.

Aber ein simpler Missionar mit ihr ist tausendmal besser als irgendeine Wahnsinnsnummer mit der akrobatischsten Nutte. Bei Mailin ist es ehrlich aufrichtige Freude. Wir sind einander nahe, und das ist unersetzlich. Wäre es anders, wären Prostituierte und Pornodarsteller Traumberufe. Sie sind es nicht. Vielleicht bin ich unfair. Wenn ich etwas mit Mailin nicht erlebe? Nicht erleben kann? Ja und? Sie ist nicht die einzige Frau auf der Welt. Ich gebe immer alles und nehme, was ich kriegen kann. Langfristig lohnt es sich. Ich bin das perfekte Pendant zum Sex. Besonders perfekt, wenn die Frau es nicht ist. Zu dick? Ist mir egal. Zu ungeschickt? Was solls. Zu schüchtern? Nicht mehr lange. Zu unerfahren? Kann ich ändern. Zu ängstlich? So ängstlich kannst du gar nicht sein, dass du mir nicht vertraust.

Von daher bin ich eigentlich auf die Göttin nicht so scharf, wie es scheint. Außer aus dem Grund, warum man auf die schönste Frau der Welt scharf sein muss. Weil die Natur es so vorsieht. Nicht mehr und nicht weniger. Und seit wir uns vereinigt haben, weiß ich noch mehr Gründe. Aber der Moment jetzt gehört nur Mailin. Meiner fremden Schönheit aus der Ferne. Und Apotheke. Mein echtes Handy vibriert. Ich bin schon ganz durcheinander. Triadenhandy, Trackinghandy, Russenhandy und mein eigenes. Tracking liegt zum Glück im Rhein, Triadenhandy ist unnötig, weil alle Leute hier sind. Bleibt mein echtes Telefon. Eine Nachricht von Frau Doktor. »Kannst du dich auf mal auf meinen Computer schalten?«

Pervers lange Leitung

Ostsibirien, Russland, Juli 2021

»Hey, jetzt sag mir nicht, dass ich dir einen Druckertreiber installieren soll, ich bin am anderen Ende der Welt.«

»Weiß ich doch, Süßer. Komm, wir quatschen mal. Bist du alleine?« Bin ich nicht, ist aber kein Problem. Keiner kann Deutsch und Mailin ist es egal, was wir zu besprechen haben. Vermutlich. Keine Ahnung, wo Frau Doktor der Schuh drückt, aber ich werde es gleich erfahren. Das ist der Nachteil, wenn man im IT-Support arbeitet. IT-Support braucht jeder. Absolut jeder.

Auch Apotheke habe ich schon geholfen. In ihrer Apotheke in einem früheren Leben, so kommt es mir vor. Es ist Freitagmorgen und in Gernsbach ist es jetzt? Mitternacht. Alter. Muss vielleicht doch was Schwerwiegendes sein.

»Bist du in der Apotheke? Gehts um das Netzwerk?«

»Nein. Zuhause.«

Ich wusste gar nicht, dass sie dort überhaupt einen Rechner hat.

»Ich hab dir einen Link geschickt. Draufklicken und ich dringe ein.«

»Wenn du es nur tun würdest …«

Auf dem Bildschirm tat sich etwas. Loading. »… ich vermisse dich!«

»Was ist denn nun eigentlich dein Problem?«

»Warum dauert es so lange?«

»Weil ich fast in Wladiwostok bin. China, russische Grenze. Dass es hier überhaupt Internet gibt, wundert mich. Ich schick dir mal meinen Standort.«

Pause, sie sieht nach. Pause.

»Ach du Scheiße, was machst du denn da?«

»Videotelefonie mit einer Schlampe aus dem Schwarzen Wald.«

»Sei froh, dass du nicht *alt* gesagt hast!«

»Würde ich nie tun!«

Apotheke lacht und fragt: »Hast du schon eine Idee, wann du deine Ehrenschulden bei mir tilgst?«

»Können wir gleich machen, ich schau dir einfach beim Wichsen zu und feuere dich an. Wäre das okay?«

»Nein, wäre es nicht. Aber es bringt uns zum Thema. Rolf liegt im Krankenhaus. Corona. Sieht nicht gut aus. Er wird seit einer Woche beatmet.«

Ich kenne ihren Mann nicht, weiß nichts über ihn. Ich will nicht nachtreten und will nicht schleimig klingen. Was sagt man? Gute Besserung? Ist doch verlogen. Ich sage nichts. Wer weiß, was Frau Doktor sich wünscht.

Endlich bin ich auf ihrem Rechner.

»Was ist denn nun eigentlich dein Problem? Läuft doch, oder?« Sie antwortet mir nicht, sondern öffnet einen Ordner. Pornos. Sieht man auf den ersten Blick, hoffentlich nix mit Kindern, dann kotze ich. Und rufe die Bullen, Corona hin oder her. Aber es sind keine Kinder. Das sind zwei Erwachsene. Sieht wie ein Amateurporno aus. Eine Kameraeinstellung. Keine Nahaufnahmen. Bisschen langweilig.

»Ja? Bisschen langweilig. Oder kennst du die?«

»Die nicht.«

Sie öffnet einen zweiten Ordner. Das sind Apotheke und ich. In voller Aktion. Ziemlich geile Aktion. Rolf hat offenbar aufgerüstet, eine zweite und vielleicht dritte Kamera installiert. Er schneidet hin und her, je nachdem, welches Bild mehr zu bieten hat. Ich habe nie auf Kameras im Appartement geachtet. Wenn es um Sex geht, achte ich auf nichts anderes. Gut für meine Partner, schlecht für sowas. Es ist der erste Abend. Alles ist drauf; wie wir trinken, in Fahrt kommen. Wie sie mich anmacht, wie sich mich in Fahrt bringt. Mit ihrem aufplatzenden Dekolleté. Wie sie nachschenkt und ich die Pille schlucke. Und die riesige Erektion an dem Abend. Meine Güte, was für ein geiles Video! Was würde Mailin dazu sagen? Sie wäre sicherlich interessiert, was wir da treiben. Was das angeht, ist sie zuverlässig.

»Rolf ist leicht pervers. Das ist alles? So what? Was ist jetzt dein Problem?«

»Wenn das im Internet landet! Ich bin ruiniert! Das ist keine hippe Pharmazie in Friedrichshain, das ist die verfickte Dorfapotheke von Gernsbach! Die werden sich ihre Mäuler zerreißen.«

»Haben sie es denn schon getan?«

»Nein.«

»Dann wäre ich an deiner Stelle unbesorgt.«

»Unbesorgt, du bist gut. Ist ja nicht deine Existenz, die auf dem Spiel steht. Rolf hat von allen Gästen diese Videos gemacht.«

»Echt? Zeig mal was.«

Kaum sage ich das, schon spritzt es aus Mailins Brüsten heraus. Sauerei. Unser Wiedersehen. Ich nehme selbst die Steuerung und sehe mir ein paar Stellen an. Ich werde geil. Weiß nicht, ob Frau Doktor das beabsichtigt. Ich klicke mich selbst durch die Ordner. Ich drehe die Sortierung von alphabetisch auf chronologisch. Aber ich finde es nach ein paar Minuten witzlos. Für den gut, der sich die Mühe gemacht hat. Da ich niemanden kenne, sind die Bilder für mich nichts Besonderes. Dazu ist die Kamera zu weit weg. Ich gehe zurück zum ersten Ordner. Diesmal kein Sex, sondern die jüngere Frau Doktor kommt mit einem … vielleicht mit einem Handwerker ins Bild. Ihre Aufwärmphase war anscheinend schon. Im Stehen.

Als sie ins Bild stolpern sind beide halbnackt. Unbeholfen fallen sie aufs Bett und eilig haben sie es. Als der Handwerker sie auf die Matratze nagelt, ist die Unbeholfenheit längst verflogen und den Geräuschen nach zu urteilen auch jegliche Zurückhaltung. Das interessiert mich! Kaum sehe ich, wie meine Freundin beim Sex zugange ist, kann die Action auch klein sein. Es ist trotzdem wahnsinnig interessant.

»Mach dir mal eine Kopie. Falls er Corona überlebt. Sonst kannst du später nicht mehr darauf zugreifen.«

»Sag mal, spinnst du Hendrik? Glaubst du, ich gehe nach dem hier einfach zur Tagesordnung über?«

»Warum denn nicht? Rolf hat offenbar seinen ganz eigenen Fetisch. Sexuell gesehen seid ihr ein ideales Paar. Und das nach so vielen Jahren Ehe. Wenn dir das Zusammenleben mit ihm nicht auf den Sack geht, lass alles so, wie es ist.«

Apotheke denkt nach. Das kann man förmlich hören. Bevor sie falsche Schlüsse zieht, lege ich nach.

»Was ich vorhin meinte. Wenn die Sachen im Netz auftauchen, ist alles vorbei. Rolf wird sich hüten und das tun. Falls doch, ist es zu spät. Aber es müsste auch erst einmal jemand finden. Das Internet ist groß.«

»Meinst du? Ich hab nur ans Internet gedacht. Woran denn sonst?«

»Na ja, Dein Mann hat einen besonderen Fetisch. Man könnte auch sagen bizarr. Anscheinend steht er drauf, dir beim Sex zuzusehen. Okay, nicht nur dir. Aber eben auch dir.«

»Gibts sowas wirklich?«

»Ja. Ist nicht so selten, wie man meinen könnte. Meistens sind die Männer aber im selben Zimmer.«

»Du spinnst! Das kann doch kein Mann wollen. Zusehen, wie die eigene Frau gevögelt wird? Und was machen sie dann?«

Frau Doktor braucht Nachhilfe. Kaum zu glauben. Es spricht für sie, dass ihre sexuelle Erfahrung aus dem echten Leben kommt und nicht hauptsächlich aus dem Internet.

»Wenn die Frau es gestattet, dürfen sie beim Zusehen wichsen.«

Apotheke sagt nichts mehr. Pause. Dann eben ich.

»Ich sollte dir mal ein paar Geschichten zu lesen geben. Ist ein Teil der BDSM-Szene. Die Männer müssen ihren Frauen nach dem Sex die Muschi sauberlecken und lauter solche Dinge. Ein bisschen pervers, aber weitgehend harmlos.«

»Da kennt man jemanden so lange und von manchen Dingen ahnt man rein gar nichts. Von Wissen ganz zu schweigen. Ich weiß nicht, ob ich so tolerant bin.«

»Na ja, tolerant muss in erster Linie er sein. Du bist es, die sich von anderen Männern nageln lässt. Das war sicher auch schon vor der Kamerageschichte so.«

»Reine Notwehr. Was soll ich denn machen? Wenn ich Lust habe?«

»Kann ich mir denken. Falls deine Lust so groß ist wie deine Titten. Dir hat ein Mann wahrscheinlich nie lange genügt. Das ist der Preis, den man zahlt, wenn man unersättlich ist. Oder wenn man jemanden liebt, der unersättlich ist.«

Sie murmelt vor sich hin: »Einfach weitermachen wie bisher?«

»Wenn ein Gast die Kameras entdeckt, ist Rolf allerdings am Arsch. So richtig. Zwei Jahre Knast gibt es dafür. Vermietet ihr denn noch?«

»Woher soll ich das wissen? Hier ist Corona. Bei euch?«

»Hier gehts. Masken halt. Aber alles hat auf, man kann alles machen. Wir sind gerade durch halb China gefahren. Wohnen in Ferienhäusern. Ich nehme jedenfalls an, dass es legal ist. Verstehen kann ich ja nix.«

»Soll ich ihm denn sagen, dass ich es weiß?«

»Schwierige Entscheidung. Keine Ahnung, was bei ihm überwiegt. Möglich, dass alles vorbei ist, wenn er weiß, dass du es weißt. Möglich aber auch, dass es für ihn noch schöner wird.«

Überleben muss er auch, aber das denke ich nur. Wie gesagt, ich weiß zu wenig von dem Ehepaar aus Gernsbach. Auch wenn er nicht weiß, dass wir Bescheid wissen, kann man es für ihn sicher ein wenig steigern. Es so deichseln, dass er besser sehen kann.

Ich klinke mich aus, schalte den Zugriff auf ihren PC ab und sage ihr, dass sie die Kamera anmachen soll. Macht sie.

»Na Hendrik, hast du Sehnsucht nach mir?«

Geht so. Aber *Geht so* sagt man nicht. Ich bin ausgelastet. Mir wird physisch alles abverlangt und dazu der geheime Agentenscheiß. Aber wenn eine so tolle Frau dich fragt, sagst du unmöglich nein!

»Besonders jetzt, da ich dich sehe, habe ich allergrößte Sehnsucht nach dir. Aber lass deine Titten drin, hier gehen einige Leute ein und aus.«

Wie aufs Stichwort betritt Shenmi das Zimmer. Wenigstens ist sie angezogen. Sie kommt näher. Tritt neben mich. Guckt sich die fremde Frau an. Als Apotheke Hallo sagt, zuckt Shenmi zurück und wird rot. »Entschuldige, ich wusste nicht, dass du telefonierst! Tut mir sehr leid, sag ihr das auch, keine Absicht.«

»Shenmi, keine Sorge, das ist eine Freundin. Ruf doch Mailin mal her.«

Die Göttin geht und Apotheke fragt: »Wer ist das denn? Miss Asien 2017? Was macht *die* denn bei euch?«

Tja, was macht Shenmi bei uns? Schwanger werden. Mit Gewalt. Mitreisen. Junge Leute zum Mitreisen gesucht. Fliehen. Vor Angst, Sorge, Strafverfolgung. Montag bin ich schlauer.

»Mailins Schwester war das. Ich weiß, sie sind sich nicht ähnlich. Haben andere Väter. Apropos, da kommt wer.«

Ich zerre meine unbeholfene Freundin vor den Computer. Mailin guckt verwirrt. Dann erkennt sie Frau Doktor und ein Strahlen geht über ihr Gesicht. Sie hat sie gerettet! Sie hat ihr den Mann ihrer Träume beschert!

»Hallo! Wie geht es dir? Wir kommen bald zurück nach Deutschland. Dann besuchen wir dich!«

Sie winkt der fernen Freundin zu. Frau Doktor winkt zurück. Hoffentlich kommen nicht auch noch Bao und Yanzhou. Mein Bedarf an Erklärungen ist gedeckt.

Hans 007 Wollschmidt

Datsche in Nordostchina, Juli 2021

Todesnachrichten sind immer unpassend. Sind einschneidend und verändern oft alles. Hendrik will gerade die Anweisungen von *mein Name ist Wollschmidt, Hans Wollschmidt* an seinem Rechner umsetzen, als sie kommt. Der Drachenmeister. Die Stimmung ist wie beim Coronakarneval, ganz unten. Er zieht sich in das Schlafzimmer zurück und sagt Mailin, dass sie sich bereithalten soll. Sie hat ein Bewerbungsgespräch. Das mit dem Gespräch sagt er ihr, das mit der Bewerbung nicht. Spontan ist sie am besten. Wenn sie sich nicht zu viele Gedanken macht. Bao und Yanzhou müssen die Tochter trösten, Hendrik kann 007 deswegen schlecht warten lassen.

Drachenmeister ist die Vergangenheit, Wollschmidt die Zukunft. Nach etlichen Minuten hat er die kryptischen Bedienungsanleitungen von VPN und Verschlüsselungssoftware für Videotelefonie bezwungen. Es kann losgehen.

»Guten Tag Herr Sandmann. Sie haben uns mit ihrem Rätsel ganz schön auf Trab gehalten! Falls Sie mal einen Job suchen …«

»Falls ich es bis zum ersten Test schaffen würde, schicken Sie mich gleich wieder heim. Wenn ich Sie anrufe, habe ich doppelt so schnellen Puls. Ich gäbe einen schlechten Agenten ab.«

Hendriks Puls rast tatsächlich.

»Schön, dass Ihnen das Rätsel gefallen hat! Die Information darf nicht vor der Zeit herauskommen. Das wäre fatal.«

»Wenn das stimmt, was wir entschlüsselt haben, könnte das stimmen. Lassen Sie mich anfangen. Der einfache Teil war ihr Geburtstag.«

»Sie haben Glück, dass ich nicht Andreas Müller oder Thomas Meier heiße, Sandmann gibts nicht wie Sand am Meer.«

»Wie sind Sie eigentlich von Moskau nach Wladiwostok gekommen? Denn offiziell sind sie nicht geflogen.«

»Mit einem russischen Pass. Geliehen.«

»Aus Ihnen wird doch noch ein passabler Agent. Aftenpost, Abendpost war pfiffig. Zum Glück gibts Internet.«

»Mit Schneckenpost würden Sie jetzt noch auf die Titelseiten warten.«

Er grinst und sagt: »Es gibt ja Diplomatenpost. Ist schneller. *Wissenschaftler Asterisk in der Mitte* hat uns länger beschäftigt.«

»Hat sicher eine Frau herausgefunden.« 007 Wollschmidt ist kurz sprachlos.

»Sie haben doch Frauen im Auswärtigen Amt, oder?«

»Ja, natürlich, aber es war ein Praktikant, ein Student. Lustigerweise einer, der gegen das Gendern der Sprache ist. Er wusste, dass diese ulkigen Gendersternchen Asterisk heißen.«

Hendrik atmet auf, denn er dachte, die heißen wie der kleine Gallier aus Asterix. Das Glück des tüchtigen Geheimagenten.

»Wir suchten eine Wissenschaftlerin, die auf dem Bild war. Die dunklere von den beiden. Den Rest haben unsere Eichhörnchen herausgefunden.«

»Ihre was? Eichhörnchen?«

»Eichhörnchen. Ich vergesse manchmal, dass Sie nicht vom Fach sind. Das sind unterbezahlte Leute, die in unseren Kellergewölben hocken und nach öffentlich einsehbaren Informationen suchen, sie sammeln und zusammenführen.«

»Sie haben mir nicht verraten, warum Sie sich des Falls überhaupt angenommen haben.«

»Zufall. Reiner Zufall. Anscheinend goldrichtig. Ist Frau Professor in der Nähe? Ich habe hier zwei sehr interessierte Leute. Beruflich interessiert.«

Jede Wette. Hendrik weiß, dass seine Liebste nicht Miss Heliongjiang wird. Nicht einmal für eine Karnevalsprinzessin aus den Achtzigerjahren würde es reichen. Und das will was heißen. Er steht auf und holt sie. Einen Moment lang überlegt er, ob der rote Bollenhut jetzt passend wäre, aber der ist in Tsingtao geblieben. *Wat fott es, es fott.*

Auf der anderen Seite sitzen ein Mann und eine Frau. Hendrik setzt sich an Mailins Seite. Falls sie Unterstützung braucht. Oder Hilfe bei der Sprache.

»Hallo zusammen nach Deutschland. An meiner Seite sitzt Frau Professor Wu, ich heiße Hendrik Sandmann. Wir können Deutsch sprechen.«

Sie stellen sich auch beide vor und fragen: »Sind Sie sicher, wir können gerne in Englisch …?«

Hendrik will an der Stelle unterbrechen. Ihre fehlenden Englischkenntnisse brechen ihr das Genick, denkt er, da sagt sie: »Ich spreche gar kein Englisch nur Mandarin und Deutsch.«

Also gut, das ist geklärt. Die Frau am Bildschirm guckt skeptisch. Aber das Stakkato der folgenden Fragen und Aussagen, Mutmaßungen und fehlenden Gewissheiten lässt seinen Kopf rauchen. Es ist absolut unzweifelhaft, dass Mailin und die beiden anderen sich verstehen. Dieselbe Sprache sprechen. Er zieht sich zurück und ist sicher, keinem fällt es auf.

Küche, Wohnzimmer, alles leer, er sucht Shenmi. In ihrem Schlafzimmer. Sie sieht besser aus, als er erwartet. Trotzdem lässt sie sich bereitwillig in den Arm nehmen. Er küsst sie auf die Wange, auf der salzige Spuren zu sehen sind. Umarmt sie wieder. Er hat den Drachenmeister gemocht. Sie hat ihn geliebt. Obwohl er ein Verbrecher war. Für Shenmi gibt es jetzt keinen wirklichen Trost. Doch Hendrik irrt sich, denn ihr Trost wächst in ihrem Bauch. In ihrer Gebärmutter.

»Hend'ik, ich bekomme ein Kind von dir. Einen schöneren Trost kann es nicht geben. Du hast alles gegeben, damit es mir wieder gutgeht.«

Hendrik denkt sich, was faselt die Frau da? Das ist zwei Tage her. Zu früh für alles. Nicht einmal hellseherische Kräfte könnten ihr das jetzt einflüstern. Aber er sagt nichts dazu, hält sie nur fest und streichelt sie wie ein Vater. Sie sitzen nebeneinander auf dem Bett und Shenmi legt sich halb auf Hendriks Schoß. Schläft ein. Sie ist bildschön. Hendrik ist der glücklichste Mann der Welt. Das denkt er, das glaubt er. Shenmi schläft. Er kann nicht aufstehen. Will nach Mailin sehen. Geht nicht. Sie wird sich melden, wenn etwas ist. Aber es dauert. Er ist heilfroh, als seine geliebte Mailin in der Tür steht und ihn anlacht.

»Es ist schön, mit Fachleuten zu reden. Hat Spaß gemacht. Ich freue mich auf Deutschland. Ich freu mich, wieder zu arbeiten.«

Sie befreit Hendrik von der kleinen Schwester und er geht zum Notebook zurück. Zu Wollschmidt.

»Hallo 007, wie ist die Lage? Sie sind guter Dinge, wie ich sehe. Müssten Leute wie sie, die so geheimen Scheiß machen, nicht ein Pokerface haben?«

»Das stimmt schon, aber die Nachrichten sind einfach zu gut. Da kann ich mich nicht beherrschen.«

Hendrik pfeift durch die Zähne. »Das höre ich gerne. Was haben die beiden Interviewer denn gesagt? Oder ist das auch geheim?«

»Nein, das ist es nicht, aber Sie werden mich auspressen wie eine Zitrone, wenn Sie es erfahren. Die beiden Wissenschaftler haben gesagt, wir sollen ihr das Doppelte geben, egal wovon. Und am Flughafen die Blumenmädchen nicht vergessen, die ihren Weg mit Blütenblättern bestreuen.«

Das ist allerhand. Vielleicht schaffen sie doch mit heiler Haut heraus.

»Wo sind Sie jetzt genau?«

Sind die Verschlüsselungsdinger todsicher? Auf den letzten Metern wird kein Risiko mehr eingegangen. Wenn heute Abend die Staatssicherheit vor der Tür steht, wird Hendrik es sich niemals verzeihen. Er bleibt vage.

»Auf der falschen Seite. Leider. Ich werde zusehen, wie wir das Problem lösen. Es gibt einige Familienmitglieder, die wir nicht missen möchten.«

»Es tut mir leid, das zu hören. Die falsche Seite ist nie gut. Wie viele Leute kommen uns besuchen?«

»Fünf Freunde, maximal fünf. Und ich. Wir sind völlig überstürzt aufgebrochen. Vielleicht haben sie eine Bleibe für ein paar Tage?«

»In Deutschland bekommen Sie alles, was Sie wollen. Seinen Sie unbesorgt.« Er macht eine Kunstpause.

»Was die falsche Seite angeht. Da sind uns die Hände gebunden. Das verstehen Sie sicher. Gehen Sie dennoch kein Risiko ein. Mit Russland sehe ich hingegen keine Probleme. Wenn sie drin sind, bekommen wir sie auch raus.«

***

Je eher, desto besser. Am Abend halten sie Kriegsrat. Für Shenmi stellt sich die Frage nicht. Für die große Schwester auch nicht. Beiden ist sonnenklar, dass sie bei Hendrik bleiben. Er hat beiden von ihnen ein Kind gemacht.

Wo sollen sie denn sonst hin? Hendrik ist nicht überrascht. Kein Vergleich zu Bielefeld, als er aus allen Wolken fiel. Aber er denkt weiter. An Mailin. Denn sie wird zwar dort sein, wo er ist, aber sie wird nicht nur im Homeoffice arbeiten. Er hätte die Wissenschaftler fragen sollen, wo sie den geheimen Quantencomputer aufstellen wollen. Vermutlich nicht in Mützenich.

Jahzen wird zwar aufmerksamer, trotzdem sind Brüste für ihn noch vorherrschend. Da, wo sie sind, will er auch hin. Und zu dem großen Mann, der neuerdings immer da ist. Dahin will er auch.

Yanzhou will mit ihrem Bao zusammensein. Und der weiß gar nichts. Er ist Chinese. Er kennt nichts anderes als China, er spricht zwar Englisch, besser als seine Freundin, aber nicht fließend. Wo er damit in der Welt überleben kann? Er weiß nichts von der Welt. Er mag ein harter Knochen sein, ohne seine Triadenfamilie ist er aufgeschmissen.

Er will zurück nach China. Aber nicht in ein Straflager. Ob Yanzhou zehn Jahre wartet, ist dabei nicht die Frage, sondern ob er zehn Jahre dort überlebt. Es ist Hendrik, der ihm zuredet.

»Mit dem Rest von deiner Million kommst du in Europa nicht weit. Fünfundzwanzig Jahre reicht das in Deutschland zum Leben. Vielleicht vierzig, wenn du sehr sparsam bist.«

»Dann bin ich siebzig. Vor zehn Jahren hätte ich kaum erwartet, dreißig zu werden.«

»Was ist, wenn du hundert wirst? Was willst du die letzten dreißig Jahre essen? Wo wohnen? Deutschland ist das schönste Land der

Welt. Für mich. So wie China für dich. Du würdest dort nicht glücklich.«

»Und was schlägst du vor?«

»Geh mit deiner Freundin nach Thailand, Vietnam, Philippinen. Wo es billig ist. Dort macht ihr ein paar Jahre Urlaub und dann kannst du wieder zurück. Wenn Gras über die Sache gewachsen ist.«

Bao sieht skeptisch aus. Zu Recht, denn wenn er nur Urlaub macht, bekommt er in China anschließend kein Bein auf den Boden. Aber das ist nur ins Blaue gesprochen. Hier bleiben können sie nicht.

»Aber eine Entscheidung *müsst* ihr treffen. Wollt ihr mit nach Europa? Oder wollt ihr hierbleiben? In Wladiwostok vielleicht?«

Sie müssen sich bis morgen entscheiden. Dann will er Wollschmidt sagen, was Sache ist. Es wird nicht einfach, so viel ist sicher. Die Diskussion wird schon heiß und das, obwohl alle beieinander sitzen. Yanzhou ist diejenige, die heißer ist. Armer Bao. Shenmi hat noch Autorität übrig und schickt die beiden nach draußen. Egal wohin, nur weg. Yanzhous einziger Fehler ist es, Bao zu lieben. Sie hätte nie erwartet, dass es darum geht, China zu verlassen! Ihre Familie, ihre Wohnung, den Amüsierpalast, ihre Existenz und das Wichtigste, ihre Sprache! So fest kann Bao sie gar nicht schlagen, dass sie bereit ist, mitzukommen. Sie mag es zwar, aber was zu viel ist, ist zu viel. Nein. Klipp und klar. Sei ein Mann, Bao. Sitz deine Strafe ab, sie wartet auf dich.

Der ist am Boden zerstört, denn für ihn ist sonnenklar, dass sie ab jetzt alles gemeinsam machen. Gemeinsam entscheiden. Aber das, was *er* will natürlich. Yanzhous eigene Meinung, ihre eigenen Wünsche erwischen ihn auf dem falschen Fuß. Er spürt, wie legitim ihr Wunsch nach Heimat ist. Und er spürt seinen Neid, weil er diese Wahl nicht hat. Für ihn gibt es kein Zurück. Damals, als es darum ging, Verbrecher zu werden, hatte er solche Gedanken nicht auf dem Schirm. Stell dir vor, du musst fliehen und deine Frau kommt nicht mit! Es hätte ihn damals auch nicht interessiert.

Jetzt interessiert es ihn gleichermaßen, wie es ihn deprimiert. Denn eine Lösung ist nicht in Sicht. Sie werden getrennt. Weil Yanzhou nicht das will, was er muss. Ein Fünkchen Verständnis hat er, denn am liebsten würde er auch zurück nach Tsingtao. Wohin sonst? Es ist seine Heimat.

***

In der anderen Haushälfte herrscht eitel Sonnenschein. Hendrik will nach Hause, endlich. Mailin will zu Hendrik, endlich. Shenmi muss mit und es ist ihr egal. Sie ist schwanger, endlich. Wieder eine Nacht zu viert im Bett. Heiß. Viel zu heiß für Hendriks Geschmack. *Wat wells de maachen?* Aus den Geräuschen des restlichen Hauses erschließt sich nicht, zu welchem Entschluss das junge Paar gekommen ist. Beim Frühstück ist es Bao, der offenbart, dass er nach Europa mitkommt und Yanzhou in China bleibt. Dabei sieht er Yanzhou so an, als ob er sie mit Blicken überreden will, es sich doch noch einmal zu überlegen. Nein, sie bleibt dabei. China gibt sie nicht auf.

Hendrik informiert Wollschmidt, der lieber erfahren hätte, dass sie China verlassen haben. Vier Visa, auch gut. Er übermittelt alle relevanten Daten, fotografiert die Pässe. Er wird sich melden. Hoffentlich bald. Yanzhou will bleiben, bis alle sicher in Russland sind. Ihr ist hundeelend zumute, denn sie will nicht, dass Bao sie verlässt. Es gibt keinen Ausweg. Ein Dilemma, wie es schöner nicht sein kann. Klassisch. Ohne Lösung.

Bao fährt erneut nach Mudanjiang. Doch es ist aussichtslos. Seine Triadenfamilie hat ihre komplette Macht eingebüßt. Niemand, der für ihr versprengtes Häufchen einen Finger krumm macht, oder etwas riskiert. Hendrik ist entsetzt, denn für ihn ist der Aspekt, aus China zu entkommen, Formsache. So einfach, wie er hereingekommen ist.

Er verbringt Stunden auf seinem Onlineglobus, um einen Weg zu finden und tatsächlich. Es gibt einen Weg, der offenbar nicht überwacht wird. Er zoomt hundertmal hinein, nur, um nicht mehr zu erkennen, als die Auflösung hergibt. Mist. Es ist aussichtslos und deprimierend. Er muss selbst hin.

Shenmi und er schnappen sich Jahzen und setzen sich ins Auto. Südlich von Suifenhe existiert eine Bahnstrecke nach Ussurijsk und weiter nach Wladiwostok. Sie wollen sich den Grenzübergang ansehen. Es gibt dort nichts weiter als die Schienen. Sie steigen aus dem Wagen und machen eine Wanderung. Jahzen ist gut drauf, Hendrik ist nervös und Shenmi gelöst.

Sie stellt sich dem großen Mann in den Weg, will geküsst werden. Wer will das nicht? Er trägt Jahzen, er trägt Verantwortung, kann die schönste Frau Chinas nicht einen passenderen Moment abwarten, um zu knutschen? Doch als sie es tun, denn sie tun es natürlich, kommt ihm der Gedanke, dass es natürlich ist. Niemand erwartet sie hier, niemand wartet auf sie, und falls doch, wird er durch den Kuss vielleicht auf die falsche Fährte gebracht. Hendrik lässt sich breitschlagen und küsst Shenmi. Warum nicht? Es fühlt sich so gut an wie nie. Sie gehen los. Durch den Wald parallel zur Grenze. Bis sie auf die Schienen stoßen. Sie folgen den Schienen, bleiben aber im Schatten des Waldes. Dann sehen sie die Grenze. Fünfzig Meter freies Feld. Mehr nicht. Keine Wachen.

Es ist nichts! Man kann einfach hinüberlaufen. Hier ist niemand, niemand schießt, niemand macht irgendwas. Wozu ist dann der Stacheldraht, den Hendrik schon an anderer Stelle der Grenze gesehen hat? Wozu sind sie hier? Sie können einfach loslaufen. Er sieht keine Kameras, nichts. Für den Rückweg lassen sie sich mehr Zeit. Es ist Sommer, die Sonne scheint, die Versuchung ist groß. Und Shenmi ist sich zwar sicher, aber sie kann nicht widerstehen. Sie bietet sich an und Hendrik kann nicht nein sagen. Shenmis feuchteste Träume gehen hier in Erfüllung.

Hendrik ist über ihr, in ihr und hier in der Natur erlebt sie seinen Höhepunkt noch intensiver als sonst. Urtümlicher. Das Männchen begattet sie. Wie aus einem Naturfilm. Allerdings ohne Balz. Die war schon, ihr geht es ausschließlich um die Vollendung. Drachenmeisters Verhaftung und Tod haben in ihr die Hemmungen fallen lassen, sich von einem Ausländer schwängern zu lassen. Sie träumt seit langem von ihm. Jetzt ist es soweit. Bald ist sie der Ausländer. Wie sind die Deutschen? Wird sie sie mögen? Werden die Deutschen sie mögen? Ein Deutscher mag sie zumindest. Eben hat er es wieder getan. Er tut es noch. Er hat sich schon entladen und steckt noch in ihr. Sie wird geliebt wie nie, das fühlt Shenmi. Und befüllt. Richtige Zeit, richtiger Ort.

Sie würde gerne länger liegenbleiben, um es seinen Spermien leichter zu machen, durch die Gebärmutter in die Eileiter zu schwimmen und dort ihr gutes Werk zu tun. Der Deutsche besteht darauf, zurückzufahren. Er ist ungeduldig, will endlich ganz nach Hause. Heimweh. Egal, denn sie ist ja schon schwanger. Bedauernd fühlt sie sein Ejakulat herauslaufen. Aus der Scheide heraus und ins Höschen hinein, vergeudet. Shenmi hofft, er wird es wieder tun. Wenn sie will, wird er sie begatten. Er muss es tun, bis er sie befruchtet hat. Wieder und wieder. Ihre Lust negiert sie dabei. Sie will schwanger werden, auch wenn sie weiß, dass sie schwanger ist. Sie hat unbändige Lust auf diesen Mann, und weiß es nicht.

Morgen Nacht muss jemand noch einmal zu der Stelle, nur von der anderen Seite. Yanzhou. Sechshundert Meter hinter der Grenze ist eine Art Bahnhof. Eigentlich nur ein Bahnsteig. Auf dem Bild kann er zwei Reihen Güterzüge erkennen, die dort parken. Eine unbefestigte Straße führt dorthin. Er zeigt seiner Komplizin die Bilder auf dem Internetglobus.

Anschließend übertragen sie die Daten auf ihr Handy und so kann sie es zur Navigation verwenden. Hendrik würde mitgehen. Er möchte jedoch vermeiden, öfter als nötig über die Grenze zu fahren. Also schickt er Baos Freundin, die von allen am wenigsten zu verlieren hat. Der chinesische Grenzübergang in Suifenhe ist ein lächerlich großes Portal aus Beton. Mit weißem Mauersteinimitat verblendet. Hoch wie ein zehnstöckiges Haus, dreißig Meter breit mit Säulen und Pagoden links und rechts. Die russische Seite ist schäbig, nicht existent. Die eigentliche Grenzstation der Russen meilenweit entfernt. Die chinesischen Zöllner sehen in den Bus, verlieren aber das Interesse, als sie sehen, dass er leer ist.

Yanzhou mag eine abgebrühte Hure sein. Aber hier draußen, im Südosten Sibiriens hat sie nichts verloren. Zwischen den Stühlen. Zwischen den Grenzposten, die fünf Kilometer auseinanderliegen. Schon gar nicht alleine. Sie hat Angst. Was macht sie, wenn sie jemand anhält? Sie fragt? Ihr klopft das Herz bis zum Hals, als sie auf den Feldweg einbiegt. Drei Kilometer nach der Grenze hat Hendrik gesagt. Hier muss es sein. Aber er hat Feldweg gesagt. Die Straße ist geteert. Schmutzig, aber kein Feldweg.

Sie weiß nicht, was sie machen soll. Mit dem Navi im Handy kommt sie nicht zurecht. Ist sie hier richtig? Yanzhou traut sich nicht, wieder zurück zur Grenze zu fahren, um die Strecke noch einmal nachzumessen. Sie fährt zurück zur Straße und ein Stück weiter. Nach einem Kilometer sieht sie den russischen Grenzübergang. Hier ist sie falsch, zu weit gefahren. Also muss sie doch zum Feldweg, der keiner ist. Sie ist jetzt auf russischem Gebiet, aber nicht eingereist. Im Niemandsland.

Als sie erneut abbiegt, spürt sie ihr Herz wieder rasen. So nervös war sie zuletzt, als der Parteichef von Heliongjiang keinen hochgekriegt hat. Jetzt ist es wie damals, einfach weitermachen. Jetzt wie damals wird die Mühe belohnt. Nach einigen geteerten Metern wird es ein Feldweg, wie Hendrik gesagt hat, sie atmet auf. Fährt die zweieinhalb Kilometer und steht auf einem staubigen Platz, auf dem ein Auto steht. Leer. Ist hier jemand? Was sagt sie dem? Warum hat sie diesen verfluchten Job bekommen? Übernommen? Wo ist der, dem das Auto gehört? Weit und breit ist kein Mensch. Ein ewig langer Güterzug steht auf dem Gleis, hinter dem Zug ein Häuschen. Sie geht nicht näher hin, traut sich nicht. Was soll sie hier gucken? Ob jemand da ist. Nein. Nur ein Auto. Sie muss zu dem Haus, doch der Zug steht davor. Sie müsste zwischen den Waggons durch. Was, wenn der Zug plötzlich losfährt? Links wie rechts ist nicht zu sehen, wo der Zug endet. Ein endloser Zug.

Sie hat genug gesehen und kehrt wieder um. Hendrik hat gesagt, sie soll ein paar Stunden warten, bevor sie zurückfährt. Und jetzt? Was soll sie jetzt machen? Wieder eine halbe Stunde oder länger am russischen Grenzposten warten? Dazu hat sie keine Lust. Doch vor Hendrik hat sie mehr Angst als vor Bao. Wenn der Deutsche sie schlagen würde, hätte das nichts Sexuelles. Also fährt sie nach Russland, ohne es zu wollen. Es dauert eine halbe Stunde. Man lässt sie aus irgendeinem Grund warten. Weil sie Chinesin ist. Schikane, Rassismus. Die Russen sind nicht gut auf die Chinesen zu sprechen. Fahrende Händler überschwemmen das Land mit billigem Tand und richten die einheimische Wirtschaft zugrunde. Lassen sich nieder, breiten sich aus.

Die Russen empfinden die Chinesen als Krebsgeschwür. Und kaufen ihnen trotzdem den Plastikschrott ab, den sie über die Grenze bringen. Yanzhou hat keine Lust, weit zu reisen. Aber als sie Ussurijsk sieht, entschließt sie sich spontan, doch nach Wladiwostok weiterzufahren. Trostlos und schäbig, das ist Russland für sie.

***

Heute Nacht ist Generalprobe. Yanzhou ist von ihrem Ausflug zurückgekehrt und erzählt nichts Neues. Immerhin, es gibt diesen Weg und die fast verlassene Bahnstation. Mehr weiß sie nicht. Der Deutsche zweifelt beinahe daran, dass sie dort war, sagt aber nichts. Bao, Mailin und Hendrik fahren zu der Stelle vom Vortag. Drei Uhr früh. In zehn Minuten beginnt die Dämmerung. Sie gehen los. Shenmi ist daheim bei Jahzen. An das Zwielicht gewöhnen sie sich schnell, die drei kommen gut voran. Weil sie kein Gepäck dabeihaben. Und keine Kinder. Shenmi fällt gleichsam unter diese Kategorie.

Hendrik muss nur an den Berg hinter ihrem Haus denken. Hinter ihrem ehemaligen Haus. Wer hat wohl die Küche saubergemacht? Doch die kleine Biyu? Mit Tränen in den Augen die Teigreste von Herd und Arbeitsplatte gekratzt. Biyu, du bist traurig und deine Leute sind auf der Flucht. Hier im dunklen Wald, nachts, wird ihm richtig bewusst, dass es um alles geht. Sie spielen nicht Räuber und Gendarm. Bao und Mailin sind am Arsch, wenn jetzt die Chinesen kommen. Sie kommen aber nicht. Es kommt gar niemand. Sie erreichen die Schienen und sehen die Grenze. Weiter gehen sie nicht. Kein Risiko, falls doch Kameras installiert sind. Wenn sie zur Grenze gehen, wird sie übertreten. Ohne Wiederkehr. Einbahnstraße.

Kurz nach vier sind sie wieder am Auto. Nach dem Frühstück muss Yanzhou auf Einkaufstour und zwei Rucksäcke kaufen. Für das Nötigste. Mailin und Hendrik vögeln, bevor es zu heiß wird und schlafen. Bis die kleine Schwester ihnen Jahzen bringt. Der hat Hunger und Shenmi keine Lust mehr. Seit sie glaubt, schwanger zu sein, ist sie ungeduldiger. Wenn sie könnte, würde sie die Uhr vordrehen. Sie beginnt, sich zu fotografieren. Obgleich sie oft einen Fotografen engagiert, kann sie selbst es auch. Allerdings fehlt ihr die Ausrüstung für das, was sie möchte. Sie will die Veränderung des Körpers festhalten. Ihres Körpers. Ab dem Tag der Empfängnis. Standardisiertes Licht, immer die gleiche Pose, sodass man später einen Zeitraffer davon machen kann. Den Körper von der Seite, von vorne, die Brüste und auch die Vulva. Und natürlich der Babybauch selbst. Ihr Herzensprojekt wird das. Ihr Bauchprojekt.

Mit ihrem Körper. Weil sie so schön ist, wird es unvergleichlich gut. Und jetzt droht es daran zu scheitern, weil sie auf der Flucht sind! Shenmi ist fast am Verzweifeln. Sie ist so nah dran! Bis sie sich ein Ministudio irgendwo einrichten kann, ist sie längst im zweiten Monat. Und dann fehlt etwas. Verstohlen denkt sie daran, dass jemand Bilder macht, wenn der Deutsche sie nimmt. Wenn er sie bespringt, sie bezwingt. Sie stellt sich die Fotos davon vor und wird heiß, sehr heiß. Sie hat große Lust auf ihn. Gestern im Freien war es wieder völlig neu.

Neu für Shenmi, weil sie es noch nie in der Natur gemacht hat. Und natürlich, weil er von hinten gekommen ist. Ein Tier. Sie kniet vor ihm und präsentiert sich. Alleine die Erinnerung daran jagt ihr einen Schauer über den Rücken. Nackt und bereit, ein Menschenweibchen vor der Begattung. Mit geschwollenen Vulvalippen, rotglühend. Nicht ihr erster Sex, bei dem sie kniet. Dass sie in der Stellung kommt, ist neu. Deswegen hat sie beinahe das Beste verpasst. Genau zur rechten Zeit greift sie zwischen ihre Schenkel und packt Hendrik an seinen Eiern.

Da schreit das Tier erleichtert auf. Laut wie immer. In ihrer Hand seine zotteligen Hoden, sein Glied spuckt und ihre Vagina pumpt den kostbaren Stoff zum Muttermund. Sicher ist sicher. Doppelt und dreifach genäht. Wer weiß, wie lange sich ihre Schwester das mit ansieht. Ob sie nicht doch irgendwann eifersüchtig wird? Nicht nur deswegen hofft Shenmi, dass der erste Schuss ein Treffer war. Nein, sie weiß es sicher. Es wächst in ihr. Oder soll sie sich wünschen, dass es erst in Deutschland klappt? Aber dazu ist es zu spät, er hat ihr jetzt schon dreimal den Samen in die Muschi gespritzt. Oder in die Gebärmutter. So fühlt es sich an. Genau so.

Was er sich dabei denkt? Ist ihm alles egal, so lange er nur Sex hat? Oder freut es ihn, dass er Kinder macht? Kann er nicht mehr denken, wenn er eine Frau sieht? Er ist der erste Mann, der sie nicht ihrer Schönheit wegen nimmt. Dazu muss sie nur ihre große Schwester ansehen. Sie weiß, dass er nicht an ihrer Stellung interessiert ist. Denn sie hat keine mehr. Welche Frau ist ihm zu Willen und warum? Macht er es bei jeder Frau gleich? Oder ist er mal zärtlich und mal rau? Gibt es eine, mit der er keinen Sex will? Wie viele Kinder hat er schon gemacht? Weiß er es, weiß Mailin das? Oder ist sie wie er? Ist es ihr egal?

Shenmi ist es egal. Trotzdem es so schön war, hat sie die Kontrolle nicht verloren wie bei Xin Liu. Wie es ihm wohl geht? Er ist nicht weit weg. Eine Stunde oder anderthalb. Er war so charmant und zuvorkommend. Später besitzend. Dennoch undenkbar, dass der Künstler Liu es jemals so treiben würde, wie Hendrik. Jetzt, da sie schwanger geworden ist, dürfte er gerne mit ihr anstellen, was ihm einfällt. Dann müsste sie nicht immer darauf warten, wann und ob er in ihr ejakuliert. Es ist egal. Hendrik hat ihr ein Brötchen in den Ofen geschoben. Tief rein, bis nach oben.

Pinocchio

Chinesisch-russische Grenze, Juli 2021

Nächster Chat mit Wollschmidt. Trotz VPN bin ich verflucht nervös. German Paranoia. Mit Angst gebe ich mich nicht zufrieden. Jeder wäre das. Wenn du Gefahr läufst, auf einen Schlag die niedlichste und gleichzeitig die schönste Frau Chinas zu verlieren, dann hast du echt etwas zu verlieren. Ganz zu schweigen davon, was die beiden dann durchmachen müssten. Wahrscheinlich lachen Wollschmidt und seine Agentenbuddys über meinen Rätselwahn. Sollen sie. So lange wir heil hier rauskommen, können sie lachen, bis ihnen die Bäuche wehtun. Dass Mailin verschwinden will, haben die Chinesen längst gecheckt. Sie müsste wieder in Mudanjiang sein. Ist sie nicht.

Gesichtserkennung? Fehlanzeige. Ich halte sie schön unter dem Radar. In der chinesischen Stasi drehen sie meinetwegen durch. Mit Straflager käme ich billig weg, falls sie uns erwischen. Ich bumse Chinas Vorsprung im Quantencomputing das Hirn raus und die Stasi darf nicht einmal zusehen, weil sie nicht wissen, wo wir sind.

Das sage ich natürlich nicht. 007 wird sich das denken. Nach unserer Begrüßung sage ich: »Haben Sie Kinder? Dann lesen Sie ihnen Märchen vor. Jedes Land hat seine Klassiker. Dänemark, Deutschland, Italien. Wissen Sie, dass die Chinesen uns Europäer Langnasen nennen?«

»Sind Sie sicher? Ich dachte, dieser Ausdruck wäre von vorgestern. So wie bei uns Neger, Indianer oder Eskimos. Kinder habe ich keine. Ich werde mir das merken. Falls ich Ihren Weg einschlage.«

Wollschmidt wird seine Hausaufgaben machen, besser gesagt seine Eichhörnchen werden. Und dann weiß er, dass das alles nur Müll ist. Um die Schlitzaugen-Stasi abzulenken. Italien – Langnase – Pinocchio. Alles Lüge soll 007 glauben. Ich hätte auch gar nichts zu sagen brauchen, aber ich will nicht morgen in Wladiwostok alleine dastehen. Der chinesischen Stasi will ich vorgaukeln, dass wir erst vier Tage später einreisen. In der stillen Hoffnung, dass sie uns nicht in der kommenden Nacht erwarten und abfangen.

»Jetzt sind es noch vier Tage. Wir werden Sie am Wochenende besuchen. In Russland. Ich hoffe, sie bereiten uns eine schöne Party vor.«

»Ich arrangiere etwas mit Meerblick. Soll ich Mädchen bestellen?«

»Nein, nicht nötig, wir kommen alle in Begleitung. Und der polierte Edelstein wird unser Ehrengast.«

Wir plänkeln noch ein bisschen und legen auf. Er weiß nichts und er weiß, dass er sich bereithalten muss. Falls im Auswärtigen Amt heimlich ein chinesischer Agent mithört, bekommt er schön viel Information mit. Mehr als ihm guttut. Was 007 herausbekommen kann, kann auch die Stasi herausbekommen. Deshalb dürfen wir trotz aller Euphorie nicht nachlässig werden. Ich ringe ewig mit mir wegen einer weiteren Finte. Ich lasse es, denn die Gefahr, dass der Schuss nach hinten losgeht, ist zu groß. Sich gar nicht zu rühren, komplett unsichtbar zu bleiben, ist sicherer. German Paranoia. Falls jemand mitgehört hat, erwartet er uns nicht heute Nacht. So mein Kalkül.

Außer Jahzen schläft heute Nacht niemand. Bevor wir aufbrechen, will ich, dass er etwas trinkt, aber nichts zu machen. Er schläft wie ein Stein. Um ein Uhr packen wir unser Gepäck ins Auto. Das, was wir mitnehmen und das, was uns hoffentlich Yanzhou mit rüberbringt. Kurz vor zwei nicke ich auf dem Sofa ein. Mailin weckt mich. Es ist Zeit. Wir fahren zur Stelle, von der wir aufbrechen. Mond ist keiner zu sehen, Wolken auch nicht. Die Stadt ist nicht weit entfernt, aber ihr Licht reicht nicht bis hierher. Mailin bekommt das Baby auf den Rücken. Sie trägt die meiste Verantwortung. Shenmi hat nur einen kleinen Rucksack. Bao einen großen. Das meiste bleibt im Auto. Ich trage nichts. Noch nicht. Ich bin der Joker.

Yanzhou fährt los, auf die andere Seite, ins Niemandsland. Wir stehen und warten. Unmerklich wird es heller und wir gehen los. Die ersten vierhundert Meter sind verflucht, weil es stockdunkel ist. Dass es heller wird, merkt man daran, dass wir seltener stolpern. Das Baby verschläft alles. Alle Aufregung. An den Schienen angekommen, spüre ich meine Halsschlagader pochen. Scheiße bin ich aufgeregt. Obwohl ich schon zweimal hier war.

Es ist etwas heller geworden, fast schon zu hell. Wir laufen neben den Schienen, ich habe keine Ahnung, wann hier Züge fahren. Bis jetzt habe ich keinen gesehen. Die Schienen sind blank, also fahren sie. Hoffentlich nicht morgens um halb vier. Jetzt müsste gleich die Grenze kommen. Wir sehen sie spät. Fünfzig Meter Streifen gerodet. Wir sind beinahe einen Kilometer gelaufen und Shenmi meckert nicht. Das fühlt sich komisch an. Dafür knickt Mailin um. Ausgerechnet! Ich habe ja alles erwartet, aber doch nicht damit. Bao bekommt Heuschnupfen, die Prinzessin kann nicht mehr, oder Jahzen hat Hunger. So was in der Art.

Aber *Mailin knickt um*, stand nicht auf dem Zettel. Ich nehme die Rückentrage mit Jahzen und helfe dem Mathematikgenie auf die Füße. Geht schon wieder. Es ist nicht mehr weit, fünfhundert Meter zum Bahnhof. Wir sind bereits in Russland, wir sind nur noch nicht eingereist. Als wir den Güterzug erreichen, der immer noch hier steht, haben wir es fast geschafft. In hundert Metern steht hoffentlich Yanzhou mit ihrem Kleinbus und wartet auf uns. Das tut sie. Mit dem Gepäck. Und Panik in den Augen. Ich kann sie verstehen, auch mir schlottern die Knie. Das war jetzt die halbe Miete. Wir müssen noch nach Russland einreisen. Falls das nicht klappt und sie einen oder alle zurückschicken, scheuchen sie uns in die Arme der nicht so wohlwollenden Chinesen. Nur mich nicht, denn ich habe ein Visum.

Shenmi drücke ich Jahzen in die Hand und ziehe Mailin den Schuh aus. Versuche es. Sie verzieht das Gesicht. Ich lasse ihn lieber an. Sonst kommt sie nachher nicht mehr rein. Wer weiß, ob wir noch einmal laufen müssen. Ich fahre. Drei oder vier Kilometer sind es zum russischen Grenzposten. Ich würde lieber warten, bis der Berufsverkehr einsetzt. Aber es ist nicht sicher, ob es welchen gibt und falls uns die Russen an dieser Stelle warten sehen, werden sie bestimmt misstrauisch. Daher fahren wir los. Es ist keine fünf Uhr, als ich die Scheibe herunterlasse. Ich habe alle Pässe in der Hand. Vorbildlich. Der Zöllner wirft einen Blick in den Bus. Sieht die Chinesen desinteressiert an und gibt Mailin die Pässe.

Meinen behält er. Sagt mir etwas auf Russisch. Keine Ahnung, was er will. Mit den Schultern zucken wird er vielleicht verstehen. Versteht er, es beeindruckt ihn aber nicht. Jetzt ist es an ihm, Gesten zu machen, mit einer wenig einladenden Geste fordert er mich auf, auszusteigen. Unmissverständlich. »Dawai, dawai!«

Der Zweite Weltkrieg mag noch so lange vorbei sein. Die zwei Silben »dawai« haben sich in das kollektive Bewusstsein der Deutschen gebrannt. Beim Aussteigen sehe ich den zweiten Zöllner das Halfter seiner Waffe öffnen. Hände an das Dach! Ich werde abgetastet. Das ist keine Zollkontrolle, sie suchen einen Verbrecher. Ich kann mich an kein Verbrechen erinnern. Ich habe Jurij im besoffenen Kopf mal Arschloch genannt. Das werden sie wohl kaum meinen. Keine Waffe gefunden. Jetzt kommt er mit meinem Pass, mit meinem Sandmann-Pass, also dem echten, zu mir und vergleicht Original und Foto. Gründlich. Er geht mit meinem Pass zu einer Baracke und verschwindet. Ich überlege, wo ich Pjotrs Papiere habe. Wenn die mein Gepäck filzen und den entdecken, bin ich am Arsch. Wie soll ich ihnen das erklären? Aber der Zöllner, der bei mir steht, machte keine Anstalten, etwas zu suchen.

Ich stehe auf glühenden Kohlen neben dem Auto. Obgleich ich ein völlig reines Gewissen habe, ist die Panik ganz nah. Ich bin legal in Russland, habe niemanden überfahren, in Wladiwostok habe ich sogar ein Parkticket gekauft. Sie müssen mich verwechseln. Die Chinesen interessieren sie gar nicht, sie suchen einen blonden Mann. Offensichtlich. Mich. Warum? Es wird ihr Geheimnis bleiben. Drei Minuten später ist es überstanden. Der Beamte kommt aus der Baracke und fast könnte man meinen, er lächelt entschuldigend. Aber nur fast. Denn sein Großvater wurde von den Nazis ermordet. Oder so. Deutsche darf man keinesfalls anlächeln. Mir egal. Wir dürfen weiterfahren, einreisen. Wir sind in Russland. Wären nicht die beiden Zöllner hinter uns, würde ich anhalten und die russische Erde küssen. Aber dann nehmen sie mich vielleicht doch noch hops.

***

Hans Wollschmidt hat uns etwas mit Meerblick besorgt. Sagte er. Durch die Blume. Ich lasse Bao weiterfahren und stöbere durch Wladiwostoks Hotelangebote. Coronamäßig günstig, Hotelzimmer gibt es ab zwölf Euro. Das drittteuerste Angebot nehme ich. Die *Sea View Apartments On Stanyukovicha* hätte ich an seiner Stelle gewählt. Dorthin fahren wir. Falls ich falschliege, können wir ihn aus dem Bett klingeln. Aber es stimmt, Hans und ich verstehen uns. Zwei Appartements übereinander. Mit Blick auf die Amurbucht. Eher ein Fjord. Riesenfenster und Holzboden. Luxuriös für meine Verhältnisse.

Meine Firmen haben meist Absteigen gebucht. Oder moderne Plastikhotels mit Check-In-Automaten. Das hier ist für reiche Russen oder chinesische Überläufer. Wichtig muss man sein. Verteilung ist wie gehabt. Vier und zwei. Ich gewöhne mich womöglich an das warme Sandwich in der Nacht. Auf der einen Seite Mailin und auf der anderen Shenmi. Glückspilz Hendrik. Jahzen ist auch irgendwo. Mittendrin, am Rand, obenauf. Platz findet der Lütte immer. Wir bekommen ein drittes Bett. Falls uns zu warm wird. Ist mir auch recht. Jetzt sind wir angekommen. Die Körper. Der Geist nicht ganz. Der Kopf ist immer noch auf der Flucht. Ich lasse mich auf das King-Size-Bett fallen und sehe aus dem Fenster, welches von Wand zu Wand und vom Boden zur Decke reicht.

Meer. Himmel. Horizont und im blauen Dunst das andere Ufer. Immer noch Russland. Ein Stück weiter rechts liegt Wladiwostoks Yachthafen. China ist weit weg. Die Furcht ist noch da. Mailin liegt neben mir, sieht aus dem Fenster wie ich. Woran denkt sie? An die alte oder an die neue Heimat? Shenmi sitzt in einem Polstersessel und hat Jahzen auf dem Schoß. Ihr fallen die Augen zu, ich nehme ihr das Kind ab. Mailin zieht ihr Oberteil aus. Lässt Jahzen trinken und spielen. Nun ist sie schon halbnackt, also Hosen runter. Bei ihr, bei mir. Ich dringe von hinten ein. Wir bewegen uns kaum, schaukeln ein bisschen. Der kleine Junge wundert sich bestimmt, weil der Busen so wogt, aber er hält mit seinen winzigen Händen die Brust tapfer fest, während seine Mama sich verflüssigt. Mailins andere Brust tropft nun ebenfalls. Der warme Unterleib schwimmt, sanft gleiten unsere Geschlechtsteile aneinander, ineinander.

Sex ohne Ziel, ohne Höhepunkt. Als Zeichen von Übereinkunft und Harmonie. Obschon wir nicht aufeinanderliegen, ist die Verbindung innig. Kein Laut kommt über unsere Lippen, kein Klatschen tönt durch das Zimmer, keine Bettfeder quietscht. Ich gleite mit dem Pfahl in den Sumpf ihres Schoßes. Nur die Härte meines Penis' und der Schleim ihres Pfuhls zeugen von Erregung. Armer Jahzen, die Mutter schaukelt und kann nichts dagegen machen. Sie will nichts dagegen machen, um Himmelswillen nicht! Schwer zu sagen, wer näher dran ist, ich oder die Mutter. Doch als Mailin anfängt zu zittern, völlig lautlos, ist es auch um mich geschehen. Es wird schon wieder geschehen. Mailin ist auf dem Höhepunkt ihrer Fertilität.

Ich bin im Rausch, sämig schenke ich ihr mein Sperma in den Kelch aus Fleisch. Die Scheide zieht sich zusammen, ein Muskelring schließt sich um mein festes Glied. Ein Krampf, um in sich zu halten, was Leben schenkt. Mann und Frau ohne Plan, ohne Verstand, nur im Jetzt und im Trieb. Ausgeliefert den Hormonen und den Göttern. Den Pheromonen, den Schleimhäuten, den Gerüchen. Nach Schweiß, nach Meeresfrüchten und nach neuem Leben. Unwiderstehlich und unnachahmlich. Wer kann da widerstehen, wer will da nachahmen?

Bastion im Osten

Wladiwostok, Russland, Juli 2021

»Was? Die Russen haben Probleme gemacht? Mit Ihnen? Das ist nicht wahr, oder? Aber läuft es so nicht immer? Die einfachsten Dinge sind kompliziert und die kompliziertesten sind ganz leicht.«

»Müssen wir uns jetzt noch Sorgen machen? Ich denke immer an die Geschichte mit dem Halbbruder von Kim Jong Un.«

»Der, den die Agentinnen im Flughafen vergiftet haben? Nein.«

Man kann Wollschmidt grinsen hören.

»Kann uns das auch passieren? Nach dem Motto, wenn wir sie nicht haben können, soll sie keiner bekommen?«

»China ist nicht Nordkorea. Die Chinesen stehen nicht gerne am Pranger. Nicht einmal sie könnten es so hinstellen, dass sie im Recht wären.«

Er ist es nicht, der sein Leben verliert oder seine Liebste. Mir klingt 007 zu sorglos, wenn wir über das weitere Vorgehen reden. Vielleicht bin ich wirklich schon paranoid. Vielleicht ist China noch zu nah.

»Gleich kommt jemand bei ihnen vorbei und holt ihre Pässe ab. Die Chinesen brauchen einige Stempel, um ungehindert reisen zu dürfen.«

Je nachdem, wo er sie hinschickt, kann das dauern.

»Wie lange sitzen wir hier denn fest?«

»Drei Tage, vielleicht vier. Machen Sie Urlaub, sehen Sie sich die Stadt an. Ich habe gehört, Wladiwostok soll faszinierend sein. Die westlichste Stadt des Fernen Ostens.«

Das stimmt natürlich. Einfach entspannen und den Stress der letzten Tage vergessen. Ich bin neugierig, wann Angst und Anspannung von uns abfallen. Werden sie das jemals? Fühlt sich gerade nicht danach an. Ich schicke Shenmi zu Bao, um seinen Pass zu holen. Mailin frage ich nach ihrem. Eigentlich blöd, ich hätte sie vorhin gleich behalten sollen. Aber den Pass herzugeben, das macht man nicht leichtfertig. Eine zivilisatorische Urangst. Vielleicht sieht er es als vertrauensbildende Maßnahme, vielleicht hat er sonst niemanden – Wollschmidt schickt uns den Honorarkonsul. Er steckt die Pässe in einen Umschlag für Diplomatenpost und macht sich vom Acker. Wir sind alle todmüde. Die Nacht ohne Schlaf, die nachlassende Aufregung. Schlafen.

Ich habe im kleinen Bett geschlafen und Jahzen mit den beiden Frauen das große überlassen. Shenmi liegt noch im Bett, Mailin und Jahzen sind nirgendwo zu sehen. Ich muss dringend aufs Klo. Das Bad ist fast so lang, wie das Zimmer breit und hat als Besonderheit eine zwei Meter hohe und fünf Meter breite Glasfront. Ins Zimmer hinein. Will man ungestört sein, muss man erst an den riesigen Vorhang denken und ihn zuziehen. Keine Lust. Ich komme aus dem Bad und die schönste Frau Chinas setzt sich auf und schlägt die Decke zurück. Was für eine Einladung. Es ist keine, die ich ausschlagen könnte. Auf den fünf Schritten zum Bett spüre ich bereits die einsetzende Erektion. Shenmi empfängt mich mit offenen Armen und offenem Schoß.

»Bitte, machs mir, Hend'ik. Beeil dich!«

Wieso soll ich mich beeilen? Das ist völlig gegen meine Gewohnheit. Gegen jede Erfahrung. Keine hat sich je beschwert, weil ich zu lange brauche. Keine. Im Gegenteil. Nur bei Shenmi wird immer klarer, dass ihr es nicht um den Sex geht. Sie will unbedingt gevögelt werden. Das zweifellos, aber falls ich eindringe und es mir sofort kommt, wäre das nicht tragisch. Und je häufiger wir es tun, desto schneller kommt es mir. Paradoxe Welt. Ich sage: »Du bist doch schon längst schwanger! Warum nochmal?«

»Ich will ganz sicher sein.«

Hinterher ziehe ich mich an, will zum Frühstück.

»Kommst du nicht mit?«

Ich sehe ihr dabei zu, wie sie ein Kopfkissen unter ihren kleinen Hintern schiebt, damit ihr meine ganze Soße nicht sofort wieder herausläuft. Kopfschüttelnd und mild lächelnd verlasse ich unser Appartement. Meine Güte, hab ich einen weichen Keks, zu viel Aufregung, zu viele Samenergüsse. Wir bekommen gar kein Frühstück! Wir müssen es uns selbst zubereiten. Wir sind nicht im Hotel, wir haben Appartements. Ich lungere auf der Straße herum. Warte auf die chinesische Bagage. Ich habe keine Lust, Shenmi bei ihren Klimmzügen am Brotkasten zuzusehen, wie sie versucht, meinen Erguss in ihrer Vagina zu behalten. Doch niemand kommt.

Ich gehe zwischen den Appartementhäusern durch zum Meer. Zur Bucht. Der Kieselstrand ist eingeklemmt zwischen dem Yachthafen und einem Fußballstadion. Viele Boote liegen auf dem Pier und nicht im Wasser. Eis? Trotz Genua wird es hier im Winter schweinekalt. Sibirien eben. Kein Golfstrom.

Ich probiere das Pazifikwasser. Salzig wie eine Sardelle. Meerwasser probiere ich immer. Die Unterschiede sind gewaltig. Wenn der Papst landet, küsst er den Asphalt am Flughafen und wenn ich ans Meer komme, koste ich das Wasser. Das eine ist so bekloppt wie das andere. Andere Leute fangen gerne besoffen Streit an oder verprügeln ihre Frauen. Dagegen ist Meerwasser-Probieren regelrecht harmlos. Ich bin am Pazifik.

Das Meer in Tsingtao habe ich nicht von Nahem gesehen. Warum eigentlich nicht? Keine Zeit, keine Muße. China ist eine solche Kloake, keinen Schimmer, ob ich es versucht hätte. Vermutlich schon, aber eigentlich bin ich froh, nicht mehr hinzumüssen. Nach China. Ich wäre nie dortgeblieben. Jetzt stehe ich am Japanischen Meer. Obwohl wir in Russland sind. An der Amurbucht, obwohl der Amur hier gar nicht mündet. Ich drehe mich um und sehe hoch. Dort, wo ich unser Zimmer vermute, steht Shenmi nackt am Fenster. Anscheinend hat sie ihren Muttermund lange genug in meinem Saft gebadet. Die nackte Göttin sieht aufs Meer. Ob sie beobachtet wird, ist ihr egal. So schön zu sein, hat eben auch Vorteile.

Jahzen kommt in das Alter, in dem er zunehmend reagiert und interagiert. Als die anderen wieder zurückkommen, freut er sich, den Vater zu sehen. Ich nehme ihn auf den Arm. Der süßeste Asiat unter der Sonne. Ich küsse ihn und wundere mich, woher die Liebe für ihn kommt. Falls er nicht furchtbar hungrig ist, fühlt er sich bei mir wohl. Ich mich bei ihm auch. Zieht man die Stillzeit ab, ist mein Sohn mehr bei mir als bei der Mutter. Die kommende Aufteilung wird interessant. Hat sich außer mir schon jemand gefragt, was die Zukunft bringt? Wer Geld beschafft, wer sich um Jahzen und Kommende kümmert? Wo wir wohnen? Vielleicht kommen wir ein paar Tage bei Wollschmidt unter, aber hat er Mailin erst einmal, wird seine Leidensbereitschaft nicht endlos sein.

Nachdem ich ihren Knöchel begutachtet und für gut befunden habe, machen Mailin, Jahzen und ich heute die Stadt unsicher. Es gibt ein paar kolossale Bauten, die man im Fernen Osten nicht vermuten würde. Häuser der ersten Jahrhundertwende, der Gründerzeit. Die Deutschen haben der Stadt ihren Stempel aufgedrückt, was die Gebäude angeht. So kommt es mir vor. Und die Japaner, was die Autos betrifft. Wladiwostok ist Hauptabnehmer gebrauchter Reisschüsseln. Man sieht kaum andere Autos. Bei jedem Chinesen zucke ich innerlich zusammen, denn ich fürchte den langen Arm der Kommunistischen Partei. Die macht aber nichts. Im Gegensatz zu den Leuten, die uns anstarren.

Ein Blonder mit einer Mongolin scheint eine Sensation in Wladiwostok zu sein. Ich bin froh, dass das in Deutschland anders ist. Mittlerweile. Leute aus dem Nahen Osten habe es bei uns schwerer als welche aus dem Fernen Osten. Mailin merkt aber nichts. Oder lässt sich nichts anmerken. Für sie war das schon immer so, ihr ganzes Leben in China. Ich wünsche mir, dass sie in Deutschland diesem Druck nicht ausgesetzt ist. Ein frommer Wunsch. Bei der Arbeit wird es sicher gut werden. Da zählt doch nur das Können. Noch ein frommer Wunsch. Vielleicht sollte ich mit Beten anfangen.

Yul Brynner ist hier geboren. Der würde zu Mailin passen, denke ich spontan. Wir stehen an seinem Geburtshaus. Seine Großmutter war Mongolin. Ach je, ich bin traurig, weil er schon tot ist und er Mailin nicht mehr kennenlernen kann. Umgekehrt gehts, wir können uns Filme mit ihm ansehen. Natürlich ohne Shenmi. Unser Zusammenleben wird in Zukunft davon geprägt sein. Ständiger Wechsel zwischen drei Sprachen. Als wir nach Hause kommen, liegt

Shenmi in der Badewanne. Nicht, dass sie liegt, ist bemerkenswert, sondern, dass wir es sehen. Der Vorhang ist auf, sie liegt in der warmen Wanne mit Blick aufs Meer. Gleichzeitig dürfen wir der Göttin beim Baden zusehen. Ob sie den Vorhang zumacht, wenn sie aufs Klo geht? Mit Pazifikblick zu kacken, ist bestimmt schön.

Hier ist es zwei Stunden früher als in China. Was bedeutet, dass wir alles zu spät machen. Aufstehen, ins Bett gehen, Hunger haben. Besonders Jahzen. Seine Abendbrotmilch will er jetzt erst um elf. Mailin fragt mich, ob wir ihn nicht umgewöhnen wollen.

Ich sage: »Lass man sein. In ein paar Tagen sind wir neun Stunden später als jetzt. Das wird uns sicher mehr zu schaffen machen.«

Sie sieht ein, dass es Unsinn ist, ihn zweimal umzustellen. Nach Jahzen kommt die Pumpe dran. Immer noch. Weil Mailin sowieso demnächst arbeiten geht, hören wir mit dem Abpumpen erst gar nicht auf. Wo Wollschmidt uns auch unterbringt, wir brauchen einen großen Kühlschrank.

Meerblickfick

Wladiwostok, Russland, Juli 2021

Voyeur, Shenmi ist ein Voyeur. Sieht sie gerne beim Sex zu, weil es Sex ist? Oder liebt sie es, weil sie Hendrik zusieht? Ist sie eifersüchtig? Sie weiß es nicht. Eher nicht. Sie kann Hendrik jederzeit haben, oder? Kann sie doch? Wahrscheinlich, denn niemand kann ihr widerstehen. Jetzt, da sie schwanger ist, wird das bestimmt noch intensiver werden. Ihre sexuelle Ausstrahlung ist schon unermesslich. Wenn sie einen Bauch hat, gibt es einen weiteren Schub. Eine schwangere Göttin! Shenmi wird selbst geil, wenn sie daran denkt.

Oder weil sie das Pärchen in der Dusche beobachtet. Planung ist nicht seine Stärke. Mailin geht unter die Dusche und Hendrik putzt sich die Zähne. Mailin sagt etwas zu ihm und er legt die Zahnbürste zur Seite. Spült sich den Mund aus. Zu mehr hat es nicht gereicht. Der Vorhang bleibt auf, Hendrik verschwendet keinen Gedanken daran, dass Shenmi wach sein, wach werden könnte. Oder es ist ihm egal. Das Duschgel sieht aus wie Sperma, wie passend, denkt Shenmi. Sie sieht ihm zu, wie er es verteilt. Auf der braunen Haut der Schwester. Sieht den Händen zu, wie sie Mailin streicheln. Mit Schaum gleiten sie über den prallen Leib, die Milchbrüste und den dicken Hintern. Er fährt ihr zwischen die Pobacken, Mailin kreischt auf.

Sicher hat er ihr einen Finger reingesteckt. An den einknickenden Knien ihrer großen Schwester sieht sie, dass er mehr macht als das. Die Hand vorne zwischen den Schenkeln kann alles. Sie weiß, wie es sich anfühlt, wenn die Beine nachgeben. Xin Liu, im Bad vor dem Spiegel, der sie mit seinen Fingern befriedigte. Sie selbst musste zusehen, wie sie die Kontrolle verlor. Hendrik hat seine Finger ebenda.

Mailin ist an dem Platz, wo sie neuerdings anscheinend am liebsten ist. Irgendwo im Nirwana. Der Mann hinter ihr hat ein aufrecht stehendes Glied. Gleich drückt er es ihr in die Eingeweide.

Er muss weder zielen, noch maßnehmen. Mit spielerischer Leichtigkeit und Eleganz schiebt Hendrik ihr das stattliche Teil in den dunklen Grund. Ein Gesicht wie ihrs sieht man nicht oft. Überrascht, obschon sie weiß, was kommt. Höchst erregt, obgleich er gerade erst eingedrungen. Bittend, obwohl sie weiß, dass Hendrik macht, was er für richtig hält. Mailin steht zwar, hängt aber auch am Haken, kann kaum mehr umfallen. Unten aufgespießt und oben drücken seine Pranken die Brüste, bis die Milch fließt. Hendrik besorgt es ihr. Richtig. Etwas Vergleichbares hat Shenmi noch nicht gesehen. In keinem Film und im echten Leben sowieso nicht. Unten bumst er sie so stark, dass sie kaum stehen kann, und oben wird Mailin gemolken. Er walkt den Busen, dass es nur so spitzt. Der Schwester kommt es. Sie rudert mit den Armen, kann sich nicht festhalten, Hendrik hält sie. Die Knie knicken ein, aber er lässt sie nicht. Sein Schaft hält die Frau aufrecht. Sie stöhnt mehrfach auf, beißt sich in den Handrücken, stampft mit einem Bein auf den Steinboden. Endlich.

Mailin wacht allmählich auf und sieht der kleinen Schwester in die Augen. Grinst wie frisch gevögelt, grinst wie frisch befriedigt. So kann man nur grinsen, wenn man der glücklichste Mensch der Welt ist. Und gerade gekommen ist. Oder weil. Shenmi kann diesen etwas dümmlichen Gesichtsausdruck gut verstehen. Leider. Viel zu gut. Ihre Erweckung war die Nacht mit Xin Liu. In der hat sie eingesehen, sexuell unterentwickelt zu sein. Ein Stümper. Vor Monaten hat er sie schockiert und gedemütigt. Ohne böse Absicht, aber ob ihrer Unwissenheit war sie beschämt. Wegen der Intensität des sexuellen Erlebens erst recht. Sie hat es sich nicht eingestanden, denn ihr Kinderwunsch stand über allem. Jetzt, da sie schwanger ist, denkt sie an Liu und dass er sie in orgiastische Höhen entführt hatte, in der kaum je eine Frau zuvor gewesen war. Er hätte ihr Leben verändert, wenn sie nicht so sehr auf das Kind fixiert gewesen wäre.

Auch wenn Hendrik nicht mehr in ihrer Schwester steckt, geht seine Erektion nur unwillig weg. Anscheinend ist es bei ihm doch nicht immer gleich. Sie hätte erwartet, dass Sex mit ihm immer gleich endet. Immer laut, immer mit einem Strom von virilem Sperma. Aber heute nicht, jetzt nicht.

Shenmi drückt eine Hand auf ihren Leib, sie spürt ein vertrautes Ziehen in ihrem Unterbauch. Sie bekommt ihre Tage. Ihr ist zum Heulen zumute und sie will ins Bad. Mailin geht raus, mit einem seligem Lächeln auf dem Gesicht. Hendrik will sich offenbar rasieren. Bis er Shenmis Gesicht sieht. Mit frostigem Blick setzt sie sich aufs Klo und Hendrik folgt seiner Liebsten. Macht den Vorhang zu.

Ängstlich sieht die Göttin nach, ob sie blutet. Nein, nichts. Keine Menstruation. Noch nicht, vermutlich ist es nur eine Frage von Stunden. Lautlos kullern die Tränen über ihr Gesicht. Es liegt offenbar an ihr. Sie hat sich von dem urtümlichsten Tier befruchten lassen, dessen sie habhaft werden konnte. Der beste Hengst im Stall hat sie gedeckt, mehrfach und es ist alles umsonst.

Sie will nicht laut weinen, sie will nicht, dass jemand reinkommt. Sie will niemanden sehen, mit keinem reden. Sie wartet, bis nichts mehr zu hören ist. Geht ins Zimmer, legt sich wieder ins Bett. Sie schreibt ein paar Kurznachrichten, die allesamt ihre Empfänger nicht erreichen. Vor dem Anruf bei ihrer Mutter drückt sie sich seit Tagen. Darauf kommt es jetzt auch nicht mehr an. Sie reist in eine trostlose Zukunft. Alles war so klar und hell, als sie die Empfängnis spürte. Nichts ist mehr übrig. Keine Freude oder Zuversicht, keine Aussicht auf Hoffnung in der Fremde. Sie kommt als fünftes Rad am Wagen nach Deutschland.

Geduldet, weil sie zur Familie gehört. Ungeliebt und nicht geschwängert. Wenigstens kann sie jetzt doch ihren Plan umsetzen, vom ersten Tag der Empfängnis an, den Körper zu fotografieren. Falls es je mit der Schwangerschaft klappt. Das Ziehen im Unterbauch hält an. Ganz charakteristisch, aber immer noch ohne Blut. Sie schnüffelt unter der Decke – negativ. Vielleicht hat sie was Schlechtes gegessen. Aber dann täte der Magen weh, nicht der Unterbauch. Au, wieder ein starkes Ziehen. Sie geht aufs Klo, zieht sich den Tampon aus der Scheide. Nichts. Blütenweiß. Bisschen feucht. Wenn man Hendrik beobachtet, bleibt das nicht aus. Soll sie das Ziehen ignorieren? Was bleibt ihr übrig? Sie zieht sich an.

Heute ist der erste Tag, an dem sie ihr reguläres Handy wieder einschalten kann. Die meisten Nachrichten, die eintrudeln, sind belangloses Zeug. Freundinnen, die sie nie wieder treffen wird. Verehrer, die sie nie erhören wird, ein Dutzend Mails der Agentur, die den Blog betreut. Jede Nachricht dringender als die vorhergehende. Aus Langeweile sieht sie auf ihr Geheimhandy. Dessen Nummer haben nur Mailin, Hendrik und Liu. Eine Mitteilung, vor drei Tagen. Interessant.

Nicht, weil etwas Interessantes drinsteht, sondern weil sie von ihm ist. *Ruf mich bitte an.* Mehr nicht. Was kann der selbsternannte Frauenflüsterer und Sexgott Xin Liu von ihr wollen? Was sie von ihm wollte, hat sie nicht bekommen, damals. Ein süßes, kleines Chinesenbaby hat sie von ihm gewollt. Stattdessen gab es Essstäbchen aus Mammutelfenbein und die Nacht der Nächte. Sexuell gesehen war sie das auf jeden Fall. Von der Spannung her war die Nacht der Nächte vorgestern gewesen. Von der Freude her die Nacht, in der Jahzen geboren wurde. *Ruf mich bitte an.*

Was kann er wollen? Sich entschuldigen, weil er vor einem halben Jahr ihre Gedanken nicht gelesen hat? Wissen wollen, ob sie bei der Flucht an die Geschenke gedacht hat? Ach scheiß drauf, sie wählt seine Nummer.

»Wenn das nicht die höchstgeheime Telefonnummer der allerschönsten Frau in ganz China ist! Hallo, geliebte Shenmi. Ich bin zutiefst geehrt.«

»Hallo Liu. Es ist schön, deine Stimme zu hören.«

Das stimmt. Sie versucht seit einem halben Jahr, ihn zu vergessen. Das funktioniert nicht. Gar nicht. Sie lächelt, wenn sie ihm zuhört. Bekommt weiche Knie und freut sich über die vertraute und doch neue Stimme.

»Die Freude ist ganz meinerseits. Wenn auch nicht ungetrübt. Es gibt Gerüchte, dass China zwei außergewöhnliche Frauen verlieren wird. Ich versuche, seit Tagen, deine Schwester zu erreichen. Aber eure drei geheimen Nummern sind unerreichbar.«

»Wir sind in Wladiwostok und warten auf die Weiterreise.«

Das ist die ideale Gelegenheit, um Abschied zu nehmen. Sie spürt, wie sehr sie es bedauert, Liu hinter sich zu lassen. Andere Brücken abzureißen, fällt ihr leichter. Mit Ausnahme die zur Mutter.

»Für wann ist die Weiterreise geplant?«

Shenmi weiß es nicht, sie hat sich bisher nicht gekümmert, denn sie war schwanger. Alles andere war Nebensache. Jetzt ist sie es nicht mehr oder nur noch ein bisschen. Jetzt ist der Rest auch keine Nebensache mehr.

»Wir mussten die Pässe abgeben. Dauert ein paar Tage, bis wir sie wiederbekommen, schätze ich.«

»Morgen ist Freitag. Es wäre mir eine Ehre, wenn ihr meine Gäste seid. In Wladiwostok selbstverständlich.«

Shenmi versichert ihm, dass sie die anderen fragt. Abfahrt und Abschiedsessen, sie verabschieden sich. Die Aussicht, Liu wiederzusehen, hebt ihre Laune. Ihren Herzenswunsch kann er ihr nicht erfüllen. Entweder ist sie schwanger oder bekommt ihre Blutung. An der Front ist also nichts zu machen. Trotzdem verspricht Lius Gesellschaft veritablen Genuss.

Beim Abendbrot hat sie wieder die ziehenden Schmerzen. Sicherlich ist das kein Zufall. Sie bekommt weder ein Baby noch eine zweite ausschweifende Nacht mit Xin Liu, sondern stattdessen ihre Tage. Was für ein Tausch!

Er ist wieder da

Wladiwostok, Russland, Juli 2021

Shenmi sitzt auf dem Bett, nur mit einem Höschen bekleidet. Ihre Brüste zeichnen das Bild einer Frau mit überbordender Fertilität. Letztlich ein Trugschluss, nichts als eine Fata Morgana.

Für Xin Liu ist sonnenklar, dass sie dort weitermachen, wo sie im Taxi aufgehört haben. Im Taxi zum Hotel. Nichts anderes kann er erwarten. Er hat bisher bei keiner Frau um eine zweite Nacht bitten müssen, oder gar betteln. Wer ihn einmal erlebt, kommt nicht auf den Gedanken, ihn abzuweisen. Grotesk. Ob Mann oder Frau, er hat die Gabe, alle glücklich zu machen. Um so erstaunter ist er, dass sie nicht nackt ist, als er aus dem Bad kommt. Er steigt aufs Bett, krabbelt auf sie zu und hält über ihrem Schoß an. Shenmi will heute den Spieß umdrehen. Weil sie selbst nicht darf, will sie dem besten Liebhaber unter der Sonne des Ostens eine unvergessliche Nacht bescheren. Liu küsst ihren Bauch und greift zum Bund des Höschens.

»Nein nicht, Liu! Du kannst … nein! Hör auf, bitte. Ich habe … ich …«

Sie bringt es nicht über die Lippen. Naiv wie sie ist, hat sie gedacht, er würde sie verstehen und begreifen, dass sie menstruiert. Wenigstens ist das Höschen noch fast ganz oben. Gerade rechtzeitig hat er doch auf sie gehört. Liu kennt kein nein, hat er niemals eins vernommen. Zumal nicht in diesem Stadium. Sie kennen sich, sie hatten wunderbaren Sex in der Vergangenheit und heute wieder. Also warum nein? Er sucht sich nie Frauen aus, bei denen ein nein zum guten Ton gehört. Das findet er abartig. Was um Himmelswillen ist mit der Göttin los?

»Ich will nicht, dass du …«

Sie sagt es, obwohl sie sehr wohl will, dass er alles mit ihr macht. Aber natürlich nicht, während sie blutet. Unvorstellbar, dass er in der Zeit in sie eindringt, oder schlimmer. Nein. An Lecken denkt sie nicht einmal. Ekelhaft.

»Ich will … ich bekomme meine …« Sie bringt es nicht über die Lippen. Es ist viel zu intim. Darüber redet man nicht mit einem Mann. Zumal der weiterhin die Finger im Bund ihres Höschens hat. Es ist ungehörig.

Trotz ihres Protests zieht er ihr das Höschen aus. Da ist er, der Faden der Ariadne, nein, der Faden der Shenmi. Ihre Vulva wie immer ein Ausbund an Schönheit. Der Rückholfaden des Tampons wirkt deplatziert. Wie ein kleiner, feiner Fremdkörper im makellosen Unterleib. Shenmi wird knallrot und weiß nicht, ob sie ihr Gesicht oder ihre Muschi bedecken soll. Liu versteht ihre Not und macht das einzig Richtige. Er küsst sie auf den Bauch wie ein Wahnsinniger. Dann schnüffelt er an ihr. Wie der Rüde an der läufigen Hündin. O Gott, ist ihr das peinlich! Das ist schlimmer, als den Penis in die blutige Vagina zu stecken. Shenmi schließt die Augen und betet, dass dieser Albtraum jetzt ein Ende hat. Sie hat sich niemals zuvor so geschämt.

»Du irrst dich. Da ist nichts. Kein Blut, keine Menstruation.«

»Woher willst du das wissen?«

Liu hat das Bändchen schon um seinen Zeigefinger gewickelt. Shenmi ist rot vor Scham und rot vor Zorn. Gleich wird sie zur Furie.

»Untersteh dich, wenn du das wagst, …« Ihr fällt keine Drohung ein. Doch, eine. Sie könnte damit drohen, dass Bao ihm die Eier abschneidet. Aber das kauft Liu ihr nicht ab. Dazu haben sie sich beim Abendessen viel zu gut verstanden. Doch bislang hält er nur den Faden fest.

»Ich kann das riechen.«

Lapidar, ohne weitere Erklärung. Liu der Schnüffler. Er schnüffelt ostentativ einen Zentimeter über der Vulva. Zentimeter über blutigem Fleisch. Der Finger um das blaue Baumwollfädchen zuckt. Der Tampon sitzt bombenfest. Shenmi jedoch hat das Gefühl, dass er schon halb draußen ist.

»Hör auf, ich blute, das ist eklig.«

Shenmi schließt die Augen und stellt es sich vor. Von dunkelrotem Blut getränkt und aufgequollen, mit viskosem Schleim überzogen, dick wie eine Taschenlampenbatterie baumelt der benutzte Tampon zwischen ihnen. Soll er doch, diese Drecksau! Er zieht, sie presst und schließt die Augen.

Stille. Totenstille. Sie blinzelt. Unschuldig, rein. Zwar schleimig jedoch blütenweiß präsentiert sich der benutzte Tampon. Sie denkt noch, ich bin doch schwanger, da drückt Liu ihr die Schenkel auseinander und seinen Mund auf ihre Schamlippen. Er hat es gerochen. Er hat recht, sie hat keine Blutung. Und jetzt kommt sie bald. Gleich. Wenn er weiter so leckt. Eine Minute später windet sie sich auf dem Bett. In Ekstase.

Doppelt glücklich. Den Wunsch, ihn bestmöglich zu befriedigen, ihm dasselbe zu bieten wie er ihr, hat sie bald vergessen. Nach dem dritten Höhepunkt hat sie annähernd alles vergessen. Und vor dem nächsten Morgen wird es ihr nicht wieder einfallen. Liu ist nicht da, damit er sich befriedigt. Er ist da, um vergöttert zu werden. Mission accomplished.

Shenmi schwebt die halbe Nacht. Und als es Frühstück gibt, schwebt sie auch dorthin. Liu ist bei ihr geblieben. Gibt ihr Halt. Halt, den sie nachts nicht hatte. Haltung, die sie heute Nacht verlor. Liu weiß alles, kann alles, macht alles. Beim Frühstück kommt die Frage, auf die er gewartet hat. Was ihn in China hält. Ob er nicht mitkommen will?

»Liebste Shenmi, nie ist mir etwas schwerer gefallen, als dich ziehen zu lassen. Du bist die schönste Frau Chinas und neben dir verblassen alle anderen. Trotzdem kann ich deinem Ruf nicht folgen.«

Sie schaut so traurig, wie er erwartet hat.

»Shenmi, in China bin ich ein König, in Deutschland ein Bettler. In China ein Charmeur, in Deutschland kann ich nur stammeln. Hüben gutaussehend und drüben ein Schlitzauge. Einen tollen Beruf in China und in Deutschland kann ich nicht einmal Supermarktregale auffüllen, weil ich nicht lesen kann. Es gäbe nur einen Grund, dich.«

Dem ist nichts hinzuzufügen. Er ist Leiter des Instituts und Mailins Chef, hat aber keine Ahnung, was sie tut. Im Gegensatz zu ihr wird er nicht mit offenen Armen empfangen. Er ist kein Wissenschaftler.

»Deine Wünsche sind zudem nicht meine. Manchmal, so wie heute Nacht, überschneiden sie sich. Doch ich kann dir keine Kinder schenken.«

Ohne Erklärung warum. Shenmi fragt nicht nach. Sie sieht es ein. Sie hat das Glück gehabt, ihm zweimal zu begegnen. Das widerfährt nicht allen, die Liu zu Willen waren. Er hinterlässt keine gebrochenen Herzen, aber Sehnsucht nach Achtsamkeit, Aufmerksamkeit und liebevollem Sex.

»Chinas schönste aller Blumen.«

Er küsst Shenmi und nimmt sie in den Arm.

»Sei nicht traurig, dass es vorbei ist. Sei glücklich, dass es überhaupt passiert ist.«

***

Yanzhou ist doppelt traurig. Der Mann, den sie liebt, verlässt sie. Sie kommt nicht mit ihm. Frevelhaft. Dagegen waren ihre Verfehlungen bisher Kinkerlitzchen. Trotzdem bestraft er sie nicht. Nicht zu verstehen. Yanzhou glaubt, dass sie beide ihre maximale sexuelle Erfüllung gefunden haben und er lässt diese Gelegenheit aus? Statt wütend ist er traurig. Statt zu strafen, sieht er zum Heulen aus. Heute ist ihr letzter gemeinsamer Tag. Keine Lagerhalle, wo er sie aufhängt und schlägt. Sie wird geil, wenn sie nur daran denkt. Keine Turnhalle, wo er sie über den Bock zwingt, um sie zu schlagen. Keine Strafe, nur Traurigkeit. Weil Bao nur zum Äußersten greift, wenn er bestrafen kann, sind diese intimen Momente rar. Sehr rar.

Unverständlich, dass er es jetzt lässt. Morgen ist Abreise und dann ist sie alleine. Wer weiß, wie lange. Sie kommt gut alleine zurecht, sehr gut. Kann sich versorgen, verdient viel Geld. Aber emotional und sexuell sind die Zeiten ohne ihn arm. Er kann doch diese Gelegenheit nicht auslassen! In Baos Brust schlagen zwei Herzen. Natürlich muss er seine Yanzhou bestrafen. Doch er hat Angst, sie damit endgültig zu vertreiben. Die Aussicht, ihr heute Abend Schmerzen zu bereiten, sorgt für maximalen Druck in seinen Hosen. Seine Traurigkeit wegen des Abschieds und die Angst, sie zu verlieren, halten ihn ab. Sie haben nie über ihre Strafen gesprochen. Beide Male waren es einschneidende Erlebnisse. Sexuell unvergleichlich mit grandiosen Höhepunkten. Doch seine Hemmschwelle ist hoch. Er würde niemals eine Frau schlagen. Und doch hat er es getan. Häusliche Gewalt ist ihm völlig fremd. Aber Yanzhou …

Hat sie es nicht provoziert? Wenigstens beim zweiten Mal. Sie hätte den Deutschen nicht ficken müssen. Sich ficken lassen. Und wenn, dann hätte sie nicht so glückselig gucken dürfen. Danach. Es ist eine Sache, sein Geld zu verdienen, indem man die Beine breit macht. Aber dabei Spaß zu erleben, Glück zu empfinden, sexuelle Höhepunkte, das geht zu weit. Dafür war Strafe angemessen. Jetzt kommt sie nicht mit nach Europa und hat Gründe dafür. Gute Gründe. Nun zögert er. Hält eine Bestrafung für unangemessen. Andererseits hat er größtmögliche Lust. Hätten sie nur darüber geredet. Haben sie nicht. Bleibt sie bei Bao, obwohl er sie geschlagen hat? Oder weil? Da sie nicht länger bei ihm bleibt, kann er es genauso gut tun. Wenigstens ein letztes Mal. Er kauft Handschellen und Kabelbinder. Yanzhou hat die Hoffnung aufgegeben. Beim Abendessen verabschiedet sich Bao als Erster. Nach Feiern ist kaum einem zumute.

Außer Bao. Er denkt an eine Privatfeier auf dem Zimmer. Die Vorbereitung ist fix erledigt. Gewalt gehört unbedingt zum ersten Teil. Würde sie sich freiwillig fesseln lassen, ohne Spur von Gegenwehr, verlöre er die Lust und den Mumm. Er braucht das Adrenalin, sie zu bezwingen. Zu überwältigen. Sie zu blenden. Yanzhou macht keine drei Schritte und spürt den lang ersehnten Überfall. Sie wehrt sich, es ist ein überwältigendes Gefühl und Vorfreude, die sie schon erregt werden lassen. Ruppig und rau bereitet er den Boden.

Er steigert sich in seinen Ärger, in seine Wut hinein. Ohne die geht es nicht. Er muss stocksauer sein, wenn er sie schlagen will. Er meint es so, wenn er ausholt und klatschend die Gerte ihre zarte Haut trifft. Weil sie einen Knebel trägt, ist sie nicht laut, aber für ihn sind ihre Schmerzensschreie ein Genuss. Ein Aphrodisiakum ersten

Ranges. Und er weiß, dass die Schreie echt sind. Er sieht die Striemen. Und schlägt doch wieder zu. Yanzhous Hände zerren an den Fesseln. Während einer Pause, in der die Freundin leise wimmert, drückt er ihr vorsichtig einen dicken Plug in den Arsch. Nicht vorsichtig genug, denn sie will ausweichen und das Wimmern unter dem Knebel wird wieder laut. Er schlägt sie. Zieht an dem Plug, den sie erleichtert herausdrückt. Nur um ihn gleich darauf wieder reinzuschieben.

Und zuzuschlagen, dass man das Klatschen im halben Haus hört. Bao macht sie los, dreht Yanzhou um, fesselt sie wieder. Sie zieht kein Modellkleid an, wenn es passieren könnte. Bluse, Kleid oder wenigstens den BH zu zerschneiden, gehört dazu. Auch wenn sie weiß, dass es ihr Geliebter ist, bekommt sie in den Momenten eine Gänsehaut. Der kalte Stahl auf der Haut. Aufregend. Er spreizt ihr die Beine und Yanzhou wehrt sich erneut. Vergebens, denn Bao ist viel zu stark. Sie hört das Zischen der Gerte und spürt im selben Moment den riesigen Schmerz auf ihrem Venushügel. Sie will sich krümmen vor Pein und wird gezwungen, es nicht zu tun. Wieder ein Schlag. Er schlägt ihr auf die Titten, bis ihre Nippel glühen. Dann zwei letzte Schläge auf die rasierte Muschi. Sie heult jetzt durchgehend, denn der Schmerz ist überall. Jedoch merkt sie, dass der Liebste sie endlich besteigt. Sie erlöst von der Pein, verzweifelt umarmt und seinen Schwanz in sie stößt, um sie beide zu erretten und zu befreien. Der Orgasmus mitten hinein in das Brennen der Schmerzen ist das stärkste Gefühl, welches sie jemals hatte. Schmerz weicht der Erlösung und wird mit einem Höhepunkt gekrönt, den sie ohne den Schmerz nicht empfinden kann. Das geht nur mit Bao und seinem Hang, sie zu strafen.

… einen an der Luftwaffel

Wladiwostok, Moskau und Westerwald, Juli 2021

Hendrik und Mailin sitzen am Notausgang. Weil sie Jahzen dabeihaben, wird ihnen jeder Wunsch erfüllt. Er lächelt sich in die Herzen der strengsten Flugbegleiterin. Die würde Hendrik auch ganz andere Wünsche erfüllen. Quasi jeden. Aber das lässt sie sich nicht anmerken. Die geilsten Männer nach ihrem Geschmack sind immer vergeben. Als echte Russin fragt sie sich, was ein großer Blonder von so einer Chinesin will. Bekommt er keine anständige Frau? Sie selbst zum Beispiel.

Warum nicht? Das hätte er ihr sagen können. Zu groß, zu herrisch, burschikos. Er mag diese Lesbenattitüden nicht. Dabei liegt er falsch, sie ist alles andere als lesbisch. Und sie ist auch nicht herrisch, obwohl der Beruf es manchmal mit sich bringt. Sie hat regelmäßig Vergewaltigungsfantasien. Und das ungeachtet der Tatsache, dass die meisten Vergewaltiger Reißaus nähmen, wenn sie ihr begegneten. In ihren Träumen und sexuellen Fantasien ist sie winzig bei fünfundvierzig Kilo. Ein Spielball in den Händen herrischer und wenig sensibler Liebhaber. So wie der Blonde. Bei ihr wäre er nicht so zärtlich wie bei seinem Kind. Wer so einen dunkelhäutigen Bastard vögelt, der ist ein Höhlenmensch. Beim Sex. Sie geht zum Nächsten und hat neue Fantasien. Auch so geht ein Arbeitstag vorbei. Heute Abend hat sie ein Date in Moskau.

Nach der Landung wird Hendrik mit seinen Chinesen in Empfang genommen und begrüßt. Sie haben Tickets bis Moskau. Ab hier übernimmt die Flugbereitschaft. Als sie in den Flieger der Luftwaffe steigen, wird ihnen klar, welchen Stellenwert Mailin hat. Um ein

Spezialkommando zu schicken, das sie aus China herausholt, hat es nicht gereicht. Aber ein Airbus der Luftwaffe? Hendrik pfeift durch die Zähne. Nachdem sie an Bord sind, müssen sie eine Stunde warten, bis eine deutsche Delegation einsteigt. Die fliegen vorne, sind noch wichtiger. Aber selbst die Journalistenklasse hat wesentlich mehr zu bieten, als die Sardinenbüchse von Aeroflot. Komfort, Beinfreiheit und kostenlose Getränke. Vielleicht ist bei Aeroflot der Wodka besser, aber ohnehin ist niemandem nach einem Wodkafrühstück.

Hans Wollschmidt holt sie höchstpersönlich vom Frankfurter Flughafen ab. Ein Zeichen von Wertschätzung für die Chinesen. Sogar Shenmi ist beeindruckt. Er ist beim Auswärtigen Amt, wenn er es nicht weiß, wer dann? Sogar einen Kindersitz hat das Außenamt in seinem Fundus. Jahzen gefällt das. Den Eltern wäre es egal gewesen. Hendrik glaubt nicht, dass sie mit diesen Limousinen angehalten werden. Sie rasen eine Stunde durch den Abend und erreichen ein Schloss. Ein kleines Schloss, aber Deutschland lässt sich nicht lumpen. Wollschmidt isst mit ihnen zu Abend. Sie haben bereits in Wladiwostok einen Test gemacht, sie sind geimpft und hier machen sie wieder einen Test. Leider. Fünf Tage sind sie hier. Er sagt nicht eingesperrt, aber er meint es so.

Trotzdem haben sie ihm ein Geschenk mitgebracht. Mailin, der Ehrengast, überreicht es ihm. Weil er weiß, was sich gehört, lehnt er es rundweg ab. Und noch einmal und noch einmal. Unter vielen Verbeugungen nimmt er es schließlich an. Packt es nicht aus, denn er kennt sich aus. Hendrik sagt ihm in knappem rheinischem Dialekt, dass er sich nicht zieren soll, denn es ist nichts von Wert. Er weiß, dass Wollschmidt das sonst nicht annehmen darf. Deswegen kann er es gleich auspacken.

Es ist ein billiges Modellauto. Ein silberner Aston Martin mit 007 auf den Türen. Um Mailin nicht zu brüskieren, bedankt er sich überschwänglich. Hendrik grinst er an. Wenn nötig nimmt er auch einen Hundehaufen aus Plastik als Geschenk an. Seine Karriere kann durch Mailin einen Schub bekommen. Dafür macht er sich gerne zum Affen, wenn es sein muss. Aston Martin. 007. Fast witzig. Vielleicht sollte er jetzt über eine Sean-Connery-Gedächtnis-Brustbehaarung nachdenken. Sicher hatte James Bond nie solche eine bunte Truppe zusammen. Er ist nicht der Erste, der sich fragt, wie sie zusammengefunden haben. Er wird nicht der Letzte sein.

Zieht man die Familie ab, bleibt der chinesische Schläger als letztes Rätsel übrig. Es kann ihm egal sein. Nur wenn es bei der Integration der Spezialistin Schwierigkeiten macht, ist es ihm nicht egal. Hendrik fragt ihn, ob sie nachher in Ruhe reden können. Die Idee hatte Wollschmidt auch schon. Aber noch steigt die Stimmung am Tisch in Richtung ausgelassen. Sie haben Tsingtao in letzter Sekunde verlassen. Sind tagelang durch das halbe Land gefahren, ohne erkannt zu werden. Haben ohne Hilfe die Grenze überwunden. Russland war überstanden, der Flug auch und jetzt können sie zum allerersten Mal aufatmen. Heute Abend können sie.

»Ach, Sie waren damals in der großen Quarantäne von Baden-Baden?«

»Allerdings. Zusammen mit ihr in einem Hotel in Gernsbach.«

Und nicht zu vergessen mit Constanze, ein paar Freiern und als Nebendarsteller seine Freundin Apotheke und Julie, die teuflische Elsässerin. Aber Hendrik will die Gemengelage von damals nicht unnötig ausbreiten und erzählt das Nötigste.

»Kondome waren wohl aus.«

Als er Hendriks Blick sieht, tut es ihm leid.

»Wenn ich mir ansehe, was daraus geworden ist, sollten sie deswegen auf Knien rutschen. Deutschland kann seinen Rückstand aufholen. Jahzen ist auf der Welt und ich habe Chinas schönste Tochter entführt. Die Verlierer von Gernsbachs Kondommangel sitzen auf der anderen Seite der Welt.«

Hendrik erzählt von dem chinesischen Einsatzkommando und hat die volle Aufmerksamkeit.

»Moment, das ist interessant. Ich muss ein paar Anrufe machen.« Er telefoniert einige Minuten zurückgezogen und Hendrik holt sich etwas zu trinken. Seine größte Sorge ist sowieso, dass die wieder auftauchen. Denn wohin die mongolische Nomadentochter entführt wurde, ist sonnenklar.

»Sie haben recht, es gab damals eine kleine Anfrage. Es war Panik wegen der Pandemie. Eine Wissenschaftlerin im Urlaub, die zu Hause dringend gebraucht wurde. Klar leisten wir Amtshilfe.«

Hendrik wundert sich und fragt: »Hätten Sie Amtshilfe geleistet, wenn es darum gegangen wäre, einen Dissidenten aus Deutschland zu entführen?«

»Natürlich nicht!«

»Und woher wissen Sie, ob Mailin freiwillig mitging?«

»Die meisten geflohenen Dissidenten sind uns bekannt. Außerdem fragen wir denjenigen beim Erstkontakt.«

»Moment.«

Hendrik geht zu den anderen, Mailin holen. Denn er kann sich nicht daran erinnern, dass sie seine Freundin gefragt hatten. Aber sie bestätigt das. Sie hatten gefragt.

»Waren die deutschen Polizisten dabei? Waren sie anwesend und gab es einen Dolmetscher?«

Sie sieht ihn fragend an und Hendrik ergänzt: »Übersetzer, war ein Übersetzer dabei?«

Sie schüttelt mit dem Kopf. Nein, die deutschen Polizisten und die vom chinesischen Kommando hätten kaum ein Wort gewechselt. Wollschmidt sieht im Verlauf immer sorgenvoller drein.

»Ich habe morgen einiges zu klären.«

Hendrik erwidert: »Sehen Sie, das ist der Grund, weswegen ich froh bin, dass Bao eine Zeitlang mitkommt. Als Leibwächter, wenn man so will.«

»Hat er denn eine entsprechende Ausbildung?«

Kondommangel in Gernsbach. Witzig sein kann Hendrik auch. Deswegen sagt er: »Da können Sie sicher sein. Harte Schule!«

Er nimmt an, dass die Triaden nicht nur Verstecken spielen. Spielten. Baos wirkliche Gefährlichkeit kann er nicht abschätzen. Hörensagen. Ob er damit punkten kann, dass es das Gerücht gibt, Bao kastriert Shenmis Liebhaber, ist zweifelhaft. Ihren Mann hat er kastriert. Sagt er.

»Dann kann er sicher mit einer Waffe umgehen. Ich sehe zu, was sich machen lässt.«

Hendrik findet, dass *Triaden* so klingt, als würden die mit Schwertern kämpfen. Aber vermutlich gehen die auch mit der Zeit. China ist das sicherste Land auf der Welt. Sind die überhaupt kriminell?

»Wo bringen sie uns nach der Quarantäne hin?«

»Sie wohnen auf einem Gehöft in der Nähe von Aachen. Im Braunkohlerevier. Gar nicht weit weg von Mützenich.«

»Und warum dort? Müsste Mailin nicht eher dahin, wo die Kollegen sind und mit denen zusammenarbeiten?«

»Hat Sie Ihnen das nicht gesagt? Der Quantencomputer steht in Jülich.« Nein, das hat Mailin anscheinend ›vergessen‹, ihm zu sagen. Oder sie hat es wirklich vergessen. Aber beim Job kennt sie kein Pardon.

Ist ihr auch egal, wo der steht, wo sie hingeht. Ob es da schön für Jahzen ist, egal. Ob es Hendrik da gefällt, egal. Shenmi wird gleich dreimal nicht gefragt. Es könnte bedeutend schlimmer kommen. Hendrik fallen aus dem Stegreif ein Dutzend Städte ein, die es auf keinen Fall sein dürften. Aber Aachen ist okay.

***

Die Quarantäne wird überwacht. Oder sie alle werden bewacht. Will jemand raus, dann nur in dezenter Begleitung. Hendrik hat Lust auf einen Biergarten. Aber da ist nichts zu wollen, nichts zu machen.

Shenmi hätte gerne mehr von Hendrik. Auch – nichts zu wollen, nichts zu machen, sie fürchtet, Mailins Geduld zu überstrapazieren. Mailin würde endlich gerne arbeiten. Stattdessen telefoniert sie mit ihren kommenden Kollegen vom neuen Institut. Bao würde gerne seine Freundin bestrafen. Stattdessen schreibt er ihr, wie sehr er sie vermisst.

Apotheke zeigt Hendrik, wie sehr sie ihn vermisst. Im Chat. Rolf ist über den Berg, aber noch lange nicht genesen. Sie haben bisher nicht darüber gesprochen. Sie hat über Hendriks Vorschlag nachgedacht und lässt sich von ihm beim Masturbieren zusehen. Und anfeuern. Für beide überraschend.

Heiß und befriedigend. Sehnsuchtsvoll guckt er seiner Schwarzwälder Freundin auf die prallen Titten. Wie gerne würde er jetzt sein Gesicht in ihnen vergraben, oder seinen Schwanz reinstecken. Ein Wahnsinnsanblick, wenn er ihr zwischen die Brüste fährt. Er stöhnt laut auf vor Erleichterung und ergießt sich auf den Bauch. Das erste Mal seit? Monaten.

So kommt es ihm vor, er hat völlig vergessen, wie es ist, wenn man masturbiert. Alleine ist er zwar nicht. Aber masturbiert hat er, keine Frage. Beide setzen ihr Gespräch mit rotem Gesicht fort. Und glücklich.

»Spielschulden sind Ehrenschulden.«

»Den Spruch mag ich nicht, aber du bekommst, was du willst!«

Hendrik denkt, dass echte Spielschulden nichts anderes als der letzte Auswuchs einer Sucht sind. Es ist weder ehrenvoll, sie zu haben, noch sie zurückzuzahlen. Der, der einem Kredit beim Spielen gewährt, dem sollte Bao mal einen Besuch abstatten. Shenmi denkt nicht an Schulden, aber daran, dass Bao ihr auch einen Besuch abstatten könnte. Aber ganz so weit ist sie nicht. Sie ist nicht mehr die Herrin, die ihm das einfach befehlen kann. Und sie ist nicht mehr die, der es beim Sex darum geht, ihre Allmacht zu spüren, das weiß sie inzwischen.

Bao wäre eine Notlösung. Komischerweise hat sie Lust. Mehr Lust, als sie zugeben würde. Auf den Falschen natürlich. Hendrik beachtet sie viel zu wenig. Warum er so an der großen Schwester hängt, wird sie nie begreifen. Es ist fünf Tage her, seit der Nacht mit Liu. Sie hat ihre Tage nicht bekommen. Eine Woche, dann macht sie einen Test. Ist ihre Lust auf Sex ein Zeichen der Schwangerschaft, oder dass sie morgen menstruiert? Oder nur so? Weil sie erwacht? Als sie Hendriks Orgasmus nebenan hört, denkt sie daran, wie glücklich ihre Schwester ist.

Mailin hört ihn auch im Nebenzimmer und glaubt, dass ihr Geliebter Shenmi wieder trösten muss. Oder er ihr ein Baby macht. Wo sie es so sehr will. An Apotheke denkt niemand. Außer Hendrik.

»Hast du dir schon überlegt, wie es mit dir und Rolf weitergeht?«

Mit der Hand, die ihr eben so viel Freude bereitete, macht sie eine wegwerfende Bewegung. Hendrik würde gerne daran riechen. Muschi.

»Wir haben noch nicht geredet, falls du das meinst. Ich schau erstmal, wie er drauf ist, wenn er aus dem Krankenhaus kommt.«

»Genau, nichts überstürzen. Aber selbst wenn ihr euch einig werdet, bleibt die Sache mit den Gästen. Das kann richtig nach hinten losgehen.«

»Ich weiß gar nicht, ob wir wieder vermieten werden. Ich brauche ein eigenes Reich, wohin ich mich zurückziehen kann. Auch ohne Sex. Rolf und ich hocken zu lange zu dicht aufeinander.«

Das versteht er. Deswegen ist Hendrik heilfroh, dass sie in Aachen landen werden. Er wird sein Mützenicher Häuschen behalten. Sein Juwel. Und falls ihm die China-Connection daheim auf den Sack geht, kann er sich elegant ein paar Stunden oder Tage zurückziehen. Perfekt.

»Wann kommst du denn, Hendrik? Ich gebe es ungern zu, aber ich habe große Sehnsucht. Nach dir. Du machst mich zu einer glücklichen Frau.«

»Mir steht er gleich wieder, wenn du sowas sagst!«

Sie lachen beide. Und wissen beide, dass es ernst ist. Ein paar Tage wird sie sich gedulden müssen. Vielleicht ist ja Rolf dann aus dem Hospital entlassen und sie können etwas für die Galerie machen. Er macht alles, was andere glücklich macht. Fast alles. Grenzen hat er vielleicht auch.

Wie Bao. Er hätte sich vor einem Jahr nicht träumen lassen, was er erlebt hat. Dass er Spaß daran findet, eine Frau zu schlagen. Nicht nur ein paar Klapse auf den Hintern. Er denkt an seine Yanzhou und träumt davon, es wieder zu tun. Die Geräusche dabei und ihre Schreie! Wie sie an den Stahlfesseln zerrt. Wie sie zuckt und sich aufbäumt, wenn er ihren Arsch trifft. Die roten Striemen. Die steifen Nippel, obwohl er ihr auf die Titten schlägt. Er kann es nicht verhindern, es kommt ihm in Rekordzeit.

An diesem Abend ist jeder alleine, wenn man das Baby nicht rechnet. Und jeder ist froh, alleine zu sein. Die Flucht zerrt an den Nerven und jetzt ist es Zeit, sich zu normalisieren. Shenmi denkt an

Liu und schreibt ihm lächelnd ein Kompliment. Mailin sieht Ausschnitte von Sexfilmen an und versucht, zu ergründen, was davon Spaß macht und was nicht. Vergeblich.

Hendrik schreibt Mia, dass er wieder im Land ist und sie sehr bald wiedersehen will. Bao chattet mit Yanzhou und schreibt ihr, wie sehr er sie vermisst. Sie ist froh, dass sie ihr Handy nicht ausgemacht hat wie sonst. So kann sie ihm zwischen zwei Kunden antworten. Am nächsten Morgen kommt Wollschmidt in Begleitung einer Ärztin, die jeden untersucht und erst einen Schnell- und dann einen normalen Coronatest macht. Aufbruch. Er, Bao und Hendrik sitzen im ersten Wagen.

»Wir machen noch einen Abstecher, während die Frauen gleich zum Bauernhof gebracht werden. Schießstand.«

007 hat Deutsch gesprochen, Hendrik wiederholt es für Bao auf Englisch und erklärt ihm, was er möchte. Fragt ihn, ob Bao bereit ist, die ersten Wochen der Leibwächter von Mailin zu sein. Zuhause und auf dem Weg zur Arbeit. Das Institut wird sowieso bewacht. Ein Lächeln geht über Baos Gesicht, weiß er sowieso nicht, was er jetzt tun soll. Er guckt zwar skeptisch, als er erfährt, wo es hingeht, aber er sagt nicht nein. Wollschmidt hat schon ungeschicktere Schützen gesehen. Da er nicht an eine chinesische Bedrohung glaubt, bleibt er gelassen. Nur nicht bei der Einweisung. Wie es sich für Diplomaten gehört ein feinstem Oxfordenglisch.

»Sie bekommen den Status, den Sicherheitsleute ausländischer Gäste hier erhalten. Bao, Sie haben keinerlei Befugnisse. Sie dürfen niemanden anhalten, durchsuchen oder verhören. Sie sind rein zur Selbstverteidigung da. Klar?«

Bao und ich nickten einträchtig. »Nur im Notfall.« Nicken.

»Wenn etwas ungewöhnlich scheint. Handeln Sie nicht! Rufen sie diese Nummer an. Erschießen niemanden präventiv. Die Waffe ist ausschließlich zur Notwehr. Ultima Ratio. Wenn nichts anderes geht. Ich lehne mich sowieso schon zu weit aus dem Fenster. Machen Sie mir keinen Ärger.«

Wie zwei Wackeldackel nicken wir erneut.

»Zwölf Schuss im Magazin. Hier ist eine Berechtigungskarte. Aber denken Sie daran, das ist kein Polizeiausweis. Sie haben keinerlei Befugnisse. Schon gar keine hoheitlichen. Benutzen Sie sie nicht.«

Mit diesen abschließenden Worten gibt er Bao ein Halfter und die Waffe.

»Es gibt zu viele islamistische Gefährder in NRW und anderswo. Ich hätte Ihnen lieber Polizisten zur Verfügung gestellt. Es gibt keine. Nicht für eine Bedrohung, die offiziell nicht existiert. Keine Drohungen, keine Beweise. Frau Professor ist nicht gefährdet.«

»Bao ist nicht gerade ein Hitzkopf. Er wird keinen Unsinn machen.«

Diese Waffe würde er sowieso nicht benutzen, glaube ich. Er hat bestimmt ein scharfes Messer im Gepäck. Schießen ist was für verweichlichte Amis. Auch wenn damals in Gernsbach tatsächlich Chinesen kamen, um Mailin abzuholen. Das würden sie kein zweites Mal versuchen, denn jetzt wissen sie, dass Mailin nicht aus Versehen in Deutschland ist. Sie würden sie ebenso wenig mit Gewalt entführen, wie Wollschmidt es umgekehrt aus China nicht gemacht hat. Viel zu hohes Risiko. Sie haben verloren, Deutschland gewonnen. Und wenn Mailin keine Lust mehr hat hierzubleiben, kann sie fahren. Überall hin. Freiheit ist was Tolles.

»Ich verlasse mich auf Sie. Beim Schießen hat er eine gute Figur abgegeben. Ich nehme an, er war beim Militär.«

Wenn man die Triaden unter Militär subsumiert, hat er Recht. Falls Bao wirklich schießen muss, sind unsere Probleme andere, als herauszufinden, ob er es beim Militär oder auf einem Hinterhof gelernt hat.

Trautes Heim

Eifel/Rheinland, Juli 2021

Bauernhofidylle. Es fehlen nur die Berge. Der nächste Berg ist die Hohe Venn, meine Heimat, bevor das alles passierte. *Holland ist die geilste Stadt der Welt* kommt gerade im Radio. Nach Holland kann man spucken. Erst Belgien, jetzt Holland, sollte ich anfangen, Flämisch zu lernen? Frau Antje wäre bestimmt begeistert. Der Bauernhof ist groß genug für uns. Jeder bekommt ein eigenes Zimmer. Und belegt sind längst nicht alle. Wir haben sogar Möbel. Ankommen, einnehmen, annehmen und zur Ruhe kommen. Das ist das Motto des Tages. Morgen früh kommt Hans ein letztes Mal vorbei. Danach beginnt der Ernst des Lebens. Bao bekommt die Autoschlüssel. Bao? Auto? Habe ich was nicht mitbekommen? Mailin hat einen Firmenwagen. Donnerwetter. Wozu? Sie könnte mit dem Rad fahren, so nah ist ihr Institut. E-Fahrrad meinetwegen. Eine Exzellenzuni lässt sich nicht lumpen. Doch das ist nur ein Teil. Als Überbrückungshilfe bekommen Shenmi und ich von Wollschmidt jeder einen Umschlag in die Hand gedrückt. Bao nicht, weil er nicht zur Familie gehört. Wenn ich an seinen Rucksack denke, weiß ich, dass er die Hilfe nicht braucht.

»Hend'ik, hilfst du mir bitte?«

Shenmi steht bei mir in der Tür. Schon wieder? Will sie schon wieder gebumst werden? Quatsch. Entweder ist sie schwanger oder hat ihre Tage.

»Was gibts denn?«

»Ich will ein paar Sachen bestellen und brauche Hilfe.«

Das trifft sich gut, ich will auch ein paar Sachen bestellen. Nur muss ich mein Geld erst einmal auf die Bank bringen. Wie macht man das, wenn es keine Bank gibt? Keinen Schalter? Kein Gebäude? Wie zahlt man bei einer Internetbank sein Schwarzgeld ein? Oder in meinem Fall das »Überbrückungsgeld«? Schicken ja wohl kaum.

»Wie willst du denn bezahlen? Du hast doch kein Konto?«

Sie hält eine Kreditkarte hoch. Hoffentlich ist die nicht gesperrt. Weil wir keine Spur hinterlassen wollten, haben wir bislang nur bar bezahlt. Ich muss mal dringend Hans Wollschmidt anrufen. Der weiß alles.

»Moin Hans.«

»Schon Sehnsucht nach mir? Ich dachte, Sie haben die Schnauze voll.«

Hans ist stur und bleibt bei seinem dämlichen »Sie«. Warum so förmlich? Er hat mir konspirativ ein dickes Bündel Banknoten überreicht, da kann man sich auch gleich duzen. Er nicht. Meinetwegen.

»Warum haben Sie uns das Geld eigentlich nicht überwiesen? Wäre das nicht einfacher?«

»Nicht unbedingt. Wer in Ihrer Lage ist, hat ja oft genug gar kein Konto, muss bei null wieder anfangen. Und wenn ich mir Ihr Konto so ansehe, trifft es null ziemlich gut. Irgendwo muss das Geld aus den diversen Asservatenkammern auch landen. Wir wollen es schließlich nicht verbrennen, nur weil ein bisschen Koks daran haftet.«

»Wie geheim ist eigentlich das Institut? Wissen die Chinesen, wo wir sind? Wo Mailin ist? Können wir etwas bestellen und mit Kreditkarte zahlen?«

»Ganz so mittellos sind Sie anscheinend nicht. Aber das Asservatengeld dürfen Sie trotzdem behalten. Ist ja nicht meins.«

»Ist auch nicht meine Karte.«

»Weiß ich, weiß ich. Sie sind ziemlich gut durchleuchtet worden.«

»Es ist die Kreditkarte der Schwester.«

»Wenn die funktioniert, meinetwegen. Demnach wissen die Chinesen nichts von der Kreditkarte. Überdies ist das Institut nicht geheim. Lässt sich in Deutschland und Europa auch gar nicht deichseln. Die Chinesen könnten sich ausrechnen, wo Frau Professor arbeitet.«

»Ziemlich gut durchleuchtet? Wie meinen Sie das denn?«

»Ein andermal, ich muss mich um ebenfalls nicht ganz unwichtige Dinge kümmern. Sie und ihre Truppe sind fürs Erste versorgt.«

Diplomatisch ist er ja. Hans. Die Nummer mit dem Geld ist nur das letzte Mosaiksteinchen. Er heißt weder Wollschmidt noch ist er beim Auswärtigen Amt. Quantencomputing muss in Deutschland der neueste heiße Scheiß sein, wenn man so viel unternimmt, um eine einzelne Person an sich zu binden. Hoffentlich enttäuscht Mailin niemanden. Außer mir. Shenmi hat mir beim Telefonieren zugesehen. Ich mache den Daumen nach oben und die Göttin lächelt mich an. Es ist fast schade, dass sie nur beim Bestellen Hilfe braucht, denn sexuell ist nicht viel los. Ich könnte ihr eine Menge helfen. Wir setzen uns nebeneinander. Mit zwei Computern. Sie zeigt mir, was sie gerne kaufen möchte, und ich bestelle für sie. Fotokram, Kameras, Objektive, Leuchten, Hintergründe. Ruckzuck sind wir bei fünftausend Euro. Alter Schwede!

»Willst du dich selbständig machen, junge Frau? Wozu der ganze Kram?«

»Das ist für meinen Blog. Ich bin schon selbständig. Ich verdiene nur kein Geld damit. Trotzdem ist es mir ernst.«

»Brauchst du denn wirklich alles doppelt und dreifach?«

Dann erzählt sie mir, was sie vorhat. Zeitraffer über neun Monate von der werdenden Mutter. Hohe Ausfallsicherheit.

»Wenn du willst, können wir nach Köln fahren, den ganzen Krempel sofort kaufen.«

»Echt jetzt? Komm, wir fahren!«

Sie ist Feuer und Flamme und schon auf dem Weg zum Auto. Köln, na gut, ich hoffe nur, dass die Läden auf haben. In Köln gab es vor Corona mal die Photokina. Eine jährliche Messe für Fotografen. Und soweit ich weiß, gab es auch einen riesigen Laden für Fotobedarf. Ich lasse mich navigieren. Shenmi lässt sich beraten und ich sehe zu, dass sie nicht übers Ohr gehauen wird. Wir sind bei dreieinhalbtausend Euro. Klingt besser als fünftausend. Anstandslos nimmt der Verkäufer die Kreditkarte. Akzeptiert. Wer weiß, zu welchem Konto die Karte gehört. Vermutlich zu keiner Bank in China. Cayman?

Ich nutze die Gelegenheit, den größten Teil von Wollschmidts Geld auf mein Konto zu transferieren. In einem Drogeriemarkt. Was hat auf der Welt Bestand, wenn man seine Schwarzgeldgeschäfte schon im Drogeriemarkt abwickeln kann? Mit Handy und Barcode nimmt die Angestellte das Geld entgegen. Ohne mit der Wimper zu zucken. Köln, Großstadt halt.

Für Jahzen kaufe ich einen riesigen Weidenkorb, den Shenmi kaum alleine tragen könnte, so sperrig ist er. Jahzen und die, die noch kommen mögen. Das Wolfsfell haben wir gerettet. War wahrscheinlich teurer als die Schwarzwaldtracht. Traurig ist es trotzdem. Mailin sah darin süß aus. Deplatziert niedlich. Süß, aber Kacke. Süßkacke sozusagen. Shenmi ist nicht nach Bummeln zumute, sie sitzt auf glühenden Kohlen, will heim, in ihr Studio. Das Fotozeug aufbauen. Ich muss grinsen, weil ich an den Fotografen denke. Wie sie neben mir halbnackt auf dem Bett saß und »Familienfotos« haben wollte. Das scheint eine Ewigkeit her zu sein. Dabei waren es nicht mehr als sechs Wochen.

Jahzen guckt zu uns, endlich wieder im erhöhten Korb. Mit Überblick. Der Lütte krabbelt nicht. Jahzen ist eine faule Sau. Kein Bock zu krabbeln. Zu mühsam, er bekommt ja doch, was er will. Wozu anstrengen? Das sind meine Gene, eindeutig. Mailin ist fleißiger. Shenmi im Moment auch. Sie ist so voller Aktionismus, vielleicht frage ich mal nach. »Hast du denn schon getestet?«

Ich streiche über meinen imaginären Schwangerschaftsbauch, weil mir das englische Wort für Schwangerschaftstest nicht einfällt. Shenmi schüttelt den Kopf und lacht dabei, als wäre der Test nur noch eine Formalität. Ist er auch, wenn sie es wirklich ist. Sie wird es am ehesten wissen, ob oder ob nicht. Natürlich helfe ich ihr beim Aufbau. Kamera? Ach woher, das macht sie alleine, fast routiniert. Nein, als die Kamera längst steht, soll ich helfen. Beim Einrichten vom Modell. Weil Shenmi sich dazu auszieht, dauert das Einrichten länger als vorgesehen. Man könnte glauben, dass wir auf die Situation gewartet haben. Eine Situation, in der wir ohne Scheu übereinander herfallen können. Wir haben es beide nötig. Wir haben beide einander nötig. Sind uns vielleicht ähnlicher, als wir glauben. Sie muss zwanghaft testen, ob ihre Schönheit noch zieht, und ich kann nicht nein sagen. Niemals. Schon gar nicht bei ihr.

Als Bao im Hintergrund drohend über mir schwebte, da konnte ich mich enthalten. Aber seit ich weiß, dass das nur ein Mädels-Scherz unter Schwestern war? Shenmi löst in mir geradezu zwanghafte Gefühle aus. Beschützen und besitzen. Beides geht im echten Leben bei ihr nicht. Sie braucht keinen Schutz und sie ließe sich nie besitzen. Göttin, sie ist eine Göttin. Mit menschlichen Schwächen zum Glück. Mit menschlichem Maßstab nicht zu messen.

Überirdisch schön und genauso sorglos und berechnend wie die anderen Götter. Ich sollte ab jetzt die Finger von ihr lassen. Falls es nicht geklappt hat mit der Schwangerschaft, könnte ich die Show genießen, wie sie es anstellt, mich zu umgarnen. Damit ich ihr es wieder mache. Viel anstellen müsste sie allerdings nicht. Unwiderstehlich bedeutet, dass man ihr nicht widerstehen kann. Ich nicht. Unvorstellbar. Vielleicht ohne Eier.

Danach ist Shenmi sofort wieder hundertprozentig konzentriert. Bei der Arbeit an ihrem Herzensprojekt. Ich staune, was sie alles weiß. Was man alles wissen kann. Hintergrund, Leuchten, Kameras, alles wird aufgebaut und fixiert. Ständig fragt sie, ob es nicht fester geht. Sie würde am liebsten alles einbetonieren.

»Können wir schon. Alles fixieren. Dann müssen wir in den Baumarkt.«

Wir gehen. Bao hängt am Handy, Mailin am PC, beide nehmen kaum Notiz von uns. Beide gebannt von ihren Liebsten. Yanzhou und …

»Wie heißt eigentlich dein neuer Schatz, Mailin?«

»Was meinst du?«

»In China hat der Superrechner doch einen Namen, oder? Koloss der Weisheit, wenn ich nicht irre.«

»Weiß nicht, ich glaube, der hat keinen Namen.«

Und hängt wieder vor dem Rechner. Wo ist eigentlich die Mailin hin, die meinetwegen nach Deutschland flog, mich unermüdlich suchte und fand? Hier in der Küche offenbar nicht. Wie kann sich eine Person nur dermaßen wandeln? Dienst ist Dienst und Schnaps ist Schnaps. Kein Wunder, dass Mailin in Deutschland gelandet ist.

Hier ist ihr Paradies auf Erden. Wenn ich arbeite, bin ich völlig anders. Kein Wunder, ich bin zwar in der IT, arbeite aber mit dem schwächsten Glied. Den Leuten vor dem Rechner. Ich höre bei der Arbeit nicht auf zu leben. Ich mache Scherze, ich flirte, ich bin dann einfach Hendrik bei der Arbeit. Nicht ein Hendrik-Zombie, den man nicht ansprechen kann. Mailin ist ein anderer Mensch. Eine Stunde später sind wir zurück. Fast unverändert, nur dass Jahzen gefüttert wird. Allerdings muss er alleine essen, denn Mama arbeitet weiter. Er hat sich festgesaugt, aber ich meine, dass ich unter dem Busen ein Lächeln sehe, als er mich erblickt. Ich blinzele ihm zu. Zufall oder nicht, er entlässt die tropfende Brust aus dem Mund und lacht mich an.

»Komm her, Dicker!« Ich nehme ihn auf den Arm, was nach der Brust sein Lieblingsplatz ist. Mailin sieht völlig gebannt auf ein paar Zeilen Code. Ihr Resthirn reicht nicht, um sich wieder anzuziehen. Bao ist das schon gewohnt, der sieht nicht einmal hin. Würde ich Shenmi jetzt auf dem Küchentisch vögeln, würde Mailin es nur merken, falls der Tisch zu sehr wackelt. Aber wir vögeln nicht, wir bauen. Ich kann sie davon abhalten, irgendwas in den Boden zu schrauben, aber es ist knapp. Sonst fixiert sie alles. Ich mache so etwas mit Klebeband und Spucke. Sie hingegen professionell.

»Warum muss das alles eigentlich so bombenfest werden?«

»Weil das ein Zeitraffer wird. Über neun Monate. Wie ein Film. Da kann man dann sehen, wie alles wächst, wie es sich verändert. Neun Monate zusammengerafft in einer Minute.«

»Länger nicht?« Ich schreie fast, so überrascht bin ich. Dafür die ganze Aktion? Der Aufwand. Die hat sie doch nicht mehr alle. Sechzig Sekunden! Ich fasse es nicht. Sie tätschelt mir den Arm, wie einem Irren, dem man sowieso nichts erklären kann.

»Die Kamera darf auf keinen Fall bewegt werden. Nicht einen Millimeter. Und das Licht muss immer gleich sein. Vollkommen.«

Ich drehe mich zu meinem Kind um und tippe mir an die Stirn. Auf Deutsch sage ich zu ihm: »Die sind alle völlig bekloppt. Achte nicht drauf.«

Jahzen guckt so, als würde er gerade kacken, was vermutlich stimmt. Junge, lern laufen, damit du aufs Klo gehen kannst. Ich füge mich in das Unvermeidliche. Danach üben wir Laufen. Geht nicht, die Beine knicken immer wieder ein. Dann soll er eben krabbeln. Aber wehe, ich lege ihn auf den Bauch. Nach einer halben Minute wird er unleidlich und nach einer fängt er an zu plärren. Auf dem Bauch liegen hasst er, wenn er nicht gerade schläft. Weil er sich kaum bewegt, sieht er schon aus, wie eine Mischung aus Buddha und Michelinmännchen. Mailins Milch ist sehr nahrhaft. Keine Ahnung, wo meine Gene abgeblieben sind. Wenn ich mir ihn neutral ansehe, ist nicht viel von mir drin. Kommt vielleicht später, er ist ja jetzt in Deutschland. Schade, dass niemand meinen Humor teilt. Aber ich weiß, wer. Morgen besuchen Jahzen und ich Mia. Geht ja nicht an, dass der Kleine immer nur Chinesen sieht, was soll er denn von Deutschland denken?

Dickerchen am See

Eifel/Rheinland, Juli 2021

Mein Häuschen! Meine Baustelle! Wie freuen wir uns, einander wiederzusehen. Bevor ich wieder anfange zu arbeiten, muss ich hier unbedingt etwas schaffen! So kann ich hier nicht wohnen. Oder Besuch empfangen. Auch Jahzen guckt skeptisch. In fünf Jahren wird er jede Baustelle lieben. Heute nicht. Langweilig, hat keine Nippel. Aber Mia hat. Und sie probiert sie aus. Ist das so ein Frauending? Weil man Titten hat, probiert man mal, wie es ist, wenn man sie benutzt? Oder macht sie es, weil ich zusehe? Nach drei Monaten hat der Reiz des Anblicks einer stillenden Mutter etwas von seiner Erotik eingebüßt. Man gewöhnt sich. Aber es ist natürlich toll, dass Mia mir ihre Brüste zeigt. Das wird mir garantiert niemals zu viel. Jahzens Muskelapparat ist hoffnungslos. Unterentwickelt. Außer wenn es um das Saugen geht. Kommt etwas Nippelartiges in seine Nähe, schnappt der kleine Ninja zu und saugt sich fest.

»Au! Sach ma, spinnst du?«

Überrascht und überrumpelt hält Mia den strammen Kerl auf Armeslänge von sich und sieht ihn erstaunt an. Mein Sohn ist es nicht gewohnt, dass man ihm den Nippel sofort und so unsanft wieder entreißt. Er fängt an zu weinen. Mia drückt ihn wieder an sich. Nicht ohne sich vorher zu bedecken, denn er sucht nach der Brust.

»Leg ihn nicht so in den Arm. Das ist Stillhaltung, so wird er gefüttert.«

Da Jahzen keinen großen Hunger hat, beruhigt er sich schnell, als Mia ihn aufrecht hält und an sich drückt. Ich hätte erwartet, dass ein Baby mehr schreit. Bin aber nicht traurig, dass es anders ist.

»Und was macht man jetzt damit? Ich kann ja schlecht zu ihm sagen, geh spielen!«

»Das kannst du zu mir sagen.«

»Das mein ich ja. Und der hier?«

Mit den Worten deutet sie nickend auf das Kind auf ihrem Schoß.

»Der kommt mit, das kennt er nicht anders. Du stehst doch auf Zuschauer.«

»Ja schon, aber so kleine habe ich normal nicht.«

»Man gewöhnt sich dran, wirst sehen.«

Jahzen ist ein aufmerksamer Beobachter. Besonders als ich Mias Nippel ungestraft in den Mund nehmen darf, wundert er sich. Kommentiert es jedoch nicht weiter. Es stimmt ihn fröhlich, dass wir uns so begehren. Er lacht und kräht, als würde er mitspielen wollen. Mia selbst ist auch laut. Zum Schluss jedenfalls. Wesentlich lauter als Jahzen. Der kennt es nicht anders.

»Hendrik, du hast mir gefehlt!«

Ja komisch, jetzt wo sie es sagt. Mia hat mir auch gefehlt. Einfach drauflosplappern zu können, ohne sich anzustrengen. Ohne etwas zu übersetzen oder zu erklären. Ohne Fremdsprache, ohne Probleme. Jeden Witz sofort zu verstehen, jeden Wunsch und jeden Wink. Das ist toll. Und Sex. Sex ist auch toll.

»Wie lange lasst ihr ihn noch zusehen?«

»Hab ich mich auch schon gefragt. Wenn er sprechen kann, ist es Zeit.«

»Witzbold!«

Keine Ahnung? Ich kenne mich mit Kindern nicht aus. Zwei Jahre? Sicher finden Babys das irgendwann langweilig. Und wenn es interessant für sie wird, sind sie längst keine Babys mehr. Also muss man zwischen zwei und zwölf aufpassen. Davor raffen sie nix und danach gehen sie der Peinlichkeit höchstselbst aus dem Weg.

»Wollen wir an den See?«

Ich kann mir vorstellen, was das heißt. Wir gehen zum FKK und Mia reizt mich so lange, bis ich es ihr dort besorgen muss. Es ist zu früh am Tag dafür, aber ich kann Jahzen schon mal zeigen, was man in Deutschland gerne im Sommer macht. An den See gehen. Nackt unter dem Baum liegen und strampeln findet er toll. FKK ist auf jeden Fall ein Daumen nach oben. Nackt fällt es erst recht auf, wie fett der kleine Buddha ist. Wenn er läuft, gibt sich das hoffentlich. Oder er setzt sich mit einem Jahr hin und bleibt sitzen, wird dicker und dicker. Die Leute gucken schon erstaunt, wenn sie Jahzen sehen. Gucken die so, weil er dick ist? Ich dachte, das wäre normal. Oder gucken die so, weil er asiatisch ist? Mir fällt es kaum auf, dass er asiatisch aussieht, kein Wunder, wenn man andauernd unter Chinesen ist.

Wie könnte es mir auffallen? Ich sehe zwischen Shenmi und einer schönen Kölnerin keinen Unterschied. Beide Frauen, beide zum Anbeten. Ich muss mich genau konzentrieren, will ich die Unterschiede zwischen den Phänotypen wahrnehmen. An den Gesichtern der anderen Leute kann ich ablesen, dass andere das nicht so sehen. Jahzen ist es jetzt egal. Hoffentlich läuft er bald, damit er etwas abnimmt. Dann weiß ich wenigstens, warum die Leute scheel gucken. Ich gehe mit ihm zum Wasser. Weil er so viel Fett hat, macht ihm kaltes Wasser nix. Ich muss an das Plattencover von Nirvana denken. Ich hatte mal gelesen, dass man kleine Babys einfach so ins Wasser werfen kann und sie schwömmen. Ich mag es nicht so recht glauben. Bevor ich es mit Jahzen versuche, lese ich lieber nochmal nach.

Im See zu plantschen findet er sogar noch besser, als unter dem Baum herumzustrampeln. Wie erwartet macht ihm das Wasser nix aus. Aber laut wird er. Kräht richtig los. Und auf einmal guckt er ganz verträumt. So ein Mist, er guckt so, wenn er scheißt. Ich wollte eigentlich nicht so nah dabei sein, wenn er es tut. Oder wenigstens durch eine Windel getrennt. Die anderen Familien sind zum Glück längst weg. Sonst hat es hoffentlich keiner gemerkt. Ich wasche uns beide im See und hoffe, dass die Hinterlassenschaft bald verschwindet. Nach Sex ist mir nicht zumute. Die Atmosphäre ist selbst mir zu blöd. Gerade mit Jahzen. Mia und ich kommen gerne nochmal her, dann mache ich alles, aber alleine. Komisch, denn ihn beim Sex zuhause dabei zu haben, macht mir nichts. Aber hier? Komische Leute. Wir lassen es.

Die abendliche Wiedersehensfeier wird ungeplant länger und gehaltvoller. Ich bin so glücklich, meine Muttersprache wiederzuhaben, dass wir quatschen und lachen bis in die Puppen. Als der Dicke nachts wach wird, sehe ich ihn doppelt. Ich gebe ihm eine Portion nahrhafte Muttermilch, auf dass er noch dicker wird, und schlafe beim Stillen ein. So wie er. Mia legt sich zu uns und morgens vollenden wir beide, was wir tags zuvor begonnen.

Land unter

Eifel/Rheinland, Juli 2021

Nach langen Jahren der Dürre haben wir uns an heiße Sommer gewöhnt. Früher verbrachten wir Deutschen vor jedem Grillwochenende bange Tage damit, den Wetterbericht zu studieren. Nach vier trockenen Sommern in Folge vergessen die Ersten, warum alle in den großen Ferien auf die Balearen, in die Türkei, nach Italien, auf die Kanaren oder nach Nordafrika und Arabien fahren. Südliche Sonnengarantie. Denn deutsche Sommer sind nass, der Sommer ist in Deutschland Regenzeit.

Doch seit 2017 nicht mehr. Die Rasenmäher liegen wie Blei in den Regalen, das Getreide verdorrt, bevor es Früchte trägt, die Flüsse sind kaum noch schiffbar und Bauernregeln ein Hokuspokus aus vergangener Zeit. Das Wetter spielt verrückt, nur die Unwählbaren und ein paar alte Säcke leugnen die Veränderung. So meine Gedanken mit Mia und Jahzen am See. Ich bin gewiss, jetzt zwei Monate jeden Tag an den See fahren und den Sommer genießen zu können. Ohne Maske, ohne Gedanken an die Seuche, die außerhalb unserer Patchworkfamilie das Land fest im Griff hält.

Aber ich habe die Rechnung ohne den Wirt gemacht. Der Wirt, die Wirte, das sind eine Reihe Tiefdruckausläufer über dem Atlantik. Es fängt an zu regnen. Und dann regnet es stark. Lange. Lange und stärker. Flüsse treten über die Ufer. Manche brauchen dazu Tage, andere Stunden und durch wenige Täler rauscht eine Flutwelle, die Tod und Zerstörung hinterlässt. Der Bauernhof ist weit weg von jedem Fluss, wir sind auf der sicheren Seite. Mailin ist von dem irren Trip, den sie Arbeit nennt, wieder etwas heruntergekommen und fast wieder normal. Was sie unter normal versteht, also leicht schräg, wie immer. Aber Lust hat sie. Und ich? Mir macht eine erneute mögliche Schwangerschaft von Mailin Sorgen, wir verhüten nicht. Jahzen gut und schön. Aber ihn hatte ich ja nicht planen und auf Kiel legen müssen. Er war einfach eines Tages da. Keine Wahlmöglichkeit. Keine Entscheidung, die ich treffen musste. Nicht einmal friss oder stirb.

Bei einem neuen Kind sieht das völlig anders aus. Gut, es gibt auch Shenmi, der habe ich auch einen dicken Bauch gemacht. Oder bin dabei, es zu tun. Aber sie ist anders. Bei ihr würde ich mich niemals um das Kind kümmern müssen. Vielleicht nicht einmal dürfen. Shenmi will das Kind absolut. Mit jedem Atom ihres Körpers, ihres Verstandes. In seltenen Momenten dient sie sich mir an, unbeobachtet. Sie ist eine Göttin und sie wird jeden Tag schöner. Bestimmt ist sie schwanger. Ihre Brüste, ihre Marshmallow-Nippel schwellen immer mehr an. Ich werde verrückt vor Geilheit, wenn ich Shenmi nur ansehe. Und sie lässt sich jeden Tag betrachten. Von mir. Bei ihrem Fotoprojekt. Und davor und danach. Zeigt mir ihren fertilen und befruchteten Leib. Riskiert und provoziert es, dass ich mich an ihr vergehe. Und genießt es. Sie genießt ihre Unwiderstehlichkeit und ich die genetische Veranlagung des Verlangens, nach einer jungen, gesunden und fruchtbaren Frau.

Ich sehe einige Monate in die Zukunft und bin mir im Klaren darüber, dass die Natur es übertreibt. Maßlos übertreibt. Schwangerer wird sie nicht mehr. Trotzdem sorgt die Natur dafür, dass Shenmi jeden Tag unwiderstehlicher wird, göttlicher. Selbst wenn sie einen dicken Babybauch haben wird, werde ich nicht von ihr lassen können. Das ist so sicher wie das Amen nach der Predigt.

Auf der anderen Seite ist Mailin diejenige, die eintaucht. Die das Versäumte von anderthalb Dekaden nachholt, mit jeder Faser genießt. Jede Regung ihres Körpers, jeden Höhepunkt aufsaugt, auskostet und kaum je genug bekommt. Ihre kleine Schwester ist völlig anders, denn sie arbeitet auf den Höhepunkt hin. Auf meinen. Das ist so offensichtlich, dass es peinlich wäre, wenn sie nicht ihre Natürlichkeit hätte.

Ich muss auf Apothekes Unterstützung zurückgreifen, denn als hätten sie sich abgesprochen, explodiert bei den Schwestern die Lust. Gleichzeitig. Ich muss zehn Stunden am Tag schlafen und nehme zwischendurch eine halbe Pille. Gerade bei Mailin, denn sie hat die Langsamkeit für sich entdeckt. Ihre Orgasmen werden immer abgedrehter, immer unglaublicher. Nicht, dass sie sich je auch nur ein bisschen unter Kontrolle hatte, aber jetzt wird es zunehmend krasser. In wenigen klaren Momenten fragt sie sich und mich, wie es sein kann, dass Sex so verschieden ist. Ich bin Klagen über mittelmäßigen und schlechten Sex gewohnt, Frauen haben die Angewohnheit, mir davon zu erzählen. Vielleicht weil sie überrascht sind, ich sie überrumpelt habe. Doch bei Mailin ist der Unterschied nicht riesig, er ist alles. Zum ersten Mal erzählt sie ausführlich von früher und ich traue meinen Ohren nicht.

Das, wovon sie erzählt, ist kein schlechter Sex, das ist lupenreines Mobbing. Ich will mir nicht vorstellen, dass es solche Männer gibt, weder in China noch sonst wo. So etwas anzunehmen, ist grotesk. Kein Wunder, dass sie mir verfallen ist. Neben ihrem Frauenarzt hatte sie sonst keinen erwähnenswerten Sex in ihrem Leben. Nur absolute Totalausfälle, mich und den Arzt. Wobei ich nicht recht glauben möchte, was sie mir erzählt. Sind alle Frauen solchen Männern ausgesetzt? Sind alle wehr- und willenlos? Hilflos, sodass man sie befreien und retten muss oder betrifft das nur Mailin, weil sie zu naiv ist, um sich zu wehren?

Eine kalte Hand krampft sich um mein Herz, weil mir die unbeholfene Asiatin leidtut und weil sie herzensgut und arglos ist, trotzdem gemobbt und beschissen wurde, von vorne bis hinten. Ich habe als Mann etliches wiedergutzumachen und gehe frisch ans Werk. Der Regen lässt offenbar nach, aber die gedämpften Geräusche, wenn mir Mailin ihre Schenkel auf die Ohren drückt, können auch trügen. Sie drückt mächtig zu, anscheinend habe ich es beim Wiedergutmachen wieder gut gemacht und nicht nur wiedergutgemacht.

Mailin bekommt nichts mit, weil sie weiß der Geier wo ist. Ich bekomme nichts mit, weil sie mir die Ohren zuhält und ich mich voll und ganz darauf konzentriere, sie zu lecken, bis sie explodiert oder ohnmächtig wird. Doch dazu kommt es nicht mehr, denn ich werde unsanft an den Schultern gepackt und von meiner Freundin heruntergezogen. Ich erkenne kaum etwas, außer dass Mailin ebenso erstaunt ist wie ich. Aber ich kann hören. Beunruhigend, denn die Geräusche sind keine, die man im Schlafzimmer vermutet, es klingt wie im Schwimmbad. Ich kenne Bao bereits als Hiobsbotschafter, nur hat er diesmal die Botschaft gleich mitgebracht. Das Wasser im Schlafzimmer steht kniehoch. Und steigt.

Meiner Erektion ist das egal. Mithilfe pharmazeutischer Unterstützung denkt sie nicht daran, zu verschwinden, und ich sammle Anziehsachen zusammen, während unten ein waagrechtes Pendel schwingt. Ich sehe die nackte Mailin, wie sie einen Koffer vom Schrank holt, während ihr das Wasser schon den halben Oberschenkel umspült. Es steigt schneller, als ich jemals für möglich gehalten hätte. Wenige Minuten länger im Zimmer und meine Erektion ist perdu. Gegen diese kalte Dreckbrühe wäre selbst die Pharmazie machtlos. Ich sollte ein Bild für Apotheke machen, damit sie sich mal von der Wirksamkeit überzeugen kann. Wo ist mein beschissenes Handy? Ich erinnere mich. Neben dem Bett auf dem Boden. Ein Billighandy, nicht wasserdicht. Zeit für ein Neues.

Boden? Der Wäschekorb! Wo ist der Scheißkorb? Shenmi! Jahzen war zuletzt bei der Göttin. Ich hechte fast zur Tür und wate spritzend durch das Wasser zu ihrem Zimmer. Gott sei Dank. Er steht schon auf einem Tisch, der Boden vom Korb ist zwar nass, aber Jahzen schläft im Trockenen. Die Göttin klettert auf den Tisch, um aus dem Wasser zu kommen, und ich versuche, im Dunkeln festzustellen, was ich an Klamotten retten konnte. Im Schein ihrer Handytaschenlampe gucke ich mir etwas aus. Nur muss ich aus dem Wasser raus, bevor ich mir etwas anziehe oder erfriere.

Die Schlafzimmer unseres Bauernhauses sind im ersten Stock. Das wird mir gerade richtig bewusst. Das Erdgeschoss ist längst geflutet. Nichts mehr da, nichts mehr zu retten. Das Fotostudio – zerstört. Nicht, dass wir sonst viel gehabt hätten. Um meine Mädels tut es mir leid, denn sie haben schon alles verloren. Ich bin es gewohnt, hin und wieder nur noch das zu haben, was ich am Leib trage und bei null anzufangen. Eine Reinigung von allem Materiellen. Das muss man mögen, es ist nicht jedermanns Sache.

Fünfzig Jahre früher und wir wären in dem Haus gelackmeiert gewesen. Jedoch hat man vor einigen Jahren Dachfenster eingebaut. Ich öffne ein großes und lege meine halbtrockenen Sachen auf das Dach, dann drehe ich mich um kehre zum Tisch zurück. Mailin ist mir gefolgt und zusammen nehmen wir den Korb und tragen ihn zur Luke. Jedoch wird das so nichts, wir bekommen den Korb nicht durch das Fenster, er ist zu groß. Vor ein paar Tagen in Köln hatte ich nicht daran gedacht, dass ich ihn heute Nacht durch ein Dachfenster in die kühle Nacht würde befördern müssen. Adieu. Mailin steigt auf einen Stuhl und klettert nach draußen, ich reiche ihr Jahzen mit Fell und Decken. Bao bringt mir seinen Rucksack und danach die Tasche von Mailin. Nachdem alles oben ist, gehe ich zum Tisch und nehme die nackte Shenmi auf den Arm. Wir sind oft nackt zusammen und immer hat es eine sexuelle Konnotation. In dieser Nacht nicht und das obschon sie mit ihrer Muschi und dem kleinen Hintern auf meiner Hand sitzt. Ich hieve sie nach oben, wo ihr Mailin hilft, auf das Dach zu klettern.

Bao kommt in das Zimmer gewatet, das Wasser geht uns bis zu den Eiern. Er trägt über dem Kopf Decken. Wo zum Teufel hat er die her? Sie sehen fast trocken aus, allerdings kann das in der Dunkelheit täuschen. Mailin leuchtet von oben in das Zimmer hinein, was die Orientierung erleichtert. Einen Moment bleibe ich im Wasser stehen und überlege, ob es noch etwas gibt, was sich zu retten lohnt. Schuhe, ich brauche Schuhe. Selbst völlig durchnässte Schuhe sind auf dem glitschigen Dach vermutlich besser als gar keine Schuhe. Wo habe ich sie? Unten? Dann bin ich verloren. Oder neben dem Bett, weil ich zu faul war, sie vorher auszuziehen? Das Wasser lässt meine Eier zu paranussgroßen Gebilden schrumpfen. Dass ich im Trüben neben meinem Bett nach Schuhen fische, die vielleicht dort sind, oder unten im Flur stehen, macht es nicht besser. Ich fange an zu bibbern wie wahnsinnig.

Aber die Kälte hilft mir auf die Sprünge, denn mit einem Mal fällt mir ein, wo sie sind! Als ich mich zum Büßen auf das Fußende des Bettes legte und meinen Kopf in Mailins Schoß versenkte, hatte ich sie an. Nachdem bei Mailin der anfängliche Druck weg und die erste Anspannung abgefallen war, streifte ich sie ab und zog mich aus. Alles lag am Fußende. Hoffentlich. Mit unterdes nur noch haselnussgroßen Testikeln finde ich endlich meine Sachen. Bibbernd nehme ich Schuhe und Hose an mich und folgte den anderen aufs Dach. Bao wirft mir eine Decke über, als er sieht, wie ich schlotternd aus der Dachluke krabbele. *Koole Fööt un een Nordenwind gift een krusen Büttel un een lütten Pint.* Es ist saukalt und Handtücher gibt es keine. Es regnet zwar nicht mehr, dennoch ist das Dach nass und glitschig. Wir halten uns gegenseitig fest und helfen uns beim Anziehen.

Ich setze die Mutter auf eine Decke und bewundere Jahzen, der alles verschläft. Zwei Meter weiter und wir sind am Arsch, wenn das Wasser noch zwei Meter steigt, müssen wir schwimmen. Die Strömung ist stark, jedenfalls hört es sich so an, wir hätten keine Chance, nicht mit dem Baby. Es kann erst kurz nach Mitternacht sein, denn Mailin und ich sind um elf ins Bett. Erst reden, dann lecken, dann untergehen. Vier oder fünf lange Stunden, bis wir wieder etwas sehen können, bis es hell wird. Wir sind seltsam sprachlos, bis hierhin haben wir außer kurzen Fragen und Anweisungen nichts gesprochen. Bao sitzt auf seinem Rucksack, seinen Dollars und Shenmi hat sich neben Mailin niedergelassen. Beide unter einer weiteren Decke. Ich zittere mich warm.

Statt mich auch zu setzen, gehe ich unruhig auf dem Dach umher. Weil es nicht besonders steil ist, kann ich das problemlos. Das Wasser steigt eine weitere halbe Stunde lang, sodass ich mich sorge, dann verharrt der Pegel. Wir kommen mit einem blauen Auge davon, scheint es. Mit Gewalt und aufgerissenen Augen versuche ich der Dunkelheit etwas Erkennbares abzugewinnen, vergeblich. Der Strom ist weiträumig ausgefallen, die wenigen Lichter, die wir sehen, sind nicht zu identifizieren. Sind sie schwach und nah, oder hell und weit entfernt?

Es ist ein Uhr, als Jahzen aufwacht und Hunger hat. Woher ich das weiß? Nach Jahzens Hunger kann man die Uhr stellen. Erst eins! Erst! Ich habe das Gefühl, wir sind schon seit Stunden hier oben. Trotzdem wird es heller, ich sehe zum Himmel, kann Wolken erkennen und dahinter den Mond. Halbmond, besser als nichts. Aus unserer Umgebung könnten sich im Mondlicht jetzt Umrisse abzeichnen, wenn etwas anderes als Wasser da wäre. Der Strom rund ums Haus gluckert und plätschert. Abgesehen davon ist es ruhig, die drei anderen murmeln ab und zu etwas auf Chinesisch. Das haben sie nicht erwartet! Wobei ich nicht glaube, dass es in Deutschland Millionen Tote geben wird, so wie bei vielen Flutkatastrophen in China. Ich wundere mich nur über die Sirenen und Evakuierungen. Es gab keine. Nichts. Keine Polizeiwagen mit Megaphon, keine Radiodurchsagen, sich in Sicherheit zu bringen, keine Alarmsirenen.

Und doch sitzen wir hier nachts auf unserem Hausdach, frierend und ohne die Möglichkeit, irgendwohin zu gehen, zu fahren. Hat das denn niemand vorausgesehen? Ich habe Radio gehört. Dort hieß es, dass es Regen geben wird, starken Regen mit lokalen Überflutungen. Ich hatte dabei an enge Täler gedacht. Aber hier? Hier ist doch nichts! Im selben Moment werden meine Gedanken widerlegt, denn etwas ist am Haupthaus angestoßen. Das Gebäude hat gewackelt, ein Baumstamm vielleicht? Zuerst sehe ich nichts, denn der Mond hat sich verkrümelt. Ich gehe zum Giebel, wo das Wasser ankommt, ein Wohnwagen klebt am Haus. Er ist schon halb versunken, hoffentlich ist keiner mehr drin. Soll ich klopfen? Bao kommt, um mir zu helfen oder zu gucken. Obgleich das Wasser nicht mehr steigt, sieht er sorgenvoll aus. Ich vermutlich genauso. Mit der Faust schlage ich ein paarmal auf das Dach, welches auf Kniehöhe ist. Keine Reaktion. Aus dem Oberlicht könnte vielleicht jemand herausklettern. Die Tür ist halb unter Wasser, die bekommt keiner auf. Ich klopfe wieder. Nichts, nur das Gluckern des Wassers. Der Exilchinese und ich gucken uns erleichtert an.

Hoffentlich reißt sich das rollende Scheißhaus bald los. Wenn immer mehr Schutt anlandet, weiß ich nicht, ob das dem alten Bauernhof guttut. Renoviert hin oder her. Mir kommen auf dem Wasser treibende Ein- und Mehrfamilienhäuser in den Sinn, die ich von Flutkatastrophen aus den Nachrichten kenne. Ich habe keine Lust, als Fliegender Holländer auf der Kölner Bucht zu schippern und mit Schmackes in einem Wasserfall in eine hunderte Meter tiefe Braunkohlegrube zu stürzen.

Das Tageslicht lässt auf sich warten. Nur im Hellen gibt es eine Chance, entdeckt zu werden und zu entkommen. Die Handytaschenlampen sieht man keine hundert Meter weit. Wollschmidt hätte uns einen Karton mit Leuchtraketen dagelassen, wenn er geahnt hätte, was passieren würde. Anscheinend hat nicht nur er nicht geahnt, was passieren könnte. Wie viele andere sind es, die heute Nacht auf ihren Hausdächern ausharren? Wie viele haben es nicht einmal bis auf das Dach geschafft oder haben keins mehr? Was ist nur passiert, dass es uns erwischt hat? Ich kann mich an keinen Fluss in der Gegend erinnern. Kenne mich allerdings auch nicht so gut aus, wir sind ja gerade erst angekommen. Und schon havariert.

Frauen und Kinder zuerst

Eifel/Rheinland, Juli 2021

Shenmi ist entsetzt, weil ihr Schwangeren-Körper-Fotoprojekt den Bach runtergeht. Buchstäblich. Bao ist glücklich, weil er sein Geld gerettet hat, und Mailin ist glücklich im Unglück. Sie haben überlebt, gleich werden sie gerettet. Dann gibt es etwas Warmes zum Frühstück und dann kann sie wieder zur Arbeit. Sie denkt nicht so weit, dass es Dutzende, vielleicht Hunderte gibt, die gerettet werden müssen. Dass ihr neues Spielzeug, ihr neuer Quantencomputer nasse Füße haben könnte. Dass die Katastrophe nicht nur sie und ihre Familie getroffen hat. Irgendjemand wird sich schon kümmern. Es ist die Gewissheit eines Kindes, dass alles gut werden wird.

Sie wechselt sich mit Shenmi ab, um den Kleinen festzuhalten, Hendrik geht ruhelos auf und ab, er setzt sich kaum einmal längere Zeit hin. Er späht ins Dunkle, als ob er dadurch die Schwärze der Nacht vertreiben oder die Dämmerung herbeizwingen könnte. Als er gegen den Wohnwagen hämmert, fragt Mailin nach, was passiert ist. Ein Wohnwagen, unwichtig. Sie hat geglaubt, dass die Retter womöglich da wären. Erst eine Stunde später, als der Wohnwagen mit einem Krachen zusammengedrückt und dann zersplittert wird, macht sie sich ähnlich große Sorgen wie die anderen.

»Hend'ik, was ist passiert?«

»Ein Baumstamm hat den Wohnwagen in seine Einzelteile zerlegt. Eine Sekunde lang konnte ich hineinsehen, er war zum Glück leer. Jetzt ist er weg.«

Der Baumstamm hingegen ist noch da. Statt dass er am Hindernis stoppt und die Strömung ihn wendet, verharrt er, rutscht ein Stück und bleibt dann hängen. Die Strömung zerrt am Stamm und der gibt die Vibration an das Haus weiter. Das tut der jahrhundertealten Struktur des Hauses nicht gut, denkt Hendrik. Aber er teilt seine Sorge niemandem mit, wozu auch? Stirbt das Haus, sterben sie alle. Er weiß nicht einmal, ob Chinesen schwimmen können. Können sie nicht. Schwimmenlernen ist in China unüblich. Zu teuer für die meisten und wo will man schwimmen? Die Seen völlig verdreckt und stinkende Kloaken, die Küste über Tausende von Kilometern bebaut, genutzt, ausgebeutet, da ist kein Raum, um am Strand zu plantschen. Die Chinesen müssen essen und produzieren. Am Strand zu liegen und im Meer zu baden wäre kontraproduktiv. Damit kommen sie niemals auf Platz eins.

Bad Vibrations. Die Strömung zerrt an dem tonnenschweren Holz. Könnten sie sich daran klammern, wenn der Stamm das Haus zerstört? Hendrik prüft den Stamm, der so vollgesogen ist, dass er kaum aus dem Wasser herausschaut. Das würde ein verdammter Tanz auf dem Vulkan, weil jeder, der sich daran klammerte, den Stamm in Rotation brächte. Es müsste schon sehr ausgewogen sein und genau tariert. Ganz davon abgesehen, wo Jahzen bleiben würde – ausgeschlossen. Bringt dieser oder ein weiterer Stamm das Haus zum Kollabieren, war's das. Adieu.

Es gibt keinen Silberstreif am Horizont, jedoch ist mit einem Mal die völlige Dunkelheit weg, Zwielicht, Dämmerung, der Morgen graut! Sie haben die Nacht überlebt und entsprechend ungläubig sehen sie sich gegenseitig an. Shenmis und Baos Telefone haben überlebt. Aber es ist zwecklos, weit und breit funktioniert kein einziger Sendemast mehr. Entweder mit einem Haus eingestürzt oder von der Stromversorgung abgeschnitten. Und wen sollten sie anrufen? Nur Hendrik hat Hans' Nummer. Und auch er hat sie nicht im Kopf. Irgendwas mit 007 wird zum Anrufen nicht reichen. Polizei geht immer, aber wenn kein Netzbetreiber ein Fünkchen hat, ist auch der Notruf per Handy unmöglich. Es ist wie früher, wenn ein Telegrafenmast umgestürzt und die Leitung gerissen war. Tot. Rien ne va plus, nichts geht mehr.

Sie müssen wie Otto Normalbürger darauf warten, dass sie entdeckt und gerettet werden. Am besten, bevor das Gehöft einstürzt.

Eine einschneidende Erkenntnis, nachdem man einige Tage wichtig war. Zumindest Mailin war wichtig, die drei anderen Beifang. Heller und heller wird es, jedoch nicht wärmer. Hoffentlich geht die Sonne bald auf. Käme der Wind von Osten, würde der aufgehenden Sonne eine Walze warmer Luft vorangehen, doch es ist wie früher. Der Wind und mit ihm das Wetter kommen von Westen. Kein warmer Wind für die kalten Knochen der Gestrandeten. Was für ein Empfang, Deutschland gibt sich alle Mühe, so ungastlich wie möglich zu erscheinen.

Ihr Bauernhaus steht allein auf weiter Flur, auch die drei Linden neben dem Haus trotzen der Flut. Sie haben schon viel gesehen und im Augenblick sieht es danach aus, als würden sie das Gebäude um Jahrhunderte überleben. Noch hält es, noch steht es, noch bietet es Schutz vor der schlammigen Flut. Der letzte Schutz vor dem Ersaufen. Mailin würde beim Versuch, Jahzen zu retten, sterben, Bao beim Retten seiner Dollars. Hendrik kann sich aussuchen, für wen er sich opfert, Jahzen oder Shenmi? Shenmi will nur überleben, für ihr Kind, für den Schatz in ihrem Bauch. Sie geht über Leichen, wenn es sein muss, um sich und ihr Ungeborenes in Sicherheit zu bringen. Keiner weiß, was hinter der Stirn der anderen Gestrandeten vorgeht.

Die Strömung hat nachgelassen, aber der Pegel sinkt nicht. Ist das Nachlassen der Strömung nur Wunschdenken? Diesen Wunsch hätten einmütig alle. Falls Mailin wirklich unersetzlich ist, wird Deutschland keine Kosten und Mühen scheuen, sie zu evakuieren. Und wohin dann? Diese Flut, das offenbart die aufgehende Sonne, übersteigt alles. Mehr, als Hendrik sich hätte vorstellen können. Die Chinesen kennen solche Bilder aus ihrer Heimat zur Genüge. Millionen Tote bei Flutkatastrophen sind in China erst wenige Generationen her. Genug, um im kollektiven Gedächtnis der Nation präsent zu sein. Deswegen ist der Schock für Hendrik größer.

Außer Wasser sieht er nichts, erschwerend kommt hinzu, dass er in die Ferne nicht gut sieht. Für ihn ist es eine reine Wasserwelt. Schlammiges Wasser. Braune Brühe, vereinzelt mit einem Regenbogen gezeichnet. Sie hinterlässt einen braunen Schleier, wo sie hinschwappt, drüberläuft, ihre Kleidung wird braun, die Schuhe, Spuren an den Armen, im Gesicht, der Schlamm ist allgegenwärtig.

Während die Sonnenstrahlen zu wärmen beginnen und aus den nassen Sachen der Dampf aufsteigt, sieht die unmittelbare Zukunft nicht mehr so düster aus, was natürlich ein Trugschluss ist. An ihrer prekären Lage hat sich absolut nichts geändert. Das Haus ist unentschlossen, ob es stehenbleiben oder nachgeben soll, und zum Schwimmenlernen sind sie unterdes auch nicht gekommen. Der Tag verspricht ein traumhafter Sommertag zu werden und wenn man in den blauen Himmel guckt, kann man für den Augenblick das nasse Armageddon am Boden vergessen. Welcher Boden? Rundherum ist nur Wasser, aus welchem die drei Linden ragen.

Das Auto ist weg. Entweder untergegangen oder fortgespült. Adieu Firmenwagen. Sie sehen keinen Weg, keine Straße, es gibt keine Zäune mehr, keine Grundstücke, die ferne Hauptstraße kann man erahnen, weil neben ihr alte Telegrafenmasten aus Holz stehen. Schief und krumm zwar, doch sie stehen, wie bestimmt schon seit kurz nach dem Krieg. Damit hat es sich, weiter sieht er nicht. Ohne den Zusammenhang zu ahnen, summt Hendrik den Walkürenritt vor sich hin. Vielleicht hat er einfach viel bessere Ohren als Augen und hört als einziger die Kavallerie.

***

Hans Wollschmidt will weder surfen noch jemanden angreifen. Dass er überhaupt hier ist, gleicht einem Wunder. Bao hat den Not-Knopf gedrückt, gerade rechtzeitig. Fünf Minuten später war kein Sendemast mehr da, der den Notruf hätte senden können. 007 hat zuhause einen Fernseher und kann sich denken, was los ist. Es sind bestimmt nicht die chinesischen ›Konkurrenten‹, die auf der Matte stehen. Zu Beginn der Flut hatte er die Hochwasserlage für das Gehöft gecheckt. Keine Gefahr. Er fährt in das Lagezentrum in Bonn – kein Lagezentrum, von dem die Öffentlichkeit etwas weiß. Zwanzig Kilometer vom Gehöft entfernt ist ein Damm gebrochen. Ohne Vorankündigung und keiner, der gefährdet schien. Dammabwärts muss es Dutzende von Opfern geben und dort, wo das Land flacher wird, steht jetzt alles unter Wasser. Die Bewohner, sich niemals einer Gefahr bewusst, konnten nicht vorsorgen. Wussten nicht, wovor sie sich hätten sorgen müssen, dass sie sich hätten Sorgen machen können. Wovor?

Der Stausee ist kein Naherholungsgebiet, er ist ein Wasserreservoir, keine Boote, keine Tretboote, kaum Angler, keine Badestellen, Kioske, nichts. Keine Infrastruktur, keine Parkplätze. Nur Naturschutzgebiet, wo das höchste der Gefühle eine Wanderung ist. Vielleicht gab es einige Pärchen, die die Abgeschiedenheit nutzen, um dort das zu tun, was junge Pärchen machen, wenn die Hormone die Geschlechtsteile zum Schwellen bringen. Jedoch sind in Deutschland junge Pärchen rar, die weder Wohnung noch Gelegenheit haben. Und mühselig ist es zudem, dorthin zu gelangen. Deswegen kennen nur wenige den Stausee, das Reservoir.

Jetzt, da entfesselt, kann man das Wasser nicht mehr trinken. Aufgelöster Dünger und Herbizide der umliegenden Bauern mischen sich im Wasser mit hunderttausend Litern Heizöl, welches aus abgerissenen Tanks läuft. Tierkadaver treiben in der stinkenden Brühe und die Sonne wird heute dafür sorgen, dass sie sich aufblähen und schneller verwesen als einem lieb ist.

Wollschmidt sitzt in einem Hubschrauber und so wie Hendrik den Walkürenritt im Kopf hat, denkt er an die dazu passenden Bilder von Südostasien, Reisfeldern und Krieg. Das Dröhnen des Hubschraubers erledigt den Rest. *Full Metal Jacket*, es fehlt nur das MG. Von oben betrachtet ist die Wasserwüste noch viel erschreckender. Mit etwas Fantasie sind es Reisfelder. Er sieht praktisch nur einen riesigen See und gleich daneben ein genauso riesiges Loch. Sollte das Wasser den Braunkohletagebau erreichen und ihn fluten, wäre die Katastrophe perfekt. Wenigstens hätte sich dann die Braunkohle aus diesem Loch erledigt. Diese Grube auszupumpen dauerte eine Dekade, so groß ist das Loch.

Braunkohletagebau. Immer wieder liest und hört man von der Chinesischen Mauer, die man angeblich vom Mond aus sehen kann. Stimmt nicht. Aber die Löcher in der Erde südlich von Köln, die kann man vom Mond aus sehen, so riesig sind sie. Titanisch. Aus einer Entfernung von zehntausend Kilometern, dort ist die Erde schon eine Kugel, kann man den Tagebau Hambach mit bloßem Auge sehen. Jedenfalls im Sommer, wenn das Land drumherum grün und die Wunde eitrig-gelb ist. Tagebaue sind die ausgequetschten Eiterpickel der Industriegesellschaft. Gelb-brauner Schorf, der sich vom umgebenden Acker- und Waldland schmerzhaft abhebt – eine unheilbare Krankheit, die fruchtbares Land vernichtet hat und vernichtet. Immer weiter. Für immer. Niemals heilende Aknenarben der Erde, damit wir im Sommer frieren, Sendungen sehen, die wir eine Stunde später vergessen haben und im Internet unsere Zeit verdaddeln, anstatt sie mit schönen Dingen zu füllen. Demnächst laden wir auch unsere sauberen Elektroautos mit dem leckeren Braunkohlestrom auf. Da freuen sich Umwelt und Klima!

Der Pilot fliegt nach Galileo-Koordinaten. Das amerikanische GPS ist unzuverlässig, besonders wenn ein Krieg oder Angriff der Amerikaner im Gange ist oder unmittelbar bevorsteht. Dann kann es passieren, dass man mehrere hundert Meter danebenliegt, weil das GPS schielt. Nur die Amerikaner nicht, denn ihre Truppen haben die passende Brille. Auch wenn die meisten Leute das europäische System nutzen, ohne es zu wissen, sagen immer alle GPS. Nur anhand der Karte kann er erkennen, dass unten Straßen und Wege existieren.

»Zwei Minuten«, sagt der Pilot, zeigt es mit den Fingern. Hans guckt angestrengt, um das Haus zu entdecken. Falls es noch existiert. Es steht und trotzt der braunen Flut. Wenngleich die Leute auf dem Dach wissen müssten, dass der Hubschrauber ihretwegen kommt, winken sie wie verrückt. Nur Mailin nicht, denn sie hält das Baby im Arm. Unter den Rotoren herrscht ungemütlicher Wind, ein Soldat wird abgeseilt und geht zu Mailin. Hendrik weiß, was das bedeutet und nimmt ihr das Baby ab. Mailin ist die Nummer eins, ohne Wenn und Aber. Ohne sie wäre die Rettungsaktion niemals so schnell gestartet worden. Gestartet schon, aber ob sie ohne Mailin die Ersten gewesen wären? Eher nicht.

Sie steigt in die Gurte und der Luftwaffenfeldwebel verschnürt sie, macht zu seinem Passagier einen Daumen nach oben, sagt etwas zum Piloten, dann wird sie hochgezogen. Dabei dreht sie sich im Kreis, sodass sie sich an der trüben Aussicht erbauen kann. Ein paar Augenblicke später nimmt Wollschmidt sie in Empfang und hilft ihr aus den Gurten. Mailin setzt sich auf einen freien Platz und schnallt sich an. Jede andere Mutter würde an der Winde im Weg stehen, nur, um mit Argusaugen zu verfolgen, was mit Jahzen passiert. Mailin hingegen hat Gottvertrauen. Sie werden ihn schon nicht ins Wasser werfen oder zurücklassen.

Als Zweites lässt Wollschmidt einen Transportbehälter für den Säugling nach unten. Ein kleiner Koffer passt auch noch mit rein. Wollschmidt drückt beide Augen zu, denn bei solchen Aktionen wird außer dem blanken Leben sonst nichts gerettet. Im Hubschrauber ist der Platz für das Handgepäck deutlich kleiner als in jedem Sardinenbüchsenflieger nach Malle. Jahzen versucht, gegen den Lärm des Hubschraubers anzuschreien. Vergeblich, der Hubschrauber beachtet das weinende Kind nicht. Mailin nimmt ihn an sich und die weiche Mutterbrust macht alles wieder gut. Der Behälter verschwindet ein zweites Mal nach unten für das restliche Gepäck. Wenn er eine Ausnahme zulässt, kann er auch zwei Ausnahmen zulassen. Dabei hat er keinen Schimmer, was sich in Baos Rucksack befindet. Und dass der lieber nach Köln schwimmen würde, als das Geld zurückzulassen. Obwohl er gar nicht schwimmen kann. Ohne triftigen Grund lässt man eine knappe Million nicht zurück.

Diesmal hängen am Seil der Winde wieder die Tragegurte und der Soldat auf dem Dach sieht fragend zu Bao und Hendrik. Das Haus erweckt kein Vertrauen und er will so schnell wie möglich wieder nach oben. Er muss gegen die Sonne gucken und sieht spät, wie Shenmi auf ihn zukommt. Die Zeit bleibt stehen, der Lärm rückt in den Hintergrund, der Wind vom Rotor riecht plötzlich nach Frühling. Mit der Sonne im Rücken und einem Strahlenkranz um den gesamten Körper ist Shenmi überirdisch. Sie hat Mühe, dass der Wind des Hubschraubers sie nicht völlig entkleidet. Er macht es partiell, viel Mühe gibt sie sich mit ihrem Kimono nicht. Ihr Retter sieht mehr als erwartet und mehr als schicklich. Obwohl Shenmi angezogen ist, wirkt sie fast nackt. Als der Feldwebel ihr in die Gurte hilft, ist er so aufgeregt wie ein Pennäler, der das erste Mal blind einen BH aufmacht. Mit Bedauern sieht er sie im Hubschrauber verschwinden, nachdem er dem Piloten sein Okay gibt. Die zwei Männer sind schneller oben. Keine Zeitlupe.

Dieser Hubschrauber ist zwar leiser als der in Stavanger, aber eine Unterhaltung zu führen, ist trotzdem nicht leicht, ohne sich anzuschreien. Deswegen lassen sie es bis auf das Nötigste.

»Irgendwelche Verletzten?«, schreit Wollschmidt. Nein, alle schütteln den Kopf. Sie fliegen zurück nach Bonn, Flugbereitschaft der Luftwaffe. Der Pilot, der heute den ganzen Tag in der Luft sein wird und einen Einsatz nach dem anderen fliegt, fragt sich, warum ausgerechnet wegen der Truppe so ein Bohei gemacht wird. Müssen wichtig sein, überaus wichtig. Gleich fliegt er los, um die normalen Leute zu retten. Vielleicht ist die kleine, blasse Chinesin eine Schönheitskönigin? Kurz nach der Landung sieht er sie von Nahem und ihm klappt die Kinnlade herunter. Obwohl Shenmi dreckig und übernächtigt ist, strahlt die schwangere Göttin. Überstrahlt alles und jeden.

»Das ist noch einmal gutgegangen. Gerade eben. Wir sind froh, dass es so glimpflich abgelaufen ist. Trotzdem werden wir es ab jetzt anders handhaben.«

Sie sind dem Wind der Rotoren entkommen und in einen Zweckbau gegangen, sehr profan. Innendrin zeigen sich die Sechzigerjahre von ihrer besten Seite.

Hendrik wittert Wandel und fragt: »Anders? Was anders, was handhaben?«

»Herr Sandmann, Deutschland hat viel riskiert und viel investiert. Wir sind nicht China und werden Frau Professor nicht einsperren. Aber sehen Sie sich um! Im Umkreis etlicher Kilometer kann man kaum mehr vernünftig wohnen. Es gibt massenweise Leute, die ihr Haus verloren haben. Andere, bei denen es Wochen oder Monate dauert, bis sie wieder zurückkehren können, wenn überhaupt. Wochen, bis ihre Häuser bewohnbar sind.«

Mailin meldet sich zu Wort. Hin und wieder ist Hendrik immer noch überrascht, dass sie es kann, dass sie es macht. Sie sagt: »Was ist mit dem Institut? Ist es dort auch nass?«

Man könnte fast meinen, sie fragt nach ihrem Kind, so viel Sorge ist in ihrer Stimme. Ihr Neuer liegt ihr offenbar sehr am Herzen.

»Keine Bange, junge Frau, der Quantencomputer ist sicher. Da müsste mehr passieren, als ein paar Tage Regenwetter.«

Zu Hendrik gewandt sagt er: »Im Forschungszentrum ist keine Flut. Und das Ding steht in einer Betonwanne, die bei einem Hochwasser aufschwimmt. Er kann also niemals nass werden. Das verdammte Teil schwimmt selbst dann noch, wenn alle Kontinente im Wasser versunken sind. Eine Arche mit einem Quantencomputer an Bord.«

Er zieht Hendrik mit sich, will offenbar alleine mit ihm reden. »Im Institut ist nicht genug Platz für alle, das ist sicher. Wir würden Ihre Freundin gerne für ein paar Wochen auf dem Gelände behalten. Für Sie finden wir sicher auch eine Bleibe, aber nicht in der Nähe.«

»Für mich? Oder für uns? Für Shenmi, Bao und mich?«

»Nein, nur für die Mailin, Sie und das Baby. Herr …«, es fällt ihm sichtlich schwer, Vornamen zu verwenden, »… Bao hat vielleicht die Chance, nach China zurückzukehren und wieder bei null anzufangen.«

Hendrik denkt an Shenmi. Mit Schrecken. Sie etwa auch? Der Gedanke, die Göttin zu verlieren, dreht ihm den Magen um. Hundeelend ist ihm. Dabei weiß er, dass Shenmi immer in der Lage ist, ihren Willen durchzusetzen, ohne auf seine Befindlichkeit zu achten. Genau davor fürchtet er sich. Sie zu verlieren. Er würde Mailin durchfüttern, ihr auf die Sprünge helfen, ihr beiwohnen, ihre Not lindern …

Lippenbekenntnis

Bonn, Flugbereitschaft der Bundeswehr, Juli 2021

Doch der Gedanke daran, Shenmi zu verlieren, ist weit außerhalb meiner Vorstellungskraft. Es tut gut, mir das einzugestehen, und es ist gleichzeitig ein Abgrund. Keiner, an dem ich gerne stehe.

»Gibt es im Forschungszentrum eine Kindertagesstätte?« Ich frage, wobei ich gar nicht weiß, ob ich will, dass Jahzen und ich getrennte Wege gehen. Selbst wenn es nur vorübergehend ist.

»Es gibt eine, für Kinder ab sechs Monaten.«

Wenn ich will, kann ich jetzt Mutter und Sohn abschieben und mit der schönsten Frau des Fernen Ostens einen herrlichen, langen Sommerurlaub in Deutschland verbringen. Vielleicht nicht im Westen, nicht hier, aber es wird nicht überall so aussehen. Und was ist mit den zarten Banden, die mein Sohn und ich gerade knüpfen? Zerreißen die sofort wieder? Will ich das vielleicht sogar? Will ich die Verantwortung, oder will ich mich drücken? Ich will Shenmi, ich will Shenmi, ich will Shenmi, ich will …

Seit unserer ersten Begegnung in der Küche, als ich sie so fest drückte, wie nie zuvor eine Frau, eine Fremde dazu, hallt es in meinem Kopf. Natürlich wollte ich meine Hoden behalten, deswegen hielt ich mich tagelang zurück. Danach wollte ich nicht, weil es gar zu offensichtlich war, dass Shenmi ihre Schönheit und Macht ausnutzte, um zu bekommen, was sie wollte. Das war nicht ich. Sie machte es aus Routine, weil sie es immer tat. Es war Gewohnheit, jeden haben zu können. Immer und überall. Mich nicht.

Das ging so lange gut, bis mir Mailin ihre kleine Schwester ins Bett legte, nachdem sie mir vorher eine stattliche Erektion gezaubert hatte. Zuerst hatte ich ausweichen wollen, meinen erigierten Penis verbergen, aus dem Weg räumen. Shenmi umarmte mich jedoch so schnell, dass ich keine Chance hatte. Sie presste mich und meinen rotglühenden Schwanz so fest an sich, dass sie Brandblasen bekam. Das war die absolut verflucht geile Lizenz zu vögeln und ich konnte mein Glück nicht fassen. Meine chinesische Freundin machte mich erst heiß und legte mir dann die schönste Frau der Welt ins Bett, damit ich die trösten sollte.

Ich lutschte an Shenmis geschwollenen Vorhöfen und ihren bauschigen Nippeln. Unter meinen Händen waren ihre Brüste winzig. Ich testete, wie empfindlich Shenmi war. Knetete den kleinen Busen und die aufgedunsenen Nippel. Die Göttin hatte es nötig, denn sie rieb ihre Scham an meinem Oberschenkel. Weit oben am Oberschenkel. Es war sonnenklar, worin ihr Trost bestand. Shenmi war so klein, dass der Trost den halben Unterleib ausfüllen würde.

Ich war komplett kopflos und hatte mich nur so weit im Griff, dass ich nicht blindlings eindrang und ihn vortrieb bis zum Ende. Dass ich sie wollte, wusste ich vom ersten Moment an. Ich gab es nur nicht zu. Nicht ihr gegenüber, nicht Mailin und auch nicht mir. So wie Shenmi sich jetzt bei mir gebärdete, so wie ihr Körper mich anflehte, ging es ihr ganz genauso. Und dennoch blieb sie beim Reiben. Ihrer Größe wegen hätte ich es vorgezogen, dass sie bei unserem ersten Mal (welches ich in Gedanken hundertmal durchgespielt) auf mir saß und selbst die Geschwindigkeit und Tiefe der Penetration bestimmte.

Aber das ging nicht. Mailin hatte mich geil gemacht und die kleine Schwester zu mir ins Bett gelegt, jetzt musste ich, Hendrik, es vollenden, erst dann würde Shenmi keine Schuld an dem treffen, was passieren würde. Ich zögerte nicht. Hatte Angst, dass sie mit einem Plopp verschwand, oder sich auflöste wie eine Fata Morgana. Dass sie es genauso wenig abwarten konnte wie ich, merkte ich nur an einem. Trotz ihrer klammernden Umarmung hatte sie eine Hand, von mir unbemerkt, zwischen ihre Schenkel bugsiert. Ich war überrascht, dass sie mich dorten in Empfang nahm. Und Shenmi erst. Sie umfasste meinen glühenden Penis und sagt nur ein Wort. Mit tonloser Stimme. Ein Chinesisches.

Sie überlegte nicht. Trotz der Größe. Ihr Vorspiel war schon. Hatte im Kopf stattgefunden. Die Bahn längst bereitet, ihr Fleisch weich, ihre Muschel schleimig, Shenmi erwartete mich. Seit ewigen Zeiten, nicht erst seit ein paar Minuten. Sie musste schon wochenlang scharf auf mich und erst recht auf Sex mit mir gewesen sein. So wie umgekehrt. Sie war die verbotene Frucht und umgekehrt war es das Gleiche. Da hatte Mailin in ihrem Leben, in ihrem Liebesleben einmal, ein einziges Mal Glück, einen Volltreffer gelandet und Shenmi schwor sich, nicht dazwischenzufunken. Trotz der Versuchung beherrschte sie sich aufs Äußerste. Es wäre ihr spielend leichtgefallen, mich um ihren Finger zu wickeln. Sie beherrschte sich, wenigstens dieses eine Mal. Bis jetzt. Jetzt ist es mit der Beherrschung vorbei. Bei uns beiden.

Wollschmidt sieht mich an, als ob er auf eine Antwort wartet.

»Wie war Ihre Frage, Hans?«

»Ich habe keine gestellt, sie waren so … versunken.«

Worauf du einen lassen kannst. Ich bin nicht nur versunken, sondern die Erinnerung übermannt mich und ich habe die erste Erektion seit dem kalten Wasser und den Mandelhoden.

»Wollen Sie Ihren Sohn denn nicht zu sich nehmen?«

»Das will ich schon, aber sehen Sie, die Schwestern glauben, dass etwas Schreckliches passiert, wenn der Kleine nicht nur Muttermilch bekommt. Er soll ein Jahr lang ausschließlich gestillt werden.«

»Was soll denn passieren? Ich bin auch nicht gestillt worden.«

»Das erklärt einiges!«, sage ich zu 007 und grinse ihn breit an, sodass er weiß, dass es ein Witz sein soll. Hans' und mein Humor sind nicht immer auf einer Wellenlänge, manchmal muss ich nachhelfen, damit er Dinge nicht in den falschen Hals bekommt.

»Ich muss eben mit den Schwestern reden, dann gebe ich Ihnen Bescheid.«

Hans nickt und wir gehen zurück zu den anderen. Mailin, Shenmi und ich setzen uns an einen Tisch. Der Raum ist unpersönlich. Schwarze, abgenutzte Bodenfliesen und bürograue Wände aus Resopal. Neonröhren an der Decke, schäbige Tische und die Stühle sind auch nicht viel besser. Geformtes Schichtholz mit verchromten Stuhlbeinen aus Metall. Ich stelle mir die Verhörräume der CIA gemütlicher vor. Wenigstens mit High-Tech. Das hier könnte eine Luftwaffenfliegerschule aus den Sechzigern sein. Ist es vermutlich auch. Aufenthaltsraum. Nüchtern. Deutsch.

Hans redet mit Bao auf dem Flur und der Rest der Familie sitzt am Tisch. Meine zwei Kinder, eins draußen, das andere im Bauch. Meine spezielle Freundin und meine heimliche Geliebte.

Ich erkläre, was Sache ist: »Hans hat gesagt, dass wir hier nicht in der Nähe bleiben können. Es gibt durch die Flut zu wenig Wohnraum. Zu viele Leute sind betroffen.«

Shenmi guckt undurchsichtig, Mailin erschrocken. Sie fürchtet, dass ich ihr das neue Spielzeug wegnehmen will. Den Quantencomputer. Bevor sie den Mund aufmachen kann, beruhige ich sie. »Keine Sorge Mailin, du kannst im Institut wohnen. Es gibt dort kleine Wohnungen für Gäste, die länger bleiben. Bis wir ein neues Haus gefunden haben.«

Sie atmet erleichtert auf. Mailin hat einen Neuen und wehe dem, der sich dem jungen Glück in den Weg stellt!

»Shenmi und ich werden etwas weiter weg wohnen, wo es keine Überflutungskatastrophe gab. Es ist zwar nicht weit, aber zu weit, um zu pendeln.«

»Was ist pendeln?« Hin und wieder muss Mailin nachfragen.

»Jeden Tag vom Wohnort zur Arbeit zu fahren, nennt man bei uns pendeln. Eigentlich kommt das Wort von dem Pendel der Uhr, welches hin- und herschwingt. Wie bei der Kuckucksuhr von eurem Vater.«

Ich mache eine entsprechende Bewegung mit dem Arm.

»Wo wohnt Jahzen in der Zeit? Ich kann ihn nicht stillen, wenn er bei dir ist. Und wie oft können wir uns sehen, können wir überhaupt? Darfst du mich besuchen? Darf ich raus?«

Das sind viele Fragen auf einmal. Shenmi hat bisher nichts gesagt, obschon ich übersetze und versuche, sie mit einzubeziehen. Vielleicht ziert ein Mona-Lisa-Lächeln ihre Lippen, wenn sie an die kommenden Wochen denkt. Wenn sie daran denkt, sich nicht mehr beherrschen zu müssen. Mir steht ebenfalls der Schweiß auf der Stirn, wenn ich in die Zukunft blicke. Was passiert, wenn wir zum ersten Mal völlig alleine sind?

Ohne Wollschmidt zu fragen, antworte ich: »Natürlich kannst du raus, es ist nicht China, du bist nicht eingesperrt. Es ist nur so, dass es ein paar Wochen lang schwierig wird. Und ihr habt doch viel zu tun, oder?«

Damit habe ich sie. Mailin nickt und bekräftigt es.

»Jahzen kann dort in die Krippe. Er muss erst einmal bei dir bleiben. Die Milchvorräte sind im Kühlschrank. Vier Meter unter Wasser. Bis du einen neuen Vorrat hast, bleibt der Kurze bei dir.«

Mailin guckt zwar scheel, aber bei ihr weiß man nicht, wieso. Denn das macht sie oft. Ist sie jetzt irritiert, weil all die Arbeit mit dem Baby an ihr hängenbleibt? Das ist doch gar nicht so. In der Krippe wird das meiste erledigt. Ich bin froh darum, denn menschliche Nähe und Zuwendung wird er dort sicher im Überfluss haben. Und nachts stillen kann Mailin, da ist sie zuverlässig. Ob Jahzen tagsüber Ersatzmilch bekommt, ober Wasser und trocken Brot, ist mir egal. Ihr auch. Shenmi sowieso. Ein bisschen Abspecken kann dem Lütten nicht schaden, vielleicht bringen sie ihn ja dort auch zum Krabbeln. Jetzt wird mir doch schwer ums Herz, wenn ich ihn vor meinem inneren Auge hilflos auf dem Bauch liegen, zappeln und weinen sehe.

»Komm her zu mir, Dicker.« Ich nehme Mailin den Jungen ab. Rede mit ihm. Deutsch. Zum Glück lernt er das auch in der Krippe. Er ist hellwach und hat unser Gespräch verfolgt. Als ob er ahnt, dass es um ihn geht. Ich hebe ihn hoch, damit er das tolle Gefühl nicht vergisst, sondern vermisst und drehe mich um die eigene Achse. Jahzen lacht mich an. Das macht er immer, der kleine Drecksack, immer versucht er, mich um den Finger zu wickeln. »Okay, du kleiner Scheißer, eine Woche, dann komme ich dich besuchen.«

Er lacht mich immer noch an. Diesmal weil er weiß, dass ich ihm auf den Leim gegangen bin.

Da rührt sich Shenmi und fragt: »Was ist mit Bao und mir? Wo ist der Kerl überhaupt?«

Davor habe ich mich gefürchtet, jetzt kommt die Nagelprobe. Wird Shenmi auch zurückkehren wollen, wenn sie erfährt, dass es einen Weg zurück gibt? In die Heimat! Die Stunde der Entscheidung, hopp oder top, bekomme ich Süßes, oder gibt sie mir Saures? Meine Eingeweide krampfen, wenn sie zurückwill, zurückkann, bin ich am Ende. Der Gedanke, ohne sie zu sein, ist ungeheuerlich. Ist er es auch für sie?

»Wollschmidt glaubt, er hat einen Weg gefunden, wie er Bao zurück nach China bringen kann, ihn einschleusen, ohne dass er Probleme bekommt.«

Ich sage bewusst, dass 007 nur Bao erwähnt hat, damit Shenmi nicht auf falsche Gedanken kommt. Die Naivität des Kindes. Die Miene der Göttin verändert sich nicht. Als ob ich gesagt hätte, Bao geht sich einen Kaffee holen. Entweder will sie nicht zurück, oder sie hat sich unglaublich gut im Griff. Da Shenmi und ich bisher nie richtig geredet haben, sondern sich bei uns alles im Verborgenen abspielt, ist jetzt im Kreis der Lieben kaum der richtige Zeitpunkt, um damit zu beginnen.

***

Die Familie fährt in das Kernforschungszentrum. Hätte man vor dreißig Jahren gesagt. Der Kern ist gewandert, vom Forschungszentrum zur Familie. Heute fährt die Kernfamilie in das Forschungszentrum. So ändern sich Zeiten und Prioritäten. Wir haben keine Bewacher, kaum Gepäck und brauchen nur ein Auto. Ich habe ein mulmiges Gefühl dabei, Wollschmidt, Bao und Shenmi alleine zu lassen, denn wer weiß, welchen Floh sie Shenmi ins Ohr setzen. Wir besichtigen Mailins neue Wohnung und ziehen gleich ein. Herrje, die ist echt klein. Fast so klein wie mein Poortwachter Huis seinerzeit in Mützenich! Nein, hier würden wir es zu zweit niemals aushalten.

Unser Sohn darf bei unserer Abschiedsnummer zusehen. Skeptisch wird er, als seiner Mutter in hohem Bogen die Milch aus den Brüsten spritzt, er findet das Verschwendung. Das ist doch seine! Nach der ausgestandenen Angst ist Mailins Orgasmus ein heftiger. Ist es die Aussicht, dass wir uns längere Zeit nicht sehen werden? Die Angst, mich an die Schwester zu verlieren? Mailin hat sich in ihrem

Höhepunkt gewalttätig verkrampft, sie wird in zwei Tagen auf dem Zahnfleisch gehen vor Schmerzen. Ihr Orgasmus hat fast die Qualität eines Anfalls, so stark ist er. Wahrscheinlich habe ich blaue Flecken von ihrer Umklammerung.

Die Dusche ist zu klein für zwei und so gehen wir nacheinander Schlamm und Milch abwaschen. Andere Leute würden vermutlich zuerst den Schlamm abwaschen und sich dann paaren. Wir nicht. Dringendes muss vorangehen. Der Tag, an dem die Dusche Vorrang genießt, ist der erste vom Ende der Beziehung. Ich bin nicht gekommen und hoffe, Mailin ist es nicht aufgefallen. Als ich in der Dusche an Shenmi denke, bekomme ich erneut eine Erektion. Sie ist eine Sonnenuhr, zählt die heit'ren Stunden nur. Kurz bin ich versucht, zu masturbieren, aber so schnell schaffe ich das nicht. Wie sich Mailin die Erektion erklären wird? Gar nicht? Will sie dann gleich nochmal? Sie stillt jedoch den Kleinen und beachtet mich nicht. Zumal sie auf den Bildschirm eines Notebooks stiert, wo hat sie denn den her? Hat den jemand gebracht? Ihr Rechner steht doch im Bauernhaus auf dem Küchentisch! U96 reloaded sozusagen. Das hier muss ein neuer Computer sein. Was für ein Glück, dass der nicht eine halbe Stunde früher gebracht wurde. Da hätten die Kollegen mal ein Bild von ihrer chinesischen Kollegin bekommen, welches sie so schnell nicht vergessen würden.

Mailins Orgasmusfähigkeit steigert sich von Mal zu Mal. Heute ist wieder eine neue Stufe erreicht, so verkrampft kenne ich meine mongolische Freundin nicht. Gar nicht. Sicher, sie kommt, sie genießt immer mehr, ganz so wie andere, ganz wie normale Frauen. Aber irgendwann hat sie diese überholt. Sie hört nicht auf, sich zu steigern und ich weiß nicht, woran es liegt, was es auslöst. Ich mache nicht mehr als zu Beginn. Eher weniger! Ich kann mich kaum erinnern, wann ich sie zuletzt regelrecht gevögelt habe, mit heftigen Stößen, wie in einer Doku von Löwen. *You and me, baby, ain't nothin' but mammals, so let's do it like they do on the Discovery Channel.* Wenn sich Säugetiere paaren. Das Gerammel ist im Lauf der Wochen immer weniger geworden.

Bei Mailin ist es der Druck, der sie zum Explodieren bringt. Druck auf ihr und drangvolle Enge in ihr. Schauderhaft langsame

Bewegungen und nach einiger Zeit weiß ich nicht mehr, wann bei ihr ein Orgasmus aufhört und der nächste beginnt. Bis sie anfängt, auf Chinesisch zu fiepen wie ein Welpe. Dann weiß ich, gleich ist es vorbei, ist sie fertig. Sie erschlafft vollständig, ohnmächtig, und nur ihre Nachwehen, ein periodisches Zittern, verraten mir, dass sie noch am Leben ist. Schmeichelhaft und dennoch unheimlich.

Schamlippenbekenntnis

Bonn, Flugbereitschaft der Bundeswehr, Juli 2021

Shenmi hängt in der Luft. Der Tag ist eine einzige Wechseldusche – Todesangst in der Nacht, Erleichterung in der Früh. Dann die Aussicht, mit ihm zusammen zu sein, und jetzt sitzt sie alleine in dem ungemütlichen Raum und wartet. Wartet, dass jemand ihr sagt, was sie tun kann. Dass jemand ihr sagt, was sie tun soll, dass jemand sagt, er ist wieder zurückgekommen. Wollschmidt sitzt nebenan mit Bao und erklärt ihm den exakten Plan, wie er zurück nach China soll. Inkognito. Sie würde das nicht wollen. Wenn, dann will sie ganz offiziell zurück. Oder als Star! Als berühmte Bloggerin mit rotem Teppich am Flughafen. Nicht heimlich und unerkannt, unter dem Radar der Behörden, gezwungen sich zu verstecken. Als Bittstellerin.

Ihr Retter betritt den Raum und sagt ihr, dass sie ihm folgen soll. Bringt er sie zu Hendrik? Nein, der ist gerade erst verschwunden. Mit ihrer Schwester und dem Kleinen. Sie folgt dem Mann in seiner feschen Uniform. Nur dass er keine Waffe trägt. Sie gehen zusammen zu einem Gemeinschaftswaschraum, dort lässt er sie alleine. Es würde dauern, bis der andere Herr wieder käme, sie kann sich so viel Zeit lassen, wie sie möchte.

Das stimmt nicht, denkt Shenmi, denn er ahnt nicht, wen er vor sich hat, sonst würde er solch merkwürdige Dinge nicht sagen. Wenn sie will und Lust hat, braucht sie eine Ewigkeit im Bad. Vor dem Spiegel. Zwar ist sie natürlich und doch liebt sie Spiegel. Der Soldat dürfte ihr gerne zusehen, überlegt die Göttin, ohne daran zu denken, dass hier nicht der Drachenmeister mitsamt Drohung über allem thront und wacht. Es würde ihr gefallen, es gefällt ihr immer, wenn sie begehrt wird, beobachtet und angehimmelt. Das ist ihre Atemluft, ihr Applaus ist das getriebene Masturbieren von Männern, die sie in Gedanken nehmen und mit ihr tun, was sie tun müssen.

***

Das Gebäude ist älter als der Krieg, bekam in den Sechzigern seine heutige Form und wurde lange Jahre für die Ausbildung von Luftwaffenpersonal benutzt. Im Jahr 2001 wurde es umfangreich renoviert und da abzusehen war, dass Frauen uneingeschränkten Zugang zu jeder militärischen Laufbahn bekommen würden, reservierte man einen Teil der Sanitärräume für Frauen. Das hieß natürlich nichts, denn technisch gesehen unterschieden sie sich nur durch das Fehlen von Urinalen und dem Schild an der Tür. Der Aufwand war trotzdem enorm. Und umsonst. Denn kurz nach dem Umbau wurde der Stützpunkt quasi dichtgemacht. Die Ausbildungen wurden sämtlich verlegt und zurück blieben Gebäude, die mal so, mal so genutzt werden. So wie dieses hier für die Flugbereitschaft.

Im Winter heizt man die Häuser so weit, dass die Rohre nicht einfrieren. Nur die intensiv genutzten Räume sind vom Spardiktat nicht betroffen. Die wenigen Frauen der Flugbereitschaft haben unten einen weiteren Waschraum. In dem, wo sich Shenmi gerade im Spiegel betrachtet, ist außer der Putzkolonne nie jemand. Die kleine Chinesin ist schon für das normale Leben zu klein. In ihren Augen ist immer alles viel zu groß. Und das gilt besonders für diesen Waschraum. Nur den Spiegel, den hätte sie gerne auch zu Hause. Wo immer ihr Zuhause in Zukunft sein wird. Er ist in einem Gang, einem vier Meter breiten Gang am Ende einer Sackgasse. In der Mitte steht eine Umkleidebank. An den Wänden sind Steckdosen für die Föhne und fest montierte Haartrockner. Über die gesamte Breite und Höhe der Stirnwand erstreckt sich der dreiteilige Spiegel. Ein riesiger Spiegel.

Geräusche wie in einer Halle. Wände, Decken, Fußboden – alles gekachelt, gefliest, nur Steingut, Glas und Metall, ein ungemütlicher Ort. Dazu hat Shenmi das Gefühl, dass jemand hereinplatzt. Ein

Mann, »aus Versehen« natürlich. Sie ist wahrlich ein leichtes Opfer, ein durchschnittlicher Vierzehnjähriger könnte sie mit Gewalt nehmen, sie vergewaltigen. Sie ist weder zäh, stark oder ausdauernd noch genießt sie hier irgendwelchen Schutz. Außer dem der Gesellschaft. Man macht so etwas nicht, man vergewaltigt keine Frau, weil es sie traumatisiert und weil es bestraft wird.

Der Feldwebel der Luftwaffe überlegt nicht lange. Er wird diese göttliche Frau nicht gegen ihren Willen anrühren. Spricht sie Deutsch? Würde er sie überhaupt verstehen, wenn sie widerspricht, wenn sie ihn nicht will? Es ist so leicht für ihn. Er wartet, bis sie duscht. Wenn sie Shampoo im Haar hat, ist der beste Zeitpunkt. Es muss schnell gehen und wehren würde sie sich sowieso nur, bis er eingedrungen wäre. Die Gedanken sind frei, auch seine. Ihr Glück und seins, dass er sie nicht in die Tat umsetzt. Er schämt sich, solche Gedanken zu haben, sie zuzulassen. Und er schämt sich, weil es ihn erregt, wenn er sich vorstellt, sie zu nehmen. Aber er ist nicht der Erste, der die kleine Tochter des Drachenmeisters falsch einschätzt. Shenmi weiß, wie man sich behauptet und durchsetzt.

Die Waschräume für Männer und Frauen sind spiegelgleich gebaut. Dort, wo der vier Meter breite Gang der Frauen endet, beginnt der vier Meter breite Gang für die Männer. Auch drüben die Umkleidebänke, auch dort dasselbe Ambiente, kalt und schmucklos. Die beiden Räume sind durch eine gemauerte Wand voneinander abgetrennt. Eigentlich. Offenbar haben während der Bauphase zu viele Leute zu oft weggesehen, jedenfalls sind es jetzt zwei Mauern. Zwei sind besser als eine.

Nur manchmal nicht. Der Raum zwischen den Mauern ist klein und dunkel, aber er ist breit genug für einen Mann, oder auch zwei. Zwei Türen und man ist drüben. Nur sind diese Türen immer, absolut immer, verschlossen. Würde man kontrollieren, was zwischen den Türen ist, sähe man einen schmucklosen Gang. Und man stünde vor der zweiten verschlossenen Tür. Kein Argwohn, kein Grund, misstrauisch zu werden. Bis man in dem kurzen Gang, der absolut immer verschlossen ist, den geheimen Zugang zum Zwischenraum entdeckt. Zwischen den beiden Spiegeln. Vielleicht wäre es irgendwann aufgeflogen, wenn der Stützpunkt so genutzt würde, wie ursprünglich geplant. Wird er aber nicht. Er wird kaum genutzt und die beiden Waschräume werden noch seltener als kaum genutzt.

Hie und da duscht eine versprengte oder gestrandete Journalistin, manch Politikerin, einmal sogar ein Grüppchen Flüchtlingsfrauen mit Kindern. Kaum etwas, wo man gerne und ohne schlechtes Gewissen zusieht. Der Feldwebel hat Uschi von der Leyen nackt gesehen, als sie Verteidigungsministerin und damit seine Chefin war. Nichts, was er an die große Glocke hängt, und seine Glocken waren schon einmal mehr beeindruckt. Uschi könnte seine Mutter sein. Apropos, Mutti hat hier auch schon geduscht, aber keiner war zugegen. Da stand die Angst, erwischt zu werden, in keinem Verhältnis zum Ertrag. Zumal man sie als junge Frau beim FKK an der Ostsee bewundern kann, wenn man ein bisschen im Internet sucht. Bei den Flüchtlingsfrauen hatte er Tränen in den Augen, denn so frei und unbeschwert hat er im Alltag normalerweise verhüllte Frauen noch nie erlebt. In Deutschland kennt er sie nur gebeugt, verhuscht, ängstlich. Beim gemeinsamen Duschen mit ihren Kindern waren sie fast ausgelassen und vergnügt. Was war das im Westen für ein Leben? Fremd, dunkelhäutig, der Sprache nicht mächtig und die Angst als stetiger Begleiter. Angst vor denen, unter denen man lebte. Leben musste, Angst vor den Weißen, besonders den weißen Männern, den rücksichtslosen Vergewaltigern. Wie hielten sie dem Druck stand, wie schlimm musste es in der Heimat sein, wenn sie sogar trotz der Angst herkamen?

Der Feldwebel muss nicht verzichten. Nicht auf Shenmi, die Chinesin, die er schon halbnackt vom Dach retten durfte. Er wird nicht verzichten. Unmöglich! Die Versuchung ist viel zu stark. Gegen diese Frau ist der Paradiesapfel verfault und wurmstichig. Bevor Shenmi unter die Dusche geht, tritt sie an den Acht-Quadratmeter-Spiegel. Unkritisch ist sie weiß Gott nicht. Sie macht sich Sorgen, alt zu werden, sie sorgt sich um alles mögliche. Zur Zeit beschäftigt sie die Schwangerschaft. Da macht sie sich zwar keine Sorgen, aber sie beobachtet akribisch ihren Bauch, dreht sich zur Seite und streicht darüber. Sie sieht deutlich die beginnende Wölbung, auch wenn sie sich nicht messen lässt. Gefühle kann man nicht messen, eine gefühlte Wölbung auch nicht. Dennoch, in Shenmis Kopf ist sie vorhanden, sie sieht sie, kann sie spüren, wenn sie sich anfasst. Die Schönste weit und breit tritt näher an den Spiegel, befriedigt inspiziert sie ihren Busen. Dicker. Mehr Masse. Sie hüpft sachte auf und ab und sieht den Brüsten zu, sieht sie minimal asynchron wippen. Sehr erregend. Die Veränderung spürt und sieht sie deutlicher als am Bauch und das könnte jeder beobachten, Hendrik zum Beispiel.

Wäre er jetzt hier, würde er hinter sie treten, mit seinen Pranken von hinten die spitzen Brüste bedecken, anfassen, streicheln, walken. Er liebt ihren kleinen Busen, abzulesen an seinem harten Penis, den er gegen ihren Po drückt, während er die Brüste streichelt und liebt, drückt, knetet. Ihre Hände versuchen, das Gefühl herbeizuzaubern, zu imitieren, aber vergeblich. Seine Hände sind mächtiger. Männerhände, die zupacken mit Adern auf dem Handrücken. Muskeln und Sehnen choreografiert im Tanz um die weiche Masse des Busens, die Brust bebt, genießt, weicht aus – beweglich schmiegt sie sich an die Männerhand, füllt sie aus. Ein halber Apfel für eine Hand, die einen Basketball halten kann.

Shenmi gibt sich ihm gerne hin, hat Vertrauen in den Deutschen, in seine Hände und Vertrauen zu seinem Männerkörper, der so konträr zu ihrem ist und von dem sie nicht genug bekommen kann. Liu ist Künstler, ein vollkommener Künstler und Shenmi weiß sein Können zu würdigen, ahnt, wie viel Training und Meditation nötig waren, um sein Niveau zu erreichen. Und sie genießt es, wie ein klassisches Konzert, wo alles ineinandergreift, um etwas Unglaubliches erklingen zu lassen. Wenn Hendrik etwas erklingen lässt, ist das etwas, was schon während der letzten Eiszeit zu hören war. Sein Gebaren ist archaisch, vor allem das Finale. Wenn sie ihn hört, wenn sie nur daran denkt, ihn beim Orgasmus zu hören, läuft es ihr eiskalt den Rücken und brühwarm am Schenkel herunter. Hendriks Höhepunkt geht ihr durch Mark und Bein, wie das Nebelhorn eines auslaufenden Containerriesen im Hafen von Tsingtao.

Haben die letzten Tage und Wochen ausgereicht? Waren sie genug, ihm zu zeigen, was sie eigentlich will? Weiß sie denn, was sie will? Sicher nicht dazwischenfunken. Alles wäre viel leichter, wenn Hendrik ihre Schwester endlich von sich aus verließe. Sie kam vorher gut zurecht und sie wird es auch ohne ihn tun, Shenmi ist sich sicher. Mailin ist Kummer gewöhnt, Zurückweisung und Unverständnis, Ablehnung und Hass. Es kann sie doch kaum verwundern, dass der Mann nicht ewig bei ihr bleibt. Woher kommt die Loyalität des Deutschen gegenüber ihrer Schwester? Wenn Shenmi und Hendrik sprechen, dann spürt sie doch, dass er weiß, wie merkwürdig Mailins Verhalten ist.

Sie denkt an den letzten Abend in Tsingtao, als Hendrik das fremde Nudelgericht mit Käse gekocht hat und Mailin zwar am Tisch saß, aber völlig abwesend war. Nur mit ihrem Liebsten, dem *Koloss der Weisheit* hat sie damals kommuniziert und Hendrik und sie? Haben sich zum ersten Mal länger unterhalten. Da hat sie ihm schon heimlich gestanden, was sie eigentlich will. Offenbar zu heimlich. Schnippische Frauen mag er nicht, jedenfalls ließ er sie abblitzen, um einen bescheuerten Film zu sehen. Sie lag im Bett und hörte die Stimmen, ohne etwas zu verstehen. Mailin entweder auch im Bett oder am Computer, warum kam er nicht und vögelte sie? Doch es sollte schlimmer kommen. Als der Fernseher verstummte, ging sie ins Bad und wartete auf den Mann. Nackt. Sie wartete nackt mit klopfendem Herzen. Die Tür ging auf und sie, die schönste Frau weit und breit, drehte sich entblößt zu Hendrik um. Ihre Schwester hatte durchblicken lassen, dass er nichts, aber auch gar nichts anbrennen ließ. Doch Shenmi? Er betrachtete ihren bloßen Leib, ihre Brüste bebend vor Erwartung, Schenkel zitternd vor Verlangen, die Knie weich, weil sie Angst vor ihrer eigenen Courage hat.

Sein Penis log nicht, unter dem Slip schwoll wahre Größe heran. Vorfreude bei ihm, Erregtheit und Schwüle bei ihr. Und dann? Geht er unter die Dusche. Lässt sie links liegen. Eine warme Dusche für ihn und eine kalte Dusche für sie. Welche Schmach! Gedemütigt hat er sie, weil …? Weiß sie es, oder will sie es wissen? Sie ahnt es, doch ist ihr Verhalten in China völlig normal, es gehört zum Spiel des Flirts und der Versuchung. Anheizen und abkühlen. Hendrik beherrscht das Abkühlen perfekt. Sie schwor sich, dass er keine zweite Chance bekäme. Bis zur fatalen Nacht an der Grenze zu Sibirien. Bis zur Nacht, in der sie erst zur Frau und dann zur Schwangeren wurde. Der Nacht, in der ihre Eizelle mit seinem Samen verschmolz, um etwas

Lebendiges zu schaffen, was seit dieser Stunde in ihrem Bauch wächst. Die Nacht, in der ihr sehnlichster Wunsch in Erfüllung ging.

***

Mailin fühlte neulich instinktiv, was Shenmi wollte, brauchte. Und selbstlos, wie sie war, trat sie ihr Vorrecht in dieser Nacht an ihre kleine Schwester ab. Weil sie es nötig hatte, viel nötiger als sie selbst. Dabei hatte diese gedacht, dass die große Schwester gekommen war, sie zu trösten. Während sie einander umarmend zum größeren Bett gingen, dachte sie, dass Hendrik ausgezogen war, damit die Schwestern genug Platz hatten. Erst als Mailin sie ins Bett bugsierte, stieg sie hinter den Plan. Hendrik *war* ausgezogen. Nackt lag er im Bett der Eltern. Irgendwer oder irgendetwas hatte Hendriks Glied zum Glühen gebracht. Shenmi erinnert sich und die Nacht ist wieder so präsent wie jedes Mal, wenn sie daran denkt. Sie giert nach dem geilen Schwert, seit sie ihn zum ersten Mal sah. Sie hat ihn schon beobachtet, in der Nacht, als er über Mailin herfiel und sie selbst zusah. Jedoch ihn von Nahem zu erleben, ist eine ganz andere Hausnummer. Sie presst sich an den Mann, an seinen heißen, harten Penis. Fast glaubt sie, seinen Herzschlag dort zu fühlen.

Riesenhände auf ihren Brüstchen. Hendrik wirkt auf sie eher wie einer, der auf Titten steht. So in Wladiwostok Mailins Milchtitten. Dennoch ist er erstaunlich feinfühlig zu ihrem Mädchenbusen. Selbst als ihn die Erregung packt, beherrscht er sich und quetscht nicht ungestüm. Shenmi hat eine Vision. Und fürchtet sich. Ganz kurz fürchtet sie sich, dass sie mehr braucht als nur Trost oder ein Kind. Dann saugt Hendrik an ihren Nippeln. Die Furcht ist weg, obgleich sie jetzt größeren Grund hätte, da zu sein. Shenmi hat eine Direktleitung von ihren Nippeln zur Vagina. Hendrik überbrückt kurzerhand ein paar Schaltkreise und die kleine Chinesin, die sich halb unter ihn geschafft hat, zerfließt. Wenn er sie jetzt anfasst, fließt sie ihm entgegen. Ihr rosa Fleisch ist so heiß wie sein Glied an ihrem Bauch. Und sie schämt sich nicht. Mehr.

Hendrik hat Hemmungen, so kommt es ihr vor. Worauf wartet er? Sie kann nicht mehr feuchter werden und sein Schwanz hoffentlich nicht größer. Er soll es endlich tun, sich auf sie legen, sich den Raum in ihr verschaffen, den er braucht. Soll alles verdrängen und eindringen. Doch zögert er. So kurz davor und er hält inne. Sie kann es unmöglich selbst tun! Das ist ungeheuerlich. Falls es danach eine Verkettung unglücklicher Umstände gibt und ihr aller Leben noch weiter auf den Kopf gestellt wird als ohnehin schon, wäre sie daran schuld. Und weil das nicht sein darf, wird sie sich nicht auf ihn schwingen und es vollenden. Obgleich ihre Lust größer ist als sein Schwanz. Jedoch greift Shenmi eine Etage tiefer.

»Grundgütiger!«

Hat sie was gesagt? Vermutlich, es ist ihr herausgerutscht, als sie ihre Hand um Hendriks Schaft schließt. Komm zu mir Langer, ich mach dich feucht. Hendrik, ob der Berührung überrascht, geht in den Paarungsmodus, schiebt sein Becken vor. Langsam unaufhaltsam. Sein Gewicht liegt noch nicht auf ihr. Er rutscht weiter hinunter oder schiebt sie hoch, sodass die heiße Stelle am Bauch, wo sein Schwanz glüht, abkühlen kann. Sie darf und will den samtigen Pfahl unmöglich loslassen. Im Moment gleitet er nur durch ihre Hand, doch die Vorfreude spannt Shenmis Scheidenmuskeln an. Ihre Hand macht ihn konfus. Er würde gerne warten, das erste Mal auskosten, es genießen, wenn nur der Druck nicht wäre! Gier, die Hendriks Körper nicht mehr verhehlt. Sein Glied pocht, es birst, wenn er es jetzt nicht versenkt, denkt der Mann.

Shenmi kann gar nichts mehr. Sie kann sich nicht mehr beherrschen, nichts mehr wollen, nichts mehr abwehren. Kann nichts sehen oder hören, das Sehnen ist zu stark, der Urtrieb zu mächtig, in ihren Ohren rauscht das Blut, zwischen ihren Schamlippen sickert das Sekret heraus und verdunstet auf der Schleimhaut. Sie riechen es beide. Sein Glied, glitschig, verdampft allen Balsam. Ihr beider Geruch lässt die wenigen intakten Sicherungen verschmoren. Sie lenkt ihn. Der letzte Rest, zu dem sie fähig ist. Shenmi hält ihn gepackt bis seine Eichel an der schleimigen Pforte begehrt. Einlass.

Sie kann nicht so viel, nicht so schnell fühlen, wie sie möchte, wie es nötig wäre. Dafür fühlt sie es tief in ihrem Inneren. Sein Glied strafft jedes Fältchen ihrer Vagina, gleitet über jede Pore, die Schleim absondert, streicht über leichtentzündliche Nervenenden, zwängt sich in ihren Schlund. Zwingt ihr williges Fleisch auseinander, es zwingt ihr die Luft aus den Lungen und es zwingt sie, ihre Augen zu verdrehen, es zwingt sie zu lautem Keuchen und es zwingt sie, zu klammern. Noch ist er behutsam, doch wenn die Wüterei beginnt, wird es sie zerreißen. Shenmi kommen Tränen, ohne dass sie es spürt oder weiß, sie klammert sich an den Mann und weint vor Freude. Sie hat sich alles mögliche ausgemalt, vorgestellt, doch dagegen ist jeder Versuch, sich etwas vorzustellen, absurd. So etwas hat Shenmi sich nicht vorstellen können. Nicht in ihren verruchtesten Träumen hat sie sich solch einen Akt gewünscht.

Liu war ein vollendeter Virtuose, er brachte sie mit ausgereifter Choreographie, Empathie von einem anderen Stern und unmenschlicher Selbstkontrolle zu bisher ungeahnt hohen Gipfeln. Der Liebhaber Liu, feingliedrig, akrobatisch, drehte eine Pirouette hier, vollbrachte ein Kunststück dort, warf sie galant in die Höhe. Er war der Eiskunstläufer unter ihren Liebhabern. Hendrik hingegen ist die Pistenraupe. Er schiebt sie mitsamt Tonnen von Schnee einfach den Berg hoch. In weniger als zwei Minuten.

Das erste Eindringen ist eine Sensation und eine Überraschung. Das erste Zurückziehen ein Schock. Die Schleimhaut ihrer Geschlechtsteile schreit, dass er es nicht wagen soll und nur widerwillig schließt sich ihre Scheide hinter dem zurückweichenden Glied. Shenmi klammert fester, als könnte sie den Mann dadurch zwingen mit dem Zurückziehen aufzuhören. Er spürt es nicht, da sie ihn sowieso mit aller Kraft umschlingt. Natürlich zieht er sich nicht zurück. Warum auch? Doch bevor er sich ganz und gar vergisst, will er den Weg bereiten. Der Pfad ist zwar nass, aber längst nicht genug. Jedes erneute Eindringen spült mehr Schleim aus dem Inneren der Frau an die Oberfläche ihrer gestressten Vagina. Im Gegensatz zu Shenmi ahnt ihre Scheide, was auf sie zukommt. Hektisch wie die Heizer auf der unter Volldampf stehenden Titanic pumpen ihre Drüsen das viskose Sekret an die Oberfläche, wo Hendriks hartes Glied es verteilt.

Ohne dass Shenmi es weiß oder ahnt, wächst ihre Vagina. Wie das Äquivalent zum Schwanz, der länger wird, wächst Shenmi in ihrem Inneren. Für ihn. Um ihn aufzunehmen. Ganz und gar einzulassen.

Sie lässt sich auf ihn ein und sie lässt ihn in sich ein. Vollkommen. Hendrik kommt in Fahrt und spürt die klammernde Gier von Shenmis Scheide, die sein Schwert begehrt. Das ist der Lauf der Natur, die Vibration von uraltem Instinkt, ein Begehr ohne Gnade, die Bewegung beider alternativlos, das Klammern getrieben und die Laute unmenschlich. Ihr zweiter Orgasmus nimmt Fahrt auf, da spürt Shenmi es über sich. Obschon er schwer auf ihr liegt und sie erdrückt, dass sie kaum Luft bekommt, spürt sie es.

Ein Krampf. Es ist so weit, er drückt fester zu, sodass es ihr die Luft aus den Lungen presst. Sein Penis lotet ihre Tiefe aus und entlässt sein lebensspendendes Ejakulat in die dunkle Hitze ihres Unterleibs. Dazu ein Ton, den man weder nachmachen noch beschreiben kann. Es ist kein Stöhnen, kein Schrei und kein Grunzen, es ist von allem etwas und es ist vor allem eins – laut. Prostata und Lunge entladen sich gleichzeitig. Der Schrei brennt sich in ihr Hirn ein und sein Samen brandet gegen ihren Muttermund. Der allererste Druck seiner krampfhaften Umarmung ebbt ab und Shenmi spürt den Mann auf ihr zucken, spürt, wie er sich in ihr entlädt, spürt den feuchtesten ihrer Träume wahr werden.

Sie kommt ebenfalls und ihr Orgasmus saugt mit der peristaltischen Kraft ihres Gebärtrakts Hendriks fruchtbare Fracht tief in ihren Bauch. Sie bewahrt seinen Samen wie einen Schatz in ihrem Inneren, beschwört seine virile Kraft, bevor ihr Leib und ihr Geist zuckend, zitternd und unter Tränen erschlaffen. Sie und ihr Körper haben alles dafür getan, dass er ihr neues Leben schenkt. Wenn es nicht in diesem Moment geschieht, geschieht es niemals, das weiß die Chinesin. Die schönste Schwangere unter der Sonne.

Unter Beobachtung

Bonn, Flugbereitschaft der Bundeswehr, Juli 2021

Der Feldwebel steht einen Meter entfernt, starrt sie an, stiert, dass ihm fast die Augen aus dem Kopf fallen. Der Spiegel, eine Membran, halbdurchlässig, Shenmi kann den Mann nicht sehen. Aber er sie. Sie sieht nur ihr Spiegelbild, alles, was sie will. Er sieht alles, ist aber unwissend und nicht einmal ahnend, was sich unter Shenmis Haube abspielt, welcher Sturm der Erinnerung sie heimsucht. Er sieht das Äußere, eine nackte, in sich versunkene Frau, die ein unsichtbarer Dirigent anleitet, um einem imaginären Publikum ihre Schönheit vorzuführen. Shenmi wäre nicht erschrocken, wenn sie es wüsste. Sie sucht nicht nach Kameras, die sie ausspionieren, klebt ihr Notebook nicht ab, sie vergeudet ihr Leben nicht mit unnützem Verfolgungswahn. Wer sie sehen will, darf das. Ihr würde der Soldat keine Angst machen, sie wäre weder verwundert, dass er es macht, noch dass er masturbiert. Wenn man die schönste Frau der Welt ist – und sei es nur in der Einbildung – fürchtet man keine Makel. Keine vorhandenen und keine eingebildeten.

Sie ist huldvoll und trotzdem dankbar über jeden Beweis von Zuneigung und Bewunderung. Schade, dass sie die Reaktionen des deutschen Soldaten nicht erleben kann. Als sie sich dreht und streichelt, drückt sein Schwanz mit Macht gegen die Hose. Erleichtert und beschämt knöpft er sie auf und entlässt seinen heißgeliebten Penis stehend. Staunend und stolz ob seiner sanften Härte. Falls er jetzt den Schlüssel benutzte und sie ihn sähe, würde sie vor ihm knien vor Ehrfurcht. Gedanken. Wünsche. Er fasst sich an und ein Laut entweicht seinen Lippen. Nicht zu laut zum Glück, denn die chinesische Frau hört ihn nicht.

Doch wirkt es so, als wenn sie ihn provozieren will. Sie wippt und die Brüste mit ihrem Trägheitsmoment der Jugend wippen nach. Bewegung unter Spannkraft als Sinnbild für Jugend und Lebensfreude. Sie hat die Brüste eines Teenagers. Jetzt zu masturbieren und es hinauszuzögern ist ein Vabanquespiel. Er will ejakulieren, wenn diese Frau bei ihm ist, nicht, wenn sie in der Dusche und er verschämt hinter dem Spiegel steht, als einsamer Wichser, als traurige Gestalt. Er kennt Shenmi nicht, hat keinen Schimmer, wie lange sie sich betrachten kann, ohne dass sie ihrer überdrüssig wird. Als sie näher kommt, so nah, dass er sie berühren könnte, wäre das Glas nicht zwischen ihnen, als sie sich und ihren Busen streichelt, als er ihre Nippel sieht, wie sie schwellen, als er sieht, wie sie ihre Brüste knetet, sie die Finger in das nachgiebige Fleisch gräbt, spritzt es spontan aus ihm heraus. Er besudelt das Spiegelglas, ohne die Frau eine Sekunde aus den Augen zu lassen. Seine Zähne graben sich in den Drillich seiner Flecktarnjacke, um nicht laut zu stöhnen.

Shenmi merkt nichts, sie ist in Gedanken bei ihrem Mann, befindet sich in Sphären, die der Soldat weder je erreicht hat, noch ahnt, dass jene im Diesseits existieren. Betrachtet ihren trächtigen Leib und fühlt nach der Nacht, in der es geschah. Sie wird niemals müde, sich daran zu erinnern, und fragt sich, ob Hendrik das Gleiche empfindet. Sie haben nie darüber gesprochen, nie ausgelotet, was die Nacht für den anderen bedeutet. Zu groß die Angst, auf den Boden zurückgeholt zu werden, auf den Boden der Tatsachen. Sie ahnt wohl, dass Hendrik auf diese Fragen kaum mit »ganz nett« antworten würde. Trotzdem ziert sie sich, denn sie kann genauso wenig beurteilen, ob es für ihn derselbe alles vernichtende Sturm war, den sie an ihrem Leib und in ihrem Leib erlebt hat.

Die Vermutung liegt nah, dass es anders ist, denn jegliche Initiative danach geht von ihr aus. In der Nacht der Nächte war er es, der sie nahm. Auf Geheiß ihrer Schwester. Danach hat er nie von sich aus signalisiert, dass er sie will. Am Morgen im Bett war es ihr egal, sie wollte mit seinem Sperma einen draufsetzen. Sicher ist sicher. Dasselbe einige Tage später im Freien. Ein anderes Setting, doch der

Grund war das fast unstillbare Verlangen, befruchtet zu werden. Sie nutzte jede winzige Gelegenheit, damit er sich in ihrem süßen Kelch entleert. Und das tat er, wieder und wieder schien er nicht müde, ihren innigsten Wunsch zu erfüllen. In Wladiwostok ein weiteres Mal, obwohl sie dort schon fast sicher war, schwanger zu sein.

Dann kam der Eiskunstläufer Liu und machte Hendrik zwar nicht vergessen, doch die urtümliche Wucht der ersten Nacht mit ihm trat in den Schatten. Shenmi war überglücklich, befruchtet von einem Mann und begehrt von einem Künstler, es war ihr Himmel auf Erden. Auf der einen Seite die schiere Wucht des Akts und auf der anderen feinsinnige Begierde. Shenmi hat das Beste aus zwei Welten. Sie wird bis an ihr Lebensende alle beide begehren und sie wird sie niemals vergessen. Nur hilft es ihr in der jetzigen Situation nicht weiter.

Sie sucht nach dem Hendrik der ersten gemeinsamen Nacht. Ist es so, dass diese einmalig blieb? Wegen der Umstände? Der Wunsch schwanger zu werden, hat alles unter sich begraben. Jetzt, da sie sein Kind unter ihrem Herzen trägt, sehnt sie sich nicht mehr nur nach seinem Samen in ihrem Leib, sie will wieder den Kontrollverlust der ersten Nacht! Dass er sich vergisst und er sie nimmt, dass es sie schier zerreißt! Wo ist das Tier in ihm?

Shenmi geht unter die Dusche. Sie wünschte, er wäre jetzt hier. Sie sehnt sich nach seinen Händen und hat das Bild vor Augen, wie Hendrik ihre große Schwester einseift. Erinnert sich an den Gesichtsausdruck, als sie seinen Pfahl empfängt. Gut möglich, dass er die Gunst der Stunde genutzt und ihn Mailin in den Hintern geschoben hat. Mit der glitschigen Seife gar kein Problem. Aber nein, dann hätte sie vermutlich erstaunter geschaut. Dazu war es zu schnell gegangen. Bei ihr selbst darf er es versuchen. Mit ihr kann er getrost alles anstellen. Aber er macht es nicht, hängt an ihrer seltsamen Schwester und dem kleinen Jahzen. Shenmi seift sich ein, besonders hier und dort. Nicht weil sie schmutzig wäre.

Sie stoppt vor ihrem Orgasmus, denn sie hat die Hoffnung, dass er es vollendet. Nachher. Sie denkt an ihr Fotoprojekt. Das ist ins Wasser gefallen, aber Shenmi weiß schon, wie sie es fortsetzen will. Sie hat überhaupt nur deshalb so früh damit begonnen, weil sie einen

Grund wollte, mit ihm zusammen nackt zu sein, nackt für ihn, nackt, dass er sie bewundert, dass er reagiert. Und das hat er, jedoch war es nie wieder so, wie in der Nacht in Sibirien.

Sie hat zwei Handtücher und kunstvoll wickelt sie sich eins als Turban um die nassen Haare. Das zweite schlingt sie sich weniger kunstvoll um die Hüften. Es ist dazu auch nicht gedacht, weil zu klein, aber Shenmi hat keine Lust, sich abzutrocknen, das macht sie nie. Ihr Oberkörper trocknet und die Verdunstungskälte zaubert der Göttin eine Gänsehaut auf die Brüste. Shenmi nimmt wieder ihren Lieblingsplatz ein – gegenüber vom Soldaten. Längst hat er sich erholt, längst spannt es in seiner Hose wieder. Als sie sich den seidenen Morgenmantel vor den Körper hält, kommt ihm eine Idee, er verlässt lautlos seinen Platz und sprintet los.

Shenmi weiß, dass sie in diesem Aufzug überall fehl am Platz ist. Besonders während einer Katastrophe, wie hier und jetzt. Aber sie hat nichts anderes, sie hat weniger retten können als die anderen. Wie viel Zeit ist vergangen? Kommt Hendrik jetzt zurück? Wie weit ist das Institut von hier entfernt? Da sie geflogen sind, weiß Shenmi die Entfernung nicht einzuschätzen. Aber es ist sicher zu früh. Der Feldwebel der Luftwaffe verpasst das Beste, denn als Shenmi einen Fuß auf die Umkleidebank stellt, um ihre Füße abzutrocknen, könnte er alles sehen. Nicht zuletzt, weil das Handtuch auf dem Boden liegt. In dieser Position bleiben einem möglichen Zuschauer keine Wünsche mehr offen.

Möglich, dass es besser so ist, denn wer weiß, was der Anblick von Shenmis bloßer Scham in ihm ausgelöst hätte. Würde jeder Mann sich ab einem gewissen Punkt vergessen? Der Eine früher, der Andere später? Vielleicht ist er aber auch einer, der den Anblick des nackten Hinterns braucht, um sich zu vergessen. Wenn sie sich vor ihm bückt, wie zu der Zeit, als sie noch Tiere waren. Wo die Zivilisation endet und die schiere Gier beginnt. Als der Feldwebel jetzt die Umkleide betritt, ist er unentschlossen. Aber zu allem bereit.

Er sieht zwar ihren nackten Rücken vor sich, aber Shenmi hat das Handtuch um und bückt sich nicht. Sie dreht sich zu ihm um. Vorhin hat er minutenlang auf ihren Busen gestarrt und kennt ihn jetzt in- und auswendig. Trotzdem muss er es schon wieder tun. Er bekommt erneut eine Erektion, als das nachlässig drapierte Handtuch von Shenmis Hüften rutscht. Sie hebt es nicht wieder auf, denn sie sieht auf das, was der Feldwebel mitgebracht hat. Sie erschrickt nicht, weil er da steht, weil er reingeplatzt ist, weil sie nackt ist, denn sie ist unantastbar. Das weiß jeder, die Göttin ist tabu.

Der Soldat weiß es nicht, aber er begreift es im Moment, wo er ihr leibhaftig gegenübersteht. Er sieht weder Schwäche noch Verlegenheit. Er ist zwar ein Mann, aber er fühlt sich wie ein Eunuch im Harem. Vor ihm braucht man sich weder zu schämen, noch in die Verlegenheit zu geraten, von ihm begehrt oder gar missbraucht zu werden. Ist es diese Aura, die ihn davon abhält, etwas zu versuchen? Shenmi ist sich keiner Gefahr bewusst, sie sieht nur auf die Kleidung, die ihr im Moment willkommen ist. Nur macht der Mann keine Anstalten, sie ihr zu geben. Er steht nur da, mit dem Bündel auf dem Arm und starrt sie an. Vielleicht legt er sie hin, wenn er fertig mit Starren ist, denkt Shenmi und widmet sich wieder ihrer Körperpflege. Ihr liegt ein Satz auf der Zunge. Er soll die Kleidung auf die Bank legen, wenn er genug davon hat, sie anzuglotzen. Aber das ist nicht ihr Stil. Zwei Sachen halten sie davon ab; er hat sie heute vor dem Tod durch Ertrinken gerettet und er begehrt ihren Körper. Danach ist die Göttin süchtig.

Der Feldwebel wird wenigstens hier stehenbleiben, bis sie sich angezogen hat, er muss ihr zusehen. Er ist einen Kopf größer und fast doppelt so schwer wie sie. Doch je länger ihr Zusammensein dauert, desto klarer wird, dass sie ihn in Verlegenheit bringt und nicht umgekehrt.

Er feilt an einem Satz und schließlich sagt er: »I'm sorry, but we don't have any …«, Unterwäsche will er sagen, aber ihm fallen nur Dessous ein. Das war Französisch, oder?

»I couldn't find under…wäsche, äh, underwear.« Jetzt ist es raus, gerade rechtzeitig ist es ihm eingefallen. Shenmi, die sich anfängt, zu fragen, ob der Soldat so merkwürdig ist wie ihre Schwester, lächelt erleichtert. Es ist die Fremdsprache, die ihm zu schaffen macht! Sie fürchtet schon, die Sachen aus seinen Händen reißen zu müssen, damit er endlich verschwindet.

Sie antwortet: »I don't necessarily need underwear to dress me.« Doch der deutsche Soldat macht keine Anstalten, ihr die Kleidung zu geben. Muss er erst übersetzen? Sie hat keine Lust mehr, darauf zu warten. Shenmi geht zu einem fest montierten Haartrockner und nimmt das Handtuch von ihrem Kopf.

»Just put them on the changing bench when you're done staring.« Jetzt hat sie es doch gesagt. Der Soldat kommt ihr immer merkwürdiger vor, je länger er vor ihr steht und sie anstarrt. Anstatt sich zu bedecken, wie man es erwarten würde, macht sie das genaue Gegenteil, sie dreht ihm den Rücken zu und beugt sich unter den Haartrockner. Für ihn sieht es so aus, als bücke sie sich für ihn. Was für eine kleine Drecksau. Macht sie das absichtlich? Unter Garantie ist das kein Versehen! Also will sie es doch. Die Knöpfe an seiner Hose stehen unter Hochspannung. Er macht zwei Schritte und legt die Anziehsachen auf der Bank ab. Er lässt Shenmis Hintern und das, was zwischen ihren Oberschenkeln und Pobacken rosa durchschimmert keine Sekunde aus den Augen. Sie zeigt ihm ihre scharfe Muschi! Das kann kein Zufall sein, so naiv ist niemand. Er hat sie gerettet und das hier ist sein Lohn! Er darf sie vögeln und danach wird sie ihm doppelt dankbar sein, weil es ihr noch nie einer so gut besorgt hat wie er.

Wenn Shenmi wüsste, was er macht und denkt, was unternähme sie? Nichts? Oder würde sie sich umdrehen, ihn verspotten und ihm seine Augen auskratzen? Was passiert, wenn er seine Hände auf ihren kleinen Hintern legt? Erschrickt sie zu Tode oder tritt sie ihm in die Weichteile? Doch bevor irgendetwas geschieht, betritt Shenmis Beschützer die Bühne. Bao kommt in den Waschraum. Er kann sich keinen Reim auf die Situation machen. Weiß Shenmi, dass hinter ihr ein Soldat steht? Will sie, dass er da steht? Oder gar, dass er mehr tut, als nur dazustehen und sie anzusehen? Es ist nur ein Sekundenbruchteil unklar, dann wacht der Soldat aus seiner Starre auf.

»The clothes are on the bench. Bye.«

Er geht an dem Chinesen vorbei, der ihn mit unbewegter Mine ansieht. Shenmi hat offenbar nichts gehört. Bao ruft laut ihren Namen. Sie sieht nach hinten, der Soldat ist endlich verschwunden, Gott sei Dank.

»Wo kommst du denn her?« Shenmi lacht Bao an, nicht weil sie dankbar ist, nicht weil sie Sex will. Sondern weil sie sich freut. Dass sie noch leben, dass ihr wieder warm ist, dass der Soldat weg ist und sie trockene Sachen zum Anziehen hat.

»Wie ist es gelaufen, was hat Herr Wollschmidt gesagt? Kannst du zurück?«

Bao war zu oft mit der nackten Frau zusammen, um bei ihr oder bei sich mulmige Gefühle aufkommen zu lassen. Sie hatten ihre Zeit, jeder bekam vom anderen, was er brauchte, oder glaubte zu brauchen. Das ist vorbei. Er begehrt sie, weil Shenmi wunderschön ist, keine Frage. Aber er begehrt sie nicht mehr, weil er Sex mit ihr will. Sie ist ein lebendiges Kunstwerk; Übermut der Natur, die an Shenmi ausprobiert hat, wie viel Schönheit und Anmut man in eine einzelne Frau stecken kann.

»Willst du mit? Was Hans gesagt hat, klingt kinderleicht.«

Shenmi muss nicht überlegen. China ist momentan das letzte Land auf der Welt, wo sie gerne sein möchte. Sie hat Hoffnung, dass Hendrik und sie sich derart schmerzlich lieben, wie in der ersten Nacht, in ihrer baufälligen Hütte an der chinesisch-russischen Grenze. So schnell wird sie den Traum nicht aufgeben.

»Nein danke, Bao. Das ist total lieb, dass du an mich denkst. Dennoch ist mir nicht nach Heimat zumute.«

Shenmi muss bei dem Gedanken schlucken, sie ist den Tränen nah. »Die Heimat hat mir alles genommen, außer einer Stange Geld. Mehr als du im Rucksack hast. Aber alles Geld der Welt gibt mir meinen Vater nicht zurück. Ich würde es sofort verbrennen, wenn es anders wäre.«

Bao glaubt ihr aufs Wort, denn auch er hat den Drachenmeister verehrt. Es hat ihn zwar nicht davon abgehalten, Shenmi beizuwohnen, trotzdem hat er ihn geachtet. Tradition und Ehrfurcht sind das Eine, aber Trieb und Libido auf der anderen Seite sind Schwergewichte und Bao hat sich für den Trieb entschieden. Obwohl er in ständiger Angst um Leben und Hoden schwebte. Ein Stresstest für den jungen Mann, den er mit Bravour bestand.

Dagegen ist seine Rückkehr nach China quasi ein Kinderspiel. Er sieht die Schönheit seiner Göttin unter den Sachen verschwinden, die ihr der Soldat brachte. Die Flecktarnhose für den Straßen- und Häuserkampf in zwei Grautönen und Schwarz steht Shenmi hervorragend. Ein vergammelter Reissack würde ihr vermutlich auch gut stehen. Shenmis Schönheit adelt auf der Stelle jedes Kleidungsstück. Bevor sie das schwarze T-Shirt anzieht, zögert sie. Unschlüssig steht sie vor Bao, ihre spitzen Brüste, an denen schon die Schwangerschaftshormone werkeln, zittern. Ist ihr kalt? Sie geht auf ihren ehemaligen Lakaien zu und Bao weiß, was zu tun ist. Keine Sekunde verschwendet er einen Gedanken an Rache. Er, der so oft nach dem Sex mit Shenmi auf eine Liebesbekundung, einen Kuss, eine herzliche Umarmung, etwas Leidenschaftliches wartete, zögert keine Sekunde, Shenmi in den Arm zu nehmen. Ihr den Trost zu geben, den sie braucht, oder das zu geben, was immer sie jetzt nötig hat.

Dieses eine Mal tut sie es aus Liebe, aus Dankbarkeit und nur ein kleines bisschen aus Berechnung. In erster Linie ist es Dankbarkeit, denn ohne ihn wäre sie in einem chinesischen Gefängnis.

»Bao, du wirst mir fehlen, wir kennen uns ein halbes Leben lang und du weißt so viel über mich, dass es meinen gesellschaftlichen Tod bedeuten würde, wenn es herauskäme.«

Sie zögert, bevor sie weiterspricht, denn ihr fällt ein, dass es keine Gesellschaft in dem Sinne mehr gibt, keine, in der sie bekannt ist. »Es hätte ihn bedeutet und du warst immer zuverlässig und loyal. Ein Freund.«

Shenmi löst sich von dem Mann und verbeugt sich vor ihm. Angedeutet. Sie macht keinen Kotau, aber sie erweist ihm mehr Ehre als in den zehn Jahren zuvor. »Tausend Dank, dass du unsere Familie gerettet hast, ohne dich waren wir verloren und dem Tod geweiht. Nur dank dir haben wir es bis hierher geschafft.«

Shenmi ist die geborene Königin und alleine deswegen ist sie in der Lage, zu erkennen, wann sie sich die eigene Machtlosigkeit eingestehen muss. Und was dann zu tun ist, um sich für Eventualitäten zu wappnen. Man weiß nie, ob man jemanden noch einmal braucht. Sie umarmt ihn wieder. Presst ihre Brüste gegen ihn, was er nur sieht, nicht spürt, denn er ist angezogen. Sein Kopf weiß es, seine Eier wissen es nicht, Bao bekommt eine Erektion wider Willen. Er ist völlig machtlos, dabei kann er sich kaum vorstellen, dass sie ihn hier und jetzt will. Was hat sie vor? Egal, die Versuchung ist zu groß, zumal Shenmi nie zuvor so liebevoll zu ihm war wie jetzt. Er muss es tun, er muss ihren Busen berühren. Er zittert, so wie Shenmi. Fast könnte man meinen, sie wären zwei Teenager und dabei ihre allererste sexuelle Erfahrung zu erleben. Was Shenmi vorhat, bleibt ihr Geheimnis, denn aus einem Lautsprecher ertönt eine Durchsage.

Sie verstehen kein Wort, aber an einem Tag wie diesem, mitten während einer Katastrophe, kann man dringende Lautsprecherdurchsagen unmöglich ignorieren. So geil kann niemand sein.

Das Kartenhaus

Wo ist überall? Wo nirgends? Juli 2021

Losgelöst von Zeit und Raum, Schwerkraft und Naturgesetzen, in the fucking middle of irgendwo fassen Shenmi und ich denselben Beschluss. Denselben fatalen Beschluss. Unsere Liebe, falls Shenmi für mich überhaupt so etwas empfindet, steht unter keinem guten Stern. Steht unter einem ganz beschissenen Stern. Ich bin auf dem Rückweg. Auf dem Weg von der Mutter meines Sohnes zur werdenden Mutter eines zweiten Kindes. Noch ein Mischling und noch eine Frau, die untrennbar mit mir verbunden sein werden. Die Frage ist nicht, ob ich das will oder nicht. Die Frage ist, was es in mir auslöst, wohin es mich führt, oder uns. Uns zwei, uns vier. Mein Leben, wie ich es kenne, ist vorbei. Unwiderruflich.

Ich muss aufpassen, nicht zu rasen. Im Graben zu landen, hilft heute niemandem, denn die Feuerwehr hat genug zu tun. Auch ohne mich aus dem Auto zu schneiden, werden sie kaum über Langeweile klagen. Wie selbstverständlich fahre ich nach Bonn zurück, sie werden doch noch da sein, oder? Hätte Hans mir nicht Bescheid gesagt, wenn Bao und Shenmi irgendwo untergebracht wären? Oder machen sie sich auf den Rückweg nach China? Ich fahre immer wieder zu schnell, denn ich habe Angst, sie zu verpassen, ihr nicht mehr ins Gewissen reden zu können, ihr China nicht mehr ausreden zu können. Der blöde Wollschmidt! Hätte er nicht ein paar Tage oder Wochen mit der Nachricht warten können? Kurz darauf ist das Schnellfahren vorbei, ich stehe im Stau. Ich stehe gerne im Stau – nur nicht heute.

Statt wie sonst den Stau einfach auszusitzen, und mit neben mir stehenden Frauen zu flirten, mache ich ständig Spurwechsel. Nur damit ich dreißig Sekunden früher ankomme. Oder sechzig. Vergeblich. Ich lasse es wieder, bringt ja doch nichts. Frauen sehe ich weit und breit keine. Keine, die es wert wäre, deswegen einen Gedanken an die kleine Schwester zu verpassen, oder eine Erinnerung.

Wenn ich mir die letzten Wochen vor Augen führe, verbringen wir viel Zeit miteinander. Unser erstes Mal ist auf ewig unvergesslich. Unser zweites Mal ist unvergesslicher. Ich weiß, dass ich nach meinem ersten Ausbruch in Shenmi Hemmungen hatte, es so mit ihr zu treiben, wie ich gewollt hätte. Schließlich lag Mailin im selben Zimmer. Auch wenn sie mir die Schwester ins Bett legt und ich deren Wünsche erfülle, soll Mailin nicht merken, was das für mich bedeutet. Ich wollte sie nicht kränken.

Und weil Zuchtbulle nicht das Einzige ist, was ich beherrsche, schaltete ich nach ihrer ersten Befüllung um. Sie ist nicht nur die schönste Frau, die ich je gesehen habe. Sie fühlt sich auch besser an, als alles, was ich bisher anfasste. Unsere erste Paarung hat nicht lange gedauert, wenige Minuten, dann war der Spuk vorbei. Zu unwirklich die Situation, bizarr und aufregend. Was mir Mailin vor anderthalb Jahren zurückgebracht hat, scheint so ein Familiending bei ihnen zu sein. Zurück zu den Wurzeln. Höhlenmensch. Reptilienhirn und Reptilienhaut. Ich streife die alte Haut ab und darf mich neu erfinden. Objektiv betrachtet mache ich einen Rückschritt. Weniger Finesse, weniger Varianz, dafür mehr Durchschlag. Mir kommt zugute, dass sie so klein ist. So kann sie das Mehr an Wucht genießen. Das muss sie auch, denn wehren könnte sie sich nicht. Nie und nimmer. Alles, was sie kann, sich an mir festzuhalten und zu hoffen, dass ich sie nicht erdrücke. Das macht sie – und lässt sich der Länge nach spalten.

Ich weiß nicht, was es ist, was mein Verhalten provoziert. Wie schafft sie es, dass ich mühsam Erlerntes und Angewöhntes bei ihr über Bord werfe wie überflüssigen Ballast? Es liegt am Geruch. Ich denke darüber nach und erinnere ich mich an den ersten Schwall ihres Dufts, der meinen Riechnerv trifft und dann sofort an das Endspiel. Dazwischen ist Nebel. Sind diffuse Gedanken, undeutliche

Ausschnitte, verwirrende Details und überhaupt kein Zeitgefühl. Ein Duft wie Liquid-Ecstasy. Du nimmst eine Schippe voll und bist auf einer Ebene ausgeschaltet. Fickzombie. Zurückgeworfen auf Kleinhirnfunktionen. Mühevoll Erlerntes ist weg, die Instinkte noch da. Der Zwang zur Kopulation rangiert bei mir zwischen dem Überlebenswillen und Durst. Falls ich einen Säbelzahntiger bemerken würde und sein Gebrüll nicht für mein eigenes hielte, würde ich fliehen. Alles andere ist unwichtig, weg damit, muss sich hinten anstellen, wird nachgeholt, wenn Zeit ist.

So war unser erster Sex. Harmonie in Unerbittlichkeit. Wahnhafter Zwang wird zu zwanghaftem Wahn und Minuten später erstirbt mein Brüllen eines Löwen in emotionaler Erschöpfung. Keine Ahnung, ob Shenmi das gewollt hat. Egal, es ist das, was sie bekommt. Da sie bei mir bleibt und nicht schreiend in den nächtlichen Wald hinausrennt, ist sie glücklich. Zumindest einverstanden. Das denke ich kurz, denn gleich darauf schmiegt sie sich an mich, als hätte sie Angst, mich zu verlieren. Kein postkoitales Kuscheln, es ist in seiner Zartheit robust und leise, eindringlich und eher die Ruhe vor dem Sturm als notwendige Zärtlichkeit. Sie muss etwas festhalten, etwas, von dem ich bis heute nicht weiß, was es ist. Das Paradoxe, obwohl ich nicht weiß, was es ist, ist es hundertprozentig wahrhaftig. Shenmi ist entwaffnend ehrlich in diesem Augenblick und ich habe keine Ahnung, was sie mir sagt. Wir sprechen auch nicht.

Kein Wort, wir reden nicht, flüstern nicht, lachen nicht, nichts von dem, was den Sex so liebenswert macht, geschieht zwischen uns in jener Nacht. Unsere stillschweigende Übereinkunft ist die, Mailin nicht zu brüskieren. Ihr durch überbordende Leidenschaft zu zeigen, dass sie trotz unserer Liebe zu ihr eine Randfigur ist und immer bleiben wird. Das eint uns, trotz der völlig unterschiedlichen Kulturkreise, in denen wir sozialisiert wurden. Einzig unsere Lust bleibt. Die konnte niemand sozialisieren, unsere Lust ist keine Heizung, die man auf- und wieder abdrehen kann. Die Lust kocht hoch, ist da, muss irgendwohin. Meine Lust muss in sie und sie will meine Lust in ihr. Sämig und lebendig.

Ich kann meine Hände nicht kontrollieren und Shenmi ist nicht in der Lage, zu verhehlen, dass Kontrolle das Letzte ist, was sie jetzt möchte. Ihre Brüste verformen sich, damit der letzte Quadratzentimeter berührt wird. Ihre Nippel sind nicht hart, sie sind weich und geschwollen, wäre es nicht zappenduster, könnte man glauben, sie möchten platzen. So wie Shenmi vor Lust platzen will oder explodieren. Sie wird wahnsinnig unter meinem Streicheln, das so zärtlich ist, wie die Kopulation heftig war. Ich umarme sie von hinten, uns ist heiß und es ist egal, wir schwitzen und es ist egal, wir beben.

Meine Hand auf ihrem Bauch elektrisiert sie wie ihr Höhepunkt zuvor, sie zuckt bei jedem unberührten Teil Haut zusammen, wenn ich es in Besitz nehme. Es besitze, okkupiere, die Stelle besetze. Meins, Shenmi ist mein, ich will sie nicht lieben, das mache ich schon lange, ich muss sie besitzen. Nicht schmeichelhaft, aber diesmal gehen die Gäule sogar mit mir durch. In dieser Nacht spüre ich zum ersten Mal, wie es ist, wenn eine Frau dir ganz und gar verfallen ist. Wie es ist, wenn ihr sehnlichster Wunsch der ist, von dir besessen zu werden. Der Teufel hat das Nachsehen, hat den Kürzeren gezogen, Shenmi ist nicht vom Teufel besessen, sie ist es von mir. Und ich bin ihr verfallen, werde alles für sie tun, ihr jeden Wunsch von den Schamlippen ablesen, absolut jeden Wunsch. Das fällt mir leicht, denn im Moment wünschen wir uns dasselbe – aus unterschiedlichen Gründen.

Sie wird wahnsinnig, weil ich ihre Muschi ausspare, weil ich nicht ihr Schamhaar kraule, nicht meinen Finger zwischen die Lippen lege und ihr keinen Höhepunkt außer der Reihe gönne. Shenmi hängt in der Luft, windet sich lautlos, zappelt unhörbar, sie würde betteln, wenn wir reden könnten. Sie spürt die Eichel an ihrem Hintern und drängend, zu ihren Schamlippen, spürt, wie dick sie ist, längst bin ich wieder bereit, doch sie hängt in der Luft.

***

Hinter mir wird gehupt, verständlich, denn vor mir ist eine Lücke von ein paar hundert Metern. Warum hupen die nicht früher? Ich winke entschuldigend und gebe Gas. Der Stau ist im Nirgendwo verschwunden und meine Gedanken an die Nacht geraten unter die Räder. Nach einer Viertelstunde konzentrierter Fahrt rolle ich vor dem Sechzigerjahrebau aus. Ich stürme nicht sofort hinein, sondern warte einige Sekunden, um mich zu wappnen, falls sie verschwunden sind. Eine Soldatin, die Shenmi ähnlich sieht, kommt aus dem Gebäude. Sie winkt mir zu. Es ist Shenmi. Angezogen wie zum Kampf. Gefleckte Hose, schwarzes T-Shirt. Kommandotrupp während einer Gefechtspause, so sieht sie aus. Hinter ihr tritt Bao aus dem Haus. Und 007.

Wir beherrschen uns. Wer dafür Antennen hat, kann das Vibrieren zwischen der kleinen Chinesin und mir spüren. Spannung, die sich aufbaut, die sich entladen wird wie ein Sommergewitter. Good Vibrations. Ich nehme sie nur kurz in den Arm und ich fühle die Vibration nicht – ich bin die Vibration. Und Shenmi ist sie auch. Zwei lose Enden eines Hochspannungskabels, die umeinanderschlängeln vor lauter Energie und sich funkensprühend und knisternd entladen, wenn sie sich näherkommen. Wann berühren wir uns endlich?

Doch zuerst die Fakten, Shenmi und ich bleiben alleine. Bao wird heimkehren, für Hans' Plan muss er bei ihm bleiben, abgeschottet. Für Wochen. Wir werden uns nicht wiedersehen. Ich nehme den harten Triadenburschen in den Arm. Unsere Erlebnisse haben uns zusammengeschweißt, von Missstimmung ist nichts zu spüren. Klar, warum nicht, er ist fast schon auf dem Weg zu seiner Liebsten. Und ich bin ebenfalls kurz vor dem Ziel. Shenmi auch.

Wollschmidt nimmt mich zur Seite und fragt: »Wie sieht nun die Konstellation für die nächsten Monate aus? Wissen Sie schon, wer mit wem zusammenwohnen möchte?«

Hans macht wohl Witze. Wenn ich mir die letzten drei Monate ansehe, haben wir unsere »Konstellationen« öfter geändert als unsere Unterwäsche. Was hat in solch einer Situation schon Bestand? Vater tot, Mutter alleine, Schwestern vereint, Kinder werden gezeugt und geboren, Paare entzweit und wieder vereint. Liebe vergeht und entsteht. Bestand. Bestand ist eine Schimäre, ein Trugbild. Einzig der Wandel hat Bestand.

Da ich mir ein Leben ohne Shenmi, Jahzen und somit auch Mailin nicht vorstellen will, sage ich: »Wir bleiben zusammen, die Schwestern und ich.«

Die Kinder, das Kind, erwähne ich nicht. Logisch, wir werden sie kaum ins Heim abschieben. Drei Schlafzimmer wären gut, denke ich weiter, meins am besten schalldicht. Aber ich will Hans' To-do-Liste nicht unnötig verlängern und beherrsche mich.

»Machen Sie sich keine Hoffnung, das kann etwas dauern, hier liegt etliches in Trümmern. Können Sie beide nach Mützenich?«

Ganz so akribisch, wie ich glaubte, hat der Geheimdienst nicht recherchiert, sonst wüsste 007, dass mein Häuschen eine Baustelle ist. Sie könnten mir ein paar Handwerker vorbeischicken und ich mache mit der Göttin so lange Urlaub. Das bietet er mir zwar nicht an, jedoch drückt er mir erneut einen Umschlag in die Hand. Geldsorgen scheint der Geheimdienst nicht zu haben.

»Asservatenkammer?«

Hans grinst mich an. Antwort genug. Ein dicker Umschlag, wenn das keine kleinen Scheine sind, kommen wir weit damit. Die Sorge, dass wir alle unsere Siebensachen packen und wieder verschwinden, scheint groß. Mir soll es recht sein, moralische oder andere Bedenken habe ich keine. Es ist nur bedrucktes Papier.

»Den Wagen stellen Sie einfach vor die Autovermietung mit der blauen Raute, gibts in jeder Stadt. Hashtag *mietmich*. Bis zum Wochenende können Sie ihn behalten.«

Mir egal, es genügte, wenn er uns vor einem Kölner Hotel absetzt, ich kann mir kaum vorstellen, dass Shenmi und mich etwas anderes interessiert, als endlich alleine zu sein, alleine zu zweit. Wie schlingernde Kometen auf Kollisionskurs taumeln wir aufeinander zu. Nein, das ist zu wenig, eher zwei Neutronensterne, die einander umkreisen und wenn sie verschmelzen, geht ein Ruck durch die Galaxis. Gravitationswellen erschüttern den Raum und stauchen die Zeit.

Zu zweit im Auto ist wenig zu spüren von den Neutronensternen. Merkwürdig, denn haben wir in den vergangenen Stunden etwas anderes gemacht, als um unser Leben gebangt und uns aufeinander gefreut? Diesen Moment sehnten wir herbei wie ein Kind den Heiligabend und jetzt fahren wir nach Köln, zu schüchtern, um das Geschenk auszupacken? Ich wähle im Navi das erstbeste Hotel, was es mir anbietet. Und was soll ich sagen? Es ist das erste und es ist das beste. Da wir kein Gepäck haben, will ich nur kurz vor dem Hotel halten, um zu fragen, wo ich parken kann, aber bevor ich den Mund aufbekomme, nimmt mir ein livrierter Chauffeur oder ein verkleideter Student die Schlüssel ab. Damit er nicht mit Shenmi abhaut, sehe ich zu, dass sie aussteigt, denn die Versuchung für ihn ist bestimmt groß. Ich war nie eifersüchtig und jetzt? Habe ich jetzt eine Ahnung davon, was es heißt, in Angst leben zu müssen? Um das zu bangen, was man liebt?

***

Selbst zwischen teuren Hotels und teuren Hotels gibt es Unterschiede. Wird man in einem Nobelhotel schief angesehen, wenn man in merkwürdigen Klamotten verschwitzt und dreckig einchecken will, passiert das bei exklusiven Nobelhotels nicht mehr. Keiner verzieht eine Miene, als Shenmi in ihrem Flecktarn und ich in Jeans, die schon bessere Tage hatten, vor dem Tresen stehen. Hier würde man höchstens schief gucken, wenn die schwarze Kreditkarte gesperrt ist. Ist sie nicht, aber schwarz ist sie auch nicht. Mir egal, Shenmi bezahlt mit Plastikgeld und ich sehe ihr von der Seite zu, sehe die Nippel unter ihrem T-Shirt, die sich recken, die aufwachen, befreit werden müssen. Da kenne ich mich aus, ich atme auf, denn das ist mein Heimspiel und gleich mache ich ihn rein.

Im Fahrstuhl habe ich ein Déjà-vu, denn genau wie im Maintower gibt es hier im Hotel einen Fahrstuhlführer. Livriert. Sind wir unterwegs in ein Wurmloch geraten und hundert Jahre früher wieder gelandet? Egal, besser als in einer Pseudo-Polizei-Uniform wie im Frankfurter Wolkenkratzer. Fahrstuhlführer? Warum? Weil man den falschen Knopf erwischt und aus Versehen auf der Etage des Mafiabosses landen könnte, der einen halben Flügel gemietet hat?

Gepäck haben wir keins, trotzdem kommt jemand mit, um uns unsere Suite zu zeigen. Hätten wir ohne ihn niemals gefunden. Da wir keine Koffer haben, ist sein einziger Daseinszweck, Trinkgeld entgegenzunehmen. Ich gebe ihm einen Zehner und versuche, seinem Gesicht abzulesen, ob es zu viel oder zu wenig ist – vergeblich. Stoisch und mit unverbindlichem Lächeln nimmt er das Geld, bedankt sich artig und ist verschwunden.

Alleine. Wir sind alleine. Shenmi ist Knöpfe an Hosen nicht gewöhnt, sie nestelt umständlich vor ihrem Schoß. Ich falle aufs Bett beim Versuch, rasch aus meinen Jeans zu steigen. Das wäre der Moment, in schallendes Gelächter auszubrechen – eigentlich. Doch wir haben uns zu lange beherrscht, lachen können wir den verdammten Rest unseres Lebens. Neutronensterne haben nichts mehr zu lachen. Ich stülpe meine verdammten Hosen um, weil es zu lange dauert, Shenmi hat es geschafft und zieht sich schon ihr T-Shirt über den Kopf, endlich. Ich reiße an den Hosenbeinen und befreie mich, endlich.

Das seismographische Institut in Bensberg bekommt endlich etwas aufzuzeichnen und die Gravitationswellen erreichen mit Lichtgeschwindigkeit das LIGO in Hanford und Livingston. Wie in unserer ersten Nacht in Sibirien. Einzig der gebremste Schaum fehlt.

Wir nehmen keine Rücksicht mehr, auf nichts und niemanden. Falls der Junge an der Tür lauscht, wird er glauben, wir wären Aliens, die das Zimmer verwüsten oder die jungen Rolling Stones. Wir geben Laute von uns, aber wenig menschliche. Die angestaute Lust von Wochen entlädt sich wie ein Sturm an einem schwülen Sommernachmittag. In unsren Ohren kracht es, als wäre der Donner über uns. Shenmi birst wie ein Baum, der vom Blitz getroffen wird. Was in Sibirien ein Sturm war, ist längst zu einem Tornado angeschwollen. In meinem Kopf wirbeln die Bilder der vergangenen Wochen, die Bilder von Shenmi und die Bilder von uns. Wie wir uns rücksichtsvoll liebten und absichtsvoll, zeremoniell und hingebungsvoll, sie huld- und erwartungsvoll, ich schwung- und liebevoll – immer mit Spannung in der Luft.

Spannung, ob sich das Zusammentreffen der ersten Nacht wiederholen würde oder ob es der bizarren Situation geschuldet war. Der Sturm ist auf seinem Höhepunkt und auf unserem. Im Moment, in dem ich mich in ihr entleere, breche ich in Tränen aus. Keiner von uns hört etwas, denn der Tornado ist zu laut, keiner sieht etwas durch den Platzregen der Tränen, keiner hört mehr einen Ton, zu laut ist die Explosion. Wir kreisen seit Wochen umeinander und endlich schließt sich der Kreis. In einem letzten Ausbruch schreie ich auf, wie ein Sieger, sodass mir minutenlang die Ohren klingeln. Shenmi ist in einem Paralleluniversum und ihre willenlose Hülle liegt unter mir, sie ist ohnmächtig oder nahe dran. Ich weine, weil ich niemals zuvor glücklicher war.

– E N D E –

Glossar

Das Pendant zum Erklärbären

archaisch	frühzeitlich, vorzeitlich, ursprünglich
adelige Uschi	Ursula von der Leyen, eine deutsche Politikerin
Babylon	Antike Stadt am Euphrat im heutigen Irak, die wichtigste Stadt des Altertums. Babylon war Jahrhunderte lang die größte Stadt der Welt und die erste Stadt mit mehr als 200.000 Einwohnern. Im Christentum gilt Babylon als Hort der Sünde und Dekadenz. Vorher, in der Tora, gab es den Turmbau zu Babel (Babylon), der durch die von Gott gesandten, vielen verschiedenen Sprachen des Menschen unmöglich gemacht wurde. Das nennt man die babylonische Sprachverwirrung. In Babylon gab es eins der antiken Weltwunder, die Hängenden Gärten der Semiramis. Im Pergamonmuseum, auf der Museumsinsel in Berlin kann man ein Stadttor Babylons bewundern, das Ishtar-Tor.
Bastard	Ein uneheliches Kind (eines Adeligen). Es gibt sehr berühmte, uneheliche Kinder, Wilhelm der Eroberer ist der Bekannteste unter ihnen, er war immerhin König von England (Wilhelm I.)
Bertold Brecht	Der zitierte Auszug ist der bekannteste Teil eines Gedichts von ihm, die Ballade von der Unzulänglichkeit menschlichen Planens.

Casanova — Giacomo Girolamo Casanova, ein venezianischer Schriftsteller und Abenteurer des achtzehnten Jahrhunderts. Wegen der Schilderungen seiner Liebschaften gilt er bis heute als der Inbegriff des Frauenhelden.

Chinesische Mauer — Man kann die Chinesische Mauer nicht vom Mond aus sehen, das ist ein sich hartnäckig haltendes Gerücht. Warum es sich hält? Weil es eine schöne Metapher für alles mögliche ist, dabei spielt der Wahrheitsgehalt oft gar keine Rolle. So wie in dem Fall bei mir. Ist aber die Ausnahme. Bei mir.

Damoklesschwert — Das Damoklesschwert ist im antiken Griechenland ursprünglich über Damokles nur an einem Pferdehaar aufgehängt worden. Dieser war daraufhin vor lauter Angst nicht in der Lage, das luxuriöse Mahl, welches man ihm auftischte, zu genießen. Heute wird das Damoklesschwert als Metapher verwendet, wenn man in einer guten Position ist, es aber eine potentielle Gefahr gibt, die alles zunichte machen kann.

Daywalker — Eine Person, die halb Mensch und halb Vampir ist. Von beiden haben Daywalker verschiedene Eigenschaften. Wie der Name sagt, können sich Daywalker (Taggänger) im Sonnenlicht aufhalten.

Drachenmeister — Anrede/Name eines Triadenführers.

Flecktarn — Ein Tarnmuster für Soldaten und Armeeangehörige. Es gibt mittlerweile verschiedene Farbkombinationen, abhängig davon, ob man im Wald, Dschungel, im Feld, der Wüste oder in einer Stadt kämpft. Zudem gibt es auch besondere Farbkombinationen für Winterausrüstung.

flehmen — Die Oberlippe hochziehen (insbesondere bei Pferden)

From dusk till dawn (engl. wörtl. von Sonnenunter- bis Sonnenaufgang) zu übersetzen mit die ganze Nacht oder bis tief in die Nacht oder bis in die Puppen. Es gibt kein echtes Äquivalent zur englischen Redewendung. Bekannt aus dem gleichnamigen Film von Robert Rodriguez mit George Clooney.

Furor teutonicus (lat. teutonische Raserei) germanisches oder deutsches Ungestüm. Ein römischer Dichter verwendete es, um den Schrecken zu verdeutlichen, den die Teutonen bei Schlachten gegen die Römer verbreitet hatten. Seit dem Mittelalter ein geflügeltes Wort für deutsche Aggression.

Gravitationswellen Von Albert Einstein erstmals vorhergesagte Schockwellen im Raum-Zeit-Gefüge, die von unvorstellbar großen Explosionen stammen und sich mit Lichtgeschwindigkeit durch das gesamte Universum verbreiten. 2015 erstmals gesichert gemessen und nachgewiesen.

Hend'ik In der populären Kultur wird den Chinesen nachgesagt, sie sprächen statt einem »R« ein »L«. Das stimmt nur teilweise, oft wird dieser Laut auch gar nicht gesprochen oder nur angedeutet. Keinesfalls ist es durchweg ein reines »L«. Schon gar nicht beim »R« in der Mitte oder im Auslaut, z.B. in Kinder, Bayern, Berlin, da ist es auch bei uns ein »a«.

huldvoll königlich, einer Königin gleich, geneigt, gnädig, wohlwollend

instantan sofort, auf der Stelle

Jubeljahr Auch Heiliges Jahr ist ein besonderes Jubiläumsjahr in der römisch-katholischen Kirche, in dem der Papst den Gläubigen bei Erfüllung bestimmter Bedingungen einen vollständigen Ablass („Jubiläumsablass“) gewährt. Alle Jubeljahre bedeutet ganz selten, denn ein Mensch erlebt ein bis zwei Jubeljahre in seinem Leben.

Katalysator, der	Ein Stoff, der eine chemische Reaktion beschleunigt oder begünstigt, ohne verbraucht oder umgewandelt zu werden. Enzyme sind Biokatalysatoren.
Koinzidenz, die	Zufall, speziell in der Statistik, denn nicht alle Zahlen einer Erhebung oder Untersuchung haben zwangsweise miteinander zu tun. So gleichzeitig die Abnahme der Störche in Europa mit der Abnahme der Geburten passiert ist, besteht zwischen den Zahlen keine Korrelation. Sonst könnte man zum Schluss kommen, dass doch der Storch die Kinder bringt.
Koole Fööt …	… un een Nordenwind gift een krusen Büttel un een lütten Pint. Das ist Plattdeutsch, so eine Mischung zwischen Englisch (ein Zehntel) und Deutsch. Heißt so viel wie kalte Füße und Nordwind lassen die Eier schrumpfen und machen einen Mini-Schwanz.
Kotau, der	Tiefe Verbeugung. Ursprünglich, das Zu-Boden-Werfen vor dem Kaiser von China unter dem mehrmaligen Berühren des Bodens mit dem Kopf.
k. u. k. Monarchie	kaiserliche und königliche Monarchie
Langmut, die	Geduld
le petit mort	(frz. wörtl. der kleine Tod) Orgasmus auf Französisch. Bedeutet das jetzt, dass die französischen Männer besonders gute Liebhaber sind?
Liquid-Ecstasy	GHB, eine Partydroge, die in geringer Dosierung ähnlich wirkt wie Alkohol und die deswegen gerne benutzt wird, um Frauen unbemerkt willig und gefügig zu machen, und dadurch zum Sex zu bringen oder sie zu vergewaltigen. Hat mit Ecstasy nichts zu tun.

LIGO

(Laser-Interferometer Gravitationswellen-Observatorium) das LIGO ist ein Observatorium für Gravitationswellen, welches sich an nahezu diametralen Punkten der USA befindet, im Nordosten und Südwesten, in Washington und Louisiana.

Lingua franca

Weltweite Universalsprache, die von jedem auf der Welt gesprochen wird. Heute bezeichnet man Englisch als Universalsprache, weil die wichtigste Zweitsprache aller Erdbewohner Englisch ist.

Mandarin

Der am weitesten verbreitete Chinesische Dialekt, Hochchinesisch.

Mutti

Kosename für die damalige deutsche Kanzlerin, Angela Merkel

Neutronenstern

Die Überreste eines Sterns mit ursprünglich acht bis zwölf Sonnenmassen nach dessen Explosion (Supernova). Der Stern ist danach etwa zweimal so schwer wie die Sonne, hat aber nur noch einen Durchmesser von zehn Kilometern. Ein Teelöffel seiner Masse wöge auf der Erde fünfzig Milliarden Kilogramm. Er besteht praktisch nur aus Neutronen, das nennt man dann entartete Materie.

Oxytocin

Ein Hormon, das »Kuschelhormon«, welches für Paarbindung, Orgasmen, mütterliche Bindung verantwortlich ist.

Quantencomputer

Ein höchstkomplexer Typ von Computern, denen eine unglaublich scheinende Rechenleistung prophezeit wird. Bis 2020 befanden sich weltweit nahezu alle Quantencomputer im Experimentierstadium. Es mussten erst Anwendungen entwickelt und geschrieben werden, um die Überlegenheit der Quantentechnik auch für konkrete Anwendungen nutzbar zu machen.

Reise nach Jerusalem Ein Kinderspiel, bei dem es einen Stuhl weniger als Kinder gibt. Zur Musik wird um die Stühle herumgelaufen und beim Stoppen der Musik muss sich jedes Kind auf einen Stuhl setzen. Wer stehenbleibt, scheidet aus. Das Spiel ist auf der ganzen Welt bekannt. Alternative Namen sind Stuhlpolka, Stuhltanz, Stuhlpolonaise oder Tanzende Stühle, Musikalische Stühle, Stürmische See, Vöglein such dein Nest. Die Herkunft des Namens ist unbekannt, aber man wundert sich, dass der Zentralrat der Juden bis jetzt nicht eingeschritten ist. Kommt sicher noch.

Tracker Eine App, die die Ortungsfunktion des Handys nutzt, um einem anderen Handy (dem Host) mitzuteilen, wo es sich befindet. Kann benutzt werden, um hilflose Personen zu überwachen, und kann missbraucht werden, um nicht hilflose Leute auszuspionieren.

Triaden wörtl. Dreiheit, Dreiklang, die Verbrechersyndikate aus China, analog zur italienischen Mafia, japanischen Yakuza, u.a.

Tsingtau Die chinesische Biermarke stammt aus der Stadt Qingdao (Tsingtao) der ehemaligen deutschen Kolonie Kiautschou. Damals war das die Germania-Brauerei. Heute ist Tsingtau die größte Biermarke in China und die fünftgrößte der Welt nach Hektolitern.

U96 Der Name des U-Boots aus Wolfgang Petersens Serie (und Film) Das Boot aus den Achtzigerjahren.

Vabanquespiel Ein äußerst riskantes Unternehmen, bei dem man alles, was man hat, riskiert. Alles auf eine Karte setzt, sozusagen. Ursprung ist das Kartenspiel Pharo, bei dem der Ausspruch Va banque! benutzt wurde.

Wanderarbeiter Die ärmsten Schweine unter der chinesischen Sonne. In China wird versucht, die Besiedelung der Städte systematisch zu steuern. Dadurch sind über eine Viertelmilliarde Chinesen gezwungen, woanders zu arbeiten, als dort, wo sie wohnen.

winken … winkte, gewinkt. Obschon viele Deutschratgeber (unsere Sprache verlottert!) mahnen, dass die starken (unregelmäßigen) Verben ausstürben, stimmt das nicht. Das beste Beispiel ist winken. Denn trotzdem es ein schwaches Verb ist, haben die hundert Millionen Deutschsprecher dafür gesorgt, dass als Partizip von winken vielfach gewunken verwendet wird. Gewinkt klingt für viele, meist die Jüngeren, komisch. Das Konzept von der Beugung starker Verben ist in unserem Sprachzentrum stark verankert, das stirbt nicht so leicht.

Walkürenritt Der Auftakt zum dritten Akt der Wagneroper *Die Walküre* wurde bereits im dritten Reich bei Kriegsberichten der Wochenschau verwendet. Das inspirierte Francis Ford Coppola, ihn im Film Apocalypse Now einzusetzen, wenn eine Hubschrauberstaffel einen Angriff auf ein Dorf fliegt. Hendrik hat diesen Ausschnitt so oft gesehen, dass er den Walkürenritt automatisch mitsummt, wenn er von ferne Hubschrauber hört.

You and me, baby … ain't nothin' but mammals, so let's do it like they do on the Discovery Channel. Ein Lied der Bloodhound Gang, heißt übersetzt so viel wie: Baby, wir sind nichts anderes als Tiere, lass es uns treiben wie sie es bei Grzimek tun. Oder bei Sielmann oder wie in einem anderen Tierfilm. Die einzige Möglichkeit, der Jugend zu zeigen, wie natürliche Fortpflanzung funktioniert, ohne rot zu werden und ohne zu sehr auf menschliche Abweichungen und Details eingehen zu müssen. Deswegen sind Tierfilme bei deutschen Eltern überaus beliebt.

Epilog

Forschungszentrum Jülich, Juli 2021

Mailin ist alleine, sieht man von dem Jungen ab. Das war sie zuletzt im Schloss, nach der Landung in Deutschland. Nur ein oder zwei Nächte. Es scheint lange her, aber das täuscht. Es ist so viel passiert in der Zwischenzeit. Sie ist froh, dass alle wohlbehalten der Flut entkommen sind, doch das hatte sie vorausgesehen. Keine Überraschung. Erst als sie Bilder im Fernsehen sieht. Bilder von zerstörten Steinhäusern und Häusern, die weggeschwemmt werden, auf dem Wasser treiben, denkt sie, dass sie vielleicht doch Glück gehabt haben.

Was wäre, wenn? Müßig, darüber zu spekulieren, im Guten wie im Schlechten. Jahzen sucht die Aufmerksamkeit seiner Mutter, die ein wenig ratlos ist. Hunger hat er keinen und die Hosen sind auch nicht voll. Trotzdem ist er unzufrieden. Sie nimmt ihn auf den Arm, was ihn erst einmal glücklich dreinschauen lässt. Allerdings wirkt Mailin überfordert. Besonders, weil es nicht lange vorhält, zum Schreien reicht es nicht, zum Lachen auch nicht. Sie ergründet nicht, was dem Kleinen fehlt. Doch die Natur nimmt ihren Lauf, Mailin beschäftigt sich mit ihm. Tröstet ihn auf Chinesisch und Deutsch, dass der Vater bald wieder zurückkommt. Tröstet sich, dass Hendrik bald wieder zurückkommt.

Mailin wird in den nächsten Wochen etliche Male spüren, welche Last in Jahzens erstem halben Jahr von ihrer Schulter genommen wurde, immer war jemand da, der sich um das Baby kümmerte, Entertainer war. Sie selbst hat nicht viel mehr gemacht als die Brüste auszupacken und ihn zu füttern. Mailin hat nachts neben ihm geschlafen und sonst? Ihn gewickelt, allerdings nicht oft. Dass der Kleine mehr und mehr Ansprache braucht, passt ihr vielleicht nicht in den Kram. Dennoch wird sie sich fügen, so wie sie es immer getan hat. Sich zu fügen hat ihr nicht gefallen, sich zu beugen auch nicht, sich zu bücken schon eher, aber für ihn. Für den, der nicht mehr an ihrer Seite ist. Sie vermisst ihn hinten und vorne genau so wie am einen und am anderen Ende.

Eifersucht ist ihr fremd, wie viele andere Gefühle, die sie kaum versteht. Sie glaubt, die Liebe zu kennen. Weil es jemanden gibt, jemanden gab, der sie liebt, den sie liebt. Sie ist deswegen nicht so weit, dass sie einen Liebesfilm begreifen könnte, aber immerhin hatte sie jetzt schon tiefe Gefühle beim Sex. Echte Empfindungen. Mehr als befriedigend. Wäre ihre emotionale Ausstattung die einer normalen Frau, Mailin wäre rasend vor Eifersucht. Und das, ohne zu wissen, ob es überhaupt einen Grund gibt, eifersüchtig zu sein. Die schönste Frau der Welt brennt mit deinem Mann durch, während du zuhause sitzt und das Kind erziehen darfst. Ist das nicht die klassische Konstellation?

Klassisch, progressiv, nicht gerade Konzepte, die Mailin viel bedeuten, ihr viel sagen. Sie ist mit Jahzen seit einer Stunde alleine. Eine Woche, dann wird Hendrik wieder da sein, für sie da sein. In ihr sein und nahe sein, wie nie jemand zuvor. Das genügt Mailin fürs Erste. Er wird wiederkommen.

Inhaltsverzeichnis

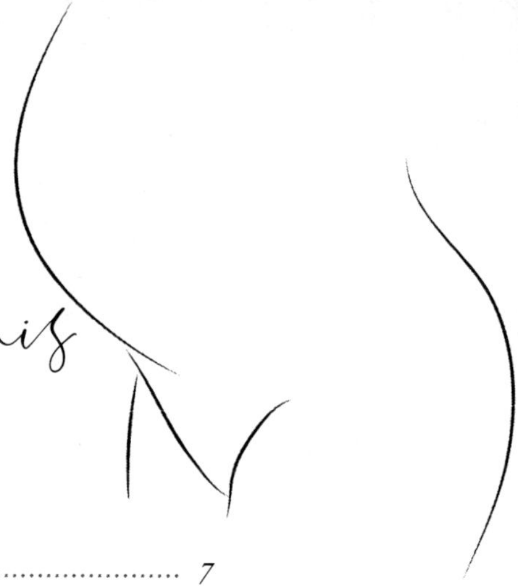

To whom it may concern

Til Jørgson ist Fotograf und hat als Kameramann lange beim Fernsehen gearbeitet. Er war Soldat, Kellner, Lagerist, Expedient. Er hat in einem Fotolabor geschwitzt, war Mädchen für alles, Wachmann, Bilder- und Pixelschubser sowie IT-Techniker. Provisorische Bauten macht er mit Draht und Spuke, dauerhafte mit Holz und Leim. Er hat im Norden gewohnt, im Süden, er hat auch schon ganz im Norden gewohnt und ist im Westen aufgewachsen. Er war Mieter in einer Gründerzeitvilla aber er kennt auch das Leben in einem heruntergekommenen Wohnwagen ohne Strom und Wasser. Im Moment haust er in einer Großwohnsiedlung auf den Frankfurter Golanhöhen. Er war Hungerleider und Gutverdiener, leitender Angestellter und Bankrotteur.

Er schreibt seit zwanzig Jahren und ist Überzeugungstäter. Er will weder klischeeverseuchten Kitsch noch seelen- und einfallslose Erotik produzieren. Wie in der Straße von Messina. Skylla auf der einen und Charybdis auf der anderen Seite. Nach vielen Anläufen hat er jetzt mit der Reihe ***Glüxmomente*** das Ergebnis vorgelegt.

Privat mag er Frauen, Frauenduft, Frauengeschmack, Filme, Bilder und Hunde. Die Hunde, damit er in Bewegung bleibt und die Frauen, damit Lust und Glückseligkeit in die Welt kommen. Seine Kinder sind Legion, wenn er auch nicht von allen weiß. Sein Liebesleben nennt er Recherche, seine Leidenschaft sind Bilder. Die Bilder, die er im Kopf seiner Leser erzeugt.

Falls du neugierig geworden bist, was bisher geschah, dann lies den Glüxfall. Eine genauso erotische, lustige und spannende Geschichte von zwei Leuten, die getrennt wurden, bevor sie Gelegenheit hatten, sich kennenzulernen.

Mailin ist schwanger. Und autistisch. Und Chinesin. Und liebt einen Deutschen. Sie wurden entzweit in einer Märznacht im Schwarzwald. Trampelnde Stiefel, schwarze Klamotten und Stabtaschenlampen. Hendrik schlief, der Gerechte, sie ging mit, die Unschuldige. Kein Abschied, keine Tränen, kein Kuss. Jetzt suchen sie sich über Kontinente hinweg. Sie liebt ihn, obschon er jedem Rock hinterherläuft. Er hört nicht auf, an sie zu denken, obwohl sie nicht mehr alle Latten am Zaun hat. Nicht gerade ein ideales Paar, sollte man meinen. Falls sie sich jemals wiedersehen, könnte das überraschend werden. Diese Suche auf Abwegen spielt in einer deutschen Exklave in Belgien, in Europas Erdölhauptstadt und der ehemaligen deutschen Kolonie in China. Außerdem in Nippon ob der Tauber und der von oben betrachtet hässlichsten und gleichförmigsten Millionenstadt Chinas. Und dummerweise in Köln.

Glüxfall ist im Buchhandel (ISBN 978-3-96966-981-5), oder als E-Book erhältlich. Band drei und vier erscheinen 2023. Aber Prognosen sind schwierig, weil sie die Zukunft betreffen. Sagen wir mal, ich tue mein Möglichstes.

Web: ***jorgson.de*** Facebook: ***Til Jørgson*** Instagram: ***til.jorgson***